王朝漢詩叢攷

本間洋一　著

和泉書院

目次

第1章　嵯峨帝と漢詩人達……一
一　嵯峨帝と文人賦詩……一
二　『凌雲新集』『文華秀麗集』『経国集』の詩人達……三
三　『文華秀麗集』『経国集』編纂と藤原冬嗣……一一
四　むすびにかえて……一五
第2章　『菅家文草』をめぐって――菅原道真没後一一〇〇年に向けて――……二三
一　『菅家文草』『菅家後集』研究への期待……二三
二　『菅家文草』の本文をめぐって……二五
三　詩の解釈をめぐって……三一
四　むすびに……四〇
第3章　菅原道真の漢詩解釈臆説――交遊詩をめぐって――……四三
一　はじめに……四三

二　「傷二藤進士一呈二東閤諸執事一」詩をめぐって……四三
三　「謁二河州藤員外刺史一聊叙二所懐一敬以奉呈」詩をめぐって……四七
四　「依レ病閑居聊述二所懐一奉レ寄二大学士一」詩をめぐって……五一

第4章　『菅家文草』断章——漢詩の本文と解釈をめぐる覚書——……五七
一　本文の誤字をめぐって……五七
二　「会三安秀才餞二舎兄防州一」詩をめぐって……六一
三　「過二尾州滋司馬文亭一感二舎弟四郎壁書弾琴妙一……」詩をめぐって……六四
四　「御製題二梅花一賜二臣等一……」詩をめぐって……六八
五　「賦二殿前梅花一」詩をめぐって……七一

第5章　宮廷文学と書——「三蹟」と詩人をめぐる劄記——……七六
一　書蹟を売る女……七六
二　『屛風土代』の本文をめぐって——大江朝綱と小野道風——……七八
三　『屛風土代』と絵画……八一
四　藤原佐理「詩懐紙」をめぐって……八二
五　詩人藤原行成——その交遊詩をめぐって——……八五
六　海を渡った三蹟……九四

第6章　『屏風土代』を読む――大江朝綱の漢詩をめぐって――……一〇三
一　はじめに……一〇三
二　「春日山居」詩……一〇三
三　「尋二春花一」詩……一〇六
四　「惜二残春一」詩……一一〇
五　「林塘避レ暑」詩……一一三
六　「山中自述」詩……一一五
七　「山中感懐」詩……一一八
八　「書斎独居」詩……一二一
九　「送二僧帰レ山」詩……一二四
十　「問レ春」詩……一二七
十一　「七夕代二牛女一」詩……一二八
十二　「楼上追レ涼」詩……一二九
十三　むすびに……一三〇
第7章　『本朝無題詩』と白詩……一三三
一　『白氏文集』を常に握翫すべし……一三三
二　『無題詩』と白詩――措辞・詩形式の一端――……一三五

三　故事享受への視点——白詩の介在——……一四五
四　むすびにかえて……一四七
第8章　院政期漢詩と白詩をめぐる劄記……一五二
一　『江談抄』から……一五二
二　『中右記部類紙背漢詩』をめぐって……一五四
三　「上陽春」異聞……一五八
四　柿の紅葉の周辺——むすびにかえて——……一六三
第9章　王朝漢詩の飲酒詠管見——語彙・故事をめぐる覚書として——……一六八
一　上代の飲酒詠……一六八
二　勅撰漢詩集の時代の飲酒詠……一七〇
三　島田忠臣から菅原道真へ……一七三
四　飲酒語彙・故事覚書……一七六
第10章　白居易の飲酒詩と平安朝漢詩……一九一
一　はじめに……一九一
二　勧酒と禁酒……一九二
三　飲酒詠の表現と語彙をめぐって……一九六

四　飲酒詩の摘句をめぐって――『千載佳句』『和漢朗詠集』『新撰朗詠集』――……二〇二
五　飲酒詠の基調……二〇七
第11章　漢詩とその背景――北東アジア史の一齣から――……二一五
一　嵯峨天皇から菅原道真へ……二一五
二　海彼からのまなざし――朝鮮半島と日本――……二一八
三　聖世矜恃――日本と宋――……二二一
四　悲運の僧――雪村友梅をめぐって――……二二三
五　むすびに……二二七
第12章　王朝漢詩と海彼――東アジアの漢詩をめぐる臆説――……二三〇
一　はじめに……二三〇
二　崔致遠をめぐって……二三一
三　宋と本朝……二三三
四　むすびに……二三五
第13章　覓〈かけひ〉の見える風景――漢詩と和歌と――……二四一
一　はじめに……二四一
二　平安朝和歌の「かけひ」……二四三

三　禅林の漢詩詠……………………………………………………………………二四七
四　むすびに——宋詩の世界から——………………………………………………二五〇

第14章　日本文学と中国古典漢詩をめぐる断章…………………………………二五五
一　はじめに………………………………………………………………………二五五
二　近代の詩歌から——若山牧水・高村光太郎と漢詩の表現——………………二五五
三　菅原道真の漢詩から…………………………………………………………二五九
四　「登楼賦」をめぐって…………………………………………………………二六二
五　むすびに………………………………………………………………………二六三

索引
人名索引……………………………………………………………………………二六七
書名・詩題索引……………………………………………………………………二七四
あとがき……………………………………………………………………………二九三

第1章　嵯峨帝と漢詩人達

一　嵯峨帝と文人賦詩

大同四年（八〇九）九月九日、嵯峨帝は即位後初めて神泉苑に行幸し文人賦詩を行った[1]。以後『凌雲新集』が編纂されるまでにも屢文人賦詩の宴が設けられ賜物の事があった[2]。それは宴の下の文人賦詩というより、文人賦詩の為の宴と言った方があるいはより適切かも知れない。

弘仁五年（八一四）三月、当時台閣の首班（右大臣）であった藤原園人（七五六〜八一八）は次のような奏上を行った[3]。

去大同二年。停二正月二節一。迄二于三年一。又廃二三月節一。大概為レ省レ費也。今正月二節復二于旧例一。九月節准二三月一。去弘仁三年已来。更加二花宴一。准二之延暦一。花宴独餘。比二之大同一。四節更起。顧二彼禄賜一。庫貯罄乏。伏望。九月者不レ入二節会之例一。須丙臨時択下定堪二文藻一者上。下乙知所司甲。庶絶二他人之望一。省二大蔵之損一。

周知の通り、平城朝は、桓武朝の宮都造営・蝦夷征討による国庫の財政的破綻の煽りを受け、その諸政は財政緊縮を旨とせざるをえなかった。宮司官人の統合・整理や正月二節・三月節の廃止（大同二・三年）は、こうした政治方針に沿ったものでもあった。

ところが、嵯峨帝は、正月二節を復活、令に定められていない[4]九月九日を三月三日節に準ずるものとした[5]。三日の節は既に桓武帝・藤原乙牟漏（平城・嵯峨帝母）の登遐の月に当たるとし、朝儀としては廃絶されていて、(6)理由が理由だけに復活できなかったようである。従って、九月九日はいわばその代替という感がある。国史によって嵯峨朝以前の定期的な文人賦詩を検してみると、三月三日曲水宴・七月七日七夕宴にほぼ限られるが、共に唐土に風雅の先縦を仰ぐ二事の一つを欠くというのは、唐風好みの帝にとって無念とするところではなかったであろうか。こうした宴に加えて帝は花宴を創始したため、用する財の国庫に与える影響も少なくなく、貢献する民人の煩いの種となることは明らかであった。

しかし、園人は積極的にこれらの宴の停廃を求めているわけではない。詩文の才に堪能な者を選りすぐって内々に行うべきことを提案しているのである。これはかなり控えた奏上と思われるが、それはともかく、ここにおいて宴は嵯峨帝の個人的好尚によるという色合をより濃くし、次第に詩文高才の者や帝の親識の者に参会者が限られてくる可能性が予想されよう。それをあるいは象徴するのが内宴であろうか。これは恐らく弘仁四年正月廿二日に行われたのを嚆矢とするが、(7)この参会者は公卿と文人の少数であったようである。(8)

嵯峨朝の文人賦詩は、先の重陽節に始まり、七夕や花宴・内宴といった宮廷内・神泉苑の宴を通じて参会詩人らが形成されつつあったと少なくとも初期の段階では考えてよさそうであるが、(9)それまで宮廷内や神泉苑に限られていた賦詩の場が、弘仁四、五年になるとやや様相が変わる。同四年に皇太第南池、五年には冬嗣閑院、交野、(10)六年には韓崎、七年に小野石子長岡第、嵯峨別館（嵯峨山院・嵯峨院）、冷然院といった次第である。弘仁五年頃から賦詩の場が宮城内と共に外にも及んでいるわけである。これは新しい詩興を欲した表われと同時に、文事に親しむ余裕が帝や近臣らに出てきたという要因もあろう。初期嵯峨朝治政の施策は、弘仁五年以前に桓武・平城朝治政の否定・修正・補遺という形で集中的に行われている様相が窺えるからである。(11)

二　『凌雲新集』『文華秀麗集』『経国集』の詩人達

ところでこのような文人賦詩はどのような人々によって行われたか。ここで勅撰三集に目を向け、人的要素の面から嵯峨帝を中心とする初期の詩人群の関係の一端について触れてみたいと思う。まず三詩集に現われた詩人達とその入集数をまとめた以下の表を見て戴きたい。(12)

人名	生没年	凌雲	文華	経国	計	備考
平城天皇	七七四～八二四	2	0	4	6	
嵯峨天皇	七八六～八四二	22	34	40	96	
淳和天皇	七八六～八四〇	5	8	4(3)	17(16)	
藤原冬嗣	七七五～八二六	3	6	1	10	
菅野真道	七四一～八一四	1	0	0	1	
仲雄王	？	2	13	3	18	文
賀陽豊年	七五一～八一五	13	0	6	19	
良岑安世	七八五～八三〇	2	4	8	14	
藤原道雄	七七一～八二三	2	0	0	2	
林娑婆	？	2	0	1	3	
上毛野穎人	七六六～八二一	1	1	2	4	文
小野岑守	七七七～八三〇	13	8	9	30	文
菅原清公	七七〇～八四二	4	7	7	18	文
小野永見	？	2	0	0	2	
淡海福良満	？	3	0	2	5	
仲科吉雄	？	1	1	2	4	
高丘弟越	？	2	0	0	2	
坂上今継	？	2	1	0	3	
大伴氏上	？	1	0	0	1	
滋野貞主	七八五～八五二	2	6	26	34	文
多治比清貞	？～八三九	2	1	0	3	文
桑原宮作	？	1	0	0	1	
桑原腹赤	七八九～八二五	2	10	1	13	文
巨勢識人	？	1	20	4	25	文
朝野鹿取	七七四～八四三		6	0	6	文
勇山文継	七七三～八二八		1	1	2	
王孝廉	？～八一五		5	0	5	渤海使

釈仁貞(真)	?		1	0	1	渤海使
紀　末守	?		1	0	1	
坂上　今雄	?		1	0	1	今継歟
姫大伴氏	?		1	0	1	
藤原　是雄	?～八三一		1	0	1	
錦部　彦公	?		1	1	2	
平　五月	?		1	0	1	
佐伯　長継	七七〇～八二八		1	0	1	
小野　年永	?		1	1	2	
宮原　村継	?		1	0	1	
桑原広田麿	?		1	0	1	
菅原　清人	?			1	1	
和気　真綱	七八三～八四六			1	1	文
和気　仲世	七八四～八五二			1	1	文
有智子公主	八〇七～八四七			8	8	
滋野　善永	?			4	4	
源　弘	八一二～八六三			2	2	
源　常	八一二～八五四			1	1	
惟良　春道	?			8	8	文
清原　夏野	七八二～八三七			(1)	(1)	詩題のみ
三原　春上	七七四～八四五?			1	1	
安養尼和氏	?			1	1	和気氏歟

藤原　三成	七八六?～八三〇			2	2	
釈　空海	七七四～八三五			8	8	
弘道　真貞	?			(1)	(1)	目録に記
藤原　常嗣	七九六～八四〇			1	1	
笠　仲守	?～八三五			1	1	
安倍　吉人	七八一～八三八			1	1	
島田　清田	七七九～八五五			1	1	文
高村　田使	七四三～八一八			1	1	
和気　広世	?			1	1	文
藤原　衛	七九九～八五七			1	1	文
南淵　永河	七七七～八五七			4	4	
浄野　夏嗣	?			1	1	
石川　広主	?			1	1	
大枝　直臣	?			1	1	
紀　長江	?			2	2	文
藤原　令緒	?			2	2	文
源　明	?～八五二			1	1	
布瑠　高庭	?			2	2	文
橘　常主	七八七～八二六			1	1	
惟　氏	?			3	3	惟良氏
多治比文雄	?			1	1	文
豊前王	八〇五～八六五			1	1	文

小野　篁	八〇二～八五二			2	2	文
多治比穎長	?			1	1	文
山田　古嗣	七九八～八五三			1	1	文
常　光守	?			1	1	
仁明　天皇	八一〇～八五〇			1	1	
金　雄津	?			1	1	
大江　永野	?			1	1	
巧　諸勝	?			1	1	
伊　永代	?			1	1	
南淵　弘貞	七七七～八三三			1	1	文
路　永名	?			1	1	文
紀　虎継	?			1	1	文
伴　成益	七八九～八五二			1	1	文

文室　真室	?			1	1	文
石川越知人	?			1	1	文
小野　末嗣	?			1	1	文
鳥　高名	?			1	1	文
藤原　関雄	八〇五～八五三			1	1	文
菅原　善主	八〇三～八五二			1	1	文
中臣　良舟	?			1	1	文
中臣　良檝	?			1	1	文
菅原　清岡	?			1	1	文
小野　春卿	?			1	1	文
猪名　善縄	七九七～八七〇			1	1	文
大枝　礒麿	?			1	1	文

右の表によると、『凌雲新集』に入集していて、『文華秀麗集』に採詩されていない者が十人いる。以下繁雑ではあるが、その人物について若干の説明を付すこととしたい。

平城天皇　賀陽豊年　菅野真道　林娑婆　藤原道雄　小野永見　淡海福良満　高丘弟越　大伴氏上　桑原宮作

平城帝は周知の通り「博㆓綜経書㆒。工㆓於文藻㆒」（『日本紀略』『日本後紀』大同元年五月）と評される属文に長じた天皇である。桓武帝崩御の際「哀号擗踊。迷而不㆑起」（同上、大同元年三月十七日）と悲歎したかと思うと、一転して非礼なまでの改元を敢行し、早々に六道観察使を設置した。これは帝の政治に対する並々ならぬパトスを物語るが、生来の病弱から三年足らずで譲位せざるをえなかった。恢復すると寵愛した薬子の変事に関連。結果として政治上の位置は大きく後退してしまう。このような実兄の多蹟な運命に対する想察と優れた文才に対する尊敬の念が、嵯峨帝の脳裏にあって採詩された可能性もあるが、より影響を及ぼしたのはあるいは賀陽豊年ではなかったであろうか。

豊年は平城帝との奉和詩や応令詩四首（『経国集』）を残し、その親近度はかなり濃厚である。[13] 彼は『日本後紀』や「凌雲集序」で述べられている如く、経史に該精し、博く群書を究めた「当代大才」であり、その異論なきによって彼の集が定まったと記されるから、成立に果たした役割は少なくなかったのではないかと考える。[14] 彼には興味深い作品として、「逸人詞」（『凌雲新集』46）「高士吟」（同47）「和二石上卿小山賦一」（『経国集』巻一・4）といった脱俗的・隠逸者風の詩賦がある。また、友人小野永見（岑守父）を尋ね、詩席で「白眼対二三公一」と阮籍の故事をふまえた作句を行い、貴顕に悪まれたという逸話を残している。[15]

一室何堪レ掃。九州豈足レ歩。寄レ言燕雀徒。寧知二鴻鵠路一。　（47「高士吟」）

――一体高士たる者は一室など掃くに足らぬ。陳蕃は大丈夫たる者天下を掃くべしと言ったではないか。[16] また、曹植は九州とて歩むに足りぬと言ったではないか。[17] 言ってやろう小人どもよ。高士の進むべき道がどうしてお前達にわかろうや[18]――こうした高踏的な雑言詩を採詩したのも恐らくは豊年の意向を汲んだものと思われる。全体、脱俗・隠逸趣味[19]の作は『文華秀麗集』に見えない。『凌雲新集』の永見の「田家」（73）「遊寺」（74）、淡海福良満の「早春田園」（75）なども、陶潜詩的な世界を孕みつつ、豊年の先の詩により近似する傾向を持つように思われる。これにより、嵯峨朝の文人賦詩が行われる以前にかような傾向の賦詩が属文の才子らの個人的な詩宴の場などで行われていたと考えるのは思い過ごしであろうか。それが嵯峨朝に入り、宮中での天皇を中心とする賦詩が盛んになり、詩の傾向に多少の変化が生じてきた……『凌雲新集』はいわばその狭間に位置する集ではないのだろうか。

さて、次の菅野真道は百済帰化人の後裔。桓武帝代では百済王家後裔の優遇がはかられたが、彼自身学問の家柄[20]

の出で学識豊かな人物であったようだ。『続日本紀』編纂に同族の仲科善雄と共に参加。若い藤原緒嗣（七七三〜八四三）と桓武朝施政の総括とも言うべき徳政論争を行う。緒嗣が新宮造営・蝦夷征討の停廃を建議したのに対して異議を唱え、恐らく桓武朝政策の擁護をもって反駁したと考えられるが、こうした点において桓武朝の遺臣であることは動かない。

林娑婆は平城帝との関係が推定される。「賦桃。応令」（『経国集』巻一一・114）は『凌雲新集』の平城作「詠桃花」（1）と同時であろう。[21] 延暦六年（七八七）少外記（従六位上歟）として任官したのが最も古い記録である（『外記補任』）。大同元年（八〇六）五月平城帝即位後、賀美能親王（後の嵯峨帝）の東宮学士となる。時に春宮大進には藤原冬嗣、少進には小野岑守がいた。恐らく任官記事から考えて、弘仁期に没したか、あるいはかなりの高齢であったかと思われる。入集詩は岑守、菅原清公（一説に清人）宛の作である。

小野永見は岑守の尊父。入集は、岑守の父を顕彰しようという心情と共に、豊年卒伝（『日本後紀』弘仁六年六月廿七日）に見えるように彼自身詩才があったことによるか。

高丘弟越は百済亡命者の末裔。その祖は百済僧詠。その子楽浪河内は、山田御方（『懐風藻』に三首所収）と学業に優遊、高丘連を賜い、正五位下大学頭となり、『万葉集』に歌二首を残し、「武智麻呂伝」にも記される文雅の人であった。その子比良麿も大学に遊び書記を渉覧、大外記に歴任した（『続日本紀』神護景雲二年六月廿八日卒伝）。こうした系統から考えて学才を認められた人であろう。「三月三日侍宴神泉苑。応詔」（『凌雲新集』79）は、曲水宴での作だが、この宴は先述の通り大同三年二月に停廃されているので、記録によれば延暦二十三年（八〇四）以前の作である。豊年の「三月三日侍宴。応詔三首（其二）」（同38）の第七句と弟越作の第八句の故事（『尚書』舜典）の符合は、[22] あるいは二詩が同時に関連をもって詠作された徴証となるか。また、彼には「落花篇」（同80）という御製・岑守作と同題の詩を見るが、その二作に比してかなり短篇であり、美的で繊細な表現に乏しく詩風の懸隔を感じざるをえない。『凌雲新集』編纂の翌年正月外従五位上から従五位下に昇進してより官職等未詳。

淡海福良満は延暦十六年従五位下、治部少輔、同十八年中務少輔の要職を歴任、大同元年三月桓武帝崩御による陵墓の造営を司る山作司となる。「早春田居」（『凌雲新集』75）は陶潜的な世界を存し、「言志」（同76）「被レ譴別二豊後藤太守一」（同77）などには孤高を守る不遇な人間像が喚起される。

藤原道雄は小黒麿の四男で、長兄に延暦の遣唐大使葛野麿（七五五〜八一八）がいる。延暦・大同年間に三度大学頭となる。『公卿補任』によると弘仁二年（八一一）に紀伊守として着任したと考えられ（弘仁九年三月典薬頭）、嵯峨朝の詩宴に出席する機会に恵まれなかったため、『文華秀麗集』に入集しなかったか。官歴からすると延暦期に活躍期を持つようで、清公とほぼ同年代だが大学寮職においては先輩と言えよう。

大伴氏上は『性霊集』（巻四・21）[23]に初見。弘仁二年に少内記で帝の命により空海に使いした。大伴氏は淳和帝即位に伴い避諱により伴氏に改姓（弘仁十四年四月）。伴三宗（七九六〜八五四）の卒伝（『文徳実録』斉衡元年八月十六日）によると氏上は彼の祖父であるから、父子の差を二十年余と考えれば賀陽豊年とほぼ同年輩くらいであろうか。修理遣唐使長官（承和三年）になったのは恐らく八十歳以上の高齢の時であろうか。『凌雲新集』の編纂当時、少・大内記という帝に近い職にあったというのが入集した因と言えそうである。

桑原宮作は「陸奥少目従八位下」（『凌雲新集』）の卑位にあった。その作「伏枕吟」（88）が任地での作であるなら[24]、恐らく陸奥介であった小野永見や東国に使いした岑守の知遇を得ていたことによるだろうか。

以上のように考えてくると、不明な点もままあるが、これらの詩人達は総じて嵯峨朝以前の遺臣というべき人々であって、帝とは年齢的にかなり隔りがあるように考えられるが、次いで両集及び『文華秀麗集』に見える次の人々はどうか考えてみよう。

嵯峨帝　淳和帝　藤原冬嗣　仲雄王　良岑安世　上毛野穎人　小野岑守　菅原清公　仲科善雄　坂上今継

滋野貞主　多治比清貞　桑原腹赤　巨勢識人　（以上『凌雲新集』『文華秀麗集』の両集）

朝野鹿取　勇山文継　王孝廉　釈仁貞（貞、一作レ真）　紀末守　坂上今雄　姫大伴氏　藤原是雄　錦部彦公

平五月　佐伯長継　小野年永　宮原村継　桑原広田麿　（以上『文華秀麗集』）

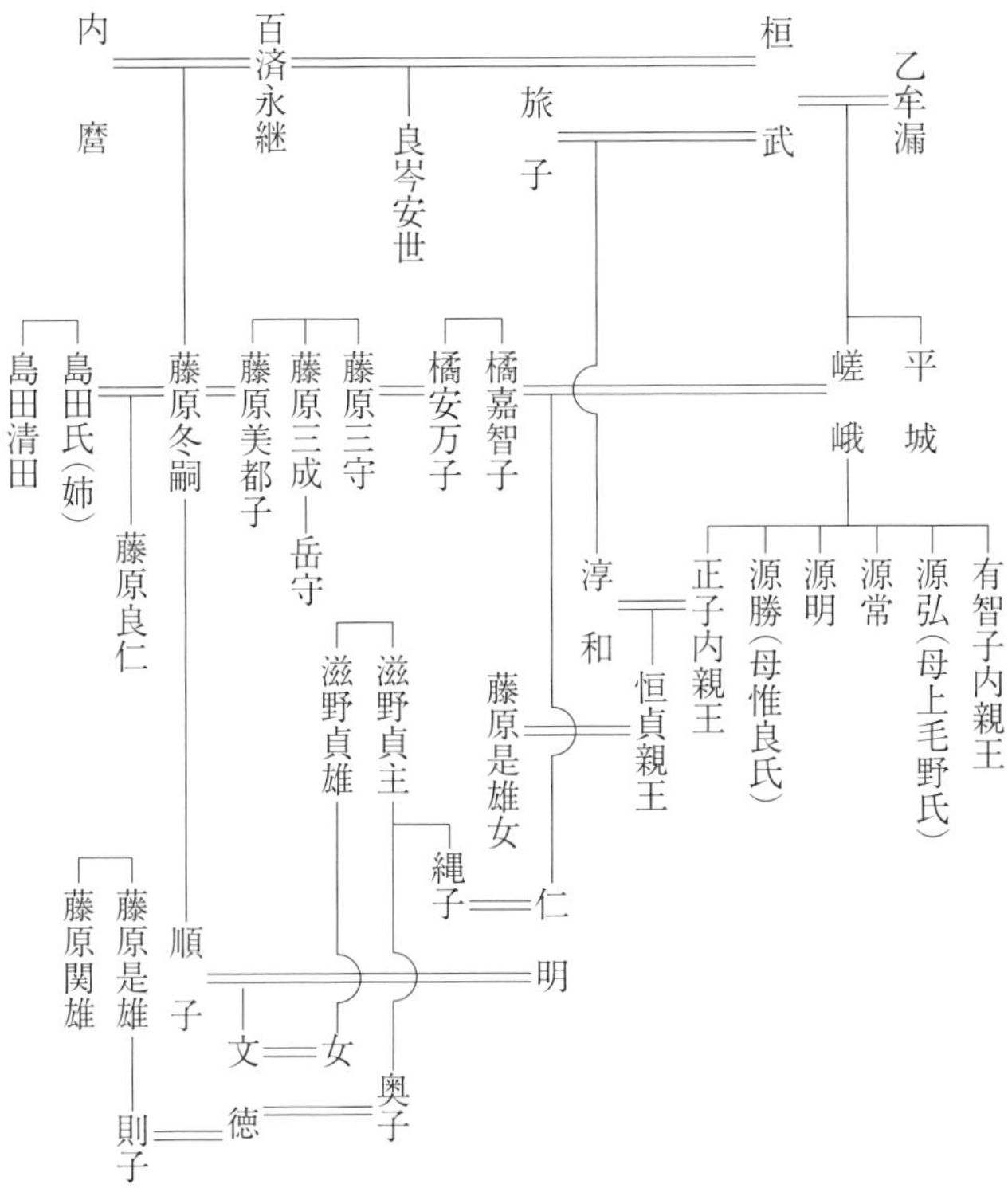

これらの人々のうち嵯峨・淳和・良岑安世は異腹の兄弟であり、冬嗣は安世と同腹[25]。冬嗣の妻となった美都子は嵯峨帝の側近藤原三守の妹。三守の妻橘安万子は皇后嘉智子の姉という姻戚関係で結ばれている（上記系図参照）。

　小野岑守は嵯峨帝在藩時代に南淵永河・朝野鹿取・菅原清人らと共に侍読を勤めた。鹿取や岑守らと共に文才で顕われた文章生出身者として菅原清公・滋野貞主・多治比清貞・桑原腹赤・巨勢識人・上毛野穎人らがいる。

　穎人は遣唐録事として清公（判官）・鹿取（准録事）らと共に入唐。後に陸奥少目[26]となるので永見・岑守とも知遇であったろうが、何より薬子の乱の折の帰順の功が認められている。

　仲科善雄・岑守・穎人・坂上今継・桑原

広田麿・宮原村継らは外記職を歩み、[27]貞主・穎人・腹赤らは内記職[28]を歴している。ただし善雄はやや時代を異にし、菅野真道らの前朝の遺臣という位置に近い。他は嵯峨帝と関わりを持ち、文才を認められる立場にあったと思われるのである。ここに腹赤に関してではあるが、次のような逸話が残されている。[29]

昔弘仁御時。帝密仰㆓撰㆑韻人㆒。令㆑大㆓書一字㆒。置㆓其上㆒。為㆓御料㆒。而撰人以㆓他字㆒換。上探取後乖㆓御意㆒。忽召㆓撰人㆒責勘。于㆑時桑原腹赤奏云。御才学(甚)高。欲㆑奉㆑試了。帝歓㆑之云々。

さて、佐伯長継は清公とほぼ同年輩。弘仁十四年（八二三）正月正四位下蔵人頭となるが、嵯峨帝退位と共に辞す。彼の官位昇進は大同四年（八〇九）四月十三日に従七位上より従五位下となったのが初出。つまり嵯峨帝の進退と軌を一にするところから帝近侍の者であろうと考えられる。

錦部彦公は五経を読むをもって嵯峨院に近侍した。その子高橋文室麻呂[30]（八一六～六四）は嵯峨上皇より鼓琴を親授され、琴師の号を与えられている。

勇山文継は、弘仁元年二十八歳の時従八位の卑位にあって姓連を賜う。翌二年、菅原清人・朝野鹿取が従五位下に昇進すると同時に外従五位下へ進み、もとの紀伝博士に相模権掾を兼ね、大学助となる。紀伝博士は大同三年（八〇八）大学の直講を一人減じて充てたもので、[31]彼はその初代かと思われる。このような短期間の昇進の早さや勅撰三集編纂参加の栄誉は、嵯峨帝在藩時代からの知遇がなければ、得られなかったであろう。彼も貞主や鹿取らと共に寒門の出であった。

藤原是雄は冬嗣の一歳年長の実兄真夏（七七四～八三〇）の子。御製に「左兵衛佐藤是雄見㆑授㆑爵之㆓備州㆒謁㆑親。因以賜㆑詩」（『文華秀麗集』巻上・20）がある。これは父の赴任していた備中に向かう時の餞詩で、時に二十歳前後[32]の若き官僚であった。

このようにして詩人群を俯瞰してみる時、『凌雲新集』においては前朝の遺臣に対する配慮が窺え、官位順に詩を配列している事と考え合わせても政治的配慮が濃厚であると思われる[33]。これは恐らく嵯峨帝を中心とする詩人群の形成が未だ定まっておらず、文壇的にも過渡期であった背景があるのではないかと思われる。それに比して『文華秀麗集』は、文才を認められ、帝と親近な位置を占める者の作が多い傾向にある。わずか四年後にこのような集を編纂した理由は明白ではないが、内宴・行幸賦詩などを通じて次第に詩人集団が形成され、弘仁九年（八一八）頃にはほぼ定着をみたと考えてよいのではないかと思う。その主要な人物は、大伴親王（淳和帝）・藤原冬嗣・仲雄王・良岑安世・小野岑守・菅原清公・勇山文継・巨勢識人・朝野鹿取・桑原腹赤・滋野貞主らということになろう。

三　『文華秀麗集』『経国集』編纂と藤原冬嗣

さて、『凌雲新集』の成立の背景について一において若干触れたので、後の二集の成立の背景について記してみたい。

この事を考える時、稿者には藤原冬嗣（七七五～八二六）の存在がどうも気になるのである。抑、平城朝から嵯峨・淳和朝へという政権の動きに目を向ける時、注目すべき人物として藤原緒嗣（七七三～八四三）と冬嗣を挙げることができようと思う[34]。一体平城朝においては桓武朝の遺臣を台閣にそのまま継承した色合いが濃い。殊に緒嗣は、桓武帝をして「汝父寿詞。于レ今未レ忘。……予豈得レ践二帝位一乎。雖レ知下緒嗣年少為中臣下所上レ怪。而其父元功。予尚不レ忘」[35]と憚ることなく言わしめ、桓武朝政の総括ともいうべき徳政論争にも臨んだ典型的寵臣である。その優れた政治的手腕は屢説かれるところで、「国之利害。知無レ不レ奏」或は「惣二天工之綱紀一。為二人臣之重望一」（『続日本後紀』承和十年七月廿三日薨伝）と称される程である。ところがその彼も弘仁期に入ると精彩がないように思われる。弘仁以後屢辞職の表を提出しているようであり、「確二信先談一。不レ容二後説一」（同上）という偏執的な一面が人々に批判を受けた由である。これは恐らく彼に代表されるような桓武朝の官僚グループと嵯峨帝との間に政治上の多少の食違いがあり、帝意の前に憚られる状況があった為ではなかろうか。一で触れた園人の奏上文などその一端と言って良いのではないかと思う。

　それに対して冬嗣は、薬子の乱後の弘仁二年（八一一）の人事において、参議に列した。彼は嵯峨帝にその親王時代から近侍し、即位後間もなく設けられた帝の私設秘書とも言うべき蔵人頭を経ていた。つまり嵯峨帝の腹臣である。その後の昇進の早さはよく言われる通りで、弘仁五年四月には、それまで常に上位に在った緒嗣を越え従三位となる。彼は園人や緒嗣程に政策通で実績が有ったわけではないから、帝の後押しがあったと考えて良いだろう。同年八月緒嗣が衛門督を罷めん事を請い、宮内卿に移った背景には、或は冬嗣と張り合うという意味が有ったのかも知れない。弘仁七年十月、同じく嵯峨帝の腹臣良岑安世・藤原三守が参議に加わり、冬嗣は権中納言となる。そして八年に中納言。九年六月には、弘仁三年に園人が右大臣に移って以来空席であった大納言に進み葛野麿をも越えた。この年の十二月には園人が没するので、彼は文字通り首班の座に着いたわけである。しかし、実際に政治的主導権を握ったのは九年の始め頃ではないかと思う。『類聚三代格』によると、弘仁八年十二月二十五日太政官符に「冬嗣宣」と見え、翌九年になると同書に見える九件の官符のうち八件（三・四・五・六・十一月）が「冬嗣宣」であり、「園人宣」は一件（五月）だけだからである。以後、十二年右大臣、天長二年（八二五）左大臣となり、翌三年七月五十二歳で没するまでその地位は揺がないようである。

　さて、『文華秀麗集』の成立は弘仁九年六月中旬より八月上旬頃までという説があるが[36]、まさにこの年は冬嗣が政治的主導権を掌握した年なのである。尤も下限は『凌雲新集』の成立時期を加味した上での推定であり、序の官位からすれば、松浦友久が述べているように[37]、翌年正月七月以前に成立したと考えるのが穏当であろう。

この様に記載された官位から成立時期を検討するのは有力な方法であり、『経国集』について試みれば次の様になるであろう。その序には「天長四年五月十四日」（群書類従本）と見え、『日本紀略』には同年五月廿日の条に記されているが、付載されている目録に見える官位を検証してみると、「大僧都伝燈大法師位空海」（巻一〇）、「正五位下行内匠頭和気朝臣真綱」（巻一）、「従四位下行東宮学士臣安野文継」（序）が矛盾する。何故なら、空海が大僧都になったのは天長四年五月二十八日の事であり[38]、真綱が「内匠頭」となったのは同年六月九日[39]、文継が「従四位下」となったのは八月九日[40]だからである。以上の点から考えれば、『経国集』の成立は天長四年八月九日以降、翌五年正月六日以前（安倍吉人・和気真綱・藤原常嗣らの昇進を考慮する）とすべきであろう。ただし、先の序や『日本紀略』に共通する五月というのも全く成立に無関係とは断言できず、小島憲之が『凌雲新集』について、奏覧本・勅許本を設定された如き考え方が必要かと思われる。管見は最終的成立を比定してみたまでである。

さて、その『経国集』成立時期も冬嗣と無関係ではないのではあるまいか。冬嗣は周知の通り、「器局温格。識量弘雅。才兼二文武一。道叶二変諧一。賞レ客接レ物。能得二衆人歓心一[41]」と称される人物であり、右大臣となった弘仁十二年（八二一）には同族子弟の為に勧学院を開いた。当時学問を奨励することは優秀な官僚を育成しようという意志に他ならない。「経レ国治レ家。莫レ善二於文一。立レ身揚レ名。莫レ尚二於学一[42]」或いは「文章者経国之大業。不朽之盛事」（「凌雲新集序」）と文学（学問）的才智を持つ人材を評価しようとする意識は、文人官僚の擡頭を促す因となり、紀伝道へ志願者が殺到する傾向を生むであろうことは想像に難くない。こうした時代の趨勢を鑑みる時、冬嗣の勧学院設置は誠に賢明であった。周知の通り、一族一門の為の私学の嚆矢は和気氏の弘文院である。しかし、その成立は恐らく延暦・大同の頃[43]であり、「文章経国」が唱えられた嵯峨帝代の動向とは直接的には関わりない。だが、勧学院設置はその流れの中で、藤原氏の「世襲的政権維持の本音を同族的連帯の中で更にあらわに[44]」出してゆく意味を持っていたであろう。

弘仁九年冬嗣は首班の座についた。翌十年以後は「律令的体制の変貌の時期に対処してより現実に則して効果をあげ得る政策」が積極的になされた[45]と言われ、この時期を政治史的画期と認識するが、同十一年一月には藤原氏優遇の詔が出され[46]、更に十二月には次の様な官符も出た[47]。

案二唐式一。照文崇文両館学生。取二三品已上子孫一。不レ選二凡流一。今須下文章生者取二良家子弟一。寮試二詩若賦一補上之。選二生中稍進者一。省更覆試。号為二俊士一。取二俊士翹楚者一。為二秀才生一者。

これは唐式に倣い、文章生たる資格を良家の子弟に限ろうという事である。良家子弟というのは具体的には三位以上を暗示するのだが、弘仁十二年当時の三位という事になると、藤原冬嗣・緒嗣・貞嗣・三守・良岑安世・文室綿麿・春原五百枝・多治比今麿・秋篠安人等をさすことになる。これが如何に実情にそぐわぬ無理な施策であったかという事は、数年後に桑原腹赤が「游夏之徒。元非二卿相之子一。揚馬之輩。出レ自二寒素之門一。高才未二必貴種一。貴種未二必高才一。且夫王者用レ之。唯才是貴。朝為二厮養一。夕登二公卿一。而況区区生徒。何拘二門資一」[48]と孔子の弟子や揚雄・司馬相如を引用して反論を行っている通りである。この文には、大学は「尚レ才之処。養レ賢之地」であるという寒門出身の文章博士腹赤の面目躍如たる主張が窺える。これ程の論調で説くのは彼の個人的見解ではなく、現実をふまえた正論であったからに他なるまい[49]。文章生は良家子弟より選ぶという先の官符の翌年二月には、文章博士の官位が従七位下より従五位下に昇格している[50]。この事とも相俟って、「文章経国」を旗印に潮波の勢いを増した紀伝道における良家の企みは、天長四年（八二七）六月[51]に至って、非良家の前に妥協の道を選ばざるをえなかったのである。宗家冬嗣は已に前年に他界し、皇親政治の色彩の濃い政治体制となり、やがて天長末・承和期の文人政治家の擡頭をみることとなる[52]。

この様な経緯を考える時、冬嗣を中心とする藤原氏良家と嵯峨帝に見出されたいわば非良家（寒門）出身の文人官僚との間に、何らかの摩擦が起こっていたと考えるのは思い過ごしであろうか。『文華秀麗集』後九年の間をおくのは一つにこのような背景があり、『経国集』が編纂されたのは、文人官僚として立身した非良家の人々の自信と誇りを改めて表明する為ではなかったのではないかと考えるのである。勅撰の前二集に載せられているのはすべて詩のみである。「文章」が「詩」を意味しているのは「文華秀麗集序」「文鏡秘府論序」でも明らかであるが、『経国集』には対策という散文や賦・序も掲載されており、文章生となる為の奉試詩も見え、より「文章経国」の意識を汲んだ文人官僚らの手になるにふさわしい処置がなされているように思えるのである。編者南淵弘貞・菅原清公・安野（勇山）文継・安倍吉人・滋野貞主らは文人官僚として立身を遂げた人達であるが、彼等門閥に拘われぬ優秀な文人官僚の擡頭こそ、「以二萬機之務一委二於賢明一」[53]とした嵯峨帝の敷いた路線であった。そこにこそ「経国集序」に見られる嵯峨帝讃美と「文章経国」の再度の強調の意味があったのではなかったかと考えるのである。

四　むすびにかえて

「文華秀麗集序」に見られる「文章間出。未レ逾二四祀一。巻盈二百餘一。……気骨弥高。諧二風騒於声律一。或軽清漸長。映二綺靡於艶流一。可レ謂二輅変レ椎而増レ華。氷生レ水以加レ厲」という文華隆盛意識は、「英声因而掩レ後。逸価籍而冠レ先」という史的位置付けを希求してやまない。これは既に前述の弘仁三年五月勅や「凌雲新集序」の意識から理念的には予想されない事ではない。つまり、文章が経国治家の要であるという時、文華の隆盛が経国治家の実に繋るという短絡的な道筋も持ちうるのである。これは前述の様に実権を握りつつあった冬嗣の動静をふまえると、彼の治政を始めるけじめにもなっていると考えられ、編纂の詔を受けた彼の影響力を思わないではいられないし、『経国集』編纂も冬嗣の逝去が無関係であったとは稿者には思えないのである。

［注］

（1）帝は皇太子時代、平城帝に従駕してこの地に来ている。その時の頌歌（『日本逸史』大同二年九月乙巳条）「宮人のその香に愛づるふぢばかま君のおほもの手折りたる今日」が残る。

（2）『凌雲新集』成立（弘仁五年）までに行われた文人賦詩の記録を国史より抽出すると、大同五年（六月）、弘仁二年（九月）、弘仁三年（二・七・九月）、弘仁三年（二・七・九月）、弘仁四年（一・二・四・七・八・九月）、弘仁五年（二・四・八・九月）を加え計十六回である。他に記録に残っていないものもあるかも知れない。

（3）『類聚国史』巻七四・歳時五・九月九日。

（4）「雑令」（40）に「凡正月一日。七日。十六日。三月三日。五月五日。七月七日。十一月大嘗日。皆為二節日一。其普賜。臨レ時聴勅」と見え、九月九日節はない。

（5）「天長格抄云。太政官符宮内省応三九月九日節准二三月三日一事。右被二右大臣（内麿）宣一偁。九月九日節毎事准二三月三日節一者。省宜下承二知之一。自今以後依レ例永行上〈弘仁三年九月九日〉」（『政事要略』巻二四・年中行事・九月）。

（6）「夫三月者。先皇帝及皇太后登遐之月也。在二於感慕一。最似レ不レ堪。三月之節。宜レ従二停廃一」（『類聚国史』巻七三・歳時四・三月三日）。だが賦詩や禊祀は後に行われるようになる事周知の通り。

（7）内宴は『年中行事秘抄』によれば弘仁三年の花宴が嚆矢であるが、『類聚国史』では大同四年が始まりであるとする。「内宴」の語は『日本後紀』（弘仁二年四月三日条）にも見えるが、『公事根源』に「内宴と申は、うち〳〵の節会なり、仁寿殿にておこなはる、文人ども題を給り、詩を作て、やがて御前にて講ぜらる、二十一日、二十二日、二十三日の程、子の日にあたらば、其日おこなはれ」た由であり、『河海抄』（巻一三・若菜上）には、「内宴記曰。弘仁四年始有二内宴一。唐太宗之旧風也。正月廿一二三日間。有二子日一者。仲日行レ之。蔵人式清涼記等廿日。注曰廿一二三日之間。若有二子日一。便用レ之」と見える。今これに従う。

（8）嵯峨帝代の参会者数は明らかでないが、「帝觴二于近臣一。命レ楽賦レ詩。其預レ席者不レ過二数人一。此復弘仁遺美。所謂内宴者也」（『文徳実録』仁寿二年）などや次の記事によって推すことができよう。

献レ詩者十三人（天長九年）

喚二五位已上詞客両三人并内史等一（承和元年）
公卿近習以外、内記及直校書殿文章生一両人殊蒙二恩昇一（同二年）
公卿及知文者三四人得二昇殿一（同六年）
公卿及知文士五六人陪焉（同十一年）
公卿之外、文人恩昇者不レ過二五六人一（同十二年）
公卿及詞客預レ宴者五六人（同十三年）
天皇内二宴近臣一如二常儀一、凡毎年正月廿一日。天子内二宴於近臣一。喚二文人一賦レ詩。預レ席者不レ過二四五人一（貞観二年）
文人預レ席者五六人賦レ詩（元慶九年）
文人被レ喚。預レ席者十人賦レ詩（仁和三年）
（『類聚国史』巻七二）

(9) ただし七夕詩は『凌雲新集』『文華秀麗集』には見えず、『経国集』（巻一三）に布瑠高庭の作一首を見るのみ。『類聚国史』『日本後紀』などによると弘仁六年を最後に七夕賦詩は久しく記されない。しかし、『田氏家集』や『菅家文草』に見えているので廃されていたと考えるより途中廃れた時期があったと考えるべきだろう。

(10)『凌雲新集』に見える御製「河陽駅経宿、有レ懐二京邑一」(11)「江亭暁興」(12)「春日遊猟、日暮宿二江頭亭子一」(13)などの作は、弘仁二・四・五年の二月のいずれか定め難いが、弘仁五年の可能性が強い（小島憲之『國風暗黒時代の文學　中（中）』〈塙書房、一九七九年〉一四三三頁）。尚、これら賦詩の場については渡辺三男「嵯峨山院・嵯峨野考」（『駒沢国文』17号、一九八〇年三月）の論考がある。

(11) 大塚徳郎『平安初期政治史研究』（吉川弘文館、一九六九年）第一章第三節参照。

(12)・『経国集』（巻二〇）の対策文作者は表に入れてない。亦勅撰三集編纂期と生存期などが明らかに重ならない次の『経国集』の人物は表より除いてある。

　高野天皇（孝謙・称徳・七一八〜七七〇）一首
石上宅嗣（七二九〜七八一）二首

淡海三船（七二二～七八五）五首
藤原宇合（六九四～七三七）一首
朝原道永（?）　二首
楊泰師（?）　二首

・備考の「文」は文章生出身者の意。

・淳和帝の「4(3)」は、四首のうち『経国集』の一首が『文華秀麗集』所載詩の改作と考えられることを示すため。

・坂上今雄は今継の誤写かという有力な説がある（松浦友久「文華秀麗集考」『漢文学研究』10号、一九六二年。『日本上代漢詩文論考』〈研文出版、二〇〇四年〉所収）。『経国集』詩人については、未詳の名多いが、誤写の可能性も考えて「常光守」は常道兄守、「巧諸勝」は広根諸勝、「伊永代」は伊福部永氏であろう。猶、「鳥高名」は長岑（白鳥）高名（文章生出身。七九四～八五七）のことで、「改姓したことについては、佐伯有清「『入唐求法巡礼行記』所載人名考異」（『古代史論叢』巻下、吉川弘文館、一九七八年）参照。ただし、この論文には高名が『経国集』詩人であることについての言及はない」（後藤昭雄「宮廷詩人と律令官人と」『平安朝漢文学論考〈補訂版〉』〈勉誠出版、二〇〇五年〉所収）という指摘が既にされている。また、「金雄津」は賀祢公雄津麻呂のこと（山谷紀子「勅撰三集における「応製的表現」の研究」『国学院雑誌』104巻3号、二〇〇三年三月）という。江戸時代の『本朝儒宗伝』（巨勢正純編、元禄三年〈一六九〇〉刊）には、和気真綱・仲世・藤原三守・笠仲守・南淵永河・小野篁・山田古嗣・南淵弘貞・伴成益・長岑高名・藤原関雄らの小伝が見え、注目されているのも興味深い。

(13) 金原理「白眼三公に対ふ―賀陽豊年小伝―」（『語文研究』31・32号、一九七一年十月。『平安朝漢詩文の研究』〈九州大学出版会、一九八一年〉所収）。

(14) 小島憲之は『凌雲新集』の現存本は勅許本（九十一首・二十四名）であり、それ以前に奏覧本（九十首・二十三名）の段階があったと推定される（「凌雲新集の基礎的研究」『日本漢文学史論考』岩波書店、一九七四年）。傾聴すべき卓見かと思う。識人一首は所謂勅許本の段階で豊年の意見とは別に、嵯峨帝や撰者らによって追加撰入されたと考えられないだろうか。

(15)『日本後紀』弘仁六年六月二十七日豊年卒伝。

(16)「汝南先賢伝曰。陳蕃字仲挙。汝南平輿人。有三室荒蕪不二掃除一。曰。大丈夫当下為二国家一掃中天下上」（『世説新語』徳行篇1話劉孝標注）による。

(17)「九州不レ足レ歩。願得凌レ雲翔。逍二遙八紘外一」（「五遊篇」）による。猶、「九州不足歩」の句は『文鏡秘府論』（天）にとられている。また、興味深い事に「凌雲」の二字が曹植のこの詩句に見えている。

(18)既に小島憲之の注に指摘がある。『史記』（巻四八・陳渉世家）の故事。この言の裏には、学舎にありながら意欲を欠き、蔭位出身に奔走する輩に対する批判があったであろう（『令集解』巻一七。選叙令所引の延暦二十一年六月八日太政官奏）。

(19)豊年は侍宴応製詩篇を成す一人であり真に脱俗的な人物であったわけではない。藤原克己「吏隠兼得の思想―勅撰三集の一考察―」（『日本文学』一九七七年七月。『菅原道真と平安朝漢文学』〈東京大学出版会、二〇〇一年〉所収）参照。ただ「天爵有レ餘。人爵不レ足。」（卒伝）という通り、学才は豊かだが、官職に恵まれなかったという事がこのような賦詩の背景にあるのではなかろうか。尚、右の八字の人物評価の措辞は、和家麿（「人位有レ餘。天爵不レ足」『日本後紀』延暦二十三年四月二十七日薨伝）の場合も含めて、『世説新語』（徳行篇5話注所引『先賢行状』）に見える荀淑の人物評に倣ったもの。

(20)『続日本紀』延暦九年七月十七日条。

(21)小島『國風暗黒時代の文學　中（中）』一三五五頁。

(22)「自然相率舞」（豊年）と「何関拊石音」（弟越）は共に『尚書』（舜典）の「於予撃レ石拊レ石。百獣率舞」をふまえた表現。

(23)「書二劉希夷集一献納表」。

(24)『本朝一人一首』（巻二・88）に「罷レ病望レ郷而所レ吟也」とある。

(25)『大鏡』によると冬嗣の母は飛鳥部奈止麿女、『本朝皇胤紹運録』によると安世の母は百済永継であるが、『公卿補任』は両者とも右二人の母の名を記す。「同衾易レ感。在原難レ抑。携二提我一之比レ天。割二亭我一之同レ地」（『性霊集』

巻六・48「右将軍良納言為㆓開府儀同三司左僕射㆒設㆓大祥斎㆒願文」）などの措辞によると同母に違いなかろう。兄弟仲は良かったらしく、冬嗣薨逝に際し、安世は病と称して屢の中使も退け参内しなかった。天長四年孟秋、安世は冬嗣一周忌を営んでいる。系図を掲げるに、母の名、今は百済永継説に従う。

(26)『清水寺縁起』所収延暦二十四年十月十九日官符によると「正六位下左少史兼陸奥少目」。

(27) 外記は「往年多以㆓文章生㆒任㆑之」（『官職秘鈔』）と見えるように文才もかなり必要とされた。内記と同じ官位相当に昇格（延暦二年五月）以後、御所の記録にも関与（『類聚符宣抄』第六「応㆓御所記録庶事外記内記共預㆒事」弘仁六年正月二十三日官符）、「依㆓公卿意見㆒所㆑施庶政。可㆑順㆓時令㆒。宜㆘存㆓此意㆒。政有㆑逆時。外記申聞㆖」（同、天長元年十一月十六日）という要職となった。尚掲げた六人の在職期間は次の通り。

善雄（延暦七～十九年）※同八年不明『外記補任』

岑守（延暦二十二～大同元年）※『外記補任』

穎人（大同元～弘仁八年）※『外記補任』

広田麿（～弘仁十二～天長六年～）※後藤昭雄「文華秀麗集詩人小伝拾遺」（『古代文化』28巻10号、一九七六年十月。『平安朝漢文学論考〈補訂版〉』〈勉誠出版、二〇〇五年〉所収）参照。

村継（～弘仁十～天長元年～）※同右

今継には小島博士「詩人小伝」（『國風暗黒時代の文學　中（中）』）の他に次の史料がある。

・弘仁七年六月二十二日少外記（『西宮記』恒例第二・六月・神今食）

・弘仁十二年十一月二十日大外記（『類聚符宣抄』第六）

・弘仁十三年四月二十七日大外記（同右）

これと彼を合わせれば（～弘仁七～天長四年）か。

尚、「右大史正六位上勲七等坂上忌寸全繼」（『清水寺縁起』付載太政官符・弘仁二年十月十七日）は「右→左」「全→今」の誤写か。

(28) 大内記については「儒門之中堪㆓文筆㆒者任㆑之。草㆑詔勅㆓宣命㆒故也。上下諸人位記悉内記所㆓奉行㆒也」（『職原鈔』）

と見える。

(29)『西宮記』（恒例第一・内宴）に引かれる『吏部記』（天慶六年二月二日）による。

(30)『三代実録』貞観六年二月二日条に卒伝。後藤昭雄前掲論文（注27）参照。

(31)「減二大学直講博士一員一。置二紀伝博士二」（『日本紀略』大同三年二月四日条）。

(32)小島憲之の注によると前出の御製は弘仁九年の作かと言われる。その時期と、真夏の子、関雄の兄という点を勘案するとこれくらいが穏当か。

(33)官位順配列について、小島憲之は「官僚主義を如実に物語る」と言う（注14所引論考参照）。

(34)大塚徳郎は園人・葛野麿・冬嗣を重視するが（注11所引著書）、林陸朗「藤原緒嗣と藤原冬嗣」（『上代政治社会の研究』吉川弘文館、一九六九年）の見解を承く。

(35)『続日本後紀』承和十年七月二十三日条の緒嗣薨伝。

(36)松浦貞俊「勅撰三集研究覚書」（『国語と国文学』一九五七年十月）。

(37)注12所引論考参照。

(38)『東寺長者補任』『僧綱補任』『大師御行状集記』『弘法大師行化記』などによる。

(39)『公卿補任』承和七年条。

(40)『類聚国史』巻九九・職官四・叙位四。

(41)『日本逸史』天長三年七月二十四日条。

(42)『日本後紀』弘仁三年五月二十一日勅。

(43)桃裕行『上代学制の研究』（吉川弘文館、一九四七年。思文閣出版、一九九四年修訂版）第二章第四節参照。

(44)堀内秀晃「平安初期の大学寮」（『国語と国文学』一九七三年十月）。

(45)大塚徳郎前掲書、第一章第三節参照。

(46)『日本紀略』弘仁十一年一月六日条。

(47)『本朝文粋』（巻二・64）所載「応下補二文章生并得業生一復中旧例上事格」（天長四年六月十三日）に引用される官符。

（48）同右、天長四年六月十三日格。
（49）久木幸男『大学寮と古代儒教』（サイマル出版会、一九六八年）第三章第三節参照。
（50）『類聚国史』巻一〇七・職官部十二・大学寮。
（51）注47所引の格参照。
（52）大塚徳郎前掲書、第一章第四節参照。
（53）『続日本後紀』承和九年七月十五日遺詔。

〔後記〕

本稿は『中央大学国文』第24号（一九八一年三月）に掲載された著者の初めての論文である。本文はほぼ当時のままに、注は若干修正加筆した。この論のあとに、小島憲之博士の浩瀚な『経国集』注釈が出版されている（『國風暗黑時代の文學』中（下）Ⅰ～下Ⅲ、塙書房、一九八五～九八年）。また、近年、嵯峨朝の文学について特集した『日本古代の「漢」と「和」―嵯峨朝の文学から考える―』（アジア遊学188、勉誠出版、二〇一五年）もあり、文中で言及した宮中行事については、今日、滝川幸司『天皇と文壇―平安前期の公的文学―』（和泉書院、二〇〇七年）の詳論が備っている。

第2章　『菅家文草』をめぐって
――菅原道真没後一一〇〇年に向けて――

一　『菅家文草』『菅家後集』研究への期待

もうかれこれ三十年近い昔のことになる（二〇〇一年現在）。通っていた大学の近くの古書肆で一冊の分厚い本を購入した。それはそのまま古書の棚に並べて置くには惜しい程に真新しい。函中の本体を包むパラフィンにもいささかの歪みなく、果たして見開かれたことがあるのだろうかとさえ思われた。恐る恐る頁を操る。すると漢詩の白文と訓読文、それに隙間のない程にびっしりと付された頭注が延々と続く……。その書の扉には「日本古典文学大系72　菅家文草　菅家後集　川口久雄校注」（岩波書店、一九六六年十月五日第一刷。稿者の入手したのは一九六九年七月三十日第三刷）とあった。

当時大学二年で、書道に少々凝っていた以外不真面目な学生であった自分には初めて目にする書名である。書との関わりで戯れに漢詩作りの真似事などしていたから、その筋には聊かの関心を抱いていたのだが、読み始めて正直驚いた。平安時代も前期に個人でこのような大部の漢詩文を今日に残している人物がいたとは……。しかもそれが、他ならぬ遣唐使を廃止した菅原道真であり、文学としては「このたびは幣もとりあへず」の和歌か説話伝承の世界の人物（天神様）としてしか全く意識になかった人の詩文であったからで、さらにはその詩文中に思いがけない程に豊かな精神生活が展開していたからであった。当時少し読み始めていた唐代の著名詩人の作とはかなり違った印象を受け、次第に興味を持つようになるのだが、この川口久雄博士の大系本の偉業――『菅家文草』『菅家後集』の本格的研究に先鞭をつけたのみならず、一般への道真漢詩の普及に画期的成果を齎し、享受する読者層を飛躍的に増大させた――についてはまだ当時知る由もなかった。そして、刊行から三十五年を経た今日（二〇〇一年現在）にあってもその業績は揺ぎなく貴重な財産であることに変わりはない。

ところが、日本古代文学の世界にあって、これ程の量と質の漢詩文集を前に、研究者の議論は決して多いとは言えない。否、むしろ少な過ぎると言うべきであろう。その研究情況については、至文堂『国文学　解釈と鑑賞』〈特集・平安朝漢文学の世界〉（一九九〇年十月、第55巻10号）、学燈社『国文学』〈特集・菅原道真と紀貫之〉（一九九二年十月、第37巻12号）で、各々藤原克己・金原理両氏がまとめ論述されているのが参考になる。それ以後について記すのは本稿の目的ではないので管見の範囲で略記するに留めるが、『菅家文草』『菅家後集』の注釈が佐藤信一・柳沢良一・焼山廣志氏らにより行われつつあり、山本登朗氏の成果（日本漢詩人選集1『菅原道真』研文出版、一九九八年。五十六首を精選）も出た。論文では菅野礼行・後藤昭雄・波戸岡旭・新間一美・滝川孝司等の諸氏が論及しているくらいであろうか（二〇〇一年現在）。仮名文学の物語や和歌が一条一首に拘って論じられている情況を鑑みる時、猶やはり寥々たる感は免れない。

稿者の所属している和漢比較文学会では、間もなく訪れる菅原道真没後一一〇〇年を控え、道真の文業を中心とするシンポジウム開催や道真（含その周辺）について様々な視点から論ずる企画を立て、近くその内容を発表する予定である。多くの研究者に参加して戴くと共に、また一般の方々にも広く興味と関心を抱いていただけるようなものになったら、と念願している。殊に道真の漢詩文についてより広く多くの人に注目され、論議の俎上にのせられる機会の増えんことを強く期待せずにはいられない。その思いを込め、以下詩について日頃思っていることなどを聊か認めてみたい（猶、研究者の間では道真の散文研究は漢詩以上に立遅れているという共通認識があることも付記しておきたい）。

二　『菅家文草』の本文をめぐって

『菅家文草』や『後集』については前述したように川口久雄博士の校注本（日本古典文学大系）が今後も研究の基盤になることは無論である。読み始めた学生の頃、未熟さ故に正直言えばその蒼古たる訓読——それは平安朝前期の訓読情況を復元したいという川口博士の学問的方針に依るもので意義あることではある——に荘重な印象を覚えると共に、後世の訓読法に馴染んでいる身には違和感もまた禁じえなかった。恐らく学究者でもない限りこの訓読に終始ついてゆける読者はそう多くはないだろう、もっと訓み易くならないものかと思うのだが、ともあれ先ずは大系本本文の可否を問うことから始めたい。

道真が文章生試に備えて詩作の修練を重ねていた時期の作に次のような作がある（猶、白文は大系本の本文、訓読の方は必ずしも大系本に依らず私案により改め、文字の違いはゴチック体で見易くして掲げる）。

5　賦㆓得詠㆑青。一首。〈十韻、泥字、擬作〉

正色重冥定　　正色　重冥　定まり
生民万里睇　　生民　万里に睇《み》る
寄書仙鳥止　　書を寄せて　仙鳥止《とど》まり
干呂瑞雲低　　呂を干《をか》して　瑞雲低《た》る
馬倦経丘岳　　馬は　丘岳を経《ふ》るに倦《う》み
車疲過坂泥　　車は　坂泥を過《すぐ》るに疲る

雨晴山頂遠　雨晴れて　山頂遠く
春暮草頭斉　春暮れて　草頭斉《ひと》し
井記鳧張翅　井には記す　鳧《かも》の翅《つばさ》を張るを
田看鶴作蹊　田には看る　鶴の蹊《こみち》を作《な》すを
水衣苔自織　水衣　苔自らに織り
天鑑霧無迷　天鑑　霧に迷《まど》ふことなし
髣髴佳人**家**　髣髴《はうふつ》たり　佳人の**冢**《つか》
潺湲道士渓　潺湲たり　道士の渓《たに》
鋪蒲今未奏　蒲《がま》を鋪《し》いて　今に未だ奏せず
紋竹古応稽　竹を**殺**《そ》して　古《いにしへ》を応に稽《かんが》ふべし
故意霞猶聳　故《もと》の意《こころ》を　霞のごとく猶聳《たなび》かせ
新名石欲題　新しき名を　石に題せんと欲す
明経如拾芥　経に明らかなれば　芥を拾ふが如し
廻眼好提撕　眼を廻らして　提撕《ていせい》を好む

（五言排律。押韻は上平声斉韻）

「青」（一部「蒼」も意識する）に関わる典故を意識しつつ字句を重ねて完成させた知的な営為の作で、既に川口注が指摘しているようになかなか手の込んだ作だが、今問題にしたいのは第十三句「家」と十六句「紋」である。前者の「家」（下平声麻韻）は平仄上先ずありえない。本来仄声の文字が入るべきところだ。「冢」（林家本）「冢」（内閣文庫蔵浅草文庫本『日本詩紀』）の校異で容易に推察もされるが「冢」（上声腫韻。墓の意）でなければならない。従って頭注に云うような「青楼の中に見える青蛾の美人をいう」のではない。既に佐藤信一が指摘するように王昭君の墓所として伝えられている「青冢」をここでは意識しているはずである。(1) この地名は「王昭君変文」や李白・皎然らの「王昭君」詩、杜甫「詠懐古蹟」詩、李商隠「聞歌」詩等にも見え、白居易には「青塚」(『白氏文集』巻一一・0122。塚と冢は通用)、杜牧にも「青冢」詩があるのはよく知られているところだ。従って区中の「佳人」は妓楼の女などではなく王昭君を指すことになる。

次に「紋竹」。稿者が疑念を抱いたのは頭注に記される娥皇・女英(共に堯の娘で舜妃となった)の斑竹の故事では「青」と関連がないのではないかと思ったことが発端。頭注はそこで「緑竹青々」たる竹が「斑竹」となったと結びつけ、「紋」は「斑」の誤写か、とまで勘案しているわけであるが、猶疑念を拭えない。ただ殆どの諸本が「紋」に作るところを「⿰𩙿攵」(林家本)と綴る写本を見た時、疑念は氷解した。「紋」は恐らく「⿰𩙿攵」から生じたもので、その逆は先ずありえないだろう。では「⿰𩙿攵」はどのようにして生じたのか。嘗てよく目を通した異体字研究の必読書『干禄字書』や『類聚名義抄』(観智院本)の次のような記事を想起せずにはいられなかったのである。

⿰𩙿攵(林道春本)

煞⿰⿱⺈⿱王灬攵殺 上俗中通下正(干禄字書)

⿰⿱⺈⿱王小攵⿰金攵 通殺正　⿰⿱乂木攵⿰⿱乂⺣攵 谷　⿰杀攵(名義抄)

つまり、「殺」の異体字が書写の過程で前記のように書き留められる蓋然性が高いと考えたわけである。すると、「殺竹」とは何か。それは例えば「青簡〈応劭風俗通曰、殺青書可二繕写一。謹按、劉向別録曰、殺青者、直用二青竹簡一書耳〉」(『初学記』巻二一八・竹)や「殺レ青者、以レ火炙レ簡令レ汗、取二其青一易レ書復不レ蠹。謂二之殺青一、亦謂二汗簡一。義見二劉向別録一也」(『後漢書』巻六四・呉祐伝所引注)とある竹簡の作り方に因む。つまり、竹を火であぶりその青味と油分を除き文字を書き易くすると共に蠹損を防止したことをふまえ、ここでは文書や書物の意に解して良いと思う(2)。それでこそ「古応稽」（昔のことをよく考え学ぼう）の意と密接に繋がることになるのである。

諸本間に異同があっても、どちらがより適切か選択することはそう困難なことでない場合が多いのだが、大系本はより適切な本文をまま捨ててしまっているのでないかと思われるふしがなくもない。ともあれ、文字校訂に当たっては、所謂異体字関係、更には誤写し易い字例をいつも脳裏に置いて慎重に検討しなければならないようである。以下更に「妄りに雌黄を下す」ことも恐れず、若干の例を挙げてみよう。

* * *

仲**春**釈奠礼畢、王公会二都堂一、聴レ講二礼記一。　（14番詩題）

年二回（仲春と仲秋の上丁の日）釈奠が行われていることはよく知られている。川口博士は当時の釈奠の講書が『孝経』『礼記』『毛詩』『尚書』『論語』『周易』『左氏伝』の順送りで行われたこと（七経輪転講読）を明らかにされている(3)。ところが、貞観九年仲秋（八月十一日）に「釈奠、如二常儀一」（『三代実録』）と記されているのを見落とされたらしく、前掲題詩を貞観十年（八六九）仲春の釈奠作とされた。私案に依れば博士の作成された表は実際は同九年以後半年繰上げて考えねばならないことになるのだが、「春」字に異同がないだけに惑うのはやむをえないかもしれない。今は博士が明らかにされた講書順（稿者は正しいと考える）を改めて生かし比定すると左の如くなる。

〈年〉	〈春〉	〈秋〉
貞観二年	毛詩	尚書
〃三年	論語	周易
〃四年	左氏伝	御註孝経

〃五年　（止）　礼記
〃六年　毛詩　尚書
〃七年　論語　（止）
〃八年　周易　左氏伝
〃**九年**　御註孝経　**礼記**
〃十年　毛詩　尚書
〃十一年　論語　周易
〃十二年　左氏伝　孝経

即ち、前掲『礼記』の講説は、前後の詩の作時などを考慮（つまり配列をほぼ年次順とすれば）して貞観九年仲**秋**、（同五年仲秋の可能性もある）とあるべきではないのだろうか。[4] 春秋を道真又は後人が思い違いをしたり、誤写した可能性はないのだろうか。因みに前掲詩以後の『文草』巻一に見える釈奠詩を右に当てはめておくと次のようになろう（猶、詩の配列順は作次順であることを必ずしも保証しないかも知れない）。

23仲春釈奠聴レ講二論語一→貞観十一年仲春か同七年仲春。
28仲春釈奠聴レ講二孝経一同賦二資レ事レ父事一レ君→貞観九年仲春。
41仲春釈奠聴レ講二毛詩一同賦二発レ言為一レ詩→貞観十年仲春。
55仲秋釈奠聴レ講二周易一賦二鳴鶴在一レ陰→貞観十一年仲秋。

＊　　＊　　＊

先生幸許禁**闈**遊　　先生幸いに禁**園**に遊ぶことを許され
更恐時光不暫留　　更に時光の暫くも留まらざることを恐る　　（35「寄二巨先生一乞二画図一」）

この詩の題下注に「于レ時先生為二神泉苑監一、適許二遊覧一、仍献乞レ之」とあるから、巨勢金岡（高名な画人）が神泉苑の管理を担当することになり、役務上苑中を視察でもしたことを詠んだものと思量される。「闈」は一般に宮門の意であって、「禁闈」は朝廷・宮中の意で用いるのが普通である。確かに神泉苑は宮中に近い（美福門を出た二条大路のすぐ東南にある）。しかし、これを宮中とすることはできない。「闈」はしばしば写本中で「圍（＝囲）」や「園」に誤写されることがあるが、臆測すれば「禁園」とあったのではなかろうか。「神泉苑者、禁苑之其一也」（源順「冬日於二神泉苑一同賦二葉下風枝疎一」『本朝文粋』巻一〇・314）などとあるのも参考になろう（園と苑は通用する）。

＊　＊　＊

含情**若**読新章句　情を含みて**苦**《ねんごろ》に読む新章句
拭眼驚看旧判文　眼を拭《ぬぐ》いて驚き看る旧判文　（50「奉レ和下王大夫賀二対策及第一之作上」）

貞観十二年、勉学に精進した甲斐あって対策に及第した道真は王大夫から祝詩を贈られ、それに答えた。上句に依れば齎された祝詞を「感激の情をもって」（大系本頭注）読んだのは間違いないと思うが、それを「若《も》しくは読む」と訓んだのでは気持ちが弛緩してしまうのではないか。ここは「苦《ねんごろ》に読む」とどうしても訓みたいのだがどうだろう。

＊　＊　＊

眠疲也嘯倦　眠るにも疲れ　也《また》　嘯《うそぶ》くにも倦《う》み
歎息而**鳴慨**　歎息して　**鳴悒**《おゆう》す
為客四年来　客と為りてより　四年来
在官一秩及　官に在ること　一秩に及べり

此時最攸患　　此の時に　最も患《うれ》ふる攸《ところ》は
烏兎駐如縶　　烏兎《うと》の駐《とど》まりて縶《つな》がるるが如きこと
日長或日短　　日の長く　或《あるとき》は　日の短く
身騰或身**縶**　　身の騰《あが》り　或は　身の**蟄**《こも》ることあり
自然一生事　　自然なり　一生の事
用意不相襲　　意を用ゐて　相襲《かさ》ねず　（292「苦㆓日長㆒」）

讃岐守の任に在ること四年。任期明けを待ち望む長い一日。少壮年時の多忙な日々の回顧に始まり、やがて受領として転出した悲哀の情を詠う名篇の後半を過ぎたあたりから引用している。脚韻は入声緝韻であるからすぐに「慨」が誤りと見当がつくし、「縶」の重複もおかしいと知れる。前者には「鳴悒」（来歴志本・『日本詩紀』等）の異同があるので簡単に訂正できる。「鳴悒」は「鳴唈」に同じく悲歎の涙にくれる、むせび泣く意。後者については、対句関係を見定め、「騰」と反対の字義で緝韻、しかも「縶」に字形が近いとなれば「蟄」しかない（版本の傍書は正しい）。これなどは極めて容易な校訂作業に過ぎない。

＊　　＊　　＊

葉間繊尾騰枝**麈**　　葉間の繊尾は　枝に騰《あが》る**麈**《しゆ》
樸上枯鱗繞樹龍　　樸上の枯鱗は　樹を繞《めぐ》る龍　（449「賦㆔秋思入㆓寒松㆒」）

詩序は親友の紀長谷雄が作した（『本朝文粋』巻一〇・287）。『類聚句題抄』（82・83）に長谷雄の詩と共に収められていることから、或は共に『扶桑集』（巻一二）に収載されていたかも知れない。ともあれ、上句の「麈」（「上平声真韻」）では平仄が合わない。『類聚句題抄』（212）には「**龍鱗**暗変留㆓鉛粉㆒。**麈尾**斜傾帯㆓玉陰㆒」（菅野名明「山明望㆓松雪㆒」）という同様仕立ての表現があり、「麈尾〈周景式廬山紀曰《ママ》、石門北巌即松林也。有㆓数百株松㆒。大皆連供、長近二十丈一。攢生二絶崖上一、南臨二石門澗一。澗中仰視レ之、離々如レ駢二麈尾一（下略）〉」（『初学記』巻二八・松）という故事に依っていると考えられるから、「**麈**」でなければならないだろう。(5)

＊　　＊　　＊

このように気になる本文が散見し、更なる検討が期待されていると言ってよいであろう。付記すれば、「鶴**驚**寒更三転後。蜂喧晩歩十廻中」（70「九日侍レ宴同賦二紅蘭受レ露一」）は、「鶴警〈周処風土記曰、白鶴性警、至二八月白露降一、流二於草葉上一、滴々有レ声則鳴〉」（『初学記』巻二・露）の故事と平仄（「驚」は下平声庚韻）の関係から「**警**」（上声梗韻）に改めるべきであろうし、「為レ臣為レ子皆言レ孝。何啻春風仲月**下**」（81「仲春釈奠聴レ講二孝経一」）は他の脚韻字（下平声青韻）からしてもありえず、版本等の「**丁**」（釈奠は春秋二仲の月の上丁の日に行われる規定である）でなければならない。また。「意猶如二少日一。**只**已非二昔春一」（254「対レ鏡」）は対句の意味から考えても書写の過程で「**皃**」（貌の異体字）を誤ったものと言う他なく、次々と疑念が湧いてくる。以上は実はほんの一端に過ぎないが、『文草』『後集』の本文はどうあるべきなのか、道真没後一一〇〇年企画の一つとして、本文の再検討作業も学会を中心に始められており、その成果が世に問われるのもそう遠いことではあるまい。

三　詩の解釈をめぐって

詩の解釈は勿論本文の確定と語意の正確な把握がなされてこそ達成されよう。その意味では前項に記したことも既に詩の解釈に関わる問題ではあったのだが、ここでは更に詩一首全体の理解、解釈のあり方として、稿者なりに思案したことを川口博士の注と対比させながら記してみたい。

43　王度読二論語一竟、聊命二盃酌一。

円珠初一転　　円珠　初めて一たび転ず
舞象遂丁年　　象を舞ひて　遂に丁年たり
自此窮墳典　　此れより　墳典を窮めよ
何唯二十篇　　何ぞ唯だ二十篇のみならん

王度という人物については所掲の川口注以上のことは言えない。その彼が『論語』を読了したので、祝意を込め酒盃を命じたという題。川口訓読は稿者と異なるが、それは措いて少し長いけれどもその頭注・補注を掲げてみたい（一部ゴチック体は稿者に依る）。

（題注）王度の囲碁のこと、三一題注・補一参照。（補注）**「王度」は当時来朝していた大唐の通事か**→三二。一時菅家廊下もしくは大学寮に寄留して、経書などを中国音で講読していたのでもあろうか。この詩はその終了した時の竟宴の五絶。（第一句注）円転窮まりない明珠にも比すべき論語を、**王度は中国音で一読過し終った。**わが博士家では論語を「円珠教《ママ》」といった。(6)（補注）梁の皇侃の論語義疏序に「鄭玄云、論者輪也。円転無レ窮、故曰レ輪也」、また「巨鏡百尋、所レ照必偏。明珠一寸、包二含六合一（中略）故言、論語小而円通、如二明珠一。諸典大而偏用、譬如二巨鏡一、誠哉此言也」とある。源順の「陪三初読二論語一詩序」に「先聖の微言、円通なること、明珠の如し」（文粋九・259）とある。「転」のヨムの訓は「転ヨム」（類聚名義抄）による。珠を転《まろ》ばすことにいいかける。（第二句注）**子供が習っていた文王の楽、周公の詩の舞も、（王度の中国音による講読によって）今や一人前の武舞となった。**舞象は童舞で、文王の武功を象り、周公がその詩を作った武舞の一種。丁年は、二十一歳をさす。（補注）「舞象」は礼記・内則に「成童象を舞ふ」とあり、疏に、「舞レ象、謂レ舞レ武也、熊氏云、謂下用二于《ママ》戈一之小舞上也」とある。（第三句注）**これから（この王度の読んだ方法によって）古の聖帝の古典研究を究めつくすならば。**墳典は三皇五帝の旧辞。（第四句注）**ただ論語二十篇を読んだだけの功**

徳に終わらないだろう。

この訳注を読むと、王度なる通事らしき人が中国音で読み講じ、それを道真或は菅家の門下生等が聴き学ぶ光景を想定しておられるらしい。そして、その教えを糧に古典研究に精通したら『論語』を読んだ以上に大いなる功徳があるという事のようだ。

ところで、稿者が先ず気になったのは、もし王度が教える側であるなら、題は「王度の論語を読む（或は講ずる）を聴き畢り……」とでもあるべきではないのかということである。次いで「舞象」の川口注の意図が全く理解できなかったのである。『礼記』（内則）の一節は、男子の一生を略述する文脈中のものであり、その年令次におけるやるべきこと、学ぶべきものなどを次のように記している条である。

十年出就二外傅一、居二宿於外一、学二書計一。衣不二帛襦袴一、礼帥レ初。朝夕学二幼儀一、請二肄簡諒一。十有三年学レ楽誦レ詩舞レ勺。成童舞レ象、学二射御一。二十而冠、始学レ礼、可三以衣二裘帛一。舞二大夏一、惇行二孝弟一、博学不レ教、内而不レ出。

（私訳） 生まれて十年たつと母親の手元を離れて外に出て教学の師に就き、（親と別々に）住居して文字の読み書きや計算を習う。少年は絹の下着などつけず厳しく礼儀の初歩から習う。つまり朝夕に少年としての行儀作法を学び、文字や応対の口のきき方を習う。十三年たつと音楽を学び、『詩経』を暗誦し、勺の舞を習い、**成童（十五歳以上）になると象の舞を習って、弓馬の術を学ぶ。**二十歳になると元服して始めて礼を学び、絹や毛皮の服を着、大夏の舞を習って、孝悌の道を心がけ、博く学んで豊かな知性を身につけるが、まだ人に教えずに内に蓄えておく。

これに依れば、十五歳を過ぎて弓馬の術と共に学ぶとされる舞踊のことらしい。とすれば第二句は「象を舞っていた者が今遂に満二十歳（成人）になった」という意味になるのではあるまいか。ではその年に成ったのは誰か。道真（当時二十五歳頃）や詩題・詩中に登場しない不特定の門人を指すとするのも不自然で、むしろ題中の王度を指すとするのが自然ではなかろうか。王度は（川口注を生かせば）或は武舞に熱中でもしているうちに二十歳になってしまった。それまで経書を読むような学問らしいこともあまりしてこなかったな、という道真の口吻が「遂丁年」あたりに漂うように思えて仕方ないのだ。そんな彼が儒学の基本図書『論語』をひとまず何とか読み終えたわけだから何とめでたい、どれ酒杯を申しつけよう。今後ともこれを機会に多くの書物を窮めるのが宜しかろう。『論語』二十篇だけでしまいにしてしまってはいけない（しっかりやりたまえ）……と奨励訓戒する詩意なのではなかろうか。王度は渡来系に属する人だろうが、道真にとっては年下の朋輩（菅家廊下の門人の可能性もある）くらいの人物と見るべきではないかと考えたいのだが、どうであろうか。このように、詩は発想や語彙の意味把握の僅かな違いから随分と違った理解に至ってしまうことがある。もとより稿者の理解が妥当か否かは猶諸氏の批判を俟たねばならないが……。

ここで更に一首採挙げてみたい。

36　山陰亭冬夜待レ月。

高斎待月月何淹　　高斎に月を待つも　月何ぞ淹《おそ》き
不畏風霜幾撥簾　　風霜を畏れず　幾たびも簾を撥《はら》ふ
海伯応慵投老蚌　　海伯は　応に老蚌《らうばう》を投《な》ぐることに慵《ものう》かるべし
山神欲惜放寒蟾　　山神も　寒蟾《かんせん》を放《はな》つことを惜しまんと欲す
消残砌雪心猶誤　　消え残れる砌の雪に　心も猶誤たれ
挑尽窓燈眼更嫌　　挑げ尽くす窓の燈に　眼も更に嫌《うたが》ひぬ
珍重東頭光数尺　　珍重す　東頭の光数尺の

如無如有独繊々　無きが如く　有るが如く　独り繊々たるのみなるを

本詩は前掲詩以上に頭注・補注の量が多いので、当面問題となる第三・四句に限って採挙げたい。

（第三句注）**月が出ないので海中の水神は、老いて真珠を胎《はら》まなくなった蚌《はまぐり》を海中に投じようという気にもならない。**（補注）左思の呉都賦に「蚌蛤《ばうかう》珠を胎むこと、月とともに虧《か》け全《まった》し」とある。（第四句注）**山神は月が面をあらわすとともに月中の蟾蜍《ひきがえる》がとびだすのを惜しがるようだ。**姮娥が西王母から不死の薬を盗み出して、月中ににげこんでひきがえるに化したという故事（後漢書・天文志の注）による。

稿者も「三・四句は月が出ようとして出ないことを典故によって美しく表現」（川口頭注）していると思う。第三句は月が海上より出ること、第四句は山際より上がることを念頭に置いていることは海伯・山神の対からも明白である。

海の神が億劫で気がすすまないのは「老蚌を投ずること」であるから川口訳で良さそうに思えるが、ところで、「老蚌」とは何か。「自憐滄海畔。老蚌不レ生レ珠」（『白氏文集』巻二〇・1391「見下李蘇州示二男阿武一詩上自感成レ詠」）ではもう子供のできない老いた身（白居易、或はその妻）であることを歎ずる中で用いられているが(7)、一体蚌と月はどのように関わるのであろう。前引の左思「呉都賦」（『文選』巻五。呂向注に「蚌蛤珠胎、皆盈虧之物。月満則珠全、月虧則珠欠」とある）や「淮南子曰、蛤蟹珠亀、与レ月盛衰」「晋郭璞蚌賛曰、（中略）与レ月盈虧、協レ気晦望」（『芸文類聚』巻九七・蚌）、更に「月群陰之本也。月望則蚌蛤実、群陰盈。月晦則蚌蛤虚、群陰虧」（『呂氏春秋』巻九・精通）などによれば、蚌と月は盛衰を同じくし、望月の頃には蚌に実（珠）あり、晦日には虚（からっぽ）となると知られる。勿論「驪龍頷被レ探レ珠去。老蚌胎還応レ月生」（劉禹錫「答二楽天所レ寄詠懐一且釈二其枯樹之歎一」）とも詠まれるように、月の生ずると共にまた珠を胎んで循環することは言うまでもない。とすれば、老蚌とは珠を生じない、欠いている蚌のことで、月で言えば晦日頃（月の出の刻限の遅い下弦の月）のことを指していることになるのではあるまいか。もともと「天漢看二珠蚌一。星橋観二桂華一」（庾信「舟中望レ月」『初学記』巻一・月）の如く、蚌には月の意もあると見て良かろう。そこで前掲の第三句は、「（冬の夜に月の出を待つもののなかなか上って来ないのは何故かと言えば）きっと海の神が細々とした下弦の月を空に投げ挙げるのを億劫で気がすすまないと思っているからであろう」と訳したい（細い繊月と見たのは末句の表現とも対応）。道真は後の詩でも「遠碧先教二風伯洗一。孤輪乍遣二海神投一」（『菅家文草』巻五・354「雨晴対レ月」）と、海神によって月が空に投げ上げられると詠じているのである。

第四句の川口注も訳と注解が混合しているように思う。「寒蟾」は「蟾兎並〈五経通義曰、月中有三兎与二蟾蠩一何。兎陰也、蟾蠩陽也。而与レ兎並、明陰係二於陽一也〉」（『初学記』巻一・月）「又（張衡霊憲）曰、姮娥奔レ月、是為二蟾蜍一」（『芸文類聚』巻一・月）などという謂れはともかく、月中に蟾ありとする故事に従って、「蟾」は単に月の意とみてよく「寒」が付いているのは冬の月であったからに他ならない（116「水中月」、119「余近叙二詩情怨一篇一……」詩にも見え、川口博士もそう注している）。従って、第四句は、「（月の出を待つものの、なかなか出てこないのは）山の神が冬の月を空に出さないようにしっかりと捕らえていて手放すことを惜しんでいるからだ」ということになるかと思う。

また、次の詩のように故事の把え方をめぐって、詩の理解に微妙な違和感を覚える場合もある。

送客何先点涙痕　　客を送るに　何ぞ先づ涙痕を点ずる
応縁別後不同門　　応に　別れし後に　門を同じうせざるに縁《よ》るべし
今朝記得帰来日　　今朝記し得たり　帰来《かえ》りなん日
万里程間一折轅　　万里程の間に　一折轅《せつえん》にてあらんことを

（44「花下餞二諸同門出二外吏一。各分二一字一。探得レ轅」）

菅家廊下出身の者達が受領となり任地に赴くことになり、彼らの為に餞宴を設けた折の作。旅立つ人を送るにつけても先ず涙が流れてならぬのは何故か。それはきっと別れて旅立った後は、わが家の門を同じくして面を会わせ親しく語り合うことも久しくなくなってしまうと思うからだろう。見送りする今朝、わが心にしかと刻みつけておくことにしよう。君達が任果てて都に帰還する時、遙か万里の道途に一台の轅《ながえ》の折れた車だけの身であらんことを。

稿者は如上の意ととりたいが、末句の「折轅」について大系本は次のように解する。

地方官の任を終って、さあ帰ろうとするおり、万里の里程に旅立とうとするおりに、（諸君は）**きっと州民たちから慕われて、轅もくじいてその別れを引きとどめられるであろう。**「帰来」の「来」は助詞。（補注）漢書・侯覇伝に、侯覇が臨淮の太守となり、召しかえされる時に、百姓は「轅に攀《よ》ぢ、轍《わだち》に臥して」留まらんことを願ったという故事などによる。

川口博士が所謂「秦彭攀轅・侯覇臥轍」（『蒙求』235 236）の故事を念頭に置かれているのは明白である。共に善政の良吏として名高い人物と言えよう。後漢の秦彭の離任時には老幼が轅にとりすがり惜しんだと言うが、その一族は実は漢建国以来代々の高官に就き「万石の秦氏」と言われる世望を背景に持つ人物である。また、後漢の侯覇はと言えば、やはり離任時に住民が車をさえぎり路上に臥して留まらんことを願ったというが、もともとは大変な資産家の息子で金儲けに気を遣うことなく学問することができたし、大司徒（丞相）の地位にまで昇っている人物である。実は「折轅」は如上のような恵まれた名門の御曹司の故事ではなく、以下の「張堪折轅」（『蒙求』497）の故事とみるべきなのである。[8] 聊か長いが故事の内実が重要なのでわかり易く説明を加えておきたい（『後漢書』巻三一・張堪伝）。

後漢の張堪は字を君游といい南陽の宛の人である。早くに父を失い、餘財の数百万を兄の子に譲り、十六歳の時に長安に出て学業に努めた。その志行美にして厳格であったことから、学者達は彼を「聖童」と呼んだという。世祖に嘉《よみ》され郎中となり、後に大司馬呉漢を助けて、蜀都太守として公孫述討伐に功あり、そして成都に逸早く入城するや、庫蔵を検閲。珍宝を厳正に管理して一かけらも私することなく、役人や民を慰撫して大いに喜ばしめたのであった。その後、匈奴を撃破し、漁陽太守となり、姦悪狡猾な輩を捕縛したり撃滅せしめ、賞罰を正しく下したので、役人も民も彼に用いられることを楽しみとしたという。匈奴がかつて万騎をもって漁陽に攻め込んだ時、彼は数千騎を引連れ大活躍している。よって郡界は静まり、そこで稲田八千餘頃を開拓し、民に農耕を勧め豊かな生活をもたらした。人々は「桑に附枝無く、麦穂両岐す。張公の為政、楽しみ支《はか》るべからず」とその善政を称えたという。在任八年、匈奴は彼を憚り境界を犯すことはなかった。帝がある時、諸郡の会計担当者を都に召集して、各々の土地のことや郡守県令の政治手腕について問うたところ、蜀郡の担当の樊顕なる者が進み出て次のように言う。

漁陽太守張堪、昔蜀に在りし時、其の仁を以て下《しも》に恵み、威能く姦を討《う》つ。前《さき》に公孫述の破れし時、珍宝山積し、捲握の物すら十世を富ますに足る。而《しか》るに堪の職を去る日は、**折轅車に乗り**、布被の嚢《ふくろ》あるのみ、と。

帝はこれを聞き、感服のあまりしばし嘆息された。張堪を召し出そうとするが、既に病で没したことを知って深く悼み、惜しんで詔旨を下して褒め称え帛百匹を贈ったという。これによれば、張堪は平和で豊かな生活を民衆に齎し（開拓のことも大きいか）、公平な人物で私欲に走ることなく、離任の際にも轅の折れたままの車に、粗末な袋を持つだけで立去ったという。その生前に栄達を遂げたとはとても言えないであろうが、富貴にも恬淡として、己の生き方を貫き全うした印象を抱かずにはおれない。道真はこの故事を他に327「書㆑懐奉㆑呈㆓諸詩友㆒」357「左金吾相公於㆓宣風坊臨水亭㆒餞㆓別奥州刺史㆒。同賦㆓親字㆒」詩等でも用いており、門下生に張堪の如き清廉な官吏たらんことを期待したのに違いあるまい[9]。

律令制度に依る国家支配が地方政治のレベルで行詰まりを見せていた当時、所謂「良吏」と言われる者達の経験智が中央で施策として取込まれていく一方、律令国家体制に対峙する地方豪族の擡頭――それは彼ら自身や農民達の生活を確保する為の行動だったのだが――により、律令国家の維持の困難さが次第に明らかになってゆく。その中で自と良吏も変容を余儀なくされつつあったという転換期が、道真の青年時代即ち貞観期という時代であったのだった(10)。稿者は猶歴史把握についても実は暗い。ただ道真の詩文と『三代実録』等の同時代の歴史資料と突合わせつつ、その詩文をより精密に検討分析してゆくことも重要な課題となりうるのではないか、と今は臆測するばかりである。

四　むすびに

日本古代の文学作品として『菅家文草』『菅家後集』が破格の存在であることは、恐らく誰しも否定できないのではあるまいか。菅原道真という時代の中で位人臣を極めた個人の生涯に渡る精神生活、文学的営為が綴られている点で、他の誰に、どのような作品にこれに匹敵するものがあると言えるだろうか。

日本という恵まれた風土の四季の移ろいの中で、道真が何を見、どのような感興を抱き詩に紡いでいったのか。またそれが、後世の文学の表現世界とどのように関わるのか。また、指導者としていかに門人達や友人達に暖かな眼差しと訓戒を惜しまなかったか。その個人の苦悩を詠いながらも、時世に鋭い視線を向け、その一方でいかに家族を愛したか。その表現世界は、現代の人々の心に強い感動と共感を与えてくれるに違いないことを稿者は確信している。道真の詩文集は、勿論学術研究の対象としても重要なことは言うまでもないが、そうでなくても日々掬すべき、楽しむべき佳篇を多く有している。そうした世界を少しでも多くの方々に知って戴きたいと思う。そして、その役割の一端を担うのは日本の古典文学研究に携わる者の責務ではないのだろうかと、身の程も弁えず愚考する次第である。

［注］

(1) 「『菅家文草』巻一注釈稿（五）」（『白百合女子大学研究紀要』第32号、一九九六年十二月）。猶、青冢については赤井益久氏「唐詩に見える『青冢』をめぐって」（『国学院雑誌』第86巻11号、一九八五年十一月）もある。ところで本詩の注については川口・佐藤両氏の注とは見解を異にする点もある。「紋竹」の件もそうだが、第十句については、「養㆓青田㆒」〈永嘉郡記曰、有㆓洙沐渓㆒、去㆓青田㆒九里、此中有㆓一双白鶴㆒、年々生㆑子、長大便去、只惟餘父母一双在耳、精白可㆑愛、多云神仙所㆑養〉」（『初学記』巻三〇・鶴）「青田〈永嘉記。青田有㆓双白鶴㆒、生年年長便去〉」（『白氏六帖』巻二九・鶴）などとある故事をふまえているかと考える。「已憩青田側。来遊紫禁前」（李嶠「鶴」。慶応大学図書館本の『百廿詠詩注』に「鶴出㆓青田㆒。縉水郡有㆓青田県㆒。一本、永嘉郡記曰、休渓野青田県、有㆓双白鶴㆒。人云、神仙之所㆑養也」とある）や「聴㆓其悲唳声㆒。亦如㆑不㆑得㆑已。青田八九月。遼城一万里」（『白氏文集』巻五一・2215「和㆕微之聴㆔妻弾㆓別鶴操㆒因為解㆓釈其義㆒依㆑韻加㆓四句㆒」）「臨㆑風一唳思㆓何事㆒。悵㆓望青田㆒雲水遥」（同上巻五六・2674「池鶴二首」其二）もその故事をふまえたものに他ならない。

(2) この殺青のことについては、道真は他でも「殺㆑青書已倦。生㆑白室相宜」（「疎竹」『菅家文草』巻二・157）と用いている。「賦㆓得詠㆑青」詩で「殺青」の用字を採らなかったのは当該詩の趣旨が青字を用いずにそれをイメージさせる詩句を展開する必要があったからである。「殺竹」としても何ら意味上不都合なことはない。

(3) 「釈奠の作文」（『三訂版平安朝日本漢文学史の研究』上巻（明治書院、一九七五年）第五章第四節参照。

(4) 波戸岡旭は「菅原道真の釈奠詩―文章生時代を中心に―」（『儀礼文化』第28号、二〇〇一年三月。『宮廷詩人　菅原道真――『菅家文草』・『菅家後集』の世界』〈笠間書院、二〇〇五年〉第一編第四章）で貞観五年八月の作とされる。

(5) 猶拙稿「『類聚句題抄』研究覚書」（『類聚句題抄全注釈』和泉書院、二〇一〇年）でやや詳しく記したので併読を乞う。

（6）稿者案ずるに、「論語を円珠経といへるは五山の僧の云ひ習はしたるにやと思ひしに、曽我物語にも見えたれば、博士の家の詞なるべし」（荻生徂徠『南留別志』）などと見えることを念頭に置いておられるのだろう。

（7）「双珠〈韋端有二二子一、元将仲将。孔融与レ端書曰、不レ意双珠生二於老蚌一〉」（『白氏六帖』巻六・父子）という故事がある。猶、道真も「韋誕含レ珠悲二老蚌一」（『菅家文草』巻二・117「夢二阿満一」）とこの故事を詠む（「二子」とは、韋康と韋誕。稿者案ずるに、道真詩句の「韋誕」は「韋端」に作るべきではなかったか）。

（8）この故事は道真の師島田忠臣「餞二鎮西安明府鎮東藤府君長門菅太守之レ任」詩（『田氏家集』巻下・177）にも已に用いられている（後藤昭雄「紀長谷雄「延喜以後詩序」私注」『平安朝文人志』吉川弘文館、一九九三年）。

（9）この張堪伝を記す一方で、稿者は例えば以下の如き卒伝をイメージとして重ねずにはおれない。「従四位下行信濃守橘朝臣良基卒。……幼而篤学。早有二風概一。明練二治体一。清正立レ己。……良基治大帰二放紀今守之体一。勧二督農耕一。軽二其租課一。民下楽レ業。家有二贏儲一。輸二貢調庸一。増二益戸口一。為二当時之最一。時人以二循良一相許。……良基雅素清貧。家無二寸儲一。……経二歴五国受領之吏一。毎レ秩罷帰。不レ載二資糧一。教二子孫一以レ潔レ身。有二子男十一人一。第六子在公。嘗問二治国之道一。良基答曰。雖レ有二百術一。不レ如二一清一。其率性清白如レ此矣」（『三代実録』仁和三年六月八日）。

（10）佐藤宗諄『平安前期政治史序説』（東京大学出版会、一九七六年）第四～六章参照。猶、道真が後年「貞観末年元慶始。政無二慈愛一法多レ偏。雖レ有二旱災一不二言上一。雖レ有二疫死一不二哀憐一」（『菅家文草』巻三・221「路遇二白頭翁一」）などと詠んでいるのも喚起される。

［後記］

本稿は『同志社女子大学　日本語日本文学』第13号（二〇〇一年六月）に掲載されたものだが、若干加筆した。

猶、冒頭に記した和漢比較文学会による道真没後千百年記念のシンポジウムは二〇〇二年九月の第二十一回大会（於太宰府天満宮）で行われ、学会編の『菅原道真論集』（勉誠出版、二〇〇三年）も刊行されていることを付記しておきたい。但し、文中で述べた「本文の再検討作業」に関してはその後も進捗をみていないのは遺憾である。

第3章　菅原道真の漢詩解釈臆説

――交遊詩をめぐって――

一　はじめに

平安朝前期の漢文学世界における、この数年間の大きな収穫は、何と言っても菅原道真研究の充実した成果が相次いでまとめられ上梓されたことではないだろうか(1)。それらの論の中核は所謂「詩臣道真論」とでも言うべきものであり、いわば不世出の詩人の「詩臣」像を正面から解き明かそうとするものであったと言って良かろう。晴儀の公宴における応製やそれに連関する作に盛られた詩臣としての心情吐露は、彼の文人官僚としての思惟を理解する上で極めて重要である。それは改めて説くまでもないことなのだが、さりとて、道真詩の世界がそうした視点のみで論じられるべきものか、と言えば、必ずしもそうではないと思うのである。この稿ではむしろ如上の様な論から少し離れた作詠――従ってそれはこれまであまり論及されることの少なかった作ということにもなろう――に注目して、道真の漢詩表現の一端に触れてみたいと思う。

二　「傷㆓藤進士㆒呈㆓東閣諸執事㆒」詩をめぐって

道真の五百首を越える作品の中で、今回稿者が注目したいのは所謂交遊詩とでも呼ぶべきものである。稿者の場合その情愛のこもった賦詩に思わず想いをめぐらしてしまうことも少なくないが、この稿では先行する川口久雄注解（日本古典文学大系本）と私解の聊か理解を異にする作を俎上に載せて記すことから始めたい(2)。

140　傷二藤進士一呈二東閤諸執事一。

我等曽為白首期　我等は曽《かつ》て白首の期を為せり
何因一夕苦相思　何に因りてか一夕 苦《ねもころ》に相思ふ
披書未巻同居処　書《ふみ》を披いて未だ巻《をさ》めず 居を同じくせし処
捻薬空帰已葬時　薬を捻《ひね》りて空しく帰る 已に葬られし時
不校秋声喪父哭　秋の声に校《くら》べず 父を喪《うしな》ひし哭《かな》しみに
猶勝暁涙夢児悲　猶し暁の涙に勝《まさ》らん 児を夢みし悲しみに

余先皆所レ有、今而喩レ之。

此生永断倶言笑　此の生 永く断たれぬ 倶に言笑することを
且泣将吟事母詩　且《ただ》泣き 将に吟ぜんとす 母に事《つか》ふる詩

東閤孝経竟宴、進士事レ母之詩。故云。

川口注の指摘する通り、「藤進士」は「典儀礼畢簡二藤進士一」（『菅家文草』巻二・127）の他にも「和下藤進士秋日過二関門一問二美州風俗一新詩上」「和二藤進士客中遇レ雪見レ寄」（『田氏家集』巻中・122 123）などと詠まれている人物で、「文章生藤原某」（名は未詳）である。ただ「基経の子に、道真は親しく教授していたであろう。文章生になったその若者が早逝したのを悼んで、基経に呈するつもりでその家司の執事に呈した詩であろう」（大系本補注六七四頁）とみるのはどうだろうか。島田忠臣詩の内容から、忠臣美濃在任中（八八三〜六）に彼地を訪れていることが知られ、なかなか才気に富む人物であったようだが、それは当時関白太政大臣であった基経（四十八〜五十一歳）の子であることを証する手掛りとはならないのではなかろうか。所詮臆測を廻らす他ないのだろうが、基経家に出入りしていた道真や忠臣と親交を持ち、その家司達とも馴染みのある存在で、あるいはその仲間や下僚であったかも知れない。道真もしくはその父の是善あたりに教えを受けていたかも知れず、受領階層出身の人物であった可能性もあろうか。道真や「諸執事」とも年齢的にそう多く離れていなかった、いやむしろ同世代としての意識を持っていたのではないかと稿者は考えたい、それは冒頭の句の私解に依るのだが。川口注解が「我等《われら》は曽《すなは》ち白首の期《き》にあり、何に因りてか一夕苦《ねむごろ》に相思はむ」と訓み、「我らはすでに白髪あたまの老境に達したもの、何ゆえにこの夕、年若い君の死をいたんでねんごろに追慕しなければならないのであろうか」と訳すのは疑問だ。ここで言う「白首期」は、例えば「投レ分寄二石友一。白首同レ所レ帰」（潘岳「金谷集作詩」『文選』巻二〇）「歳晩青山路。白首期二同帰一」（『白氏文集』巻七・0316「昔与二微之一在レ朝日同蓄二休退之心一迨レ今十年……」）と見えるように、稿者は友情に関わる表現とみる。従って一句は「我等（道真や諸執事並びに故藤進士）仲間はかつて仲良く老いて共に白毛頭になろうと約束していたよね」と諸執事に確かめるように先ずは語りかけ、「なのに、この晩こうして切ない思いがこみあげてきてならないのはどうしてだろう」（第二句）と続くのではあるまいか。「何因」によって自問する表現については既に彼の先行詩に例があった。それは即ち傑作「夢二阿満一」[3]（『菅家文草』巻二・117）である。その後半に「何因急々痛如レ煎」（どうして急に心が煎られるように切なさが込み上げてきたのか）と詠み、その後に原因が列挙されることとなるのだ。戸上の桑弧蓬矢、籬のもとの竹馬と葛鞭、庭に植えられ咲いた花、書き残された壁の字、といった作者が現に目にしているものである。道真にとってはいずれも亡き阿満の想い出につながる、彼の生前の姿を想起させずにはおかない痕跡であった。本詩でも同様に「何因」の後には「藤進士」が一入傷まれてならぬ原因となる事象が詠まれる展開になるはずである。次句に「披書未巻」とあるから開かれたまま巻き収められていない書物がある。それは亡くなる直前まで藤進士が読んでいたものに違いない。そして、「同居処」とは藤進士の居室ではなかったか。その生前に道真は幾度か友人の家を訪れ、共に談笑したこともあったに違いない。その部屋に読み止《さ》しの巻物が片付けられることもなく残されていたわけだ。ひょっとしたら本詩は藤進士が亡くなった直後の作ではなく、それからやや月日を経て——例えば四十九日とかに——作られたものではあるまいか。広げられたままの書物は、道真の友を失った喪失感を表現するのだが、それはまた、亡き友の家族の深い悲歎を物語るものでもあったはずだ。末句に詠込まれるニュアンスから臆測を逞しくすれば、後に残された老母が亡息を思うあまり取るものも手につかず悲歎に暮れている情景さえ浮かんでくるのだが……。前掲の「夢二阿満一」に見えた亡息の想い出に繋がる痕跡も長らく放置され続けていたものであった。愛しい者を失い、悲しみに沈み込んだ者には外界は眼中に入らぬもののようであるし、遺品の始末をする心の余裕などあるはずもなかろう。

さて、第四句の「捻薬」は薬をつまむ、手にとることであろう（捻は拈に同意）。薬はここでは藤進士が治療に使っていたものだろうが、恐らく病む友人に道真が都合してやったものではなかっただろうか。しかし、亡くなってしまっては最早用無しで、従って空しく持ち帰る他なかったので「空帰」と詠むのである。道真は「夢二阿満一」でもやはり「薬治二沈痛一纔旬日」と薬治療の甲斐なく逝った歎きを詠んでいたが、ここでも薬は友人の命を繋ぎとめるものとはならなかった。白詩に「故衣猶架上。残薬尚頭辺」（『白氏文集』巻一四・0776「病中哭二金鑾子一」）と見えるように、それもまた悲傷をかきたててやまない象徴だったのである。既に野辺送りを終え埋葬されてしまい、法要を営む今、友の力になれなかった無力感と共に空しくその薬を持帰らざるをえなかったに違いない。

次の聯では、藤進士の死が道真にとってどのようなものであったかが語られることになる。道真は元慶四年（八月三十日）に父是善を亡くしている。故に「秋声」（秋の物哀しい声）とはその死を悲歎する声に他ならない。遥か後世のことになるが、稿者は松尾芭蕉が金沢の俳人一笑の墓に詣でて詠んだ「塚も動け我が泣く声は秋の風」の名句を思わずにはおれない。また、既に引用したところだが、阿満の死後夢に子をみては明け方に涙する、その悲しみにもまさるのだという。もっとも、「不校」「猶勝」という表現になっているものの、比較そのものに意味があるのではない。肝要なことは藤進士を失った悲しみが肉親のそれに決して劣るものではないという心意であろう。

さて、末句の「此生」は、例えば「憶昨徴還日。三人帰路同。此生都是夢。前事旋成レ空。杓直泉埋レ玉。虞平燭過レ風。唯残二楽天一在。頭白向二江東一」（『白氏文集』巻二〇・1310「商山路有レ感」）などとあるように、現世とか今生といった意味である。この世ではもう永遠に藤進士とは言笑を交わすことはできなくなってしまった（第七句）。「且泣」の且については例えば「猶、正也、亦猶、倒也」（まさに）「猶、尚也」（なお）「猶、只也、但也」（ただ）などと見える（『詩詞曲語辞匯釈』巻一）のも参考になるが、「カクバカリ・カツカツ・シバラク・マタ」の古訓を用いることもできよう。「事母詩」とは自注に依り、基経邸での『孝経』講筵の竟宴における藤進士の詠詩に関わり、その文言の一節「資二於事レ父以事レ母」（「士章」）を賦した漢詩と思われる。その詩には恐らく母親を気遣う藤進士の文言が刻まれ、道真の手元にも詠が残されていたものであろう（勿論諸執事達にとっても心に残る印象深い作であったと思われる）。「自分（道真）はただただ泣き、声に出して吟じようと思うのだ、君達も覚えているだろう、あの『孝経』竟宴の時の彼の詠詩を」（第八句）。……、そう、母君にお仕えするというあの詩さ。何と彼らしい詩ではなかったではないか……そんな含意を感じさせてくれはしないだろうか。

三　「謁二河州藤員外刺史一聊叙二所懐一敬以奉呈」詩をめぐって

道真の交遊詩を読む楽しさは、その贈る対象をよく見定めた細やかな気遣いがみられることで、例えば、十人の教え子達の進士及第を賀した「絶句十首。賀二諸進士及第一」（『菅家文草』巻一・129〜138）なども、各人各様に簡潔な祝意が詠込まれた心暖たまる作と言えようが、次の作などもかねてから気になっている一首である。

69　謁二河州藤員外刺史一聊叙二所懐一敬以奉呈。

君居便近望階墀　君が居は便ち近く　階墀《かいち》を望む
請謁猶愁寸歩遅　謁せんことを請ふも　猶し寸歩の遅きを愁ふ
案譜江流親不隔　譜を案ずるに　江流は親しみありて隔てず
　刺史適生二于大江氏一。江菅両氏元是一族。故云。
同門孔聖道無欺　門を同じうし　孔聖は道ありて欺かず
　刺史問二道於橘侍郎一。亦復一門冠首者也。
春遊莫弃花開処　春遊弃《す》つること莫かれ　花の開《さ》く処
夜宴当饒月満時　夜宴当に饒《にぎは》ふべし　月の満つる時
若会長抛疎客礼　若し会《あつま》り長く抛たば　客礼疎《おろそ》かならん
何嫌日到敵囲碁　何ぞ嫌《いと》はん　日々に到りて囲碁に敵《あた》らんことを
　刺史面許三対敵二囲碁一。故有二此興一。

「河州藤員外刺史」は河内権守藤原某としか知れない。第一句からすると近隣の住人であり、大江氏の生まれだと言う。姓を藤原としながらこのように言われるのは、（養子でないとすれば）恐らく母親が大江氏出身であったということになろう。その上、第四句自注には橘広相に学んだことが記されている。広相は道真の父是善門の傑出した高弟であり、道真にとっては同門の敬すべき存在であった。第一句は「あなたの住居はわが家とも近く、その階段《きざはし》が望めるほどです」という程の意味だろうが、第二句を「お目にかかろうと思って、参上するとき、（その石段をのぼるのに）一歩一歩とあゆみも遅くなるのが気にかかる」（川口訳）とするのはどういうことなのだろうか。ここは「以前からおめにかかりたいと願っておりましたが、なかなか機会に恵まれず遠のいておりましたことを悲しく思っておりました」という含意ではないのだろうか。実は稿者は題を「河州の藤員外の刺吏に謁す、聊かに懐ふ所を叙して、敬《つつし》みて呈し奉る」（川口訓読）とは訓《よ》まず、「河州の藤員外刺吏に謁えんとし、聊か所懐を叙べ、敬んで以て奉呈す」と訓みたいのである。軒先を臨める程の近所でありながら、且つ因縁《えにし》もある人なのに、久しく会えずにいた道真が、面会を河州藤員外刺吏に申し入れた作ではないのかと思うのだ。それにしても隣り近所なら仰々しくせずに出かけたら良さそうなものではないかと誰しも思うであろう。だが、その隣人は、詳しい経緯はわからぬが、意図的に他者との交遊を断っていたのではないかと思われるふしがないでもない。その私解は後半の四句の解釈に依るのだが、稿者は次のように訳を考えている。

「花うるわしく咲く折には春の遊びをお捨てにならないで下さい。（秋の、又は春の）満月の折には、夜宴などにぎやかに行われたらいかがですか」（五・六句）

これに対して川口訳の後半四句の意味は、

「庭さきには花が咲きみちて、時も満月の折だから、春の花見の夜遊の宴をにぎやかに楽しまれなさるであろう。（花見の夜宴遊ばされるときに、碁などしていたのでは）かならずや長く客をうっちゃっておいてあなたが失礼されるはずであるが。私は日々やってきて碁のお相手をすることを嫌わないのである」

と見える。殊に尾聯の意味は、結局何を言いたいのか稿者にはその内実が飲み込めないのだ。因みに尾聯の私案は、「もしあなたが長らく宴を催さず打捨てなされますなら、私は（御宅にお伺いすることも叶いませんので）客としての礼儀を欠くことになってしまいますが……。（もし宴のような賑やかなことがおいやでしたら）私は毎日でもお宅にお伺いし、囲碁のお相手をつとめますことを厭《いと》いは致しませんが……（あなた様には面対して対局することを許された仲であったはずですからこう申し上げるのです）」

ということになる。

ところで、道真の詩には右以外にも時折囲碁が詠まれており、友人らとの交遊の良き「手談」となっていたようにも思われる。次の作もそうした一首であるが、聊か稿者には難解である。

141　去冬過二平右軍池亭一対二乎囲碁一。賭以二侯圭新賦一。将軍戦勝、博士先降。今写二一通一詶二一絶一、奉レ謝二遅晩之責一。

先冬一負此冬詶　先の冬一たび負けたれば　此の冬は詶《むく》ひんとす
妬使侯圭降弈秋　妬《ねた》むらくは　侯圭をして弈秋《えきしう》に降《くだ》しむること
閑日若逢相坐隠　閑日若し逢ひて相坐隠せば
池亭欲決古詩流　池亭に決《さだ》めんと欲す　古詩の流

去年（元慶七年）の冬、平正範（平右軍）の池亭に立寄った折、囲碁の対局をした。その時賭物にしたのは「侯圭」の新賦であった、と先ず綴られる。「侯圭」の本文について、川口氏は「隻圭」が正しく「侯」は誤字と考え、「碁の賭物。片方のひとつの玉の意か」（補注六七四頁上段）とされる。だが、実は詩の本文中にもこの語は見え、しかも句の構造上、弈秋（後述）という人物に負けるという対象を表わしているわけであるから、これもやはり人物名と考えるのが自然であろう。とすると「侯圭」とは何者か。管見の乏しい資料の中から偶然目にしたに過ぎないのだが、恐らくは『文苑英華』（巻三六・賦）に「割鴻溝賦」を載せている晩唐期[4]の賦の作者ではあるまいか。侯圭なる人物は今日の唐代文学の中では殆ど無名と言っても良い存在であろうが、道真の頃にはまだ海彼ではよく知られた文人であった可能性もある。その彼の賦の作品を賭けたということであろう。恐らく先に囲碁をやろうと持ちかけたのは道真だったのではないか。囲碁の腕にも少々自信があった彼は、自分が負けたら侯圭の新しい賦の作品を一筆認めて差上げよう、などと約束したのだろうが、正範は思っていた以上に手強く、道真はとうとう負けてしまった。結果、侯圭の賦を写し奉呈することになり、それに自分の七絶（前掲詩）を添えて、すっかり届けるのが遅くなってしまったことのお詫びをしているのではないかと思うのである。

さて詩の前半二句の私解は次のようになる。

「先年の冬の一戦ではすっかりあなたにやられてしまいましたが、この冬こそ一矢報いたいものです。侯圭が弈秋に屈服させられた（道真が正範に負けた）ままなのが何とも妬ましくてならないのです」

奕秋は川口注に指摘されているように『孟子』（告子上）に見える囲碁の名人で、『白氏六帖』（巻九・博棊）にも「教奕〈奕秋通国之善レ奕。秋誨二二人一。奕其一人専レ心致レ志、唯是聴。其一人雖レ聴レ之、一心以下為有二鴻鵠一将上至、思下援二弓繳一而射上之、与レ之倶学不レ如者也〉」と引用されている（「奕」は「弈」に通用）。ここでは正範を指すとみて良かろう。道真は前回負けてくやしくてならず、今度こそはという思いがあるから、

「所用無き暇な折に、もしお会いして囲碁を指すことができるなら、因縁のあなたの池亭で、再び「賦」を賭けて勝敗を決したく思うのです」（後半二句）

と言うのであろう。猶、「古詩流」の結句について、川口頭注には「君の池亭において古調詩の流れをくんで、ひとつ詩を競作して勝敗を決したいものだ」と記す。だが、抑「古詩流」とは前掲（傍点部）のような意味ではあるまい。「賦者古詩之流也[5]」（班固「両都賦序」『文選』巻一）と見え、その李善注に「詩有二六義一焉。二曰賦。故賦為二古詩之流一也」とあるように「賦」そのものを指すと考えるべきで、題辞にも記される「侯圭新賦」を意識して用いられていることを喚起せねばならなかったのではあるまいかと思うが、いかがであろうか。

四　「依レ病閑居聊述二所懐一奉レ寄二大学士一」詩をめぐって

道真の交遊詩には相手に対する忖度を忘れぬ懇切さというべきものが感じられる印象的な作も少なくない。次の

ような聊かユーモラスな一面も相手の心をやわらげる要素であったと言って良いのではあるまいか。

325　依レ病閑居聊述二所懐一奉レ寄二大学士一。

含情海上久蹉跎　　情を含んで海上に久しく蹉跎たりき
猶恨虚労動宿痾　　猶し恨む　虚労の宿痾を動《ゆる》がせることを
脚灸無堪州府去　　脚に灸《きう》するも　州府を去るに堪ふること無く
頭瘡不放故人過　　頭に瘡《かさ》あれば　故人の過《よぎ》ることを放《ゆる》さず
廝児悶見魚生釜　　廝《し》児は　魚《いを》の釜《かま》に生ずるを悶《うれ》へ見
門客笑帰雀触羅　　門客は　雀の羅《あみ》に触るるを笑ひて帰らん
身未衰微心且健　　身は未だ衰微せず　心も且健《またすく》やかなり
医治有験復如何　　医治に験《しるし》有らば　復如《またい》何《か》ん

実はこの作も稿者にはわかったようでわからぬ処のある詠である。題は、道真が病気になって閑居し、聊か心中の思いを述べ、大学士に寄せ申し上げる作、と一応解せる。川口注に指摘されるように、「大学士」は「大学博士」[6]（善淵愛成）とあるべきであろう。当時（寛平二年〈八九〇〉）愛成も病気であったことが知られているから、同じく病を得て互いに哀れむべき状況下にあった時の作と言って良いだろう。

詩句は今春讃岐から帰洛したばかりの道真の心情を述べることから始まる。

「心晴れやらぬまま海路の辺《ほとり》の讃岐に久しく志を得られず今まで過ごしておりましたが、一入《ひとしお》恨めしくてならぬのは体力の衰えに依る疲労の為か、都に戻ってわが持病を再発させてしまったことです」

道真は既に讃岐より帰洛しており、本詩直前に雅院で行われた曲水宴詩が見えているので、本詩も三月から四月頃の作であろうか。ともあれ、地方暮らしの疲れが出たということだろう。

そして頷聯については、「脚の灸は堪ふることなくして州府を去りぬ　頭の瘡《かさ》は放《はな》たずして故人に遇へり」と訓んだ川口注では次のような訳が付されている。

「脚の脛《すね》に灸《きゅう》をしてもらっていたが、とてもたえられないうちに、讃州の府を去ってきてしまった。頭にかさができたが、それを解き放って直してしまわないままに、昔なじみの友人にお目にかかる次第だ」

先ずこの聯の脚韻字を「遇」（去声）として「お目にかかる」と訳したのは、下平声歌韻での押韻を無視したもので到底受け入れることはできない。本文としては「過」を採用すべきはずのものであった。「脚灸」とは万病に効くとされるあの足の脛の三里（灸点）に灸をするということに違いなかろう。「州府」とは赴任先の讃岐の国府を指す。問題は「無堪」を意味上で上下どちらの語に連結させて解するかということだろう。稿者は前掲のように訓み、次のように解したいと思う（猶、尾聯については特に異論はない）。

「灸を据えてはみたものの、讃岐の役所を立去る時には具合が悪くてたえられない程であったし、また、頭にでき物ができてしまい（見苦しいものですから）帰洛後昔なじみの友人達が立寄って下さっても、このところ失礼致しております」

この頷聯では前句が讃岐でのこと、後句が都での現況を詠んでいると考えられる。そのポイントは首聯の詠み方に加え、「州府」と「故人」という語の存在であることは言うまでもない。

次いで頸聯では、道真は有名な故事を採用している。「魚生釜」については范冉（史雲）の次の故事を注として引用すべきであった(7)。

塵甑〈司馬彪続漢書曰。范丹（冉）。桓帝時以レ丹（冉）為二萊蕪長一。不レ到レ官、遭二党人禁錮一、乃結二草室一而居。有レ時絶レ糧。閭里歌レ之曰、甑中生レ塵范史雲、釜中生レ魚金萊蕪〉

（『初学記』巻一八・貧）

また「雀触羅」についても、

又（漢書）曰。下邳翟公為二廷尉一、賓客塡レ門。及レ罷門外可レ設二雀羅一。後復為二廷尉一、乃署二其門一曰、一死一生、乃知二交情一。一貴一賤、交情乃見、一貧一富、乃知二交態一。（『芸文類聚』巻四九・廷尉）

などとある翟公の故事がよく知られ、[8]閑居の意で用いられており、言及して欲しかったところである。が、それはともかく、ここで問題なのは、この二句が何時《いつ》の現実を詠んだものなのか（即ち讃岐か都か）ということである。前句について言えば、「廝児」（下僕）が炊事をすることもなく「悶見」るような生活と言うからには、家族と共に生活しているはずの都でのこととは到底思えない。後句で「門客笑帰」というのは、面対できぬと知って帰るわけであるから、詩句の流れから考えて第四句を意識して綴られていると考えるべきであろう。従って都でのことということになるのではあるまいか。

思うに、道真の詩には詠み方のパターンがあるようである。全体の構成を考慮に入れ、題意に添って外れずに詠み上げるのは無論のことだが、対句部分については、初めに詠み分けをすると、以下もこれを受継ぎ展開させる手法を採ることしばしばである。即ち、本詩で改めて説明すれば、首聯で讃岐と都での情況を各々提示し、第三句は讃州、四句は都、五句は讃州、六句は都、というように隔句で両地でのことを詠み分ける構成になっていると考えられるということなのである。こうした詠み分けは、恐らく後の平安朝の句題詩の詠法（構成）と決して無縁ではないと、稿者には思われてならないのであるが、[9]詠法の詳述については後日を期さねばなるまい。

【注】

（1）藤原克己『菅原道真と平安朝漢文学』（東京大学出版会、二〇〇一年）、波戸岡旭『宮廷詩人菅原道真―『菅家文草』『菅家後集』の世界』（笠間書院、二〇〇五年）、谷口孝介『菅原道真の詩と学問』（塙書房、二〇〇六年）など。この三氏に続く研究者の擡頭が見られる点でも、是非和漢比較文学会編『菅原道真論集』（勉誠出版、二〇〇三年）

を参照されんことを願う。また、近年の成果として、滝川孝司『菅原道真論』（塙書房、二〇一四年）のあることも付記しておかねばなるまい。

（2）本稿は、川口注解（日本古典文学大系）に異を唱えるという点では、拙稿「『菅家文草』をめぐって」（『同志社女子大学 日本語日本文学』13号、二〇〇一年六月。本書第2章所収）を受継ぐものである。

（3）川口久雄氏が元慶七年（八八三）の作としておられるのは妥当と思うが、阿満が亡くなったのは前年の夏頃（六歳）のことではなかったか。本作は阿満の一周忌頃に作られたものと臆測したい（亡息を悲しむ気持ちに一区切りをつけようというのが目的ではなかったか）。猶、第二十六句に見える「生時」を諸家は多く「生まれかわった時」「浄土に往生する時」の含意で把握しているようだが、生前の意と解するべきで、一句は「今生ではこの世の事（生きることの喜びや悲しみ、様々なこの世で体験するはずであったこと）は何一つ知らぬままで逝ってしまった」と父としての無念を詠んだものと解すべきではないかと思う。白詩に見える例で言えば、「纔知二恩愛一迎二三歳一。未レ弁二東西一過二一生一」（『白氏文集』第一五・0824「重傷二小女子一」）という心情である。また、「世界三千」は「三千世界眼前尽」（都良香「竹生島作」『和漢朗詠集』巻下・山寺583）に同じく、あらゆる世界であり、この世のことなのではないだろうか。

（4）『宋史』（巻二〇八・志第一六一・芸文七）に「侯圭江都賦一巻」「侯圭賦集五巻」が見える。『全唐文』（一八一四年撰。侯圭のことは巻八〇六参照）でも晩唐の人と確認されるが、半谷芳文氏の御教示によると、僖宗在位中（八七四～八八八）頃の人というから、道真と殆ど同時代人ということになる。彼我の地の間にタイムラグなきをも知るべきか。猶、道真と晩唐期文人の賦について言及する近時の論に、三木雅博「菅原道真の「端午日賦二艾人一」詩と唐人陳章の「艾人賦」―平安朝における唐代律賦受容の一面―」（『梅花日文論叢』22号、二〇一四年二月。『平安朝漢文学鉤沈』〈和泉書院、二〇一七年〉所収）もある。

（5）これについては「古詩之体、今則取二賦名一」（「文選大序」）とある劉良注にも「言、今之述作者、諸賦殊レ体、不レ同二古詩一。随レ志立レ名者也。謂、班固云、賦者古詩之流」と見え、班固の文言そのものは、左思「三都賦序」（『文選』巻四）、白居易「賦賦」（『白氏文集』巻二一・1422）や菅原道真「未レ旦求レ衣賦」（『菅家文草』巻七・516）などにも引用されていてよく知られる。

（6）「寛平二年四月廿四日。去月下旬、遣二蔵人橘公緒一、労二問大学博士善淵愛成一。所三以有二此労問一者、今年不二参入一也。向二山寺一不レ居レ家。其後重問。曰、自二向来一、間累二病痾一、旦夕沈吟、于レ今未レ止。朕親行至二門前一訊問之。然而躬不レ能二軽行一。是以只遣二使者一、甚思悼耳。給以二内蔵寮調布卌段一。昨日差二蔵人雑色一、至レ門存慰。還奏曰、雖二病平一損而身不レ能二行歩一。蟄滞之由、尤縁レ斯也。愛成授二周易於朕一。故有二此意一也」（『明文抄』巻一所引『寛平御記』）とあること参照。

（7）他に『芸文類聚』（巻三五・貧）『白氏六帖』（巻四・釜）『蒙求』（89范冉生塵）などにも見える故事。猶、川口補注（大系本六九九頁上段）に引かれる『後漢書』（巻六・順帝紀）の「愚人相聚偸レ生、若三魚遊二釜中一」は、久しからずして死ぬ運命にあることを意味する表現であって、この詩中の故事として引用するにはふさわしくない。

（8）もともとは『史記』（巻一二〇・汲黯鄭当時伝）『漢書』（巻五〇・汲黯鄭当時伝）に見える故事で、「御史府中烏夜啼。廷尉門前雀欲レ栖」（盧照鄰「長安古意」）と詠まれ、殊に「賓客亦已散。門前雀羅張」（『白氏文集』巻二・0091「寓意詩五首」其二）他、白詩に多用され、『白氏六帖』（巻一〇・謝絶賓客）にも所収された。本朝でも「東京蝸舎宅。西向雀羅門」（『菅家文草』巻四・269「寄二白菊一四十韻」）「牆陰風景無二塵網一。門外煙霞任二雀羅一」（兼明親王「池亭」『新撰朗詠集』巻下・閑居580）などと詠まれ、よく知られた故事である。

（9）そもそも平安朝の句題詩の詠法のもとは道真詩の詠みぶりにあると稿者は考えている（拙稿「平安朝の句題詩について」『類聚句題抄全注釈』和泉書院、二〇一〇年）。

［後記］

本稿は『中央大学国文』第50号（二〇〇七年三月）に掲載されたものであるが、若干加筆した。

第4章　『菅家文草』断章

――漢詩の本文と解釈をめぐる覚書――

一　本文の誤字をめぐって

『菅家文草』は日本古典文学大系本（川口久雄校注、一九六九年第三刷）を身近かに置き、時々繙いている。それは研究の為というよりは楽しみの為と言った方が良いだろうか。心持ちとしては「好読レ書不レ求二甚解一、毎レ有レ会レ意、便欣然忘レ食」（陶潜「五柳先生伝」）などという境地が理想なのだが、ともあれ、道真詩の表現の一端にでも共感したいという思いがあり、これまでも拙い[1]文を綴ってきたが、此度も自分の読み方を提示して、諸賢の御批正を受けたく思う。

大系本の本文には問題があるとする人も少なくない――これまでの拙文でも言及していることだが――と思うので、先ずは単純なものから採挙げ付言することから始めてみたい。大系本の本文を上部に白文で掲げ（ゴチック体の部分が問題箇処）、訓読文で稿者の案（ゴチック体）を提示するという、これまで通りの形をとることとしたい。

書斎対雨閑無事　　書斎にて雨に対《むか》ひ　閑にして事無し
兵部侍郎興**猶**催　　兵部侍郎　興**独**り催す
（68「書斎雨日独対二梅花一」）

七言律詩の尾聯。「猶」の位置は平仄上は仄声字が望まれるところであるのに、「猶」は平声字で、しかも既に第五句で用いられていた。その為か訓読した「なほ」から「尚」（仄声。『日本詩紀』）を当てるものもあるが、稿者は「独」とすべきところと考える（題名とも対応する）。実はこの二字はしばしば誤写・誤刻されることがあるので注意を要する。

若使風霜**怒**　若し風霜をして**恕**あらしめば
当留早老顔　当に早老の顔を留むべし　（153「残菊」）

五言律詩の尾聯。もし、風霜を「怒《いか》」らせたりしたら、その為に人はひどく年老いることになるのであって、老いを少しでも留める為には、風霜の寛恕（心広く思いやりのあること）を願うべきであるはず。意味から考えて「恕」（内閣文庫林家本・来歴志本・元禄版本等）とあるべきところである。

樵夫披得道　樵夫は披《ひら》きて道を得《え》
隠士**遂**知家　隠士は**逐**《お》ひて家を知る　（163「片雲」）

五言律詩の頷聯。詩句は題意をふまえ、しかも対句であることも念頭におき、樵夫は「片雲」を披いて己の行く道を見出し、隠者は「片雲」を「逐」（来歴志本・『日本詩紀』等）って己の家《すみか》を知る、とあるべきはずである。

負薪家産苦　薪を負ひ　家産苦し
山路幾多**難**　山路に　幾多《いくばく》か**艱**《なや》める　（168「樵夫」）

五言律詩の首聯。押韻は删韻なので、「難」（寒韻）ではなく、当然「艱」（来歴志本・元禄版本）でなければならない。

飛疑秋雪落　飛びては疑ふ　秋の雪の落つるかと
集**談**浪花句（匂）　集《つど》ひては**誤**《あやま》つ　浪の花の匂ふかと　（171「水鷗」）

この五言律詩の頸聯の一処「談」（平声）のみ平仄式に合わない。仄声字が求められるところで、比喩の表現形式「疑――。誤――」を想起して、「誤」（仄声）とあるべきところ。猶、「訝」（『日本詩紀』）も可能な本文ではある。

押衙門下寒吹角　　押衙門の下　寒に吹く角《つのぶえ》
開法寺中暁**驚**鐘　　開法寺の中　暁に**警**《いまし》む鐘　（210「客舎冬夜」）

この七言律詩の頷聯の一処「驚」（平声）のみ平仄式に合わない。仄声字が求められるところで、「平陵通二曙響一。長楽警二宵声一」（李嶠「鐘」）の類とみて、「警」（仄声。来歴志本・『日本詩紀』等）が良かろう。

諸児強勧三分酒　　諸児強《し》ひて勧む　三分の酒
謝**日**忘憂莫此過　　謝して**曰**《い》はく　憂へを忘るるに此れに過ぎたるはなからんと　（216「正月二十日有レ感〈禁中内宴之日也〉」）

讃岐の客舎で初めて迎えた正月、宮中内宴の日に、都遠く隔てた鄙に在る身を悲しむ七言律詩。同居している子供達が慰めようと思ってか、少しでも酒を飲んで欲しくて強いて父に勧める。そこで彼も「ありがとうね」の心持ちで、愁いを忘れるにはやはりこれ（酒）が一番だね、と笑顔を見せる……というように稿者は微笑ましい親子のコミュニケーションを感知したいと思うのだが、諸本いずれも「謝日」としていて、「日を送り過ごす」（川口氏頭注）と解されている。どうも馴染めない。

号令今如此　　号令今此《かく》の如《ごと》くんば
応知**養長**仁　　応に知るべし**長**く仁を**養**はんことを　（242「賦二得春之徳風一〈題中取レ韻四十字成レ韻〉」）

五言律詩の末句の平仄はこのままだと○○●○◎で、四字目の「長」のみ難があることになる。ここは恐らく本来「応知長養仁」とあったはずである。

豈図此歳無**豪**雨　　豈に図《はか》らんや　此《こ》の年**膏**雨無からんとは
何罪当州且旱天　　何の罪あってか　当州且《まさ》に旱天なる

……（中略）……

善根道断呼甘**樹**　善根　道《い》ふこと断たるるも　甘**澍**《じゅ》を呼ばん
真実謀窮稔福田　真実　謀《はかりごと》窮まるも　福田を稔《みの》らしめん
（262「丙午之歳…今玆自レ春不レ雨入レ夏無レ雲……」）

旱天に苦しむ讃岐の地を詠じた七言四十八句の長篇詩の一節。初めの句を「思いもしなかった、この年豪雨がないなんて」と訳して違和感を覚えるのは稿者だけではなかろう。どしゃ降りでは作物に害が及びかねない。ここは恵みの雨の「膏雨」（元禄版本・『日本詩紀』）でありたいところである。また、「甘樹」も同様に「甘澍」（草木を潤す雨）でなければならないはずだ。この二語は共に旱天祈雨の詩文には常套の語彙でもある。

茗葉香湯**免**飲酒　茗葉の香湯は　飲酒に**充**《あ》て
蓮華妙法換吟詩　蓮華の妙法は　吟詩に換《か》ふ
（298「八月十五夜思レ旧有レ感」）

七言律詩の頷聯で、「免飲酒」が三連の仄声字となっている。「免」は平声でありたいところで、「充」（来歴志本）がふさわしく、意味も通り、「換」の対語としても良い。

此時天縦**金**毫詠　此の時に　天は縦《ゆる》す　毫《ふで》を**含**みて詠ふことを
何処人遑秉燭遊　何れの処にか　人は遑《くわう》として　燭を秉《と》りて遊ばん
（354「雨晴対レ月。韻用二流字一。応製」）

七言二十句の十五、六句で、「秉燭遊」と対句のはずであるから、「金」は「含」（来歴志本）が正しい。雨が晴れて夜月に対って詩興を起こし、月が明るく照らすので、人は慌しく燈火を手に遊ぶ必要もないということを言いたいのである。

感興応無限　感興　応に限り無かるべし
窓頭**力**意看　窓頭　意《こころ》を**加**へて看ん
（401「風中琴」）

五律の末句を「窓の頭《ほとり》に力《ちから》と意《こころ》と看《あつか》れり」（川口訓読）と訓《よ》むのに稿者が抵抗を覚えたのは「力」に問題があるからではないかと思う。例えば、「蟬鬢加レ意梳。蛾眉用レ心掃」（『白氏文集』巻一二・0597「婦人苦」）などと見えるように、心をこめて、丁寧に、という程の意の表現「加意」の「加」の「口」部分を脱して書承されてしまったものではないかと思われてならない。

以上、くだくだと書き綴ってきたが、68 216 242 401詩以外は『文草』諸本（写本や版本と『日本詩紀』等）を披見すれば見出される異同である。恐らくは江戸期の書写者により校訂されたものも少なくないと思われるが、本文としての蓋然性は高いように稿者は考える。既に気付かれた方も多いと思うが、殆どは後世の誤写によって生じた異同であろうと考えられる。少し筆写が崩れて生じたもの――「遇と過」「気と氛」の混同も少なくない――で、人の手を経る限り逃れられないものであろう。これまで挙げた例はほんの一端に過ぎず、疑念の残る本文は本書中に多く存在するようだ。以下に更に詩一首全体を採挙げ、本文・解釈もからめ言及してみたい。

二　「会三安秀才餞二舎兄防州一」詩をめぐって

18　会三安秀才餞二舎兄防州一〈探得二隅字一〉

兄友弟恭不道無　兄《あに》友にして弟《おとうと》恭なれば　道無きにあらず
勤王自与**恤**親疎　王に勤《いそし》み　自ら与《あづか》りて　親疎を**恤**《あはれ》ぶ
一廻告別腸千断　一廻《ひとたび》別れを告《つ》ぐれば　腸千《はらわたちぢ》に断えんとす
我助君情独向隅　我は君が情《こころ》もて独り隅《すみ》に向かふを助く

秀才安倍興行（2）が舎兄宗行の周防守任官（3）に際し、その餞宴を行った時に、道真も参会していて、作ったという七絶である。

第一句には、安倍氏（殊に兄宗行と弟興行）の兄弟関係を端的に詠み、兄が友愛を示し、弟が恭敬の心を持っていると説く。『顔氏家訓』（治家篇）に「父不㆑慈則子不㆑孝、兄不㆑友則弟不㆑恭」(4)（父に慈愛がなければ子は孝とならず、兄に友愛の心がなければ弟は恭敬の心を持ちえない）とあるあたりも想起されるが「不道無」は二重否定を用い、兄弟の道義が備わつていることを強調していることになる。

稿者が問題にしたいのは実は第二句である。「勤王」は王事に勤《いそし》むこと、役人としての勤めを果たす意。「痛㆓百寮之勤王㆒。咸畢㆑力以致㆑死」（潘岳「西征賦」『文選』巻一〇）の李善注には「左氏伝狐偃曰、求㆓諸侯㆒、莫㆑如㆑勤㆑王」と出典を記し、李周翰注には「百官勤㆓王事㆒尽㆑命死」と意を示す。白詩にも「洞庭貢㆑橘揀宜㆑精。太守勤㆑王請自行」（『白氏文集』巻五四・2441「揀㆓貢橘㆒書㆑情」）「司徒令公分㆓守東洛㆒、移㆓鎮北都㆒、一心勤㆑王、三月成㆑政」（同上巻六七・3333詩題）などと用いられている。「自与」は、漢高祖（劉邦）の言葉に「吾聞、李斯相㆓秦始皇㆒、有㆑善帰㆑王、有㆑悪自与」（『史記』巻五三・蕭相国世家）、また、管仲が鮑叔との仲を語った言葉にも「吾始困時、嘗与㆓鮑叔㆒賈、分㆓財利㆒多自与。鮑叔不㆓以㆑我為㆑貪、知㆓我貧㆒也」（同上巻六二・管晏列伝）とあるものなどがよく知られる例であろうか。いずれも自分のものとして引き受ける。自らのものとする、という意味である。この一句の上四字は、つまり、公の職責を自らのものとするということで、舎兄が周防守に任官したことを指す。問題は「恆」（恒）の字である。川口訓読のように「つねに」と訓《よ》むと平声となり、所謂近体詩の平仄式から外れる。ここは仄声でありたい処なのだ。道真詩は古詩でない限り平仄は実によく守られていると稿者は考えているのだが、この一箇処の瑕疵は不審でならない。その問題を詰める前に、下の「親疎」について考えてみたい。一般に、親しいことと縁遠いこと（またその人達）、血縁と他人、というような意味で訳されがちである。だが、

九族親疎、長幼有㆑序。（『漢書』五行志）

一村唯両姓。世々為二婚姻一。親疎居有レ族。少長游有レ群。（『白氏文集』巻一〇・0447「朱陳村詩」）

江魚群従称二妻妾一。塞雁聯行号二弟兄一。但恐世間真眷属。親疎亦足強為レ名。

（同巻七一・3663「禽中十二章」其二）

などの用例に依ると、血縁者、身内という意に殆ど同意かと思われる（一族中には身近かな存在という人とそうでもないという人もいるだろうが、ここでの「疎」はさしたる意味を持たない字と思う。所謂帯説）。彼らの父安仁には「子男八人」(5)あったというから、集まった人も少なくなかったであろう（道真のような身内でない者も餞宴に加わっているが）。上四字の内容の主体は舎兄宗行であるので、この下三字では宴の出席者達に対する彼の心情を読みとるべきではないかと稿者は考える。私案だが（本文に異同はないようである）、「恆」（恒）は「恤」（仄声。卹に同じ）の誤字ではないかと考える（少し崩すと字形は酷似する）。白詩にも、

猶須下副二憂寄一。恤レ隠安中疲民上。

（『白氏文集』巻八・0353「初下二漢江一舟中作寄二両省給舎一」）

既非レ慕二栄顕一。又不レ恤二飢寒一。

（同巻一〇・0485「雨夜有レ念」）

と見え、憐れむ、又憂う意で用いられており、

安二存耄邁湌非レ肉。賑二恤孤惸餓曲レ肱。

（『菅家文草』巻三・219「行春詞」）

朝議之興、為レ公為レ国、内誡二緩怠之吏一、外恤二窮弊之民一也。

（源為憲「請レ被下殊蒙二天恩一依二遠江国所レ済功幷成業之労一拝中任美濃加賀等国守闕上状」『本朝文粋』巻六・168）

等、本朝の詩文にもまま見出せる。第二句はつまり、公務に勤《いそし》んで自ら周防守の任に与《あずか》った舎兄が、任地に赴けばしばしの別れとなるので、餞宴に集った身内を気遣い、いとおしく思っているという意なのではあるまいか。

第三句は、餞宴に集う人々と舎兄が別れの言葉を掛け合う場面であろう。皆腸が千々に断たれるような切ない思いを抱くという意。「一廻」は「夜来風吹落。只得二一廻採一」（『白氏文集』巻一一・0600「隔浦蓮」）とあるように一《ひと》

度《たび》の意か、もしくはひとめぐりという程の意ではあるまいか。

第四句の「独向隅」は、川口注に指摘される通り、潘岳「笙賦」（『文選』巻一八）に「衆満レ堂而飲レ酒。独向レ隅而掩レ涙」とあるに依る。(6) 猶、白詩にも「何為向レ隅客。対レ此不レ開レ顔」（『白氏文集』巻二・0070「続古詩十首」其六）「悃黙向レ隅心。摧頽触レ籠翅」（同上巻一〇・0519「早秋晩望兼呈二韋侍御一」）などと、憂愁にくれる人の行為として詠まれ、道真は後にも「一封書到二自京師一。満紙公私読向レ隅」(7)（『菅家文草』巻四・261「読二家書一有レ所レ歎」）と用いている。ここでは川口注が指摘するように、興行が舎兄との別れにたえかねて、ひとり部屋の隅に寄り悲泣する、それに道真が寄添い見守っているイメージと理解されよう。

三 「過二尾州滋司馬文亭一感二舎弟四郎壁書弾琴妙一……」詩をめぐって

46 過二尾州滋司馬文亭一、感二舎弟四郎壁書弾琴妙一。聊叙二所懐一、献以呈寄。

偶尋文閣共閑居　偶《たまたま》 文閣を尋ぬるに　共に閑居す
左見弾琴右見書　左に弾琴を見　右には書を見たり
昨夜歓逢春晩尽　昨夜歓び逢ふ　春の晩《おそ》く尽きなんとするとき
今朝苦念夏来初　今朝　苦《ねんごろ》に念ふ　夏の来《きた》る初め
高看壁上雲栖鳳　高だかと看る壁の上には　雲に栖む鳳
快聴絃中水聳魚　快く聴く絃の中《うち》には　水に聳《そばだ》つ魚
一一商量相況得　一一《いちいち》商量して　相況《くら》ぶることを得たり
張為不**弛**蔡無如　張も**絶**ならずと為し　蔡も如《し》くことなからんと

「尾州滋司馬」は川口注も指摘（写本や版本類に傍書あり）されるように尾張掾滋野良幹(8)のこと。父は老荘を好んで諸道の人にその訓説を授けたという美濃権守従五位上滋野安成(9)（八〇一～六八）で、彼もまた学問に関わる家の者であった（或は、道真も彼の老荘の講席に列なったことがあったかも知れない）。さればこそその邸宅を「文亭」「文閣」と道真は記すのであろう。良幹が方略試の宣旨を受け、都良香（八三四～七九）の下に「僧尼戒律」「文武材用」の策問（『都氏文集』巻五）に応じたのは貞観十五年（八七三）五月二十七日以後（『類聚符宣抄』巻九・方略試・問者。良幹は当時尾張掾）のことになる。本詩については排列から貞観十一年の作とする川口説は妥当であろう(10)。その春の尽日の訪問を経、夏と変った日に詠まれた七言律詩である。道真は当時文章得業生で二十五歳。良幹の生没年は未詳だが、恐らく道真よりは年長であろう。前年六月に父を亡くしているので、良幹一家は服喪中(11)であったかと考えられる。六月の一周忌には少し間があるが、道真は彼の邸宅に立寄り、良幹の舎弟四郎（人名未詳）の「壁書」と「弾琴」の妙才に感じ入り、自らの思いを述べて寄せた作ということのようである。

首聯は、「たまたまお宅を尋ねましたら御兄弟揃って心静かにお過ごしでしたね。身近かに琴を置いて弾《ひ》いたり、書物を手にしておいででした」という程の意。第二句には川口補注の通り「左レ琴右レ書、楽亦在二其中一矣」（『列女伝』巻二・賢明「楚於陵妻」）が想い合わされよう。

頷聯は、「昨夜の春尽きる日に私を歓迎してお会い下さり、今日こうして夏を迎えた日に心にかけて与《とも》に懇ろに思いをめぐらしたことでしたね」の意。三月晦から四月一日にかけて一夜明かし語り合ったのかも知れない。話の子細はわからないが、ただ良幹の舎弟の書と琴の才に道真が感歎したことは題詞に明らかである。

頸聯ではその素晴らしさを表現する内容となり、「高だかと見上げれば壁面には御舎弟の記した書、まるで雲に棲む鳳かと思える見事さ。また、心地よく耳を傾ける御舎弟の弾琴《ことのね》、その絃の響きはまるで水中の魚も身をそばだてるかと思われるような素晴らしさですね」と言う。第五句、書の素晴らしさ、運筆のすぐれた様は、鳳挙崩雲絶。鸞遊霧疎。
（岑文本「奉レ述二飛白書勢一詩」『初学記』巻二一・文字）

鸞翔鳳翥衆仙下。珊瑚碧樹交二枝柯一。
（韓愈「石鼓歌」）

私謂二朝官一曰、（許）圉師見二古迹一多矣。魏晋以後、惟茲二王。然逸少少レ力而妍、子敬妍而少レ力。今見二聖迹（高宗の書跡）一、兼二絶二王一、鳳翥鸞廻、実古今聖書。
（『唐会要』巻三五・龍朔二年四月条）

などと詠まれるように、鳳の飛ぶ様に譬えられ、本朝でも早く嵯峨天皇のすぐれた書を称えて、

青山翠岳見二翔鳳一。花苑瓊竹望二走騎一。
（「勅賜屏風書了即献表幷詩」『性霊集』巻三・14）

更揮二玉管一、重写二金字一。鸞鳳翔二碧落一而含レ象、龍螭遊二蒼海一以孕レ義。張王擲レ筆、鍾蔡懐レ恥。
（「奉二為桓武皇帝一講二太上御書金字法華一達嚫」同巻六・45）

などと表現されていることも知られる。また、第六句は、例えば、

列子曰、瓠巴鼓琴而鳥舞魚躍。
（『芸文類聚』巻四四・琴）

聴琴〈瓠巴鼓琴、鱏魚出聴〉。
（『白氏六帖』巻二九・魚）

などとあるように、瓠巴の琴の演奏の素晴らしさに、水中の魚も感応するという故事を意識しており、「戯鶴聞応レ舞。游魚聴不レ沈」（江総「賦得二詠琴一詩」『初学記』巻一六・琴）もこれをふまえたものである。こうして、舎弟の書才と楽才が称えられ、尾聯に繋がってゆくわけだが、川口訓読は「一一商量すれば相況《くら》ぶることを得む　張り弛ばざることを為さば蔡も如くこと無けむ」とあり、解釈は頭注によると次のように記されている。

とっくりと考えてみると、壁書の芸も弾琴の技も、（無用に似て大いに有用であること）一一譬えてみることができそうだ。人民百姓も百日の労のあと、一日の楽しい祭によって永の苦労も解放されるようなもので、弓を張りっぱなしにして、弛めることを知らなければ、草莽の民百姓も更にましになるものでない。蔡は、草莽・草芥・くさむら。礼記、雑記下に、子貢が民の蜡《さく》という祭をみたとき、孔子が「張りて弛ばざれば、文武

も能はざるなり、弛びて張らざれば、文武も為さざるなり、一張一弛、文武の道なり」といったとある。

実は稿者はこの解がこれまでの詩句の内容をどう受けて何を言おうとしているのか、皆目見当がつかなかったのだ。それが本詩を採挙げた理由でもある。第七句の意を稿者は「ひとつひとつ念入りにおしはかり比《くら》べることができました」とする。「一一」は一つ一つ（ここでは書と琴について）各々念を入れて、の含意であろう。「五絃弾、五絃弾。聴者傾レ耳心寥々。趙璧知ニ君入レ骨愛一。五絃一一為レ君調」（『白氏文集』巻三0141「五絃弾」）はその一例。「商量」は見積もり評価する、くらべおしはかる意(12)。つまり、舎弟の書と琴の才を比況（くらべること）することができた、とここは解すべきところなのではあるまいか。そして、第八句では、何に比べたのか記さなければ、詩としての体を成さないのではないかと思う。諸本の異同をみると、「弛」を「敢」に作るものもあるが稿者は採らない。按ずるに、「弛」は恐らく「絶」の誤写ではなかろうか。異体字関係も念頭に置きつつ、「弛—弛—絁—絶」の崩し字の近似性も想い合わさずにはおれない。その結果として稿者が提案する第八句は「張も絶《ぜつ》ならずと為し　蔡も如《し》くこと無からん」となる。「張」はここでは「後漢、張芝字伯英。善ニ草書一絶妙。時人語曰、臨レ池学レ書、池水尽黒。韋誕曰、伯英草聖、家中衣レ絹、先書後練也」（『付音増広古注蒙求』320伯英草聖）の故事で知られる張芝を指し、舎弟の書をみると、あの張芝の書も絶妙（かけはなれてすぐれている）と言うことはできないだろう、の意ではあるまいか。また、「蔡」は舎弟の琴の才を念頭に置いた表現で、漢の蔡邕やその娘蔡琰あたりを想起させずにはおかない（『芸文類聚』巻四四・琴。所引の『蔡琰別伝』『捜神記』や蔡邕「琴賦」など参照）。本朝でも、「邕郎死後罷ニ琴声一」（『新撰万葉集』巻上『新撰朗詠集』巻上・蝉178）「蔡女弾レ琴清曲響」（嵯峨天皇「和下左衛督朝嘉通秋夜寓ニ直周廬一聴ニ早雁一之作上」『凌雲新集』16）などと彼らの故事はよく詠込まれて知られている。即ち、下三字の意は、舎弟の弾琴の素晴らしさときたら、あの蔡氏だって及ばないだろう、の意になる。道真は良幹の舎弟の書と琴の才に感じ、各々張芝や蔡邕（又は蔡琰）を引き合いにして称賛したというのが稿者の結論である。

四　「御製題二梅花一賜二臣等一……」詩をめぐって

366　御製題二梅花一賜二臣等一。句中有下今年梅花減二去年一之歎上。謹上二長句一、具述二所由一。

不是天寒地不宜　是れ　天の寒くして地の宜《よろ》しからざるにはあらず
此花憔悴計応知　此の花の憔悴　計《はか》らひて応に知るべし
粉顔暗被粧楼借　粉顔　暗に粧楼に借《か》られたるか
香気多教浴殿移　香気　多く浴殿に移さしむるか
開未人看蜂且採　開《さ》くも　未だ人の看ざるに　蜂且《かつ》がつ採るか
落非時至笛先吹　落つるは　時の至るに非ざるに　笛先づ吹くか
誰人攀折栄華取　誰《たれ》人か攀折して　栄華《はな》を取れる
新拝相公捶四支　新たに相公を拝し　四支に捶《むちう》たん

寛平五年（八九三）二月十六日、道真は参議に昇進した。それから程ない頃であろう、宇多天皇自らお作りになった「題二梅花一」詩が、道真ら近臣に下賜されたようだ。その御製中に「今年の梅花（の花開いた数）は去年より減少した」とお歎きになっている句があったので、道真は謹しんで、ことこまかにその理由を申し上げるべくこの七律を成したことが題詞から知られよう。「今年梅花減去年」が宇多の詩句をそのまま摘句したものなのか、詩句の内容を掻摘まんで記したものか定かではない（引用句であるなら平仄式上は「今年」は「今歳」であるのが望ましい）が、ともあれ、この詩はとても興味深い作なので、稿者の視点から解釈を試みてみたい。

首聯は天皇の歎きの内容を受けて綴られる。

今年の梅花が去年より少ないのは、天下が寒く、この地が宜しきをえていないというわけではないのです。今年の梅花の衰えについては、あれこれ考えてみればわかりましょう。

という意であろう。「不是～」（〈これは〉～ではない）の語法は、

不二是花中偏愛レ菊。此花開後更無レ花。　（元稹「菊花」『千載佳句』巻下・菊656『和漢朗詠集』巻上・菊267）

不三是禅房無二熱到一。但能心静即身涼。

（『白氏文集』巻一五・0852「苦レ熱題二恒寂師禅室一」『千載佳句』巻上・避暑133『和漢朗詠集』巻上・納涼161）

などの詩句でもよく知られる。「天寒」（天候の寒々とした様）はありふれた語彙で、「心憂二炭賤一願二天寒一」（『白氏文集』巻四・0156「売炭翁」）他白詩にもよく見える。「地宜」（その土地にかなって良いこと、地のよろしきをえていること）も、

疏鑿出二人意一。結構得二地宜一。（『白氏文集』巻六二・2987「裴侍中晋公以二集賢林亭即事詩二十六韻一見レ贈……」）

催二課百姓一、一赴二産業一、必使レ不レ失二地宜一、人阜家贍。

（『続日本紀』天平九年九月二十二日条詔）

などと見え、特に珍しい語彙でもない。「憔悴」はここでは梅樹の窶《やつ》れ衰えた様子（枯れる意に用いられることもある）で、

移レ根易レ地莫二憔悴一。野外庭前一種春。

（『白氏文集』巻一三・0638「戯題二新栽薔薇一」）

躊昔栄華都不レ見。今時憔悴一応レ嗟。

（多治比清貞「和下菅祭酒賦二朱雀衰柳一作上」『凌雲新集』87）

などは植物の衰えに用いられている類例である。

さて、頷・頸聯は、「計応知」（あれこれ考え思いめぐらして知る、わきまえ理解する）という表現を受けて、今年の梅花の減じた理由をあれこれ穿鑿《せんさく》する展開となるはずなのである。従って稿者の訳は次の通りとなる。

その美しい梅花が、人知れず妓女達にその粧いを貸し与えてしまったためではないでしょうか。

（また）そのかぐわしい香りを浴堂殿に移させたためではないでしょうか。

（あるいは）花開いたものの、まだ人が見もしないうちに、蜂達が花を摘んでしまったためではないでしょうか。

（それとも）花が散り落ちたのは、その時期が来たからではなく、笛で先に「梅花落」の曲を吹いてしまったためではないでしょうか。


道真があれこれとユーモアを交えて臆測してみせていると考えるべきなのではあるまいか。「粉顔」は「単枕夢啼粉顔穿」（小野岑守「奉レ和二聖製春女怨一」『凌雲新集』61）とあるように本来女性の美しい化粧顔を言うが、ここは道真が早くに、梅花の咲く様を「偸二得誰家香剤麝一。送二将何処粉楼瓊一」（『菅家文草』巻一・67「早春陪二右丞相東斎一同賦二東風粧レ梅一」）と表現していたのを想起すべきか。後の「舞妓含レ粧謝二粉顔一」（源英明「秋菊有二佳色一」『類聚句題抄』324）も花と女性の化粧した顔を重ねて詠む一例。「粧楼」は妓楼や（宮中の）美女の化粧部屋を指し、道真は後にも「粧楼未レ下詔来添」（『菅家文草』巻五・365「催粧」『和漢朗詠集』巻下・妓女711）と詠み、白詩にも「低花樹映小粧楼」（『白氏文集』巻五五・2597「春詞」）と見えている。「香気」は（梅花の）かおりで、「映レ日花光動。迎レ風香気来」（陳後主「梅花落」）「可レ憐香気歇」（江総「梅花落」）などと詠まれる。『楽府詩集』（巻二四・横吹曲辞四）によると「梅花落、本笛中曲也」と曲名にあることも知られ、「逐レ吹梅花落。含レ春柳色驚」（李嶠「笛」）などとも詠まれて、第六句のような表現に繋がることになる。「浴殿」は「浴殿西頭鐘漏深」（『白氏文集』巻一四・0724「八月十五日夜禁中独直対レ月憶二元九一」『新撰朗詠集』巻下・禁中479）とあり、大明宮中の浴堂殿のこと。「浴堂」に同じだが、ここは仄声字が求められるので「浴殿」としている。白詩には他に「慣レ看二温室樹一。欲レ識二浴堂花一」（同上巻五六・2659「和二春深一二十首」其七）「遥想六宮奉二至尊一。宣徽雪夜浴堂春」（同上巻四・0161「陵園妾」）とも詠まれており、道真の句もそれらの表現と関わるはずである。また、「蜂」は勿論「蜜熟蜂声楽」

（同上巻五一・2218「和㆓微之四月一日作㆒」）とあるように本来は花の蜜を求めるものだが、「銜㆑花空自飛」（梁簡文帝「詠㆑蜂詩」『芸文類聚』巻九七・蜂）とも表現されているので、第五句のように詠まれることに結びつくことになる。

さて、尾聯であるが、その意を次のように稿者は考える。

（梅花が去年より減ったと帝は詠まれましたが）誰が一体梅花の盛んに咲いた枝を手折ってしまったのでしょうか（と言えば、それはきっとこの私道真でございます）。

（この春こうして栄《は》えある）参議を拝命致しましたからには、わが四肢に捶《むちう》ちお仕え申し上げようと思うのでございます。

末句には「臣不㆑次為㆓宰相㆒。故上㆓此意㆒喩㆑之」の自注が記されるように、昇進した彼自身の決意が述べられる内容にならなければ詩として意味をなさないはずであり、「新しく参議（唐名は相公）に任命せられて、手足の工合が離ればなれのようになって、勝手がきかない」（大系本頭注。傍点は稿者）などという状態をここで申し上げることなどありえないと考える。

この詩は、帝の歎きに対し、梅花の減った理由をあれこれ述べたて、結局は参議に昇進した自分自身が栄華（梅花が盛んに咲いていることに掛ける）を手にしたせいなのだと言い立て、この上は全身全霊をもって帝にお仕えし報いたいという機智に富んだ叙述法を用いたものだと考えるべきである。「⿰扌乖」は明らかに「捶」の誤写と言わねばなるまい。

五　「賦㆓殿前梅花㆒」詩をめぐって

結びにもう一首機智的な梅花詠を採挙げてみたい。次の詩は、梅花が減った事を詠む前詩とは逆の内容である。

452　賦二殿前梅花一。応二太上皇製一。

笑松嘲竹独寒身　　松を笑ひ　竹を嘲る　独り寒き身(13)
看是梅花絶不隣　　看れば是れ　梅花絶えて隣りせず
何事繁華今日**陪**　　何《なん》事ぞ繁華　今日は**倍**せる
一朝応**過**二天春　　一朝　応に二天の春に**遇**へばなるべし

于レ時、天子朝二覲太上皇一。故云。

本詩は「天皇朝二覲太上皇於朱雀院一。以レ入二新年一也。賦二庭中梅花一之詩」（『日本紀略』昌泰二年正月三日）とあるにほぼ合致し、醍醐天皇が朱雀院の宇多上皇に新年の挨拶にお出ましになった時の作ということになる。詩題に「殿前」「庭中」の異同はあるものの（恐らく『文草』の方が正しかろう）さして内容に大きく関わることはあるまい。稿者が本文上問題があると思うのは「陪」と「過」であり、ここは「倍」（来歴志本・元禄版本・『日本詩紀』等）と「遇」でありたいところである。後半二句の川口注は各々左の通りである。

今朝、朝覲行幸に際会して、その晴れの御儀に参加できる庭前の梅の花の光栄は、まことに言語に絶している。
天子が太上皇に朝覲されるという、いわば一日で二代の天子をいただく大御代の春を過ごすこととなるであろう。

これに対する私解では、一首は次のような意と考える。

松を笑い竹を嘲笑するのは、ぽつんと寒々とした中に咲いている身（の梅花）である。
殿前を窺い見れば、梅花は美しく咲き、それに並ぶようなものは他に全くない。
一体どうして、その咲き誇る梅花が、今日はいつもに倍する程なのか。
それは、（梅が）ひとたび（朝覲行幸がございまして）二人の天子様（天皇と上皇）の、こうしてお会いになる春にめぐりあうことになったからでございましょう。

即ち、天皇と上皇の和がいつもに倍する梅の開花をもたらしたと言祝《ことほ》ぐ趣意と考えるべきなのではないかと稿者は考える。第三句は問いかけで、第四句がそれに答える内容となって、詩としてのまとまりを持つことになる。

如上のようなわけで、稿者はこのところ道真詩の機智的な表現に殊の外注目したい思いに駆られる。（この詩については彼が当時意を得た状況下にあったことも関係あるかと思われるが）フォーマルな「詩臣」の詠みぶりを越えて、結構遊び心に富んだ作も少なくなく、『文草』の世界の多様性が道真詩の魅力なのではないかと考えを廻らせているところである。

［注］

（1）「『菅家文草』をめぐって」（『同志社女子大学 日本語日本文学』13号、二〇〇一年六月）「菅原道真の漢詩解釈臆説」（『中央大学国文』50号、二〇〇七年三月）。いずれも本書第2、3章に所収。

（2）彼とその周辺のことについては、滝川幸司「安倍興行考」（『菅原道真論』塙書房、二〇一四年）に詳しい。猶、以下拙稿で採挙げる第二句を、川口久雄氏は「王に勤《つつし》むことは自《おのづか》らに恒《つね》に親しきひとと疎《おろそか》なるなり」と訓み、「この一句意味未詳。あるいは王事をつつしみはげまんがためには肉親のもとをも離れることも当然のことだの意か。恒・親・疎の三字、韻字に強いられた語法だと思うが、解しがたい」と頭注に記す（大系本一二〇頁）。

（3）『三代実録』によると従五位下勘解由次官の宗行が周防守に任じられたのは貞観七年（八六五）正月二十七日のことで、同三月十九日には鋳銭長官（周防守の兼任職）を兼ねている。その年、道真は二十一歳。猶、川口久雄氏は当該詩を翌貞観八年の作とする。

（4）もともとは『尚書』（康誥）に「封、元悪大憝、矧惟不孝不友。子弗三祗服二厥父事一、大傷二厥考心一、于レ父不レ能レ字二厥子一、乃疾二厥子一。于レ弟弗レ念二天顕一、乃弗レ克レ恭二厥兄一。兄亦不レ念二鞠レ子哀一、大不レ友二于弟二」（封よ、最大の悪で憎むべきものとは不孝と不友だ。子が父に従わず、父の心を傷つけたりすれば、父も子を愛し育てることはできず、その子を憎むことになりかねない。また、弟が天の定めた兄を敬《うやま》うことなく、恭順の心を持てなければ、兄も弟をかわいく思うことなく、友愛の気持ちを持つことはなかろう）とあるに依るだろうか。「不レ友〈書云、兄不レ友、弟不レ恭〉」（『白氏六帖』巻六・兄弟）とも見えている。

（5）『三代実録』（貞観元年四月二十三日）の安倍安仁薨伝参照。そのうち、貞行・宗行・清行・興行らは殊に知名度が高かったようである。

（6）猶、その李善注には「説苑曰。古人於二天下一、譬一堂之上、今有二満レ堂飲レ酒、有二一人一、独索然、向レ隅泣則一堂之人皆不レ楽也」とあり、呂延済注には「雖二衆満レ堂而楽一、独向二一隅一掩レ涙而已。隅、角也」と見える。

（7）大系本他多く「借紙」に作るも、内閣文庫蔵来歴志本に依り「満紙」に改めた。紙面一杯にの意。

（8）良幹について言及するものに、滝川幸司「菅野惟肖考」（注1所引と同書所収）があるので参照されたい。

（9）『日本紀略』（貞観十年六月十一日条）に「美濃権守従五位上滋野朝臣安城（『三代実録』『類聚国史』の表記は滋野安成）卒。安城尤好二老荘一。諸道人等受二其訓説一。卒時年六十八。良幹父也」とある。小野篁（八〇二〜五二）とほぼ同世代で、是善（八一二〜八〇）より十歳以上年長になる。

（10）「起レ家献レ冊之輩、多是歴二方略試一、聖代不易之軌範也。貞観菅野惟肖・滋野良幹、寛平参議菅根朝臣・矢田部名実・三統理平……」（『朝野群載』巻一三・紀伝上「請下准二拠旧例一被レ下二宣旨一以二正六位上行因幡大掾大江朝臣通国一令上レ奉二方略試一状」）とあるので、貞観年間に菅野惟肖と共に紀伝道における起家として注目されていた人物。

（11）「喪葬令」（17）に「凡服紀者、為二君父母及夫本主一一年」とある。

（12）張相『詩詞曲語辞匯釈』（巻五・「商略・商量」）、塩見邦彦『唐詩口語の研究』（中国書店、一九九五年）に言及されている。

（13）あるもの（ここでは梅花）のすばらしさを訴える為に、本来嘉賞に値するもの（ここでは松と竹）を貶めて表現する手法は漢詩文にはよく見えるもので、ここでは松・竹・梅を擬人化していることも知られよう。猶、以下は稿者の全くの臆測になるが、読み手によっては次のように解する者もあるかも知れない。即ち、道真は、朝覲行幸に際会し、

（己の栄達に矜恃を抱いていたこともあり）自身をここで梅花に仮託し、彼を快く思っていない人達を松・竹に暗に重ねているのだと。だが、そうした見方はかえって稿者には興ざめに感じられてならないのである。

［後記］

本稿は『同志社女子大学　日本語日本文学』第29号（二〇一七年六月）に掲載されたものであるが、若干補筆訂正した。

第5章　宮廷文学と書

――「三蹟」と詩人をめぐる劄記――

一　書蹟を売る女

歌人として後に不朽の足跡を残す右兵衛尉佐藤義清が、二十三歳の若さで突如出家を遂げ、西行と号したのは保延六年（一一四〇）十月十五日のことだったと史書は伝えている。以下の話は、それから丁度一週間後となる二十二日のことである。朝方も辰の刻頃、ある貴族の屋敷を一人の物売り女が訪れた。物売り女と言えば……時の関白で当世を代表する能書家としても知られた藤原忠通（一〇九七～一一六四）に、その生態を詠んだ面白い詩がある。

見㆓売㆑物女㆒　　物売り女を見て
可憐鄙服一疲女　　可憐《ああ》　鄙服《ひふく》の一《ひと》りの疲《つか》れたる女《め》
夕陽沈時売物廻　　夕陽《ゆふひ》の沈《しづ》まんとする時《とき》にぞ　物《もの》を売《う》りて廻《めぐ》れる
増直砌前貪止住　　直《あたひ》を砌《みぎり》の前《まへ》に増《ま》しては　止住《しぢゆう》を貪《むさぼ》り
唱名門外暫徘徊　　名《な》を門《かど》の外《そと》に唱《とな》へては　暫《しばら》く徘徊《たちもとほ》れり
貧家雖喚全無顧　　貧家《ひんか》は　喚《よ》ぶと雖《いへど》も　全《また》く顧《かへりみ》ること無く
潤屋不呼強欲来　　潤屋《じゆんをく》は　呼《よ》ばずとも　強《し》ひて来《きた》らんとす
秋月春花其意旧　　秋《あき》の月《つき》と　春《はる》の花《はな》と　其《そ》の意《こころ》は旧《ふ》りにたれば

此時題目興相催　此《こ》の時《とき》の題目《だいもく》にぞ　興《くゐよう》は相催《あひもよほ》さるる　（『本朝無題詩』巻二・87）

夕暮れ時、洛中の通りを廻る賤しき身なりの疲れた女。ある軒先では値をつり上げ「買うてもらえんうちは帰れまへん」と坐り込み、ある邸宅の門外では売り声を挙げつつ出て来て買うてくれとばかりに長居してうろつきまわる。また、貧乏人なんぞの家からお呼びがかかっても全くの知らんぷりだが、金持ちの家にゃ呼ばれずとも押し掛けるという始末だ——などと忠通は揶揄嘲哢して興じている。

だが、件《くだん》の物売り女はこの類の女ではなかった。何でも手本二巻を購入して欲しいと言うのである。主人がすかさず呼び入れると、目の前に拡げられたのは、何と紛れもない小野道風（八九四～九六六）の『屏風土代』（現在御物）と藤原行成（九七二～一〇二七）の『白氏詩巻』（現在国宝で東京国立博物館蔵）の両筆ではないか。この時、驚きで胸を高鳴らせた主人こそ、当時宮内権大輔をつとめていた藤原定信[1]（一〇八八～一一五六）その人である。彼は行成から数えて五代目の子孫に当たり、その累代の能書の家（世尊寺家）の継承者として地位と名声は既に揺るぎないものがあったとみて良いだろう。

聞けば、その物売り女は、塩小路より北、町尻より西、町尻面の辻内に住む在俗の経師の妻とのことである（以上「白氏詩巻」跋文参照）。その位置は今日のＪＲ京都駅烏丸口の中央郵便局に程近い、その西側あたりというところか。当時このあたりは細工職人らの住む商工業地域であったらしい[2]。一方定信邸は前斎院官子内親王宅（綾小路北、東洞院東）の近隣であった（『本朝世紀』久安二年〈一一四六〉三月九日）というから、恐らくは現在の烏丸・四条両駅（阪急京都線と市営地下鉄）の南東あたり、仏光寺の北あたりに在ったものだろうか。ともあれ、その女は二キロ程の道のりを、予め定信を買い手と定めて訪れたに違いない。一見して真蹟と確信した定信は、かなりの高値で買入れたと思われ、女は大いに喜んでそそくさと退出していったという。

二　『屏風土代』の本文をめぐって――大江朝綱と小野道風――

道風の『屏風土代』は既によく知られているように、延長六年（九二八）十二月（定信の跋文では十一月）の「命下大内記大江朝綱作二御屏風六帖一題上詩。令二少内記小野道風書一レ之」（『日本紀略』）とある記事に照応するものとされ、七律八首と七絶三首を今日に伝えている。時に朝綱（八八六〜九五七）四十三歳、道風三十五歳の時ということになる。その本文は既に『大日本史料』（第一編之六冊）に翻刻がなされているにもかかわらず、書道関係の専門書にも存外翻字に誤植の目立つのはどうしたことなのだろうか(3)。それはともかく、稿者が今まで気に掛かってならなかった冒頭の一首(4)を先ずはここで採り挙げてみよう。

春日山居

古洞春来対碧湾
茶煙日暮与雲閑
山成向背斜陽裏
水以廻流迅瀬間
草色雪晴初布護(5)
鳥声露暖漸綿**巒**×
誰知圯上独遊客
疑是留侯授履還

古洞《こどう》　春来《はるきた》り　碧湾《へきわん》に対《むか》ふ
茶煙《ちやえん》　日暮《ひく》れて　雲《くも》と与《とも》に閑《のど》かなり
山《やま》は向背《きやうばい》を成《な》す　斜陽《しややう》の裏《うち》
水《みづ》は廻流《くわいりう》に似《に》たり　迅瀬《しんらい》の間《あひだ》
草《くさ》の色《いろ》は　雪晴《ゆきは》れて　初《はじ》めて布護《ほこ》し
鳥《とり》の声《こゑ》は　露暖《つゆあたた》かにして　漸《やうや》く綿《めん》**巒**×たり
誰《たれ》か知《し》らん　圯《し》上《しやう》独遊《とくいう》の客《かく》を
疑《うたが》ふらくは是《こ》れ　留侯《りうこう》の履《くつ》を授《さづ》けて還《かへ》るならんかと

事の発端は道風自筆とされる本文の第六句に明らかに「巒」（詩句中ゴチック×印）と見えることであった。実は「䜌」では一韻到底の脚韻とはならない。この字は「二十四寒」韻（『王仁昫刊謬補欠切韻』）なのである。従って『大日本史料』が傍書するように、本来は「二十五刪」韻の「蠻」（蛮）字でなければならない。そして何より、その「綿蛮」の語は、『毛詩』（小雅・魚藻之什）に見える三章章八句の「緜蠻」詩に典拠を持つ語であり（「緜」「綿」の二字は同字）、その各章の第一句はいずれも「綿蛮黄鳥」に始まっているのだ。毛伝に依ると「綿蛮は小鳥の貌《さま》なり」とあるが、後世の『詩集伝』（朱熹）に云う「綿蛮は鳥声なり」という方が理解し易いであろう。この詩語は唐代の詩にも「欲レ叙他郷別。幽谷有二綿蛮一」（盧照鄰「綿州官池贈別同賦二湾字一」）「綿蛮変二時鳥一。照曜起二春霞一」（崔知賢「晦日宴二高氏林亭一」）「忽似上レ林翻下レ苑。綿々蛮々如レ有レ情」（韋応物「聴二鶯曲一」）「綿蛮巧状レ語。機節終如レ曲」（司空曙「残鶯百囀歌」）などと見えて、『白氏六帖』（巻二九・鶯）にも採られ、本朝の菅原道真にも「風温好被二綿蛮喚一。景麗宜哉繡羽遮」（『菅家文草』巻六・433「詩友会飲同賦三鶯声誘引来二花下一」）などと詠まれており、『文鳳抄』（巻九・鳥獣部・鶯）[6]にも「間関〈綿蛮〉」「綿蛮〈繡羽〉」などと採語されているので、『倭注切韻』の著書もあり、詩語に拘わるはずの当代の詩儒大江朝綱が誤って作することなどまず考えられない。とすれば（『屛風土代』が道風自筆と明言できるのであれば）明らかに道風の誤写である。「土代」とは文字通り下書きに過ぎないから、仕上がった御屛風にこのままに記されていたという保証はどこにもないが、もしこの下書きのままに記されているとしたら、そしてそれが官人達の眼に触れる場に置かれていたとしたら、詩人朝綱の面目は——勿論書き手の道風も同様のはずだが——大いに損われていたに相違あるまい。事の顚末がどのようであったか現存の史料は何も語ってくれない[7]が、朝綱と道風の確執、いや二人が相互にどう思い、或はどう評価されていたかということにつき語るとするなら、次の逸話は見過ごせない含みを持つことになるのかも知れない。

天暦の御時、野道風と江朝綱と常に手書きの相論を成せし時、両人議して曰はく、「主上の御判を給はりて、互いに勝劣を決すべし」と云々。よりて御判を申し請けしところ、主上仰せられて云はく、「朝綱が書の道風に劣れる事、譬へば道風の朝綱が才に劣れるがごとし」と云々。

（『江談抄』第二・二二「道風朝綱手跡相論の事」）(8)

朝綱の書影は『紀家集第十断簡』（伏見宮家旧蔵、現在は宮内庁書陵部蔵）に現存している。それは明らかにこれ迄の伝統的な王羲之の書風を継承するものとみてよく、清妙軽快な筆致（行草の混在する小字の場合なら当然かも知れない）ではあるが独特な個性を強調しているというような書風ではない。ところが、同じ羲之の書風を学びながら道風のそれは、文字の転折部を丸く運筆して作り、ほぼ字画を構成する線は太くて一様で、それが温雅で豊満なイメージを与える。恐らくそれは当時とすれば斬新で画期的な書風であったはずである。従って守旧的な書風の朝綱にすれば認め難い思いがあったとしても何ら不思議ではあるまい。だが、その新旧の書風の帰趨を決したのは、何よりも恐らくは先の逸話に象徴的に見てとれるように、〝天皇（先の逸話では村上天皇を指す）の支持〟であったと思われる。

菅原文時（八九九〜九八一）が道風の為に代作した奏状に依ると、彼は十二歳の時に初めて参内を遂げ（「請丁殊蒙二天恩一被丙遷二山城守一兼乙任近江権守甲状」『本朝文粋』巻六・151）、延喜二十年二十七歳の時に能書なるを以て蔵人として近侍する（『蔵人補任』）。そして、延長年間以降に旺盛な能書活動を開始して晩年に至るまで活躍し続けたと認められる(9)が、その背後には醍醐天皇（自身当代の傑出した能書家でもあった）から村上天皇に至る、その書風に寄せる信頼があったればこそ、宮中における書風として道風様（和様）――またこれが仮名書の生成とも並行していることは興味深い事実ではないだろうか――が浸透していったのであろう。(10)大儒文時門下の筆頭と称される文人慶滋保胤（寂心。？〜一〇〇二）にも自筆とされる書状が残るが、一見してそれは道風の書風に近似する。紀伝道の世界にも彼の書風は――朝綱は望まなかったかも知れぬが――着実に及んでいったと言うべきであろうか。

三　『屏風土代』と絵画

さて、前掲の朝綱詩については、実はもう一点記しておきたいことがある。その為にも先ずは全体の拙訳を句毎に提示することから始めよう。

春の日の山中の住居《すまい》にて

①（久しい歳月の経過を感じさせる）仙界を思わせる俗外の地に春が訪れ、（山中の庵、或はその住人は）美しいみどりに澄んだ入江の方を向いており、

②茶を沸《わ》かす煙は、夕暮れ時にたなびく雲と共にのどかにたちのぼる。

③夕陽を受ける山並は明るく照らされる処もあれば暗く翳る処もあるというたたずまいであり、

④滾《たぎ》つ早瀬のあたりでは、川は逆巻き流れめぐるかと思われるばかりである。

⑤雪が晴れ（春となって地上の雪が消えるにつれ）初めて美しい草の緑は見渡す限りに拡がり、

⑥朝方に下《お》り敷く露の春らしく暖かくなるにつれて、鳥（鶯を意識していよう）の声も次第に楽しげに聞こえ来る。

⑦土で造られた橋のほとりに一人散策する人物のことは誰も知るまいが、

⑧ひょっとして、あの留侯（張良）が老父に履《くつ》を拾ってはかせてやって帰るところ、というところであろうか。

聯毎の概ねの流れを追えば、「春日山居」の題詞に添うように、首聯が「居」、頷聯が「山」、頸聯が「春」のことを基調にしながら詠まれているとみて良いだろうが、さて尾聯はどういうことになるのだろうか。この聯は訳出したように、実は次のような有名な故事をふまえたものである。

漢書。張良、字は子房。祖の開地、父の平はみな韓の相（宰相）なり。良少《わか》かりし時、従容《しょうよう》（ぶらぶら）として下邳《かひ》に遊ぶ。圯《はし》の上に老父ありて褐を衣《き》たり。良の所に至り、直《ただ》ちに其の履《くつ》を圯の下に墜《お》とし、良に謂ひて曰はく、「孺子《じゅし》（おまえ）、履を取れ」と。良愕然として之を殴《う》たんと欲するも、其の老いたるが為に強ひて之を取る。因りて跪《ひざまづ》きて父に進む。父、足を以て之を受け、笑ひて去ること里所《ばかり》して、復た還りて曰はく、「孺子、教ふべし（みどころがある）」と。乃ち良に太公（太公望呂尚）が兵法を授けて曰はく、「此を読まば王者の師と為るべし」と。

（真福寺宝生院蔵『古鈔本蒙求』527子房取履）

この詩題とも何ら関わりのない故事を最後の一聯で何故詠んだのだろうか。それは⑦で訳出したように橋（土で造られた橋を「圯」という。その橋が山中の川にかかっているのであろう）と、そのあたりを散策する人物が絵に描かれていたからに他ならなかったからではないか。そう思って改めて全体の意味を追ってみると、確かに一幅の山中の春の風景を場面毎に詠み分けたものとも思えてくる。先の『日本紀略』の記事には「屏風絵」のことは見えないが、恐らくはもともと在った絵（しかも内容的には唐絵か）に朝綱が漢詩を付け、道風がそれを書したという蓋然性が高いのではなかろうか。少なくともそうした視点から『屏風土代』全体の詩を読み解く必要があるようにも思うのだが、今は機会を改めざるをえない[11]。

四　藤原佐理「詩懐紙」をめぐって

「三蹟」のうち小野道風については自作の漢詩文を成した記録は残っていない。その意味で言えば彼は文字通り「能書」として認められた存在でしかなかったと言いえよう。だが、佐理（九四四～九八）と行成についてはわずかながらも作が残されている。

佐理[12]の真蹟とされる作品は存外数少ないが、その筆頭に挙げられる「詩懐紙」（松平頼明氏所蔵）は、道風の書風を継承しながらも、『屛風土代』に見られるような生真面目な丁寧さや単調な筆遣いとは異なり、軽快にして変化の妙に富んだ、いわば華やかな運筆という点にその能筆の特徴が現れているとは言えまいか。道風亡き後、早くも紀時文（貫之男。長徳二年〈九九六〉、三年頃没。従五位上大膳大夫）あたりに次ぐ才筆と評価されつつあったと思しき彼のその自作の漢詩は次の如くである。

　暮春同賦㆓隔㆑水花光合㆒　応㆑教一首（絶句為㆑体　倭漢任㆑意）

　　　　　　　　　右近権少将佐理

花脣不語偸思得　　花《か》脣《しん》語《ものい》はず　偸《ひそ》かに思《おも》ひ得《え》たり
隔水紅桜光暗親　　水《みづ》を隔《へだ》て　紅桜《こうあう》　光《ひかり》暗《そら》に親《した》しまんと
南岸芳菲浮浪上　　南《みなみ》の岸《きし》の芳菲《はうひ》は　浪《なみ》の上《うへ》に浮かび
流鶯尽日報残春　　流鶯《りうあう》は　尽日《ひねもす》　残《のこ》んの春《はる》を報《つ》げたり

作られたのは安和二年（九六九）三月十四日[13]、佐理二十六歳の時である。「花は美しく咲くも（人ではないから）言葉を発することもない（『蒙求』168李広成蹊の故事をふまえる。李広と主催者実頼を重ねるか）。そこで、心ひそかに池水を隔てた紅匂う桜の花の光にただただ親しもうと思うばかり。池の南のかぐわしき花ばなのこぼれて、池の水面《みなも》に浮かべる美しさよ。鳴きゆく鶯も終日残りわずかな春を告げているかのようだ」という程の意。この関白太政大臣藤原実頼（当時七十歳。関白太政大臣。佐理の祖父）邸における花下の一絶は、一読晩春ののどかな落花の風情を認めたものであるやに思われる。

「隔水花光合」のような五言一句を詩題とする作を句題詩[14]と呼ぶ。村上朝の頃に菅原文時らを中心に推進されて定着し始めたその詠は、七言律詩を成すことを基本とする。その点では、先の佐理の作には物足りない印象は拭えないものの、それでも題字を初めの二句に詠込み、題意を展開させようとする意欲を見せ、嘗試的な漢詩――「倭漢任意」とされながら、「和歌の道にもすぐれておはしまして、後撰にもあまた入」（『大鏡』太政大臣実頼条）集する歌人の祖父と対峙するかのように漢詩を選択したと見るのは僻目か――ではあるが評価されて良い作であろう。

佐理は四歳の時に父を失っている。祖父の庇護を受けて順調であった境涯も、この翌年（天禄元年〈九七〇〉）五月の祖父の死に依り翳り始める。確かに彼は天元元年（九七八）三十五歳で参議となり公卿の列に居並ぶのだが、正暦二年（九九一）伊周の参議昇任と共に大宰大弐に転ずることとなり、以後長徳四年に五十五歳で没するまで、遂に昇任は勿論旧職に復することもなかった。『大鏡』（太政大臣実頼条）では「世の手かきの上手」「日本第一の御手」として、三島明神の社額を書くに至った逸話を語り、ついで東三条南院（道隆邸）障子色紙形の執筆をめぐる「懈怠《けだい》の失錯《しっさく》」に触れて、周囲を意に介さぬ気儘な性格から「如泥人」と評されたことなどを記す――祖父の生真面目で実直なところと対極的と言うべきか――が、それは或は才気に恵まれながら驥足を伸ばしえず、鬱屈した心底の発露であったのかも知れない。

ともあれ、この「詩懐紙」を書して程ない三月二十五日、都に大騒動が惹起する。所謂「安和の変」である。源満仲・藤原善時の密告に端を発したこの事件は、左大臣源高明（九一四～八二。醍醐帝皇子）の大宰権帥への左遷に発展する。右大臣師尹（や故右大臣師輔の息伊尹ら）の陰謀は政界の表舞台から高明を葬り去ることにあり、これに依って藤原氏による政権壟断が確実のものとなったのだが、不遇な文人達に心を寄せていた高明の凋落を昌泰の菅家（道真）左遷に重ねるなどして、衝撃を受けた者――例えば高明に近かった源順や源為憲など――も少なくなかったのではあるまいか。所謂天暦文壇も、大江朝綱（天徳元年〈九五七〉没）・維時（応和三年〈九六三〉没）が世を去り、新たな動き――所謂勧学会の結衆達の動向もその一つと言えよう――も芽生え始めていたようである。即ち佐理青年期のこの頃は時代の転換期[15]でもあったと思われるのである。

五　詩人藤原行成――その交遊詩をめぐって――

さて、政界の動向は、先のような藤原氏に依る他氏排斥から、次第に藤原氏同族間の内訌へと展開してゆくことになるのだが、そんな時期、天禄三年（九七二）に生を享けたのが、「三蹟」の最後に位置付けられる藤原行成(16)（九七二〜一〇二七）である。父義孝（天延二年〈九七四〉没）亡き後、文章生出身で紀伝道の要職式部大輔に任じられたこともある外祖父源保光の庇護下に成長した彼は、その薫陶を受けることで、恐らくは漢学の世界にも親しむことになったであろう。後年の詩人行成は、一条朝の文運再昌期を前に確かな地歩を固め始めていたものと想像される。また、書も――同じ醍醐源氏という祖父の存在が大きかったかも知れない――当代屈指の能筆をうたわれた兼明親王（九一四〜八九）の書などを学んで成長したもののようである。後世のことになるが、

兼明・佐理・行成の三人は等同の手書きなり。おのおの皆、様は少しく相乖《たが》ふなり。後の人、殿最《でんさい》（優劣のこと）を決し難きか。故源右相府（源師房）曰はく、「行成卿は、世人、道風に劣ると謂《おも》へるか」と。まことは、佐理・兼明に等しとなむ、世人は称《い》ひける、と。

（『江談抄』第二・23「兼明・佐理・行成等同の手書きの事」）

などと記されるのに依れば、かの三筆は優劣決し難く、同等の評価を与えられているようである。その書き様は少しく異なるとは言うものの、恐らくはその書跡を峻別するのは相当難しかったのではあるまいか。ともあれ、既述したように、醍醐天皇以後推奨された道風の和様は、彼らにより継承され、広く滲透して、より洗練された優美な書へと変貌を遂げてゆくことになるわけである。

ところで、ここでは詩人行成の足跡に目を向けてみたい。現存する彼の作品は偶然にも長保五年（一〇〇三）か

ら寛弘元年（一〇〇四）にかけて（彼は三十二、三歳である）の二年間にほぼ集中しており、それは『行成詩稿』と『本朝麗藻』に見出せるが、此の度は前者の「世尊寺作」（長保五年六月十日付）詠とそれに連なる唱和詩群を読みつつ、当代の文人達との交遊の一端を垣間見てみたい。(17) 世尊寺(18)は桃園殿《ももぞのどの》と呼ばれた所で、祖父保光や母と共に少年時代の行成が過ごしたところである。長保三年二月二十九日、彼は伝領していたその地を既に正式に世尊寺として盛大な供養を行っていた。

世尊寺作　于レ時長保五年六月十日
一到洛陽城北寺
暫抛塵網避炎蒸
至心礼拝堂中仏
促膝言談樹下僧
松竹風生晴帯雨
林池月落夜舗氷
道場旧主吾慈母
毎恋温顔涙不勝(19)

一《ひと》たび洛陽《らくやう》の城北《せいほく》の寺《てら》に到《いた》りて
暫《しばら》く塵網《ぢんまう》を抛《なげう》ちて　炎蒸《えんじよう》を避《さ》けんとす
至心もて　堂中《たうちう》の仏《ほとけ》に礼拝《らいはい》し
膝《ひざ》を促《うなが》しては　樹下《しうか》の僧《そう》と言談《げんだん》す
松竹《しようちく》に風生《かぜな》りて　晴《は》れたるに雨《あめ》を帯《お》び
林池《りんち》に月落《つきお》ちて　夜《よる》に氷《こほり》を鋪《し》けり
道場《だうぢやう》の旧《ふる》き主《あるじ》は　吾《わ》が慈母《じぼ》なりき
毎《つね》に温顔《おんがん》を恋《こ》ひては　涙《なみだ》に勝《た》へず

「一たび都城の北東にあるこの世尊寺に到り、しばし世俗のしがらみを抛ち、晩夏の蒸し暑さを逃れようと思った。先ずは心を込めて堂中に安置された御仏に礼拝し奉り、更に膝を進めて懇《ねんご》ろに樹下にまします僧（観修を指すか）と語らいの時を過ごす。さてもあたりの松や竹を揺るがせて風が起こると、晴れているのにまるで涼やかな雨音を聞くかと思われるばかりであり、木々に囲まれた池の水面《みなも》には月がうつり映えて、さながら夜に氷を敷くかと思われる程の心地良さを覚える。そうこの道場のもとの主《あるじ》は亡き慈しみ深き母君であった。いつもこうして母君の穏やかなお顔を恋い慕い、思い起こしては涙堪《こら》えきれず泣けてきてならぬのです」という意。特段難しい語彙や表現などもない明解な一首であり、若き詩人行成の真率な心が伝わる佳篇と言って良かろう。敢てやや表現に工夫が見られるとすれば頸聯で、この二句には直ちに「風吹二枯木一晴天雨。月照二平沙一夏夜霜」(19)(『白氏文集』巻二〇・1374「江楼夕望招レ客」『千載佳句』巻上・夏夜130『和漢朗詠集』巻上・夏夜150)「秦甸之一千餘里。凛々氷鋪」(公乗億「長安八月十五夜賦」『和漢朗詠集』巻上・十五夜240)あたりの句が影を落としていると容易に指摘できるだろう。猶、「氷鋪二湖水一銀為レ面。風巻二汀沙一玉作レ堆」(『白氏文集』巻二〇・1342「花楼望レ雪命レ宴賦レ詩」)は白詩の「氷鋪」の措辞例。この時代の詩人達が等しく最も親炙していたのは白居易であり、白詩は彼自身何よりよく筆写していた(『白氏詩巻』は代表作)であろうから、先の句なども自ずと口の端にのぼるものであったことは想像に難くない(20)。

そして、この一首に先ず心を揺さぶられたのは時に七十九歳の紀伝の耆宿式部大輔菅原輔正(九二五〜一〇〇九)であった。「昨夕、陣の座(公卿の評議の場。二人は共に参議)にございました折、傍《かたわら》で御作を拝聴いたしました。老いぼれで耳が遠いものですから、僅かに韻字の部分のうろ覚えではございますが、御貴殿の詩にわが思い黙《もだ》し難く、至らぬ筆で拙い作を呈する次第です。他聞に及ばず、心中にお留めおき下されば幸いです」(原漢文)と綴って認めた一首は次のような作である。

桃園変号鶏園境(21)　桃園《たうゑん》は号を変《か》へたり　鶏園《けいゑん》の境《けい》
従此煩雲絶不蒸　此《こ》れより　煩雲《はんうん》も絶《た》えて蒸《む》さざらん
温故久経三代主　故《ふる》きを温《たづ》ぬれば　久《ひさ》しく三代《さんだい》の主《あるじ》を経《へ》
　初是大相国、次相公尊堂、今尊閤改為二仏寺一。
視今多有四禅僧　今《いま》を視《み》れば　多《おほ》く四禅《しぜん》の僧有《そうあ》りき

門開方便宜観月　門《かど》は方便《はうべん》に開《ひら》きて　月《つき》に観《くわん》ずるに宜《よろ》しく
池作八功豈結氷　池《いけ》は八功《はつく》を作《な》して　豈《あ》に氷《こほり》を結《むす》ばんや
慙以蕪詞加麗句　蕪詞《ぶし》を以《もち》て　麗句《れいく》に加《くは》へんことを慙《は》づるも
老心還忘少才能　老心還《らうしんかへ》りて忘《わす》る　才能《さいのう》の少《すく》なきことを

「桃園殿が世尊寺と寺に名を変えたわけですから、これからはきっと煩わしい雲が蒸し暑さを運んでくるような処ではなくなるでしょうね。来歴をたどるに、この地は謙徳公様（伊尹。九二四〜七二）から貴殿の母君（中納言源保光の娘）と伝えられて、三代目の貴殿の時にこうして寺となされ、今では禅定につとめる僧の止住するところとなっております。その寺の門は衆生利益の為に開かれ、水に映える月に観想し念仏するにふさわしい処でしょうし、境内の池も八功《はつく》徳水《どくすい》(22)そのままを湛えている処でしょうから、貴殿の詠まれるように氷の張ることなどないはずでしょう。それに致しましても蕪雑な言葉を連ねて、貴殿の麗しい詩句の仲間に加えて戴こうなどと思いましたのもお恥ずかしい次第ですが、近頃は老いぼれてしまいましたものですから、自分の詩才の少なく拙いことなども忘れてしまいまして、こんな作をお届けする次第でございます」という程の意。このような詩を輔正から贈られ心から喜んだ行成は、「私は近頃世尊寺の作なる一首をものしましたが、昨朝輔正卿のもとより御唱和の作を賜り、衷心より感喜すると共に、やむにやまれずもとの韻字に次韻申し上げ御返書申し上げ」ることになるのだが、遺憾ながら今日に残るのは次の首・頷聯のみである。

我以家園為奈苑(23)　我《わ》れ家園《かゑん》を以《もち》て奈苑《だいゑん》と為《な》し
上祈聖上下黎蒸　上《かみ》は聖上《しやうじやう》を祈《いの》り　下《しも》は黎蒸《れいじよう》
昔(24)偏賞翫琴詩酒　昔《むかし》は偏《ひと》へに琴詩酒《きんしいしゆ》を賞翫《しやうぐわん》するも
今只帰依仏法僧　今《いま》は只《た》だ仏法僧《ぶつはうそう》に帰依《きえ》す

（以下四句欠脱）

「我が伝領の地を寺院とし、上は帝の御身をお祈り申し上げ、下はもろもろの民人達のことを祈念している次第です。昔はひとえに白居易さながらに琴・詩・酒にひたり楽しんだものでしたが、今はただひたすら仏法僧に帰依申し上げる日々でございます」とは、いかにも生真面目な行成の返答ではあるまいか。輔正もそれに誘われるかのように再び次の如く次韻を寄せてくる。

玉章投我感難勝
銜得明輝不鬱蒸
三聚戒慙三業罪
白頭身伴白眉僧
清涼灌頂性泉水
懍烈凝心気岸氷
恭敬世尊為寺号
今生後世導庸能

玉章《ぎよくしやう》　我《わ》れに投《いた》り　感《おも》ひ勝《た》へ難《がた》し
明輝《めいくゐ》を銜《ふく》み得《え》たれば　鬱蒸《うつじよう》せず
三聚《さんしゆ》の戒《いましめ》に　三業《さんごふ》の罪《つみ》を慙《は》ぢ
白頭《はくとう》の身《み》に　白眉《はくび》の僧《そう》を伴《ともな》はん
清涼《しやうりやう》なる灌頂《くわんちやう》は　性泉《しやうせん》の水《みづ》
懍烈《りんれつ》なる凝心《ぎようしん》は　気岸《きがん》の氷《こほり》
世尊《せそん》を恭敬《くきやう》して　寺号《じがう》と為《な》したまへば
今生《こんじやう》と後世《ごせ》と　庸能《ようのう》を導《みちび》きたまへ

「お返しの御作を戴き感慨にたえません。玉の如き明輝を湛えられる御作で、うっとおしい蒸し暑さなど微塵も感じませんでした。三聚浄戒を思うにつけわが三業の罪（身と口と心で各々犯す罪）を慙じ、この白毛頭の己こそ白眉の僧を伴わねばならぬ身と存じました。かの寺の清く涼やかな灌頂の水は真如の水というべきものでございましょうし、寒気で身がひきしまるが如くぴりっとして心の動ずることのないのは貴殿の気構えに氷のような透明で強固なものがあるからに他なりません。心こめて世尊《みほとけ》をうやまわれ寺の号と致されましたからには、今生も後世も私如き凡庸な者をお導き賜りますように」と詠むのは、やはり若い行成の御仏への真摯な帰依に深甚の敬意を抱いてのことに他なるまい。行成はこの作に対し、更に「重ねて呈す」る作を次のように認める。

詩情素拙亦何勝
述心所之□□蒸
縦在塵寰無染俗
遂攀彼岸不如僧
命猶秋日叢中露
歩是春風澗底氷
為報皇恩帰未得
凡庸只恥接賢能

詩《し》情《せい》素《もと》より拙《つたな》く　亦何《またなん》ぞ勝《た》へん
心《こころ》の之《ゆ》く所《ところ》を述《の》べ　□
縦《たと》ひ塵寰《ちんくわん》に在《あ》りて　俗《ぞく》に染《そ》まること無《な》くとも
遂《つひ》に彼岸《ひがん》に攀《よ》づるには　僧《そう》に如《し》かざらん
命《いのち》は　猶《なほ》し　秋《あき》の日《ひ》の叢中《そうちう》の露《つゆ》のごとく
歩《あゆ》みは　是《こ》れ　春《はる》の風《かぜ》の澗底《かんてい》の氷《こほり》のごとくならん
皇恩《くわうおん》に報《むく》いんが為《ため》に　帰《き》すること未《いま》だ得《え》ず
凡庸《はんよう》の　只賢能《ただけんのう》に接《まじは》れることを恥《は》づるのみ

「私の詩など拙いもので御目に入れるのにもたえませんが、心中に思うことを述べ蒸し暑さを忘れようと思ったまでのことでございます（一部欠字のため臆測訳）。こうして世間に在って俗世の汚れに染められずにいても、結局のところ彼岸に到るには良き僧にすがる他ありませんようでございます。思えばわが命など秋の日の草むらに降りた露の如くにはかないものですし、日々の我が歩みも春の風に解ける谷底の氷の上を行くが如くに危いもののように思われてなりません。今は天皇《みかど》のお恵みに報い奉るべくつとめておりますので、まだ御仏への帰依専一を致すことかないませんが、平凡な己が賢明で有能な方々と日々接しておりますことを気恥ずかしく思っておる次第でございます」という程の意。本詩の頸聯あたりには、同族間の勢威争い、長徳元年（九九五）台閣に居並んでいた者達の疫病による相次ぐ薨去、そして、翌二年の花山法皇射撃事件が続き、中関白家の凋落と共に藤原道長（九六六～一〇二七）の堂上制覇（家司行成は道長の手足として彰子を皇后にするのにも貢献し、その信頼は大きかった）に至る有為転変や、一方で最愛の妻子を亡くす不幸（長保四年〈一〇〇二〉十月）など、若い身ながらも波乱と不確実な生を思い知らされ、時に厭世的になり出家願望を抱いたりした心境を伝えているように感じられはしないであろうか。

この祖父と孫程に年の離れた二詩人の次韻酬和にいたく関心を持った（輔正からの仄聞だろうか）文人がいた。共に行成より三十歳以上年長と思われる藤原為時（?～一〇一八～?）と源為憲（九四一?～一〇一一）である。残念なことに共に詩句を佚するが、為憲の序分（詩の前文として認められた長い題辞）は残り、次のように見える（原漢文）。

世尊寺は本より桃園第なり。山河奇秀にして、竹木葳蕤《ゐずい》たり。右大尚書相公（参議右大弁行成）、往年（長保三年）改めて仏寺と為せり。爰《ここ》に前越州《さきの》藤刺史琪（前越前守藤原為時）、昨予《きのう》（為憲）に談《かた》りて曰はく、「右大丞（右大弁行成）に頃《このごろ》世尊寺の作有りき。僕、和を献ぜんと欲するも、汝も宜しく同《どう》じ奉るべし」と。即ち其の長句を誦んず。（欠脱あるが、冒頭の行成詩が記されていたものと思われる）道場の旧き主は吾が慈母なりき、毎に温顔を恋ひては涙に能《た》へず、と。予甚だ之を傷みて惻々然たりき。忝《かたじけな》くも本韻に押して之を越州に授く。

為時と言えば一般的には紫式部の父として知られようが、菅原文時（八九九～九八一）に学び好文の親王具平や権力者道長邸の詩筵にも出入りしていた詩人であり、長徳二年「除目春朝、蒼天在ㇾ眼」云々の申文を奉り越前守に任ぜられたという有名な逸話の主人公でもある。彼はまた源道済（?～一〇一九）と「一双の文士」と称され、大江匡衡（九五二～一〇一二）には為憲らと共に凡位を越える六文人の一人に数えられて、後年は一条朝文士の「天下の一物」にも挙げられている。一方、為憲もやはり大学に学んで源順（九一一～八三）に師事し、貴顕の子弟の為に『三宝絵詞』『口遊』『世俗諺文』等の教養書を編してもいる。彼の学識は一条天皇をして感銘せしめたと言い、院政期の鴻儒大江匡房（一〇四一～一一一一）は、詩文は為憲作を習うべきとの夢をみたと語っている。つまり、彼らは当世を代表する文人と言って誤たないわけだが、その二人から訪問を受け唱和の詩を寄せられることとなり、その喜びの心情を行成は次のように綴り成す（原漢文）。

（冒頭欠脱。為時・為憲の二人は）詩仙なる者なり。洛陽の士女は皆元白（元稹と白居易）の再誕と謂《い》へり。仲秋八月十有餘日、共に親しき友なるを以て、予を尋ね造《いた》れり。時なるかな、時なるや、清風朗月にして已に玄度[25]を得、適として欣々然たり。廼《すなは》ち左右に榻《しぢ》を連ね、其の来由を問ふに、各おの直《ただ》ちに一篇の詩を投ず。蓋し相公（輔正）と贈答せし什に相和するならん。一読して興味餘り有り、再読して賞翫限り無し。箇《こ》の裏《うち》に、美州（為憲）が丁蘭[26]の句を吟じては九廻の腸已に断えんとし、越州（為時）が風樹[27]の詞を詠じては数行の涙忽《にはか》に零《お》つ。予が齢《よはひ》一毛（三十二歳）に及ぶと雖も、性猶し六義に拙く、慭《し》ひて紙筆を秉《と》り、以て本韻に次するのみ。

両吏循良幾足称
東山北陸撫黔蒸
共逢鳳闕（唐堯）千年主
同契雞園六夏（夏臈）僧
祇識交情如淡水
又（亦）看節操似堅氷
有時相伴尋吾至
月下清談去未能

両吏《りやうり》の循良《じゆんりやう》　幾《ほとほ》と称《たた》ふるに足《た》らん
東山《とうさん》・北陸《ほくりく》にて　黔蒸《けんしよう》（もろびと）を撫《ぶ》しぬ
共《とも》に鳳闕《ほうくえつ》の千年《せんねん》の主《あるじ》に逢《あ》ひ
同《おな》じく雞園《けいゑん》の六夏《りくげ》の僧《そう》に契《ちぎ》る
祇《まさ》に識《し》んぬ　交情《かうせい》の淡《あは》き水《みづ》の如《ごと》くなることを
又看《またみ》き　節操《せつさう》の堅《かた》き氷《こほり》にも似《に》たらんことを
時有《ときあ》りて　相伴《あいともな》ひ　吾《わ》れを尋《たづ》ねて至《いた》り
月《つき》の下《もと》に清談《せいだん》して　去《い》なむとするも未《いま》だ能《あた》はず

「お二人（為時・為憲）の順良（法を守りよく民を治めること）ぶりは誠に称賛に十分値するものでございましょう。東山道と北陸道の各々の任国で庶人《もろびと》達を慈《いつく》しみ治めてこられたのですからね。宮中に在って千年一聖の帝（或は昔の聖帝堯にも比すべき帝。一条天皇を指す）の御代にめぐり逢い、こうして同じく世尊寺に在って、六年目の僧[28]と御仏に帰依する誓いを立てたことでございます。『荘子』などに依れば、君子の交わりは淡きこと水の如しと申しますが、お二人と接してほんとうにその通りと存じましたし、また、お二人の節操の堅固なること、さながら堅き氷の如くでありますことをかえりみましてございます。こうして時を得て、お二人で私ごときをお尋ね下さり、かくしてうるわしき月下に清らかに語り合う楽しみに、さても家に帰ろうなどと思えずにおることでございます」という意。

為時・為憲は既によく知られているように、歓学会[29]の結衆仲間であり、また、多くの文人達と共に花山天皇の突然の出家に依る朝政（九八四～六）の終焉に深い失望と挫折感を共有する者でもあった。永延元年（九八七）頃の作と思われる藤原為時「去年春中書大王排二花閣一命二詩酒一。左尚書藤員外中丞惟成・右菅中丞資忠・内史慶大夫保胤共侍レ席……」詩（『本朝麗藻』巻下・懐旧部152）や源為憲「秋夜対レ月憶二入道尚書禅公一」詩（同上巻下・仏事部77）あたりには、出家した藤原惟成（?～九八九。花山朝政を支えた側近の一人）や慶滋保胤への共感を有しつつも、俗世に身を置く他ない己を自嘲的にみつめる鬱屈した日々に在ったことが彷彿させられる[30]。具平親王邸に出入りしていた若き行成も勿論こうした文人達の置かれている情況に無知ではなかったはずである。末句の「月下清談」あたりにそんな含意を見出したい思いに駆られるのは稿者の僻目なのであろうか。猶、この後十年の間に為憲は勿論、具平親王（九六四～一〇〇九）をはじめ、彼らと交遊のあった『本朝麗藻』に見える文人達も多く鬼籍に入り、文壇は一変してしまう。更に餘命を保ちえた行成はどのような詩を作りえたことであろうか。今となってはそれを知ることもかなわない。

佐理・行成の漢詩は林家の目に入らなかったようで（如上の資料を知りえなかったのでやむをえまい）、あれだけの広範な詩人を採り挙げている『本朝一人一首』（林鵞峰撰、寛文五年〈一六六五〉刊）にも見えていない。従って詩人としては古代の群小詩人の枠を出ない存在という印象を持たれても致し方ないのかも知れないが、稿者は殊に行成に関して言えば、詩と書のバランス――勿論今日では書蹟の方が圧倒的に歴史的意義は大きかろう――をかなりのレベルにおいて保ち得た当代の高度な知識人として認められるべき存在ではないかと思う。

六　海を渡った三蹟

ところで、「三蹟」の書はいずれも次のように海外に伝えられている。

興福寺の寛建法師を召す。修明門外において、唐の商人の船に就きて入唐求法及び五臺山に巡礼せんことを奏請す。之を許し、また、黄金小百両を給し、以て旅資に充てしむ。法師また此の間の文士の文筆を請ふ。菅大臣（道真）・紀中納言（長谷雄）・橘贈中納言（広相）・都良香等詩九巻〈菅氏紀氏各三巻、橘氏二巻、都氏一巻。但し件の四家集は追って給すべしと仰せあり〉・道風行草書各一巻を寛建に付し、唐家に流布せしめたまはんとす。

（『扶桑略記』延長四年〈九二六〉五月二十一日条。原漢文）

これに依れば、当時、小野道風の書は道真・長谷雄・広相・良香らの詩集に肩を並べるものとして位置付けられていたことが知られ、醍醐天皇によって唐家（ここでは実際は宋を指す）に誇示しうるものと見なされていたことが理解されよう。

また、慶滋保胤ら友人達の餞宴に送られて永観元年（九八三）に入宋した奝然（?～一〇一六）は、各地を求法巡礼し、宋の太宗に謁見して帰朝（永延元年〈九八七〉）した。翌二年、彼は弟子嘉因を派遣して太宗に深謝の表

を上《たてまつ》るが、その折に献納した多くの品物の中に、

また一合、参議正四位上滕（藤）佐理の手書二巻および進奉物数一巻、表状一巻を納む。また金銀蒔絵硯一筥一合、金硯一・鹿毛筆・松煙墨・金銅の水瓶・鉄刀を納む。また金銀蒔絵の扇筥一合、檜扇二十枚・蝙蝠扇二枚を納む。……倭画屛風一双……。

（『宋史』巻四九一・外国伝・日本国。原漢文）

と佐理の書跡が見えている。黒川道祐（?～一六九一）が「日本の手跡の三跡の内、行成・道風は世に切れ多し。佐理卿が大切なる物なり。道風が名も高けれども、手跡は佐理卿第一也。中華の書、宋書（史）の芸文志の目録に、日本佐理が書一《ママ》巻とあれば、二十一史の内にもしるしおく。さあれば中華にも重宝すと見ゆ」（『遠碧軒随筆』下之二）と指摘しているのは、先の献物と関わるものであったろうか。

更に長保五年（一〇〇三）に入宋した寂照（?～一〇三四）は楊億（九七四～一〇二〇）と邂逅し、時の真宗に召見された後、天台山に遊び、楊億と共に西昆派詩人として名高い蘇州の丁謂（九六二～一〇三三）のもとに身を寄せたりして、両人と親しく交わっている。それに関わる記事を載せる黄鑑『楊文公談苑』（『皇朝類苑』巻四三・仙釈僧道「日本僧」や『参天台五臺山記』にも引用）に依ると次のような記述が見える[31]（原漢文）。

寂照、徒七人を領するも皆華言に通ぜず。国中多く王右軍の書を習ひ、寂照も頗るその筆法を得たり。……後に南海の商人の船、その国より還るに、国王の弟と寂照の書を得たり。野人若愚と称する書の末に云ふ……寛弘四年九月。又老大臣藤原道長の書を略して云はく、……寛弘五年七月。又治部卿源従英（俊賢か）の書を略して云はく、……寛弘五年九月。凡そ三書は皆二王の迹にして、野人若愚の章草は特に妙なり。中土の書を能くする者もまた及ぶこと鮮《すくな》からん。紙墨も尤も精なり。

文中の「野人若愚」が誰を指すかについては必ずしも定かではない[32]。その次に道長の書と見えるが、『権記』（寛弘五年十二月五日）や『御堂関白記』（長和四年七月十五日）などの例を勘案すれば道長の自筆などではなく行成の

代筆と考えるのが自然であろう。従って「三蹟」はいずれも海彼に渡ったということになるわけである。本朝の書は確かに『楊文公談苑』に指摘される迄もなく書聖王羲之の書を学び継承してきたに相違ない。本朝の学書の歴史そのものが唐土同様、羲之の書に基本を置いていたから当然のことなのだが、敢て一言付すとすれば、野人若愚の書の評に続けて「中土の書を能くする者もまた及ぶこと鮮からん」と本朝の書を積極的に評価しようとしている姿勢の伺える点は注意するに値しようか。

細井広沢（一六五八～一七三五）に『観鵞百譚』（享保二〇年〈一七三五〉刊）なる名著がある。その中に董其昌（一五五五～一六三六）の刻した『戯鴻堂法帖』中に載る書跡として、次のような和様体で書かれた漢詩を模刻（巻之二「第十一　日本書法中華称揚」）しているのは聊か興味をそそられる。(33)

暮春遊二施無畏寺一翫二半落花一 絶句為レ韻　　鬱檀□□（々香）

落花委地亦残枝
如有如空意始知
何似道場檀越老
年額白髪半頭時

落花地《らくくわち》に委《ゐ》し　亦《ま》た枝《えだ》に残《のこ》れり
有《いう》の如《ごと》く　空《くう》の如《ごと》しと　意《こころ》に始《はじ》めて知《し》んぬ
何《なん》ぞ似《に》たらん　道場《だうぢやう》に檀越《たんをつ》の老《お》いて
年額《としかたぶ》き　白髪《しらが》の頭《かうべ》に半《なか》ばなる時《とき》に

三月尽日於二施無畏寺一即事 絶句為レ体　　左拾遺□□（々老）

艶陽三月今日尽
白首拾遺感懐催
欲以老身期後会
明春誰定見花開

艶陽三月《えんやうさんぐゑつ》　今日《けふ》にて尽《つ》きなんとし
白首《はくしゆ》の拾遺《しうゐ》　感懐《かんくわい》を催《もよほ》せり
老《お》いの身《み》を以《もち》て　後会《こうくわいご》を期せんとするも
明春《みやうしゆん》　誰《たれ》か定《さだ》めて花《はな》の開《さ》くを見《み》ん

この二首のすぐ後に「扶レ酔走レ筆、不レ避レ調レ声」[34]「以上二枚此皇子手跡、臨レ之也」と見え、更に末尾に米芾（一〇五一～一一〇七）の識語があることから、詩の作者は兼明親王（九一四～八七）に比定され――平安朝詩人の漢詩が海外にこうして紹介され残っているのも極めて稀なことであろう――、小松茂美は「左拾遺」（侍従の唐名）から安和二年（九六九）の作としている。[35] とすれば、既に記したあの佐理の詩懐紙の詠まれ記された時期と奇しくも殆ど重なる頃の作ということになる。兼明が薨じたのは、花山朝政が呆気なく幕を下ろした翌年の永延元年（九八七）のことであったが、その孫に当たる伊頼（彼の父伊陟も正暦六年〈九九五〉正月に逝去）は、長保二年（一〇〇〇）八月十日に行成のもとを訪れ、「施無畏寺書法十六袟」を届けている。それは恐らくは兼明親王の手跡を主体とするものであったろうと思われる。先の二首の詩が兼明の手跡を臨模して、猶且つ優れた書であったということであれば、その書者としては行成が最もふさわしい存在と言えるのかも知れない。

［注］

（1）その書歴を含む伝は、小松茂美「藤原定信」（『平安朝伝来の白氏文集と三蹟の研究』第一巻〈墨水書房、一九六五〉第一編第二五章第三節V。猶、本稿では『小松茂美著作集』1～3〈旺文社、一九九六～七年〉所収を用いた）に詳しい。

（2）野口実「京都七条町の中世的展開」（『京都文化博物館研究紀要　朱雀』1号、一九八八年）参照。

（3）例えば本稿を成すに当たり、その該博な研究に甚大な学恩を蒙った小松茂美の著書の翻刻（注1所引書第一巻一五〇～六頁）にも「庾嶺梅」「范岫辞間」（「庾」と「官」が正しい）などと誤植が見える。

（4）猶、『屏風土代』の漢詩について言及した最近の論に、丹羽博之「大江朝綱「屏風土代」詩の白詩受容」（『白居易研究年報』第8号、二〇〇七年九月）があるが、以下の詩については殆ど踏込んだ言及がなされていない。所掲詩の頷・頸聯の四句は『和漢朗詠集』（巻下・山水508、草438）に採られている。

（5）「布護」はしきほどこす意。紀伝道に在る者なら必ず目にしたはずの『文選』によく見える語彙で、張衡「東京賦」「南都賦」、左思「蜀都賦」「呉都賦」、司馬相如「上林賦」、嵆康「琴賦」、潘岳「笙賦」、揚雄「劇秦美新」などに見える。「布濩」に作るのが一般だが、テキストに依っては「布護」に作るものもある。因みに『唐鈔文選集注』では二表記が混在する。音通として一応いずれの本文も可とするが、当時の字書には「護〈胡故反、□□〉」「濩〈布濩、又湯薬反〉」（『王仁昫刊謬補欠切韻』）「護〈胡故反、十〉」「濩〈布濩、又湯時楽、又濩沢県名〉」（『裴務斉正字本刊謬補欠切韻』）「護〈胡誤反、十加二〉」「濩〈布濩〉」（『唐写本唐韻』）などと注されていることも書き添えておきたい。

（6）因みに当代の詩人達の用いる文字に対する拘わりぶりを記すなら……朝綱には「落花狼藉風狂後。啼鳥龍鍾雨打時」（『和漢朗詠集』巻上・落花129）の名句があるが、「狼籍」（多くのものが散乱する様）「龍鍾」（衰えうちしおれている様）の二語の対は、その詩中の意味を離れても、表記上「狼」「龍」という動物名の対（字対）になっているという措辞の面白さにポイントがあったと考えられる。また大江以言（九五五～一〇一〇）が「以二仏神通一争酌尽。歴二僧祇劫一欲二朝宗一」（「弘誓深如レ海」『和漢朗詠集』巻下・仏事597）の「酌」（「酌」の異体字）の「夕」をひどく大きく書したので慶滋保胤も感歎したと伝える例もある。それは下句の「朝」と対（側対）を成すためだったと考えられる（『江談抄』第四・46話）。

（7）因みに、「令三少内記小野道風（令）改二書紫宸殿障子賢臣像一。先年道風所レ書也。帝給二御衣一」（『日本紀略』延長七年九月某日条）とあるのは道風が自ら書したものを後に書き改めさせられたという例（『屏風土代』を書した翌年のことである）。「先年道風所レ書也」とあるのは、前年六月二十一日の「仰二少内記小野道風一令レ書二漢朝以来賢君名臣徳行於清涼殿南廂粉壁一」（『屏風土代』執筆の半年程前）を指すものだろうか、未詳。「書改」の理由も不明である。

（8）後藤昭雄『江談抄』（新日本古典文学大系32、岩波書店、一九九七年）の本文に依る（以下『江談抄』の本文はこれに従う）。

（9）小松茂美「小野道風」（注1所引著書の第一編第二章第一節）に詳述されているので参照されたい。

（10）天徳三年（九五九）八月十六日に行われた闘詩行事を略記した文に「木工頭小野道風者、能書之絶妙也。羲之再生、仲将独歩。施二此屏風一、書二彼門額一。処々莫レ不レ霊、家々莫レ不レ珍者也。仍為二一朝之面目一、為二万古之遺美一。競二其清書一、左右謁望」するという情況であったなどという処に、彼の書が貴重されたことを端的に知ることができる。

(11) 拙稿「『屏風土代』を読む—大江朝綱の漢詩をめぐって—」（本書第6章所収）を参照されたい。

(12) その書歴を含む伝は、小松茂美「藤原佐理」（注1所引著書の第一編第二章第二節）や春名好重『藤原佐理』（人物叢書、吉川弘文館、一九六一年初版）に詳しい。

(13)「十四日。勅答不レ許。太政大臣移二座花下一賦二一絶一。（題云）隔レ水花光合」（『日本紀略』安和二年三月）とあるに依る。猶、この前日の十三日には、文章生出身で篤実恪勤の人として名高い藤原在衡（当時大納言で七十八歳）が中心となり、その粟田山荘において本朝で二度めの尚歯会（白居易の故事に倣う）の雅事が盛会のうちに行われていた。

(14) 詳しくは、その形式や研究史をまとめている佐藤道生編『句題詩研究』（慶應義塾大学出版会、二〇〇七年六月）同『句題詩論考—王朝漢詩とは何ぞや—』（勉誠出版、二〇一六年）などを参照されたい。

(15) 大曽根章介「康保の青春群像」（『大曽根章介 日本漢文学論集』第一巻、汲古書院、一九九八年）。

(16) その書歴を含む伝は、小松茂美「藤原行成」（注1所引著書第一編第二章第三節）、黒板伸夫『藤原行成』（人物叢書、吉川弘文館、一九九四年）に詳しい。

(17) 桃裕行「行成詩稿について」（『書品』第53号、一九五四年十一月。本稿では『古記録の研究［下］』〈桃裕行著作集5、思文閣出版、一九八九年五月〉を参照した）に詳しい。猶、残されている問題もあるか。例えば、桃氏のように「生涯竹与レ書」七律二首（『日本詩紀拾遺』〈吉川弘文館、二〇〇〇年〉二二頁で、前後二首の作のうち、前の一首を「衆木成二帷幄一」詩につなげてしまったのは誤り）のどちらも行成作として良いのかどうか稿者には躊躇される。また翻刻本文にも一部訂すべきところがある。猶、「行成詩稿」の影印には、田村悦子編『三蹟』（『日本の美術』第一二二号、至文堂、一九七六年）があり、その詩群をめぐる論に後藤昭雄「文人たちの交友—藤原行成を軸として—」（『文藝論叢』61号、大谷大学文藝学会、二〇〇三年九月）もあって、学恩を被った。

(18) 詳しくは高橋康夫「桃園・世尊寺」（朧谷寿他編『平安京の邸第』望稜舎、一九八七年）を参照されたい。

(19) 源為憲が後に援引する本文では「能」に作る。

(20) 行成の漢学の素養を窺う論に、藤原克己「『権記』を中心に」（山中裕編『古記録と日記』下巻〈7日記と漢文学〉、思文閣出版、一九九三年）がある。

(21)「雞園〈在二摩竭陀国一。無憂王造レ是。小乗大衆部主。大天比丘出家寺也。〇中阿含経云。仏滅後、衆多上尊名徳比丘、皆住二雞園一〉」（『釈氏要覧』巻上・住処）などと見え、寺を指す。

(22)八種のすぐれた効能があるとされる水で、極楽浄土の池や須弥山をめぐる七内海を満たしているもの。つまり、世尊寺を極楽浄土や須弥山の世界に譬えようという表現ということになる。

(23)「奈苑〈大唐内典録云。罽賓禅師法秀、初至二燉煌一、立二禅閣於閑曠地一、植二奈千株一。趨者如レ雲、徒衆済々〉」（『釈氏要覧』巻上・住処）などとあり寺院を指す。但し、「奈」は「柰《ダイ》」（カラナシ）に作るのが正用で、「奈」はその通用。

(24)従来「遍」と翻刻されるのが常だが、意味上は「偏」であるべきで、稿者は影印でも「偏」とよみとれると思う。

(25)「晋書。劉惔、字真長。夜在二簡文坐一。愀然歎曰、清風朗月、恨無二玄度一」（『蒙求』526真長望月）などと見える故事。清風朗月の夜、簡文帝の傍にあった劉惔は、玄度（許詢）のような高潔な士と共にこれを眺めることのできぬのを残念がったと伝える。ここでは行成が佳節に良き友の訪問を得て楽しめることを喜んでいるのである。

(26)前美濃守源為憲の詩句中に「丁蘭事レ母至孝。母亡、刻レ木為レ母事レ之。蘭妻誤以レ火焼二木母面一。応レ時髪落如レ割。出二孝子伝一」（『蒙求』415丁蘭刻木）などと見える故事が詠まれていたことになる。丁蘭と母に行成母子を重ねたものであろう。

(27)「樹欲レ静而風不レ止、子欲レ養而親不レ待也」（『韓詩外伝』巻九）などとあり、「庶使三孝子心。皆無二風樹悲一」『白氏文集』巻二・0089「贈レ友詩五首」其五）と詠まれる故事。孝行したい時に親はなし、或は親を慕う心を込めたもので、前越前守為時の句にこの故事が詠まれていたのである。

(28)何人を指すか未詳。文脈上は行成を指すと考えたいところだが、彼は出家しているわけではない。この六年前となると、長徳四年（九九八）を指すか。行成二十七歳のその夏は、疫病が猖獗を極め、多くの死者が出て、行成も罹病臥床している。

(29)文章生二十人と叡山の僧侶二十人が巣まり始めた仏教と文学活動を一体化したような集まりで、「願クハ、僧ト契ヲムスビテ、寺ニマウデ会ヲ行ハム。クレノ春、スヱノ秋ノ望ヲソノ日ニ定テ、経ヲ講ジ、仏ヲ念ズル事ヲ其勤トセム。コノ世、後ノ世ニナガキ友トシテ、法ノ道、文ノ道ヲタガヒニアヒス、メナラハム」（『三宝絵詞』巻下「比叡坂本勧学会」）との思いで始められたと伝えられる。猶、後藤昭雄「『勧学会記』について」（『平安朝漢文文献の研究』吉川弘文館、一九九三年）「延久三年「勧学会記」をめぐって」（『平安朝漢文学史論考』勉誠出版、二〇一二年）など参照。

(30) 増田繁夫「花山朝の文人たち」（『源氏物語と貴族社会』吉川弘文館、二〇〇二年）に詳しい。

(31) 以下の記事内容は更に後に『書史会要』（巻八・外域・日本国）に受けつがれ、林梅洞・鵞峰『史館茗話』（87話）や細井広沢『観鵞百譚』（巻二）などでより広く知られるようになった。

(32) 例えば、『梅村載筆』（人巻）や新井白石の佐久間洞巌宛書翰（『新井白石全集』巻五）あたりでは具平親王（九六四～一〇〇九）とし、『扶桑隠逸伝』（巻中）あたりでは照平親王とするなど。もっとも、書き手と手紙の送り主が同人であるという保証はない。

(33) 猶、『異称日本伝』（巻中三・玉煙堂　唐法書〈日本〉）にも模刻が所収され、詩の作者は兼明親王としている。この逸文についても既に小松茂美の著書（注1所引の第二巻「三跡以外の同時代和様遺品」〈12兼明親王筆「暮春帖」〉）や春名好重『上代能書伝』（木耳社、一九七二年）の「兼明親王」の項に論じられているので参照されたい。

(34) 倉卒に認めた詩句であることを意味する。実際後掲詩の「日」「懐」は所謂近体詩の平仄式の定型からはずれている。

(35) 猶、『公卿補任』に依れば、兼明が「侍従」であったのは、安和二年正月二十七日より、翌年八月五日に皇太子傅を兼ねるまでの間であるから、作時としては、安和二年三月か、翌三年の三月ということになると稿者は考えている。

［後記］

本編は仁平道明編『王朝文学と東アジアの宮廷文学』（平安文学と隣接諸学5、竹林舎、二〇〇八年）に掲載されたものである。若干加筆した。

第6章　『屏風土代』を読む

——大江朝綱の漢詩をめぐって——

一　はじめに

延長六年（九二八）、当時大内記であった大江朝綱（八八六〜九五七）は下命に依り内裏御屏風絵六帖に題する漢詩を作った。それを少内記小野道風（八九四〜九六六）が清書に先立って下書きしたと伝えられているものが今日世に云う『屏風土代』である。これまで疑いなき道風の書蹟として喧伝され、多くの刊行物に書影が掲載されてきているが、漢詩全体については十分な検討がなされているとは言い難いようだ。その意味で近時丹羽博之が試みた白居易詩の影響の検証[1]は大いに意義のあるものではあったが、十一首全体の詩や訳を俎上に載せるに至らなかったのは惜しまれる。稿者は日本漢文学を学ぶ傍ら、聊か書に遊ぶ癖を持ち、これまで幾度となく手習いの臨書にこの『屏風土代』を用いたこともあった。その度に疑問に思っていた本文の一端について旧稿[2]に記したこともあるが、以下に全作品七律八首七絶三首の注解を試み大方の御批正を受けたく思う。猶、本稿で検討する漢詩の本文は『大日本史料』（第一編之六）の翻刻本文（但し、旧字体ではなく現行の字体）を基本にし、書影（清雅堂版コロタイプ〈一九七一年刊〉等）の諸書も披見確認した。

二　「春日山居」詩

春日山居
古洞春来対碧湾
茶煙日暮与雲閑
山成向背斜陽裏
水似廻流迅瀬間
草色雪晴初布護（濩）
鳥声露暖漸綿蠻（蛮）
誰知圯上独遊客
疑是留侯授履還

春日山居
古洞　春来り　碧湾に対《むか》ふ
茶煙　日暮れて　雲と与《とも》に閑《のど》かなり
山は向背を成す　斜陽の裏《うち》
水《かは》は廻流に似たり　迅瀬の間
草の色は　雪晴れて　初めて布護す
鳥の声は　露暖かにして　漸く綿蛮たり
誰か知らん　圯《し》上に独り遊ぶ客を
疑ふらくは是れ　留侯の履《くつ》を授けて還るならんかと

この詩については既に旧稿で言及している。そこでは、第六句末尾は「綿蛮」と本来あるべきなのに、書影では「綿蠻」に作ることの疑問を中心に述べた。若干補足すると、『屛風土代』の朝綱詩は藤原公任（九六六～一〇四一）の撰に成る『和漢朗詠集』[3]に八聯も摘句されているが、本詩について言えば頷聯（巻下・山水508）・頸聯（巻下・草438）の四句が所収されて、恐らくは相当に注目された作であったことが知られる。堀部正二（『校異和漢朗詠集』大学堂書店、一九八一年）の校異にも見えているように、現存最善本としてよく知られる所謂御物本（伝藤原行成筆粘葉装二冊本）でも実は「蛮」ではなく「蠻」に作っている。つまり遡りうる最も古いと考えられる本文は共に「蠻」（朝綱には納得し難い本文だろうと稿者は臆測する）なのだということを改めて確認しておきたい。

また、通釈については、「(久しい歳月の経過を感じさせる) 仙界を思わせる俗外の地に春が訪れ、(山中の庵、或はその住人は) 美しいみどりに澄んだ入江の方を向き、茶を沸かす煙は夕暮れ時に棚引く雲と共にのどかに立ち上る。夕陽を受ける山並は明るく照らされる処もあれば暗く翳る処もあるというたたずまいであり、滾《たぎ》つ早瀬あたりでは、川は逆巻き流れめぐるかと思われるばかりである。雪が晴れ (春となって地上の雪が消えるにつれ) 初めて美しい草の緑は見渡す限りに拡がり、朝方に下《お》り敷く露の春らしく暖かくなるにつれて、鳥 (鶯を意識していよう) の声もしだいに楽しげに聞こえ来るようになる。土で造られた橋のほとりに一人散策する人物のことは誰も知るまいが、ひょっとしてあの留侯 (張良) が老父に履《くつ》を拾ってはかせてやり帰る、というところであろうか」という程の意としてよかろう。

ここで表現や語彙について若干付記しておきたい。「古洞」「碧湾」は存外用例稀な表現かも知れない。洞は仙洞のイメージを揺曳させ、碧は美しく澄んだ世界を表象することが多い。この山居が塵垢に塗《まみ》れた俗世と隔絶していることを暗示する。また、周知のように中国の喫茶詩は唐代によく見えるようになり、白詩にも少なくない。本朝では勅撰漢詩集以後まま詠まれるようになる。「蕭然幽興処。院裏満二茶煙一」(嵯峨天皇「秋日皇太弟池亭賦二天字一」『凌雲新集』8) は比較的早い「茶煙」の例の一つだが、皇太弟池亭はいわば俗外の清澄な空間であったからだろう。「客至茶煙起。禽帰講席収」(劉禹錫「秋日過二鴻挙法師寺院一便送レ帰二江陵一」)「六時仏火明珠綴。午後茶煙出二翠微一」(章孝標「題二碧山寺塔一」『千載佳句』巻下・寺1027) 等、唐代詩には寺院題の詩に点綴されていることが少なくないが、喫茶が寺院と密接な関係にあったこともさることながら、そこが俗外の静寂清澄さを有する場であったからに他なるまい。「与レ雲閑」については丹羽氏が「静将レ鶴為レ伴。閑与レ雲相似」(『白氏文集』巻六三・3012「和二裴侍中南園静興見レ示一」) との類似を指摘し、「独遊」も白詩によく見える語とするが、その他でも恐らく「向背」「斜陽」「草色」「鳥声」「誰知」「疑是」等は——ありふれた語彙だが——白詩によく見える語彙と言って良い。「水似二廻流一」には「百川未レ有二廻流水一。一老終無二却少人一」（『白氏文集』巻一七・1022「春去」『千載佳句』巻上・老532『新撰朗詠集』巻下・老人676）が意識されているかも知れない。つまり、白詩の表現は以下の詩でも強調するように基本の一つと言って良いだろうが、勿論それのみではない。稿者は「迅瀬間」に道真の「松低二老葉一危巌下。水噴二寒花一迅瀬間」（『菅家文草』巻三・232「衙後勧二諸僚友一共遊二南山一」）を想起したり、敷き施す意の「布護」（或は護は濩に作る）が『文選』によく見える語であったことも喚起されてならないのである。さて、「露暖」は以後本朝詩によく見え一般的な表現となっているが、中国古典詩の世界では必ずしもそうではないのではなかろうか。勿論「先知二風起一月含レ暈。尚自露寒花未レ開」（李商隠「正月崇譲宅」）などと早春に詠まれることもあるが、露は秋のものであることが一般で、清冽さやはかなさを示す比重が大きいように思われる。「雨露恩」（自然の恵み・天子の恩寵）などという表現もあり、例えばそこに情愛的ぬくもりを感じとって「暖」に意味を繋げる脈絡までも否定しないが、少なくとも春の季節と直結する自然表現としては本朝的な色合が濃いのではなかろうか。

　尾聯の「圯上」（『大日本史料』翻刻の「圮」はやぶれる、くずれる意で誤り）の故事は所謂「子房取履」（『蒙求』527）という故事で、張良のことは『史記』（巻五五・留侯世家）『漢書』（巻四〇・張良伝）等にも勿論見え、本朝でも「史記講竟賦得二張子房一」（嵯峨天皇、『文華秀麗集』巻中・42）と採挙げられ、先の故事にしても「孫子張良彼何物。六韜三略用二此春一」（『性霊集』巻三・17「贈三伴按察平章事赴二陸府一」）「張良一巻師。万古功名鑴」（『江吏部集』巻中「述懐古調詩」）などと詠まれてよく知られていたものと言えよう。白詩には張良（子房）の名は見えてもこの故事を詠む句はないようだ。唐詩でこの故事を詠んだ最も有名な作と言えば、恐らく李白「経二下邳圯橋一懐二張子房一」詩であろうが、本詩の作者朝綱がそれを読んでいたかどうかは不明という他ない。

三　「尋㆓春花㆒」詩

尋㆓春花㆒　　　春の花を尋ぬ

見説林花処々開　　見説《きくなら》く　林花処々に開くと
晨興並馬共尋来　　晨《あした》に興《お》き　馬を並《なら》べ　共に尋ね来《きた》る
青糸繆出陶門柳　　青糸　繆出《くりい》だす　陶門の柳
白玉装成庾嶺梅　　白玉　装ひ成せり　庾嶺の梅
香迸宜張双袖受　　香　迸《ほとばし》りて　宜しく双袖を張《ひら》きて受くべし
花(葩)勾偸折一枝廻　　花勾《あまね》くして　偸《ひそ》かに一枝を折りて廻《めぐ》る
翻嫌春鳥欺遊客　　翻《かへ》りて嫌《いと》ふ　春鳥の遊客を欺きて
空勧提壺不勧盃　　空しく提壺を勧めて　盃を勧めざることを

一首は「聞けば林の花が至る処で咲いているとのこと。そこで朝早く起き、友と騎馬を並べ花を尋ね来た。すると、柳は芽吹き緑の糸を繰り出す如くで、(その家の柳は) さながら陶門の柳かと思われる風情。梅も咲いて白い玉で飾り立てられたように見えるのは、まるで庾嶺の梅そのものという気がする。花の香りはあたりにあふれ出ているので、両袖を拡げて受けとめるも良い。また、花弁《はなびら》は一面に満ちみちているので、人知れず一枝手折ってめぐり行く (或は、帰る) のである。それなのに春の鳥は花見客を欺いて、ただ酒壺を下げよと囀り促すばかりで酒盃を勧めてくれぬのは気にくわぬことだ」という程の意。

丹羽博之が指摘するように「尋花」「尋春」などの語は白詩にも見え、確かに「貧家薤㆑草時々入。瘦馬尋㆑花、処々行」（『白氏文集』巻一五・0845「贈二楊秘書巨源一」）などと詠んでいるのも参考になったであろう。「見説」（「聞説」「聞道」に同じ）「処々」「晨興」も白詩に見えるが、一般的《ありふれた》語彙の範疇に入ろう。また、騎馬を共にして並び行く意の「並馬《うまなめて》」は『万葉集』にも「馬並而三芳野河乎」（1104）「馬並而高山部乎」（1859）等と見える一方、白詩にも「楡莢抛レ銭柳展レ眉。両人並レ馬語行遅」（『白氏文集』巻一五・0823「靖安北街贈二李二十一」）「杭州暮酔連レ牀臥。呉郡春遊並レ馬行」（同上巻五四・2468「奉レ送二三兄一」）などと用いられており、これに倣ったものと考えて良いだろう。「並レ轡」もほぼ同じである。

頷聯は『和漢朗詠集』（巻上・梅90）に採られた名句。柳枝を糸に見立てるのは「吁嗟細柳。流二乱軽糸一」（枚乗「柳賦」『初学記』巻二八・柳）「楊柳乱成レ糸。攀折上春時」（梁簡文帝「折楊柳」『芸文類聚』巻八九・楊柳）などと古くから見え、「青糸」も「准擬三年後。青糸払二緑波一」（『白氏文集』巻六五・3215「種レ柳三詠」其二）「好風儻借二低枝便一。莫レ遣三青糸掃二路塵一」（楊巨源「賦二得灞岸柳一留二辞鄭員外一」）とあり、本朝では「青糸柳陌鶯歌足。紅蕊桃渓（蹊）蝶舞新」（石上宅嗣「三月三日於二西大寺一侍レ宴」『経国集』巻一〇・66）が早い例。柳枝は他に千糸・万条糸・緑糸・黄糸・麴塵糸・如レ糸などと表現されることも多いが、次の「縿（繰）出」の語と絡めて考えれば、やはり『千載佳句』（巻上・春興44）にも採られた「柳糸嫋々風縿出。草縷茸々雨剪斉」（『白氏文集』巻五八・2875「天津橋」）を意識したものであることは疑えないであろう。「陶門柳」は「宅辺有二五柳樹一」（陶潜「五柳先生伝」）の故事に依り、「陶令門前四五樹」（『白氏文集』巻六四・3139「楊柳枝詞八種」其二）「陶令門前罥二接離一」（李紳「柳二首」其一）などと唐詩にもよく見え、本朝でも「阿誰更憶二陶潜家一」（多治比清貞「和下菅祭酒賦二朱雀衰柳一作上」『凌雲新集』87）等以後よく詠まれるものとなっている。「白玉」は白詩にも多く見えるが、梅花を見立てた例はない。同じ手法の一例に「一樹寒梅白玉条」（戎昱〈又は張謂〉「早梅」）を挙げておこう。また、「装成」は「金屋粧成嬌侍レ夜」（『白氏文集』巻一二・0596「長恨歌」）等と白詩によく用いられる「粧成」と殆ど同じとみてよいか。

「庾嶺」は梅の名所の大庾嶺のことで、「大庾天寒少[4]。南枝独早芳」（李嶠「梅」）と詠まれる張方注（『猗覚寮雑記』所引『百廿詠詩注』）に「大庾嶺上梅、南枝落、北枝開」と見える。その文はまた「南枝〈大庾嶺上梅、南枝落、北枝開〉」（『白氏六帖』巻三〇・梅）と同文であり、二書の関係を考えさせられるが、この故事は『坤元録』（『和漢朗詠集私注』巻上・早春11保胤詩序所引古注）『広州記』（『文鳳抄』巻八・梅）にも記されて、本朝の『江談抄』（第四・19話）、『和漢朗詠集永済注』（上・91菅三品詩の注には『口伝抄』を引用）等にも受継がれている。勿論白詩にも「銀河沙漲三千里。梅嶺花排一万株」（『白氏文集』巻五三・2322「雪中即事寄二微之一」『千載佳句』巻上・雪290『和漢朗詠集』巻上・雪375）「庾嶺梅花落二歌管一。謝家柳絮撲二金田一」（『白氏文集』巻五七・2788「福先寺雪中餞二劉蘇州一」『千載佳句』巻上・雪294）と見えて、平安朝詩人も好んで詠んでいる。

頸聯の「迸」についても白詩に「雪迸」「水漿迸」「迸竹《（筍）》」「涙迸」などが見え、本朝でも「始抽迸笋排二大筆一」（『田氏家集』巻上・47「題二橘才子所居池亭一」）「迸笋未レ抽二鳴鳳管一」（兼明親王「禁庭植レ竹」『和漢朗詠集』巻上・竹433）と継承する作があるも、「香迸」と嗅覚に用いたのは珍しいか[5]。後年の「経レ年香迸衣開レ匣」（藤原敦光「早夏言志」『本朝無題詩』巻四・255）は朝綱の表現を受けたものであろう。「双袖」は両袖のことで白詩にも見えてさして珍しい語彙ではないが、「漸扇試張二双袖一立。緩吹先入二御爐一来」（慶滋保胤「風遅花気濃」『類聚句題抄』48）「吹□追准重陽盞。張レ袖重貪往日香」（紀斉名「菊残秋意留」同上、75）や「風底香飛双袖挙。月前杵怨両眉低」（具平親王「擣衣」『和漢朗詠集』巻上・擣衣349）などの作は朝綱の本句を意識した表現かも知れない。

次の「花勾」こそは本詩中最も気になる部分である。添書している「葩」は「花」と同韻字（麻韻）で、訓も「ハナ」で同じであるが、音は勿論異なり、二字は異体字関係でもない。第一句の「花」に続きここでまた「花」を用いることに朝綱は抵抗なかっただろうか（愚考では「花」も強ち否定しないが、「葩」が無難か）。「葩」の添書きは何を意味するのか。朝綱の案稿に出るものか、それとも道風の書案か明確ではない。更に次の「勾」は何と訓むべきなのか、稿者に決定訓があるわけではない。『屛風土代』の本文翻刻には、丹羽氏のように「花匂」とするものも少なくない。だが、この「匂」字を「匂《にほふ》」と解して良いものかどうか、全く問題がないとは言いきれない。近年の論(6)でも「匂」字が何時どのようにして誕生したのか必ずしも明らかになっているわけではないようで、稿者も今ここでそれについて論ずるつもりはない。前掲の訓読は「勾〈谷、アマネシ〉」(『観智院本類聚名義抄』法下)と見えるのに仮に従ったに過ぎない。上記の割注の「谷」は「勾」字の前に掲げられている「句」の俗字であることを意味している。そして、それ(字様における「ム」と「ロ」の交替)は王朝文人達も用いていた『干禄字書』にも見え、異体字資料(字様書や韻書)から窺える異体字派生の類型として何ら問題のない変化なのだが、先の『名義抄』の訓には疑念を抱かざるをえない。その訓は恐らく「匀〈羊倫反、遍也〉」(『王仁昫刊謬補欠切韻』)を反映するものではあるまいか。とすると、先の「勾」は本来「匀〈アマネシ〉」とあるべきはずのものではなかったかと考えられる。『名義抄』は院政期頃迄の訓読の成果が盛られている字書である。先の「勾〈アマネシ〉」は一体いかなる書から採取されたものなのだろうか。その詮索は多分不可能だろうが、稿者は万に一つの可能性として、この道風書の朝綱詩の訓読に求めてみたいと考えるのである。漢詩人の朝綱が「花匀」でなくして「花勾」と作ったのだなどと安易に稿者は認めることはできないし、彼がまた「花匂」と作った証拠もない。この書蹟が道風の真筆とするなら、先の「巒」同様に、これもまた彼の瑕疵とされるべきものなのではないか。が、しかしその字形と訓みは受け継がれ字書という規範書に登録されてしまった……と臆測したくなるというわけなのである。

次の「偸+動詞」の熟語や花の「一枝」「遊客」も白詩によく見える語だが、何より丹羽が指摘するように「提壺」は「厭レ聴秋猿催二下涙一。喜聞春鳥勧二提壺一」(『白氏文集』巻一六・0926「早春聞二提壺鳥一因題二隣家一」)などと見える白詩に負うところ大きい(7)。白詩が「春の鳥(提壺鳥)が酒壺を下げ飲酒を勧めるように鳴くのは喜ばしいことだ」と詠むのに対して、本詩は「(白詩ではあんなこと言ってるが、結局)酒壺を下げなさいと言うばかりで、飲めとは言ってくれてないじゃないか」と絡み戯れているのである。

四　「惜二残春一」詩

惜二残春一　　残んの春を惜しむ

艶陽尽処幾相思　　艶陽尽きなんとする処　幾ばくか相思ふ
招客迎僧欲展眉　　客を招き僧を迎へ　眉を展《の》べんと欲す
春入林帰猶晦迹　　春は林に入りて帰り　猶し迹《あと》を晦《かく》す
老尋人到詎成期　　老は人を尋ねて到るも　詎《たれ》か期を成さん
落花狼藉風狂後　　落花狼藉たり　風狂して後
啼鳥龍鍾雨打時　　啼鳥龍鍾す　雨打つ時
樹欲枝空鶯也老　　樹は枝空しからんとして　鶯も也《また》老ゆ
此情須附一篇詩　　此の情　須らく一篇の詩に附すべし

一首は「春も終わろうという時、どれ程切なく思われることか。客人を招待し僧侶を迎えて愁いを解こうと思う。春は林に訪れたかと思うと立去ってやはり姿を隠してしまうし、老いは誰も約束していないのに人を尋ねてやってくるのだ。風が激しく吹いた後、落花は地上に散り乱れ、雨が強く降る時には、啼く鳥もずぶ濡れでうち萎《しお》れていることだろう。（春も残り少なくなると）木々は花を散らして枝もさびしくなり、鶯の声も老いてしまう。[8]（さればこそ）残春の心情は一篇の詩に認《したた》めておかねばならないのである」という程の意。

残りの春を惜しむ詩は、「落花無限雪。残鬢幾多糸」（『白氏文集』巻六六・3261「残春詠レ懐贈二楊慕巣侍郎一」）「残春好被二鶯花送一。首夏自慙鶴髪生」（『江吏部集』巻下「四月一日見下三月尽日春被二鶯花送一之題上不レ堪二感歎一作レ詩加レ之」）のように、老いの自覚と落花や鶯（黄鳥）と共に詠まれることが少なくない。白詩にも多く詠まれるが、丹羽は六十代以降に残春や春尽の作が多いと指摘している。猶、本朝の先行詩としては「三月三日侍二朱雀院柏梁殿一惜二残春一」（『菅家文草』巻六・456）があり、後述するように朝綱の脳裏には道真詩――「惜残春」の措辞も他に二例見える――があったと思われる。

「艶陽」は「半百過二九年一。艶陽残二一日一」（『白氏文集』巻五二・2290「三月三十日作」）「欲レ伴仙園梅李樹。[9]従レ風灑落艶陽春」（滋野貞主「奉レ和レ翫二春雪一」『文華秀麗集』巻下・127）などと見えるように春のこと。「招客」「展眉」は白詩に頻出する語である。

頷聯の「晦迹」は行方をくらます意で、「渭浜晦レ迹南陽臥。若比二吾徒一更寂寥」（許渾「寄二隠者一」）「大士古来無二住著一。名山晦レ迹老二風霜一」（嵯峨天皇「哭二賓和尚一」『文華秀麗集』巻中・85）の如く隠者や玄賓のような緇流の脱俗的存在にふさわしい表現だった。この聯は「春」「老」を擬人化しているが、例えば後者については、直接的には「不二与レ老為一レ期。因レ何両鬢糸」（『白氏文集』巻七一・3624「不二与レ老為一レ期」）をふまえるだろう。また他に、「楽以忘レ憂、不レ知二老之将一レ至」（『論語』述而）の言もあり、「快然自足、不レ知二老之將一レ至」（王羲之「蘭亭叙」）「不レ知二老將一レ至。独自放二詩狂一」（『白氏文集』八巻・0379「洛中偶作」）「忘二老至一。計二身安一」（紀長谷雄「山家秋歌八首」其七『本朝文粋』巻一・28）のような表現の系譜も喚起されるのではあるまいか。猶、「詎」を誰の意で訓《よ》んだが、何の意で訓んでも良かろう。

頸聯は『和漢朗詠集』（巻上・落花129）に採られる名高い一聯で、「狼」「龍」の字対が称賛される作だが、楊巨源詩の対を参考にしたものともいう（『江談抄』第四・13話）。有名な「落花狼藉酒闌珊」（李煜「阮郎帰」）は朝綱作より後の詠である。「狼藉」「風狂」「龍鍾」「雨打」はいずれも白詩に見える語ではあるけれど、稿者は道真の

「狂風第一吹狼藉。叱々忽々意不レ勝」（『菅家文草』巻一・11「翫二梅花一」）「声寒絡緯風吹処。葉落梧桐雨打時」（『菅家後集』473「九日後朝同賦二秋思一」）とある作にも注目すべきだと思う。

　尾聯の「枝空」には、先ず白詩の「前日帰時花正紅。今夜宿時枝半空。坐惜二残芳君不レ見。風吹狼藉月明中」（『白氏文集』巻一四・0748「夜惜二禁中桃花一因懐二銭員外一」『千載佳句』巻下・惜花677）「争忍二開時不レ同レ酔。明朝後日即空枝」（『白氏文集』巻一三・0623「華陽観桃花時招二李六拾遺一飲」『千載佳句』巻下・翫花672）などといった作が喚起される。そして、その下の三字には「事々無レ成身也老」（『白氏文集』巻一七・1064「酔吟二首」其一『千載佳句』巻下・酔824『和漢朗詠集』巻下・述懐755）もあるが、やはり稿者は道真の「花已凋零鶯又老。風光不二肯為レ人留一」（「三月三日侍二朱雀院柏梁殿一惜二残春一」）との関係を思わずにはいられない。先にも触れたところだが、春も残り纔かな頃は「愁因二暮雨一留教レ住。春被二残鶯喚遣レ帰」（『白氏文集』巻六六・3262「閑居春尽」『千載佳句』巻上・送春110）「可レ惜鶯啼花落処。一壺濁酒送二残春一」（『白氏文集』巻五六・2684「快活」『千載佳句』巻上・送春111）などと詠まれて、鶯声と落花に一入心搖さぶられるもののようである。末句の「此情」も白詩に見え、更に「未レ能レ抛二筆硯一。時作一篇詩」（『白氏文集』巻六・0256「自吟二拙什一因有レ所レ懐」）などとも詠んでいた。

五　「林塘避レ暑」詩

林塘避レ暑　　林塘に暑を避く
入林斗藪満襟埃　　林に入り　斗藪す　襟に満つる埃
看取香蓮照水開　　看取す　香蓮の水を照らして開くを
池上交朋唯対鶴　　池上の交朋　唯だ鶴に対《むか》ふのみ

樹間鋪設不如苔　樹間の鋪設　苔に如かず
境閑客熱辞身去　境閑にして　客熱　身を辞して去る
葉密松風払面来　葉密にして　松風　面《おもて》を払ひて来る
何必古時河朔飲　何ぞ必ずしも　古時の河朔の飲のみならん
残盃更被晩蟬催　残盃　更に晩蟬に催《うなが》さる

一首は「林の中に入り身に纏う俗塵を払い落とし、（池のほとりで）香ぐわしい蓮花が水に照り映えて咲くのを窺い見る。（さて）池のほとりで交わる友と言えば唯だ鶴に向かい合うばかりであり、木々の間に敷き展べられるものとしては苔に及ぶものはない。この地は何とも閑静で、訪れる人の身から暑苦しさが消えてゆき、木々の葉がびっしりと繁り、松風が涼やかに顔を吹き払う。避暑の飲酒と言えば、古くは河朔の地の故事が名高いが、どうしてその地に限ったことがあろう（この地も満更捨てたもんじゃない）と思いつつ、夕暮れの蟬の声に飲み残しの盃を重ねて促された次第である」という程の意。

丹羽が指摘するように「夏日与二閑禅師一林下避レ暑」（『白氏文集』巻六九・3583）に類する題といえよう。避暑・納涼詠は六朝以来数多く、白詩にも頻出する。「林塘」は白詩では散策の場（同上巻五一・2284「偶作二首」其二）であり、花を楽しむ芳景幽致の処（同上・2289「日長」）であって、暑気を避けるにふさわしい塵外の地というイメージがある。

首聯の「入林」「斗藪」「満襟」「看取」「照水」や頷聯の「池上」「樹間」「鋪設」などすべて白詩にも例がある。また、白居易が鶴を愛したこともよく知られ、丹羽が指摘する通り、朝綱もその表現に学んでいることは間違いあるまい。猶、第四句の背景には「青苔池上銷二残暑一。緑樹陰前逐二晩涼一」（『白氏文集』巻六六・3264「池上逐涼二首」其一。但し、『千載佳句』巻上・納涼139『和漢朗詠集』巻上・納涼159所収句では「暑」を「雨」に作る）あたりの句もあったかも知れない。苔は『千載佳句』所収詩句でも山中・幽居・閑居・禅居といった俗外の地のイメージを醸成する役割を負うもののようである。

頸聯の「境閑」には「偶得㆓幽閑境㆒。遂忘㆓塵俗心㆒」（『白氏文集』巻八・0370「翫㆓新庭樹㆒因詠㆓所懐㆒」）の句が喚起されるが、「客熱」は珍しい語。「閑㆑門避㆑暑臥。出入不㆓相過㆒」（程暁「嘲㆓熱客㆒」）と詠む「熱客」は暑い最中にやって来る客人の意だが、本詩では客人の暑気を言うだろうか。「辞㆑身去」には「金章紫綬辞㆑腰去、白石清泉就㆑眼来」（『白氏文集』巻六九・3584「題㆓新澗亭㆒兼酬㆓寄朝中親故見㆑贈」『千載佳句』巻下・隠士979）の類が参考になろうし、「葉密」「松風」「払面」も白詩に見える語彙。「一聞滌㆓炎暑㆒」（『白氏文集』巻五・0194「松声」）のが松風であり、「冷雨涼風払㆑面秋」（同上巻一五・0865「韓公堆寄㆓元九㆒」）のように涼やかな風が顔をなでるのは心地良いものである。

尾聯は避暑の飲酒として名高い「避暑飲〈魏文帝典論曰。大駕都許使光禄大夫劉松北鎮㆓袁紹軍㆒、与㆓紹子弟㆒日共宴飲。常以㆔三伏之際㆒昼夜酣飲、極酔至㆓於無知㆒、云㆔以避㆓一時之暑㆒。故河朔有㆓避暑飲㆒〉」（『初学記』巻三・夏。他に『芸文類聚』巻五・伏にも見える）の故事をふまえている。『白氏六帖』（巻五・酒）にも採られるものの白詩には見えない。「実無㆓河朔飲㆒。空有㆓臨淄汗㆒」（梁・何遜「苦熱詩」）は早い一例。「何必」「古時」「残盃」は白詩に見えるが「晩蟬」は無く、その声が飲酒を促すという朝綱の発想は、既に記した春鳥（提壺鳥）のケース（一〇九頁）のヴァリアントであろうか。猶、蟬については「仲夏之月（中略）蟬始鳴」（『礼記』月令）とあり、夏に詠まれることも勿論あるのだが、「嫋々兮秋風。山蟬鳴兮宮樹紅」（『白氏文集』巻四・0145「驪宮高」『和漢朗詠集』巻上・蟬192）などのように、中国古典詩では秋の風物として詠まれる方が多い傾向にある。『和漢朗詠集』『新撰朗詠集』の蟬の部立は夏部に在り、その季節を反映する詩句の殆どは本朝人の作であることもよく知られている。

六　「山中自述」詩

山中自述
碧峯遁迹臥松楹
謝遣喧々世上栄
龍尾旧行応断夢
鶴頭新召不驚情
商山月落秋鬢白
潁水波揚左耳清
唯有池魚呼後至
各随次第自知名

山中自述
碧峯に遁迹して　松楹《えい》に臥す
謝遣す　喧々たる世上の栄
龍尾の旧《ふる》き行《みち》には　応に夢を断つべし
鶴頭の新たなる召《おめし》にも　情《こころ》を驚かさず
商山に月落ちて　秋の鬢《ひげ》白し
潁《えい》水に波揚がりて　左の耳清し
唯だ池魚の呼びたる後に至ること有り
各おの次第に随へば　自らに名を知るならん

本詩は『扶桑集』（巻七・25）に所収されている（但し、第五句の「鬢」は「髯」に作る）。一首は「美しいみどりの峯に隠遁して山家に身を横たえ、騒がしい俗世の栄利なぞ無用と辞する。これまで仕えていた官吏の道などすっぱり夢と思いきり、御《お》上《かみ》から新たなお召しがかかっても心を動かすこともない。商山に月は沈み、あの四皓の鬢《ひげ》も秋を迎えて白く垂れていようし、潁水には波が立って、許由の左の耳は汚れを洗い落として清らかなことであろう。ただ池の魚に声をかけると列を成してやって来て、魚たちがそれぞれに名を解しているように思われてならないことだ」という程の意。

詩題の「自述」は「述志」に殆ど同じ。ここは「京華游俠窟。山林隠遯棲」（郭璞「遊仙詩七首」其一『文選』

巻二一）「隠士託二山林一。遁世以保レ真」（張華「招隠詩」『芸文類聚』巻三六・隠逸上）という隠遁者の心情を述べるものとみて良い。猶、「山中自述」の詩題は唐の于鵠の作（『文苑英華』巻一六〇・山中）にも見え、やはり隠栖する者の心情を詠じている。

首聯の「碧峯」は「碧嶺」「碧岑」に同じ。「碧」は既述の通り清澄秀麗のイメージがあり、朝綱は他でも「慕レ高趁到碧峯頭」（「訪二鄭処士山居一」『扶桑集』巻七・24）と本詩同様俗外の山居の地に用いている。「遁迹」は「惜二残春一」詩で採挙げた「晦迹」に同じ（一一一頁）。「収レ跡遠遁」（陸機「弁亡論上」『文選』巻五三）と見える李善注に「鄭玄礼記注曰。遁、逃也」とあり、「遠公遁迹廬山岑。開士幽居祇樹林」（李頎「題二璿公山池一」）「賓公遁跡星霜久」（嵯峨天皇「贈二賓和尚一」『凌雲新集』23）などと用いられている。「松楹」は松の柱、転じて「巌室松楹、高枕二北山之北一」（紀長谷雄「秋思入二寒松一詩序」『本朝文粋』巻一〇・287）のように山居（山寺や山荘）に用いられること少なくない。「謝遣」は「公乃歎謝二遣之一曰。子不レ得二仙道一也」（『神仙伝』巻九・壺公）「謝遣門前労問客」（『田氏家集』巻下・147「拝官之後謝二労問者一」）などとあるように、理由を述べ断わって去らせる、謝絶する意。「喧々」は「帝城春欲レ暮。喧々車馬度」（『白氏文集』巻二・0084「買花」）。陶潜の『文選』にも採られた名高い一句「結レ廬在二人境一。而無二車馬喧一」の句をふまえる）「一身漂泊厭二浮名一。試避二喧々毀誉声一」（紀長谷雄「山家秋歌八首」其一『本朝文粋』巻一・22）に窺えるように俗世の喧騒の様である。続く「世上栄」にも「鬢雪人間寿。腰金世上栄」（『白氏文集』巻五五・2527「初授二秘監一幷賜二金紫一閑吟小酌偶写二所懐一」）の例があって、白詩の世上浮栄は本朝詩にも受継がれ詠まれている（白詩に限らぬ伝統的な認識の一つと言ってもよいだろう）。

頷聯は「龍尾」「鶴頭」と対語に拘わった朝綱らしい表現（類例は前掲「惜二残春一」詩の「狼藉」と「龍鍾」の字対）。前者は「已許虎渓雲裏臥。不レ争龍尾道前行」（『白氏文集』巻一六・0976「重題」）他白詩に頻出し、含元殿前の昇殿の道の意から官吏としての出世の道を言う。後者は「其鳴騶入レ谷、鶴書赴レ隴」（孔稚珪「北山移文」『文選』巻四三）とある李善注に「蕭子良古今篆隷文体曰。鶴頭書与二偃波書一、倶招板所レ用。在レ漢則謂二之尺一簡一。髣二髴鶴頭一。故有二其称一」と見え「鶴書猶未レ至。那出二白雲一来」（劉長卿「酬二秦系一」）とも詠まれているように、御上《おかみ》からの招請状（の書体、又は簡）を指す。(10)「新召」は（貴顕の）新たな御召し（お声がかり）ということ。「驚情」は「感レ時花濺レ涙。恨レ別鳥驚レ心」（杜甫「春望」）に同じく心をはっとさせること。ここではそれを打消すことで心の揺がぬことを言っている。先に引用した「北山移文」では隠遁者周顒が御上からの招請にころっと変心して隠者の生活を棄てたと記されているが、ここではそれとは対照的に詠んでいるわけである。

頸聯は『和漢朗詠集』（巻下・仙家付道士隠倫550）に採られた名高い句。「商山」四皓や許由の「潁水」の故事は、『史記』（留侯世家、燕召公世家）『高士伝』や本朝の『世俗諺文』（巻下）『唐物語』（第17話）等にも見えよく知られている。建安の詩傑曹植の「南山四皓賛」「許由頌」他、多くの詩人の隠逸詠にも詠まれ、白詩にも「答二四皓廟一詩」（『白氏文集』巻二・0105）等に用いられている。本朝でも馴染み深い故事であるから贅言を要しまいが、唯だ一点「左耳清」については聊か言及しておかねばなるまい。『史記』（燕召公世家）や『高士伝』或は『逸士伝』（『世俗諺文』所引）など、中国の文献には許由が耳を川で洗ったことは見えているが、それが「左」の耳であったと記すものは管見の限りでは見出せない。だが、後の『蒙求和歌』（第八・許由一瓢）には「許由潁川ノ人ナリ。ヨヲウキコトニ思トリテ箕山ニコモリ井テ年ヲ、クリケリ。堯王、許由が賢ヲシリテヨヲユヅラムトキコヘケリ。許由ウキ事キ、ツト云テ、左ノ耳ヲ潁川ノ流ニアラヒケリ」と記されている。果たして中国の先行文献に同様に言及するものがあったものか、大方の御教示を乞うものだが、『朗詠』の古注釈(11)上もこの点は古来の難義であったらしく、例えば次のような説明が記されている。

古書曰。吉キ事ハ右ノ耳ヨリ入、悪キコトハ左ノ耳ヨリ入ルト云ヘリ。悪事ハ外道ノコトトテ、左リニ留ルト云。故ニ仏ヲバ右ニ廻ルト云ヘリ。

（書陵部本『朗詠抄』）

コレニツキテ、ナド左耳トシモ云ゾト云ウタガヒアリ。口伝抄云。左耳清二字ハ古来ノ難義也。為㆑対㆓秋鬢白ノ三字㆒、強テ所㆑求也。医書ノ中ニ云。沐浴ニハ先洗㆓左耳㆒ト云事ノ有也。

（『和漢朗詠集永済注』）

朝綱が何故「左耳」と作ったのか結局は明らかにし難いのだが、先の『蒙求和歌』や「堯王ノ代ニ許由ト云者有リキ。世ヲ遁テ朝ニツカヘズ。而シテ堯王召シテ、九州ノ守タラント有リシヲ聞テ、悪キコトヲ聞タリトテ、潁水ノ滝ニテ左ノ耳ヲ洗ト云ヘリ」（広島大学本『和漢朗詠集仮名注』）といった『朗詠』古注の記事は、朝綱の詠に寄添うように記されたものであって、存外「為㆑対㆓秋鬢白ノ三字㆒、強テ所㆑求也」というのが的を射ているのかも知れない。猶、「月落」「波揚」は殊に珍しい表現でもないが、前者は白詩に、後者は『文選』によく見えている。

次いで、尾聯については魚に声をかけると名を解するように思われるという表現は面白い。道真も「老鶴馴知㆑意。遊魚呼有㆑名」（『菅家文草』巻二・170「晴砂」）などと詠んでいたが、後に「藻中取㆑楽人誰識。波上呼㆑名各自知」（藤原篤茂「床下見㆓魚游㆒」『類聚句題抄』200）と詠まれているのも或はこうした表現の系譜を意識してのことかも知れない。

七 「山中感懐」詩

山中感懐　　山中の感懐

傍無朋友室無妻　　傍《かたはら》に朋友《とも》無く　室には妻も無し

不奈生涯与世暌（睽）　　奈《いかん》ともせず　生涯の世と暌《たが》ふことを

暁峡蘿深猿一叫　　暁峡　蘿《つた》深く　猿一たび叫ぶ

暮林花落鳥先啼　　暮林　花落ち　鳥先づ啼く

五湖売薬随雲去　五湖　薬を売り　雲に随ひて去る
三径横琴待月携　三径　琴を横たへ　月を待ちて携ふ
枕上心閑帰夢断　枕上　心閑《しづ》かに　帰夢断たる
如何白首老青渓　白首の青渓に老いたることを如何《いかん》せん

本詩は『扶桑集』（巻七・26）に所収されている。一首は「傍に友無く、家に妻もない。暮らし向きの世間と違うのも致し方無いこと。暁方の峡谷の蘿《かずら》生い茂るあたりに猿が一声鳴き叫び、夕暮れの林では花も散って先ず鳥の声がひびく。范蠡《はんれい》のように五湖に舟を浮かべて薬を売り雲の流れに従い行き、蔣詡《しょうく》よろしく三本の小道のある庵にて琴を横たえ月の出を待つ。枕辺は心静かで帰郷の夢も消えて、白毛頭で清らかな谷川の地に老いてゆくのをどうしたものだろうか」という程の意。

題中の「感懐」は感想を述べることで、白詩を含む唐代詩や平安朝詩にもよく見える。ここは山中の俗外の地に隠栖する心情を詠む。

首聯は「厨無二煙火一室無レ妻。籬落蕭条屋舎低」（『白氏文集』巻一五・0889「題二李山人一」）に倣ったもので、「朋友」「不奈」「生涯」（生活《くらしむき》の意）あたりも白詩に見える語彙である。「睽」字は異体字と見るべきかも知れないが、「睽」（相反する、かけ離れている意）とありたいところ。因みに「睽」は『王仁昫刊謬補欠切韻』等にも見えない。

頷聯は『和漢朗詠集』（巻下・猿459）に採られている。「人煙一穂秋村僻。猿叫三声暁峡深」（紀長谷雄「秋山閑望」『和漢朗詠集』巻下・猿458）と見える表現も参考になっただろうが、松浦友久が[12]『宜都山川記』や『荊州記』に「巴東三峡猨鳴悲。猨鳴三声涙霑レ衣」「巴東三峡巫峡長。猿鳴三声涙霑レ裳」などと見えている表現に注目しているように、本朝の『千載佳句』（巻下・猿雁）『和漢朗詠集』（巻下・猿）『新撰朗詠集』（巻下・猿）でも巴峡猿声の哀切なイメージを揺曳させる表現を好んで摘句しているようである。猶、「送レ秋千里雁。報レ暝一声猿」（『白氏文集』巻二〇・1367「東楼南望八韻」）も静寂を破る悲痛な一声を詠む例。「蘿」は「若有レ人兮山之阿、被二薜茘一兮帯二女蘿一」（『楚辞』「山鬼」）「主人何処去。蘿薜換二貂蟬一」（『白氏文集』巻五五・2606「題二崔常侍済源荘一」）などを挙げるまでもなく、山中の俗外、隠遁者の世界を暗示しよう。「暮林」「鳥」には「日入群動息。帰鳥趨レ林鳴」（「飲酒詩二十首」其七。猶「帰鳥」詩もある）と賦す陶潜詩の世界のイメージが漂う。「倦鳥暮帰レ林。浮雲晴帰レ山」（『白氏文集』巻九・0433「別二楊穎士盧克柔殷堯藩一」）もそれを受けたもので、本朝の「此時独恨無二才用一。其三奈抽レ簪入二暮林一」（源則忠「賦レ未レ飽二風月思一」『本朝麗藻』巻下・122）も朝綱同様にその表現の系譜に繋がっているとみることもできようか。「落花啼鳥」については先の「惜二残春一」詩で挙げた白詩「快活」（『白氏文集』巻五六・2684）の詩句が想起されよう。

頸聯には、所謂「范蠡泛湖」「蔣詡三逕」（『蒙求』274 145）の故事が喚起される。但し、「扁舟〈句践既滅レ呉、范蠡乗二扁舟一泛二五湖一〉」（『白氏六帖』巻三・舟）と見えるものの、「売薬」のことは『蒙求』や『史記』（貨殖列伝、越王句践世家）にも見えないので次の『列仙伝』（巻上）あたりに依ったとも考えられよう。(13)

范蠡字少伯、徐人也。事二周師太公望一、好服レ桂飲レ水。為二越大夫一佐二句践一。破レ呉後乗二扁舟一入レ海。変二名姓一適レ斉、為二鴟夷子一。更後百餘年見二於陶一、為二陶朱君一。財累二億万一、号二陶朱公一。後棄之二蘭陵一売レ薬。後人世々識二見之一云。

「随雲」「待月」は白詩に見え、琴と「三径」が絡むところは、蕭統「陶淵明伝」に陶潜が「聊欲三絃歌以為二三径之資一」と親朋に語り、音律を解しないながらも無絃琴を撫弄すると伝えていることを意識しているのかも知れない。また、白詩にも「共レ琴為二老伴一。与レ月有二秋期一」（『白氏文集』巻五六・2619「対レ琴待レ月」）など静夜琴興の詩が少なからずある。

尾聯の「枕上」「心閑」「帰夢」「白首」「青渓」などはいずれも白詩に見える語彙。「郷夢有レ時生二枕上一。客情終日在二眉頭一（姚揆「潁川客舎」）のように旅枕に横になれば帰郷の夢をみるものと一般に詠まれること多いが、本詩では隠栖の身には戻るべき故郷もなく、俗外の清澄な谷川の地に老いてゆく他ないと詠む。「青渓」は「青渓千餘仞。中有二一道士一」（郭璞「遊仙詩七首」其二『文選』巻二一）と詠まれる李善注に「庾仲雍荊州記曰。臨沮県有二青渓山一、山東有レ泉、泉側有二道士精舎一」などと見えて青渓山のことも言うが、ここは俗外の美しい谷川の地で隠者・道士の居所としてふさわしい処の意であり、「暮与二一道士一。出尋二青渓居一」（『白氏文集』巻五二・2270「和下朝回与二王錬師一遊中南山下上」）「秋鶴老、暮猿啼。結レ交留宿旧青渓」（紀長谷雄「山家秋歌八首」其五『本朝文粋』巻一・26）などはいずれもその意を継承する表現である。

八　「書斎独居」詩

書斎独居

山斎蓄韻対澄江
応是洪鍾（鐘）独待撞
但有閑雲帰澗戸
更無俗客到松窓
崔儦入室書千巻
范岫辞官筆一双
欲仕煙霞定嘲我
莫言懐宝也迷邦

書斎独居

山斎　韻を蓄へて　澄める江《かは》に対《むか》ふ
応に是れ　洪鍾　独り撞《つ》くを待つべし
但だ　閑雲の澗戸に帰ること有り
更に　俗客の松窓に到ること無し
崔儦《さいへう》　室に入る　書千巻
范岫《はんしう》　官を辞す　筆一双
煙霞に仕へんと欲せば　定めて我を嘲《あざけ》らん
言ふこと莫《な》　宝を懐きてまた邦を迷《まど》はすと

一首は「山中の書斎に詩篇をたくわえ、清らかな川の流れに向き合っている。きっと鐘が撞かれるのをひとり待っているのだろう。のどかに空に浮かぶ雲は谷間の庵に帰ってゆくばかりで、その上、松に臨む窓辺に訪れる俗人の姿もない。読書を己の務めとした崔儦の書斎に入るには（五）千巻の書物を読んでいなければならなかったという（が、ここに描かれる書斎はそれにも似ていようか）。范岫は博学多通にして廉潔をもって知られた人物だが、牙管筆一双でも費《ついえ》だと思ったという（が、絵の中の職を辞したらしい人物はその人さながらだ）。俗事を離れ自然を楽しみ詩文に興じたいなどと言えば、定めしこの己（画中の人物を自称して言うか）を嘲笑する者もおろうが、あたら才を抱きつつ、お国のお役にも立てずにいることだ、などと言わないでもらいたいものだ」という程の意。

「書斎」は「樹低新舞閣。山対旧書斎」（孟浩然「奉先張明府休沐還二郷海亭一宴集」）などとあり、本朝の道真詩にもよく用いられている。「独居」は『文選』や『白氏文集』にも見え、本朝では「独居窮巷側。知己在二南山一」（淡海三船「贈二南山智上人一」『経国集』巻一〇・71）とあるのが早い例。独り奥深い山中の庵に書物に囲まれ筆を手にしている人物が描かれているようだ。

「山斎」詩と言えば、先ず梁の簡文帝や庾信・徐陵の作が知られ、『懐風藻』にも河島皇子・中臣大島の同題詩がある。殊に庾信の「洞壺開二静室一。雲気満二山斎一」（「詠二画屏風一詩二十五首」其二二）に注目すれば、屏風絵の図柄としても描かれていたことが知られる。「山斎方独往。塵事莫二相仍一」（『白氏文集』巻一六・0983「山居」）ともあり俗外の心静かに住居する場なのである。「蓄韻」はここでは詩を作りたくわえること。「吟二君七十韻一。是我心所レ蓄」（『白氏文集』巻一四・0804「和二夢遊春詩一一百韻」）は参考になるかも知れない。「澄江」と言えば「餘霞散成レ綺。澄江静(浄)如レ練」（謝朓「晩登二三山一還望二京邑一」『文選』巻二七）は古来あまりにも有名で、空海『文鏡秘府論』（地巻）にも摘句されている。「洪鍾」（「鍾」と「鐘」は本来別字だが通用もする）は『文選』によく見える語で、例えば「洪鐘虚受。無レ来不レ応」（王巾「頭陀寺碑文」『文選』巻五九）とある李周翰注には「幽深之谷、本無レ情。有二声至レ則必答レ之以レ響。大鐘虚二其体一以受レ扣、扣来無レ不二応レ之以一レ声。仏道於レ物亦如レ是無レ私也」と記される。

頷聯の「閑雲」はのどかな雲。「問レ人遠岫千重意。対レ客閑雲一片情」（李山甫「方干隠居」）「山寂歴兮春欲レ曛。澗幽深兮此閑雲」（滋野善永「奉レ和二太上天皇青山歌一」『経国集』巻一四・213）などは本詩のニュアンスに合うが、「澗戸」との組合わせから、先ずは白居易の「雲生二澗戸一衣裳潤。嵐隠二山厨一火燭幽」（『白氏文集』巻一六・0977「重題四首」其二一『千載佳句』巻下・山居992『新撰朗詠集』巻下・山家514）を想起すべきだろうか。「澗戸」は渓谷の住居《すまい》の意で、本詩に先行する例えば「雲埋二澗戸一幽情積。水隔二寰中一野性閑」（都良香「旧隠詠懐敬二上所天閣下一」『扶桑集』巻七・17）「無レ妻澗戸松偕老。不レ税山畦黍猥生」（『菅家文草』巻四・258「題二南山亡名処士壁一」）などとあるのに依れば、隠遁者の庵として表現されていることが知られる。その背景には先の「山中自述」詩でも言及した孔稚珪「北山移文」（『文選』巻四三）に、周顒のうち棄てた庵が「青松落レ蔭、白雲誰侶、澗戸摧絶無二与帰一、石逕荒涼徒延佇」と描かれていたことと関係していると思われ、先の白詩も本朝詩も実はそのイメージの揺曳をうまく利用しつつ、詩句を成しているように思われるのである。次の「俗客」「松窓」も白詩に見え、後者については「松窓倚二藤杖一。人道似二僧居一」（『白氏文集』巻一九・1284「晩庭逐涼」）とあり、僧房のような場にふさわしいイメージが本詩に通うかと思われる。

頸聯の「崔儦」のことは『隋書』（巻七六・列伝第四一・崔儦伝）に見える。若い頃から盧思道・辛徳源らと親交があり、読書を己が務めとしてその家の戸に「不レ読二五千巻書一者、無レ得レ入二此室一」と大書したという（『太平御覧』〈巻六一六・読誦〉も『隋書』所引）。ところが『文鳳抄』（巻六・文部・書）には「崔儦千巻〈崔儦室、不レ読二書千巻一者不レ入。或曰、不レ読二五千巻一不レ入。（類林）〉」と「千巻」「五千巻」の二項が並記されている。確かに中国渡来の某書に「千巻」とする資料があった可能性も皆無ではないだろうが、本朝詩文の語彙を多く採取している『文鳳抄』の性格からすると、この項自体が朝綱の本詩句の上下二字を摘録した可能性が高いのではないかとさえ思う(14)。猶、この故事は朝綱のこの用例が一番早く、後に院政期に至り、惟宗孝言（一〇一五？〜九七〜？）や藤原敦光（一〇六三〜一一四二）も用いているが、それは朝綱作の影響であるかも知れない。この頸聯が『新撰朗詠集』（巻下・閑居577）に採られているというのもその意味で興味深いものがある。

「范岫」のことは『梁書』（巻二六・列伝第二〇・范岫伝）に見える。沈約（四四一〜五一三）と共に文才を以て聞こえ、博渉多通で殊に前代の旧事に通じ、祠部尚書・右驍騎将軍・金紫光禄大夫に至った。「岫身長七尺八寸。恭敬儼恪、進止以レ礼。自二親喪之後一、蔬食布衣以終レ身。毎レ所レ居レ官、以二廉潔一著称。為二長城令一時、有二梓材巾箱一、至二数十年一。経レ貴遂不二改易一。在二晋陵一、惟作二牙管筆一双一、猶以為レ費」とあれば倹省を尚ぶ人品であった。

尾聯の「煙霞」はもともとはあたりに立籠めるモヤの意だが、ここでは俗事を離れ自然を楽しみ、それを詠じたりする生活、即ち隠栖を想起させよう。「早年薄有二煙霞志一。晩歳深諳二世俗情一」（『白氏文集』巻一六・0976「重題」）「明主十徴何謝レ病。煙霞不レ許作二堯臣一」（朴昂「尋二太一王山人一路次二雲際寺一」『千載佳句』巻下・隠士983『新撰朗詠集』巻下・隠倫509）などは、官界や世俗とは相容れない俗外の象徴として用いられており、本詩と同じ語性と言って良かろうか。末句は「懐二其宝一而迷二其邦一、可レ謂レ仁乎」（『論語』陽貨）をふまえたもの。魯の家臣陽貨が孔子に仕官を勧め「宝（孔子の才能）を持ちぐされにしたまま（仕えずにいて）、国人達が困惑しているのを放っておいて、それで（あなたの説く）仁の道にかなっていると言えるのか」と説得した時の言葉で、これは『文選』（巻五一・王褒「四子講徳論」）にも見えている表現である。

九　「送二僧帰レ山」詩

送二僧帰レ山　　僧の山に帰るを送る

一自方袍振錫行　一たび方袍の錫を振るひて行きしより
別師還媿六塵情　師に別れて　還た六塵の情に媿《は》づ
雖観秋月波中影　秋の月の波の中《うち》の影に観ずと雖も
未遁春花夢裏名　未だ春の花の夢の裏《うち》の名を逃《のが》れず
谷静纔聞山鳥語　谷静かに　纔《わづ》かに聞く　山鳥の語
桟危斜踏峡猿声　桟《かけはし》危く　斜めに踏む　峡猿の声
夜深莫歎迷帰路　夜深きも　歎くこと莫《な》　帰路に迷《まど》へることを
定有霜鍾（鐘）度嶺鳴（?）　定めて霜鍾の嶺を度《わた》りて鳴ること有らん

一首は「師僧が錫杖を振ってお帰りになってからというもの、師に別れたことでやはり様ざまな世俗の汚れにまみれてしまう己の心が恥ずかしくてならぬ。秋の月が水面に映って波に美しく澄んでいるが、その月は実体のないものだ（一切のものには実体がないという水月観）などと思いなしても俗世から脱することはできず、相も変わらず夢中の春の花の如き実なき虚名を求めてしまう始末。（師僧の帰る）、谷間は静かでわずかに山鳥の声が聞こえるばかりであろうし、懸け渡した危い橋を峡谷にひびく猿の声を下に聞きつつ渡られることだろう。夜更《ふ》けて帰路に迷われてもお歎きになりませんように。きっと明け方の霜に鐘が峯を渡って自らに鳴り（導かれて寺に帰れ）ましょうから」という程の意。但し、詩末尾の「鳴」は影印原本には見えないようで、推定本文か。「迎」（田村悦子編『三蹟』日本の美術7、至文堂、一九七六年）とするのも魅力的な本文と思う。その場合、「鐘の音が峯を渡って僧をお迎えすることでありましょう」というような意になる。

下山していた僧が再び山寺に帰って行く様を詠む句に「蒼苔路滑僧帰ㇾ寺。紅葉声乾鹿在ㇾ林」（温庭筠「宿㆓雲際寺㆒」『千載佳句』巻上・山中345『和漢朗詠集』巻上・鹿334）「重畳煙嵐之断処、晩寺僧帰」（張読「閑賦」『和漢朗詠集』巻下・僧604）等があり、「猶存住寺僧。肯有二帰レ山客一」（『白氏文集』巻八・0344「過二紫霞蘭若一」）は白居易自身が「山寺に帰って来たぞ」と詠むもの。

頸聯の「方袍」は「白衣一居士。方袍四道人」（『白氏文集』巻六三・3040「題二天竺南院一贈二閑元旻清上人一」）と見え、朝綱は願文や諷誦文（『本朝文粋』巻一四・412「陽成院四十九日御願文」、429「在原氏為二亡息員外納言一四十九日修二諷誦一文」）でも用いている。猶、「振錫」「別師」「六塵」も白詩に見える語である。

頷聯は『和漢朗詠集』（巻下・無常794。但し題を「送二帰レ山僧一」とするものもある）に採られている。所謂水月観（十喩の一）を詠んだもので、『和漢朗詠集永済注』に「上句ハ維摩経云、此身如二水中月一云々」、書陵部本『朗詠抄』に「下句、春花開クカトスレバ散リヤスシ、生死ノ夢中ニタヾヨエル有様、花ノ開落ニ喩タリ」などとあり、「毎レ夜坐禅観二水月一。有レ時行酔翫二風花一」（『白氏文集』巻六四・3130「早服二雲母散一」）と白詩にも見える。また、「夢裏」には諸注の指摘通り「壺中天地乾坤外。夢裏身名旦暮間」（元稹「幽棲」『千載佳句』巻下・仙境1074『和漢朗詠集』巻下・仙家付道士隠倫540）が意識されていようか。この聯では師僧と対面していた幽棲者の内なる心情を記し、次聯では帰路の師僧に想いを馳せるという展開になっている。

頸聯の「山鳥」「峡猿」（六「山中感懐」詩の対も参照）について、前者は山寺や幽居を詠む「野猿疑レ弄レ客。山鳥似レ呼レ人」（『白氏文集』巻一六・0925「遊二宝称寺一」）「一声山鳥曙雲外。万点水蛍秋草中」（許渾「早秋幽居言志尋二同志一」『千載佳句』巻上・早秋156『和漢朗詠集』巻上・郭公182）の作に見え、後者は「山鬼趫跳唯一足。峡猿哀怨過二三声一」（『白氏文集』巻一六・0948「送三客之二湖南一」）と旅路の哀愁をかきたてるものであった。帰途の僧のたどる道は旅と言うには大仰かも知れないが、危うい懸橋や夜道の闇にその不安と孤独を想像《おもいや》っているのである。

多くの語が白詩に見える中で、尾聯の「霜鍾（鐘）」については用いられていない。だが、「秋至含レ霜動。春帰応レ律鳴」（李嶠「鐘」）と詠まれる「鐘鳴〈山海経曰。豊山有二九鐘一、是知レ霜鳴。郭璞注曰。霜降則鐘鳴。故言レ知也〉」

(『初学記』巻二・霜)の故事は、「欲レ和二豊嶺鐘声一否。其二奈華亭鶴警一何」(兼明親王「夜月似二秋霜一」『和漢朗詠集』巻上・月256)他本朝ではよく知られて詠まれているのである。

十　「問レ春」詩

問レ春　　春に問ふ

山吐雲晴樹競粧　　山の吐きし雲も晴れ　樹は粧《よそひ》を競《きほ》ひ
高低無処不添光　　高きも低きも　処として光を添へざるは無し
再三請問得知否　　再三　請ふ問へ　知るを得るや否《いな》や
何故猶残鬢上霜　　何故か　猶し鬢上に霜を残せると

一首は「山から出た雲も晴れ渡り、木々は春の粧美を競い合い、高きも低きも大地のすべてが春のうららかな光を帯びている。何度でも春に尋ねてみなさい、知るや知らずや、(春というのに)一体どうして(自分の)髪は霜のような白毛を残したままなのか、と」という程の意。季節を擬人化してかく詠むのも「問二秋光一」(『白氏文集』巻五二・2278)の類だろうか。恐らく絵には春光あふれる景の下に白髪の老人が描かれ、それに春の生気に浴しえぬ身のつぶやきを感じ取って詠んだものだろう。

「雲無レ心以出レ岫」(陶潜「帰去来辞」『文選』巻四五)と雲は山から湧くものと詠まれ、「山吐二晴嵐一水放レ光」(「代レ春贈」『白氏文集』巻一六・0915)という表現もある。第二句は「春変二煙波色一。晴添二樹木光一」(「又和三令公新開二龍泉晋水二池一」『白氏文集』巻六七・3359)などという表現を意識していることになろうか。第三句以下の「再三」「請問」「知否」「何故」なども白詩に見えるが、特別な語彙ではなく、鬢毛を「身似二浮雲一鬢似レ霜」(「送三蕭処士遊二黔南一」『白氏文集』巻一八・1142）と霜に譬えるのも白詩のみに限らぬ表現の類型と言って良かろう。

十一　「七夕代二牛女一」詩

七夕代二牛女一　　七夕に牛女に代はる
独坐青楼漏漸深　　独り青楼に坐し　漏《とき》漸く深し
支頤想像暁来心　　頤《おとがひ》を支《ささ》へて想像《おもひや》る　暁来《あかつきよりこのかた》の心
風従昨夜声弥怨　　風は昨夜よりして　声は弥《いよい》よ怨む
露及明朝涙不禁　　露は明朝に及んで　涙禁《こら》へず

一首は「独り楼台にすわり夜もまさに更《ふ》けた頃、頬杖ついて夜明け前の牛女の心に思いを馳せる。昨夜来の風は（牽牛織女の離別の）悲しみの声を乗せていよいよ怨みがましく吹き来る。露は二人の涙さながらに明方に降り敷き、（自分も）涙をこらえきれずにいる」という程の意。

「七夕」詠は六朝以来数多く、「七夕詠二牛女一」詩題は枚挙に遑い。「代――」にしても「代二牽牛一答二織女一」（梁・王筠）「代二織女一贈二牽牛一」（沈約）などがあり、本朝の『和漢朗詠集』『新撰朗詠集』の「七夕」の部立には「代二牛女一惜二暁更一」「代二牛女一待レ（秋）夜」「代二牛女一言レ志」題の詩句が見え、後の源経信（一〇一六～九七）には「七夕代二牛女一（言志）」題の和歌も残る。

第一句「独坐」「青楼」（女性の住む美しい楼閣）は白詩に見え、「漏」は水時計のことで「渚宮東面煙波冷。浴殿西頭鐘漏深」（『白氏文集』巻一四・0724「八月十五日夜禁中独直対レ月憶二元九一」『新撰朗詠集』巻下・禁中479）というに殆ど同じ。第二句「支頤」は支頬に同じく頬杖をつくことで、思いにふける時の仕草。「薄晩支レ頤坐。中宵枕レ臂眠」（『白氏文集』巻一六・0958「除夜」）などの白居易の他、元稹・劉禹錫の詩にも見え、島田忠臣や菅原道真などにも用いられて、「つらづゑつきていみじくなげかしげに思ひたり」（『竹取物語』）のように仮名文学へと定着していった。「暁来」は白詩に見え、「想像」は見えないものの、六朝以来の語。第三句の「風」は、ここでは「怨咽双念断。悽悼両情懸」（梁武帝「七夕詩」）「通宵道レ意終無レ尽。向レ暁離愁已復多」（何仲宣「七夕賦レ詠成レ篇」）などと詠まれる離別の怨みの声を運んで来る秋風。第四句「露」は「夕夜清露湿。晨駕秋風前」（韋応物「七夕」）「露白風清夜向レ晨。小星乗レ佩且埋レ輪」（唐彦謙「七夕」）などと秋風と共に詠まれるが、その露を涙とオーバーラップさせて効果を挙げようとするあたりが本朝詩らしいこまやかな点かも知れない。

十二　「楼上追レ涼」詩

楼上追レ涼　　楼上に涼を追ふ

煩熱蒸人不異炊　　煩熱　人を蒸し　炊《かし》ぐに異ならず
登楼快被遠風吹　　楼に登り　快く遠くよりの風に吹かる
凜然還有衣裘想　　凜然として　還りて　裘を衣《き》んとの想ひ有り
安用袁宏一扇為　　安《いづこ》ぞ　袁宏が一扇を用《も》て為《せ》ん

一首は「うっとおしい熱さは人を蒸し上げるようで、飯をたくのに変わらぬありさま。そこで楼台に登り、遠くより来る風に心地よく吹かれる。すると身のひきしまる寒さに襲われ皮衣を着たいと思う程だ。これなら何もあの袁宏の団扇など要しまい」という程の意。

「追涼」（「逐涼」に同じく涼を求める意）詩は水辺のことが多いのだが、楼上のそれについては丹羽博之が言及する「何処堪レ避レ暑」詩（『白氏文集』巻六三・3036）は勿論のこと、他に「清涼近レ高生。煩熱委レ静銷」（『白氏文集』巻一・0013「月夜登レ閣避レ暑詩」）などもある。「煩熱」は道真も用いている（『菅家文草』巻二・122「夏日偶興」）が、人を蒸し上げて炊飯にも異ならないとは聊か遊戯に走った表現か。第二句の「遠風」も六朝詩に例あるが、「飛鳥滅時宜レ極レ目。遠風来処好開レ襟」（『白氏文集』巻六四・3137「菩提寺上方晩眺」）をここでは意識しているはずである。第四句の「安用――為」には例えば「九重天子不レ得レ知。不レ得レ知。安用二台高百尺一為」（『白氏文集』巻三・0135「司天台」）の用法が喚起される。猶、「安」には「ナンゾ」の古訓もあるので、その訓《よ》みも可。袁宏の故事は丹羽が指摘するように『晋書』（巻九二・袁宏伝）や『世説新語』（言語第二・83話劉孝標注）『初学記』（巻一・風）等にも見えるが次の記事を挙げておこう。

続晋陽秋曰。謝安賞二袁宏機対弁速一。後宏出為二東陽郡一、時賢祖二道（於）治（冶）亭一。安起執二宏手一、顧就二左右一、取二一扇一授云、聊（輒）以贈レ行。宏応レ声答曰、輙当下奉二揚仁風一慰中彼黎庶上。合座称二其率而当一。（『芸文類聚』巻六九・扇）

謝安に団扇を贈られ、即座に「この扇で徳風を天下に起こし人民を慰撫致しましょう」と機敏な対応をした逸話である。本詩の場合は（袁宏の言う官人としての政教的意味あいを否定する含意も多少はあるかも知れないが）単に扇に関わる故事を採挙げたという遊戯的印象を拭えないのは稿者の僻目故であろうか。

十三　むすびに

『屏風土代』の漢詩は従来から言われているように、屏風絵をもとに作られたものと思われる。恐らくは漢詩から想像するに絵柄は唐絵であったろうと思われる。それはこの時代（村上天皇の御代）からすれば何も特別なことではない。朝綱の詩は既に丹羽博之に依り指摘されているように、白居易詩の影響を強く受けている。その白詩の佳句を最も多くピックアップした『千載佳句』（同族の大江維時撰）所収句を如上のように多く引用するに至ったのも恐らくは偶然ではないだろう。もっともそれ以外に、菅原道真の詩表現や『文選』の語彙なども顔をのぞかせていた。そして、何より本作の多くが『和漢朗詠集』に摘句されていることとも関わるだろうが、後世にも少なからぬ影響を与えているようであることも記しおかねばなるまい。詩の解釈についての管見は大概以上の如くであるが、実はもう一点、即ち字様（殊に異体字）の位相についても考える必要があるように思う。それについてはまた機会を改める他ないようだ。

［注］

（1）「大江朝綱『屛風土代』詩の白詩受容」（『白居易研究年報』第8号、勉誠出版、二〇〇七年九月）。

（2）「宮廷文学と書―「三蹟」と詩人をめぐる剳記―」（仁平道明編『王朝文学と東アジアの宮廷文学』竹林舎、二〇〇八年五月。本書第5章所収）。

（3）以下の『和漢朗詠集』引用に当たっては新潮社日本古典集成本（大曽根章介・堀内秀晃校注、一九八三年九月）を用いた。猶、『千載佳句』については金子彦二郎の翻刻（『増補平安時代文学と白氏文集―句題和歌・千載佳句研究篇―』藝林舎、一九七七年五月覆刻版）に依っている。

（4）通行本の本文は「院樹斂㆓寒光㆒」（慶応義塾大学図書館蔵『百廿詠詩注』など）のようで、「大庾斂㆓寒光㆒」（『文苑英華』巻三二六）とするものもある。猶、山崎誠「「李嶠百詠」雑考続貂」（『中世学問史の基底と展開』和泉書院、一九九三年）参照。

（5）本朝の早い例「翫㆓落花㆒。落花迸灑不㆑択㆑地」（滋野貞主「奉㆑和㆓御製江上落花詞㆒」『雑言奉和』）は花弁《はなびら》を表現するもので、白詩同様視覚的に把握される事象に使われている点でやはり朝綱作とは異なると言わねばなるまい。

（6）詳しくは研究史をふまえた近年の論に、三木雅博「「匂」字と「にほふ」―菅原道真と和語の漢字表記―」（『文学史研究』第二三号、一九八二年十二月。『平安詩歌の展開と中国文学』〈和泉書院、一九九九年十月〉所収）、朱捷

「匂」という字の由来及びそこからみる日本人の嗅覚と中国人の聴覚」（『同志社女子大学 日本語日本文学』第10号、一九九八年十月）「再び「匂」という字の由来について」（『同志社女子大学 学術研究年報』第四九巻Ⅳ、一九九八年十二月）があるので参照されたい。

(7) 「白楽天の『提壺鳥』の詩と平安朝漢詩」（『大手前女子大学論集』31号、一九九八年二月）。

(8) 鶯の老いた声という表現については北山円正「老鶯と鶯の老い声」（『神女大国文』第19号、二〇〇八年三月。『平安朝の歳時と文学』〈和泉書院、二〇一八年〉所収）参照。

(9) 澤崎久和「『招客』の詩―白居易詩の表現―」（『白居易研究年報』5号、勉誠出版、二〇〇四年八月。『白居易詩研究』〈研文出版、二〇一三年〉所収）参照。

(10) 本稿校正中に、後藤昭雄「平安朝における『文選』の受容―中期を中心に―」（『文学』第10巻第3号〈特集＝日本漢詩のエートス〉岩波書店、二〇〇九年五〜六月）の論に接した。それは「北山移文」の本朝における享受の様相を詳述したもので、「山中自述」詩で稿者が言及している「鶴頭」のことについても触れ、「書斎独居」詩の「澗戸」「俗客」、その第七句の表現も孔稚珪の表現に倣ったものであると指摘しておられるので参照されたい。

(11) 以下は黒田彰他編『和漢朗詠集古注釈集成』（全四冊、大学堂書店、一九八九年一月〜一九九七年六月）に依る。

(12) 「猿声考」（『詩語の諸相―唐詩ノート―』研文出版、一九八一年）。

(13) 『芸文類聚』（巻八九・桂）『太平御覧』（巻九五七・桂）にも范蠡売薬の故事は見えているが、いずれも『列仙伝』所引。猶、范蠡の故事の演変については山田尚子「拡大する范蠡像―商人と釣翁―」（『和漢比較文学』31号、二〇〇三年八月。『中国故事受容論考―古代中世日本における継承と展開―』〈勉誠出版、二〇〇九年〉所収）参照。

(14) 顕昭『万葉集時代難事』（上）に「後江相公詩云、崔儦入レ室書千巻、范岫辞レ官筆一双云々。五千巻也。弃二四千巻一歟。（中略）崔儦入レ室書千巻者、是等即文筆之習也。為レ対二筆一双一、取二書千巻一也。五字無レ益歟」とある。

【後記】

本稿は『同志社女子大学 日本語日本文学』第21号（二〇〇九年六月）に掲載されたものだが、若干加筆訂正した。

第7章　『本朝無題詩』と白詩

一　『白氏文集』を常に握翫すべし

古代最多の詩を収める『本朝無題詩』の中心的な詩人の一人で、且つその編纂のパトロン的存在と目される入道前関白太政大臣藤原忠通が世を去ったのは、長寛二年（一一六四）二月のことであったが、彼がそれに先立ち法性寺別業で出家（法名円観）した応保二年（一一六二）、後に平安朝和歌と中世和歌の狭間に位置付けられ、著しい創作・理論活動を展開して後世に多大な影響を与えた歌人が呱々の声を挙げた。彼、藤原定家（一一六二～一二四一）は、後年に和歌詠作の所説として、白居易の詩が和歌世界でも重要であると、次のように記さざるをえなかった。

雖レ非二和歌之先達一、時節景気世間之盛衰、為レ知二物由一、白氏文集第一第二帙、常可二握翫一。（深通二和歌之心一）

（『詠歌大概』）

古詩の心詞を取りて詠む事、およそ歌に戒め侍る習ひと古くも申したれども、いたく憎からずこそ。しげう好まで時々まぜたらむは、一節有る事にてや侍らむ。白氏文集の第一第二の帙の中に大要侍り。かれを披見せよ、とぞ申し置き侍し。

（『毎月抄』）

思えば、定家出生の当時、即ち院政（白河・鳥羽・後白河）期の和歌は、白詩を中心とする漢詩の大きな影響の渦中にあった。(1) この時期の邦人漢詩人――実は同時に有力な歌人である者もいたわけだが――は、同様に白詩句に強く牽引されて、それを規模とも仰ぎつつ、己の詩作に取組んでいた。『無題詩』はいわばそうした詩人達の足跡を窺うに最適のものと言ってよく、夙に太田次男が指摘したように、「歴代漢詩文中（白氏受容以後）、白詩の影響が最も顕著にみられる(2)」ことは疑いを入れない。定家の言辞なども、そうした時代趨勢、大局を把握した上での、いわば遅ればせながらの吐露であったかとさえ言って良いように思われる。

白詩の影響がもとより平安初頭の嵯峨天皇の存命中より始まる事に異存はあるまい。例えば、「遺愛寺鐘欹㆑枕聴」で知られる「欹枕」――中唐以後の語彙とされる――を嵯峨天皇は二度用いているが(3)、白居易を中心とする中唐期の詩人達への注目は、存外時期を大きく違えることなく我国に及んだと見做して良いのかも知れない。が、当時はその影響も未だ微温的なものにとどまる。それが、島田忠臣（八二八～九二）・菅原道真（八四五～九〇三）を経、平安中期に撰された佳句選（『千載佳句』『和漢朗詠集』）の出現に窺われるように、次第に白詩は平安朝漢詩表現の骨肉を形成するものとなり、『無題詩』に到って一頂点に達したと大筋では言えるであろう。因みに、次のような対応を見せる作などは、『無題詩』以前にはまず見られなかったものであろうかと思う(4)。

196　春日独居詠　大江佐国

閏餘二月漸蹉跎
景物芳菲又若何
行訪㆓鶯花㆒筋力少
坐携㆓詩酒㆒感情多
多中弥有㆓老愁引㆒
少処惣無㆓春意和㆒

春晩詠懐贈㆓皇甫朗之㆒　白居易

艶陽時節又蹉跎
遅暮光陰復若何
一歳中分春日少
百年通計老時多
多中更被㆓愁牽引㆒
少裏兼遭㆓病折磨㆒

岸柳旁黄沙草緑　　頼有㆓銷㆑憂治㆑悶薬㆒
不㆑堪双鬢已皤々　（巻四）　君家濃酎我狂歌　（巻六八・3445）

この措辞の対応から、佐国（一〇一二?～一〇八六～?）の強い模倣的詠作態度を批判することは容易であるが、もとより彼自身にすれば照応など十分承知の上であったはずだ。白居易の詩が彼ら王朝詩人達にとって規範であり、彼が文曲星神と崇められる存在であったればこそ、その詩句を踏襲しながら、佐国なりに過不足なく己の心情を表出することは——遊戯色は残るにしても——賞賛されこそすれ、決して恥ずべき営為ではなかったであろう。また、今日的な評価軸からそれを王朝詩の一限界と見做し、こうした所為を以て安易に貶して良いものだろうか、稿者は危ぶまざるをえない。と言うのは、和歌の本歌取りや、謡曲の詞章、中世の紀行文等の表現なども、先行詩歌・詞章に纏わるるもの少なくなく、そうした表現の手法と根柢で絡んでくるものと想察するからである。抑、文学は総じて表現の系譜を受けるものであって、ある表現が優れたものと見做された時、一個人（或は一作）で完結し終えて、時の流れの中で断絶することは寧ろ極めて稀れと言わざるをえまい。そうした意味での忖度と顧慮を欠いて論ずることは、今の稿者の埒外であることを先ずは断わっておかねばなるまい(5)。

二　『無題詩』と白詩——措辞・詩形式の一端——

さて、『無題詩』の白詩享受の様相を具体的に少し詳しく示すに当たり、先ず次の詩を挙げてみたい(6)。

464　過㆓雍州旧宅㆒　　中原広俊

一尋旧宅策竜蹄。出洛行々東也西。窓破竹①無人管領。臺傾松有鶴②双栖。③茶園薬圃④為誰設。⑤秋月春風教我悽。

⑥閑憶往時憂未忘。不如勧盞⑦酔如泥。

一たび旧宅を尋ねんと竜蹄に策《むちう》ち、洛を出で行き行きて東しまた西す、窓破《や》れて竹は人の管領する無く、臺傾きて松には鶴の双《なら》び栖むこと有り、茶園薬圃は誰がためにか設けたる、秋月春風は我をして悽《いた》ましむ、閑かに往時を憶ひて憂へ未だ忘れず、如《し》かず盞を勧め酔ひて泥の如くならんには。

白詩使用の熟語（二字。例えば、詩魔・秋雪・青篾〈簟〉・卯飲〈卯時飲酒〉等の白詩に特徴的な語彙は勿論のこと）を用いる例については事欠かないが、以下では三・四字の連語を中心に挙げる（それらはより白居易の言いまわしに関わる表現ということになるであろう）とすれば、次のような白詩が前詩との関わりから浮かびあがってくることになるのではあるまいか。

①金谷風光依レ旧在。無三人管二領石家春一。（「早春晩帰」巻五三・2390）

②煙開虹半見。月冷鶴双栖。（「和下李相公留守題二漕上新橋一六韻上」巻七一・3647）

③薬圃茶園為二産業一。野麋林鶴是交遊。（「香爐峯下新卜二山居一草堂初成偶題二東壁一、重題四首其二」巻一六・0977）

④欲レ問花前樽。依然為レ誰設。（「花下対レ酒二首其一」巻一一・0543）

⑤今年歓笑復明年。秋月春風等閑度。（「琵琶引（行）」巻一二・0603）

不レ然秋月春風夜。争三那閑思二往事一何。（「強酒」巻一五・0901）

春風秋月携二歌酒一。八十年来翫二物華一。（「送三滕庶子致仕帰二婺州一」巻五七・2752）

前庭後院傷心事。唯是春風秋月知。（「過二元家履信宅一」巻五七・2799）

⑥手把二楊枝一臨レ水坐。閑思二往事一似二前身一。（「臨レ水坐」巻一六・0982、及び⑤「強酒」参照）

⑦不三独別レ君須二強飲一。窮愁自要二酔如レ泥。（「北楼送三客帰二上都一」巻一六・0922）

夜長似レ歳歓宜レ尽。酔未レ如レ泥飲莫レ休。（「夜宴惜別」巻五八・2867）

十年分レ手今同酔。酔未レ如レ泥莫レ道レ帰。　（「酬二李二十侍郎一」巻六四・3073）

このうち、⑤⑦などはあまりに一般的で白詩を殊更引くまでもないのかも知れないが、白居易が繰返し用いていることは広俊（一〇六二～一一三一～？）も十分承知していたのではないかと思う。総じて類似表現を含む白詩は各々まちまちで、例えば詩題と密接に関わる傾向があるとも強ち言えない。それでもこのように用いられているということは、白詩の表現、言いまわしに広俊がかなり習熟していたことを臆測させずにはおかない。詩中に点綴される二字の語彙が、索引を繰ると殆ど白詩に見えるものであった、などというパターンもあるが、それ以上に、先の例はより顕著に白詩を意識している事が明白と言えよう。そして、こうしたパターンがいかに『無題詩』に多く見られるかという事を、断片的ではあるが次にいくらか挙げておきたい。(7)

餘年生計菰蒲利
後日孫謀風水郷
（84「遊二河陽一賦二漁父一」藤原通憲）

貧人又獲菰蒲利
（「昆明春水満」巻三・0137）
風水為レ郷船作レ宅
（「塩商婦」巻四・0162）

清泉白石地形幽
（107「人家有二来客一……」藤原周光）

商山暁色在二胸中一
（275「秋三首其二」周光）

清泉白石富二斯中一
（598「秋日禅林寺即事」藤原忠通）

我有二商山一君未レ見
清泉白石在二胸中一
（「答二崔十八一」巻五七・2742）　＊『佳句』巻上・閑意469

白石清泉就レ眼来
（「題二新澗亭一兼訓二寄朝中親故見レ贈」巻六九・3584）　＊『佳句』巻下・隠士979

四五百廻清影好
一千餘里冷光幽
（141「八月十五夜翫月」作者未詳）

唯向二深宮一望二明月一
東西四五百廻円
（「上陽白髪人」巻三・0131）

金膏瓊粉新瑩鏡
楚練斉紈幾□□
（158「月下言志」大江匡房）

五月五日日午時
瓊粉金膏磨瑩已
（「百錬鏡」巻四・0146）

迎レ夏蕉衣初出レ匣
経レ春竹葉欲レ斟レ罏
（254「早夏言志」中原広俊）

甕頭竹葉経レ春熟
階底薔薇入レ夏開
（「薔薇正開春酒初熟……」巻一七・1055）
＊『佳句』巻上・首夏119
＊『朗詠』巻上・首夏147

流世光陰燈下暮
生涯栄楽酔中深
（278「秋日即事」通憲）

暮春風景初三日
流世光陰半百年
（「三月三日」巻一八・1168）
＊『佳句』巻上・三月三日245

月苦風凄感幾添
斯時楚思自相兼
（284「秋日言志」周光）

誰家思婦秋擣レ帛
月苦風凄砧杵悲
（「聞二夜砧一」巻一九・1287）

絡糸虫怨疎籬下
織錦林翻煖閣頭
（287「九日即事」源経信）

（春）布穀鳥啼桃李院
絡糸虫怨鳳凰楼
（「同二諸客一題二于家公主旧宅一」巻六四・3098）
＊『佳句』巻上・旧宅569

寒叢凝レ露虫声苦
秋水浸レ天雁陣低
（296「秋夜閑詠」藤原敦光）

凝レ日暮山青簇々
浸レ天秋水白茫々
（「登二西楼一憶二行簡一」巻一六・0999）
＊『佳句』巻下・眺望874
＊『朗詠』巻下・山水501

雖レ知三楼殿出二三界一
還怪三林泉在二五蘊一
（326「冬二首其二」周光）

既未レ出二三界一
猶応レ在二五蘊一
（「和レ送三劉道士遊二天台一」巻五一・2251）

洲蘆葉老花方尽
梁燕母疲雛漸肥
（329「冬日即事」忠通）

辛勤三十日
母瘦雛漸肥
（「燕詩示二劉叟一」巻一・0041）

十分満盞中山酒
一箸佳珍丙穴魚
（331「冬夜即事」広俊）

十分満盞黄金液
一尺中庭白玉塵
（「雪夜喜二李郎中見レ訪兼訓レ所レ贈」巻五七・2790）
＊『佳句』巻上・雪295

暗雨打レ窓天未レ曙(8)
孤燈背レ壁暁猶残
（334「冬夜言志」藤原茂明）

耿々残燈背レ壁影　＊『佳句』巻上・雨夜285
蕭々暗雨打レ窓声　＊『朗詠』巻上・秋夜233
（「上陽白髪人」巻三・0131）

遅々鐘漏冬難レ曙
衣食養生扶二老身一
詩境煙嵐無レ従レ我
酔郷日月不レ分レ人
（335「冬夜偶吟」匡房）

遅々鐘漏初長夜　＊『佳句』巻上・秋夜186　＊『朗詠』巻上・秋夜234
（「長恨歌」巻一二・0596）

両角青衣扶二老身一
（「残春晩起伴レ客笑談」巻六八・3443）

詩境忽来還自得
酔郷潜去与レ誰期　＊『佳句』巻下・詩酒808
（「将レ至二東都一先寄二令狐留守一」巻五七・2722）

老鬢蹉跎齢已暮
宦情牢落力先衰
（345「歳暮言志」茂明）

宦情牢落年将レ暮
病仮聯綿日漸深
（「病仮中龐少尹携二魚酒一相過」巻五六・2643）

双行拭レ雨桑枢涙
方寸成レ灰蔣逕心
（356「閑居述懐」周光）

方寸成レ灰鬢作レ糸
仮如強健亦何為
（「病中五絶其二」巻六八・3412）

年来年去松盈レ岸
江北江南蓮照レ波
（372「秋日池亭即事」三宮輔仁）

歳去年来塵土中
（「詠懐」巻一四・0729）

尽日蓮照レ水
（「郡中西園」巻五一・2196）

水南水北暮煙分
（404「東山別業眺望」周光）

水北水南秋月夜
（「臥疾」巻五三・2372）

水南水北雪紛々
（「洛下雪中」巻六七・3342）

柳堤松島竹編牆
（389「西院亭即事」敦光）

柳湖松島蓮花寺
（「西湖晩帰廻望二孤山寺一」巻二〇・1361）

繫レ舟暮到竹編牆
（406「夏日桂別業即事」敦光）

石階桂柱竹編牆
（「香爐峯下新卜二山居一草堂初成偶題二東壁一」巻一六・0975）

秋近涼風生二北戸一
夜閑朗月納二南簷一
（444「夏日山家即事」茂明）

南簷納レ日冬天暖
北戸迎レ風夏月涼
＊『佳句』巻下・居宅566
（「香爐峯下新卜山居……」巻一六・0975）

暫傾二一盞一慰二羈愁一

且傾二斗酒一慰二羈愁一

（468「暮秋遊二覧大井河一」三宮）——（「酔後走筆……」巻一二・0584）

など、際限がなくなるので、一応これくらいに留めるとして、『無題詩』詩人達が脳裏にある白詩句の表現（『千載佳句』や『和漢朗詠集』所収句も少なくない。＊印参照）をいかに駆使して詠じているか了解されよう。同じ素材を詠ずるような場合、

山榴争レ艶空応レ妬　　山榴何細砕
石竹謝レ粧幾作レ猜　　石竹苦尋常
（49「賦二薔薇一」敦光）——（「裴常侍以下題二薔薇架一十八韻上見レ示……」巻六四・3071）

のように、白詩の用いた比較対照の手法をそのまま生かすことにぬかりはないし、たとえ次のように、詠物の対象が菊と牡丹というように、異なるものであっても、勿論一向に構わないのである。(9)

重陽如レ昨黄金蘂　　黄金蘂綻紅玉房
十月在レ今紅玉房　　穠姿貴彩信奇絶
衰華繁蕚還奇絶　　雑卉乱花無二比方一
貞節勁心無二比方一　　遊レ花冠蓋日相望
花前冠蓋日相望　　香衫細馬豪家郎
軽軒細馬当レ凝レ思　　＊『朗詠』巻下・親王666
（62「賦二残菊一」匡房）——（「牡丹芳」巻四・0152）

こうした、表現手法や語彙を貪欲に摂取して、自らの詩作に生かす態度は『無題詩』に最も色濃く表われ、この期の詩人達にして措辞的には窮まったと思われる。

事は措辞のみの問題ではなさそうだ。次のような所謂六句格（三韻律）の存在——これまでの平安朝詩には殆ど

見られなかった――なども白詩との関わりを念頭におくべきではないかと考えられる。(10)

99　詠二画障冬処々一　　藤原忠通

潜看画障新図絵。詩客文賓詠一篇。晴漢雲間玄鶴舞。寒蘆葉底彩鴛眠。処々追従非所謂。唯栖書牖送多年。

潜かに画障の新たなる図絵を看、詩客文賓一篇を詠ず、晴れたる漢《そら》の雲の間に玄鶴舞ひ、寒き蘆の葉の底《もと》に彩鴛眠る、処々への追従は謂ふ所に非ず、唯だ書牖に栖みて多年を送るのみ。

511　過二備前藤戸浦一有レ興　　釈　蓮禅

残雲樹様難相比。明月峡図不足論。煙色斜籠秋岸草。潮声鎮打暮山根。洛陽人若問斯地。争以舌端子細言。

残雲樹様は相比《くら》べ難く、明月峡の図も論ずるに足らず、煙色斜めに籠めたり秋岸の草、潮声鎮《しき》りに打ちたり暮山の根《もと》、洛陽の人若《も》しこの地を問はば、争《いか》でか舌端を以て子細に言はん。

512　同　　同　人

沙煙迎霽日華白。江雨経秋楓葉黄。李放画図何得写。蓬壺境界亦能望。山如碧障水如簟。此処征人皆断腸。

沙煙霽れを迎へて日華白く、江雨秋を経て楓葉黄なり、李放が画図も何ぞ写すことを得ん、蓬壺の境界も亦た能く望まん、山は碧障の如く水は簟の如し、此の処に征人は皆断腸せん。

後世、この詩の形式については、『滄浪詩話』『文体明弁』『詩轍』等諸書でも言及されているようだが、今殊に次のような記事が中でも注目されるのではないかと思われる。

至レ如三六句成二七律一首一、青蓮集（李白）中已有レ之、香山（白居易）最多、而其体又不レ一。如忠州種二桃杏一（巻一八・1120）云。無レ論海角与二天涯一。大抵心安即是家。路遠誰能念二郷曲一。年深兼欲レ忘二京華一。忠州且作二三年計一。種レ杏栽レ桃擬レ待レ花。前後単行、中間成レ対、此六句律正体也。桜桃花下招レ客（巻一八・1125）云。桜桃昨夜開如レ雪。鬢髪今年白似レ霜。漸覚花前成二老醜一。何曽酒後更顛狂。誰能聞レ此来相勧。共泥二春風一酔二一場一。

此前四句作二両聯一、末二句不レ対也。蘇州柳（巻五四・2464）云。金谷園中黄嫋娜。曲江亭畔碧婆娑（毿）。老来処々遊行遍（偏）。不レ似二蘇州柳最多一。飛絮（絮撲白）払レ頭条払レ面。使君無三計奈二春何一。此前二句作レ対、後四句不レ対也。

（清・趙翼『甌北詩話』巻四）

六句にて七律一首を成すがごときに至りては、青蓮集中に已《すで》にこれ有りて、香山最も多く、しかもその体はまた一にあらず。もし忠州にて桃杏を種うもて云はば、論ずることなかれ海角と天涯と、大抵心安ければ即ちこれ家なり、路遠くして誰かよく郷曲を念はん、年深くして兼ねて京華を忘れんと欲す、忠州且《しばら》く三年の計《はかりごと》を作し、杏を種ゑ桃を栽ゑて花を待たんと擬す、と。前後単行し、中間対を成す、これ六句律の正体なり。桜桃の花の下に客を招くに云ふ、桜桃昨夜開いて雪の如し、鬢髪今年白くして霜に似たり、漸く覚ゆ花前に老醜と成るを、何ぞ曽《かつ》て酒後に更に顚狂せん、誰かよくこれを聞きて来りて相勧め、共に春風に泥して一場に酔はん、と。これ前の四句両聯を作《な》し、末二句は対せざるなり。蘇州の柳に云ふ、金谷園中黄嫋娜たり、曲江亭畔碧婆娑（毿娑）たり、老来処々遊行すること遍（偏）きも、蘇州の柳の最も多きに似《し》かず。飛絮は頭を払ひ（絮は白頭を撲《う》ち）条《えだ》は面を払ふ、使君計《はかりごと》を奈何《いかん》ともするなし、と。これ前の二句は対を作すも、後の四句は対せざるなり。

文中に「香山最多」とあるが、管見によれば六十六首ほどあり(11)、因にこれを趙翼の分類を参考に、A「前後単行、中間成対、六句律正体」（全六句のうち三・四句が対を成す。『無題詩』99詩に同じ）、B「前四句作両聯、末二句不対」（一と二、三と四句が各々対を成す。『無題詩』511 512詩に同じ）、C「前二句作対、後四句不対」（一・二句のみ対を成す）、Dその他（対せず）、に分けてみると上の表のようになろうか。

	A	B	C	D	小計	合計
五言	10	9	7	9	35	66
七言	12	5	3	11	31	

これらの作が、『白氏文集』の詩を所収する殆どの巻に見られるわけであるか

ら、律詩（八句）、或は排律（十句以上。『無題詩』では四の倍数句であることが多い）に馴染んでいた本朝詩人達が、聊か新鮮な興趣を誘われたとしても不思議ではなかったであろう。ただ極めて作例が少いのは、華麗な対句を展開する――もとより平安朝詩人の最も拘泥したところであろう――には、やはり律詩や排律に如くはなかったということになろうか。ともあれ、三韻律（六句格）の試みは評価されて良いものと思われる。

三　故事享受への視点――白詩の介在――

次いで、稿者が聊か述べておきたいと思うのは、詩句に詠み込まれている様々な故事の問題である。故事そのものは古い歴史を持つものであるから、ある故事が白詩以前にも詩に詠まれていることは当然であり、まして詩文述作の工具書である類書という便利なものが既に存在していたわけであるから、白詩と『無題詩』に同じ故事詠句があったとしても、直接白詩に学んだものかどうか、微妙と言わざるをえない点もあろう。が、敢て管見を述べてみたい。

例えば、

閑対二芳樽一携二若下一。〈酒名。見二文集一〉（380「秋日林亭即事」三宮輔仁）

と付された自注を見る限り、「若下〈呉録云。長城若下酒有レ名。渓南曰二上若一。北曰二下若一。並有レ村。村人取二若下水一以醸レ酒。醇美勝二雲陽一〉」（『初学記』巻八・江南道）などという記事を念頭においていたとみるより、

労将二箬下忘憂物一。寄二与江城愛酒翁一。（「銭湖州以二箬下酒一李蘇州以二五酘酒一相次寄到……」巻二〇・1341）

両瓶箬下新求得。一曲霓裳初教成。（「湖上招レ客送レ春汎レ舟」巻二〇・1402）

萍醅二箬渓醑一。水鱠二松江鱗一。（「郡斎旬暇命レ宴呈二座客一示二郡寮一」巻五一・2194）

といった白詩が詩人の脳裏を占めていたと見做して良く、この故事の白詩以前の利用は殆どないようだ（猶、箸と若は通用）。

また、次の詩の故事の場合はどうだろか。

128　雲林院花下言志　　大江佐国

春光漸暮寂寥時。邂逅引朋入古祠。一道寺深花簇雪。数奇命薄鬢垂糸。耳饒林底伝歌鳥。身類泥中曳尾亀。
遮莫人生都(是夢)□是。不如酌酒又言詩。

春光漸く暮れて寂寥たる時、邂逅《たまさか》に朋を引きて古祠に入る、一道の寺深く花は雪を簇《あつ》め、数奇の命薄《せま》り鬢は糸を垂れたり、耳は饒《まか》せたり林底に歌を伝ふる鳥に、身は類《に》たり泥中に尾を曳く亀に、遮莫《さもあらばあれ》人生都《すべ》て□是（「かくのごとし」又は「これゆめ」）、如《し》かず酒を酌みまた詩を言はんには。

「泥中曳尾亀」は『荘子』（秋水篇）に見られる故事[12]で、名誉や栄達を求め仕官して窮屈な身になるより、貧賤でも自由気楽な方が良いという寓意を込めたものであるから、これを直接の典拠とするのも無論誤りではない。だが、この佐国の詩の表現・語彙を追ってゆくと、かなりのものが白詩に重なることが注目され、殊に「花簇雪」（猶、簇と蔟は通用）「人生都□是」（「人生是□」）といった表現は次のような白詩の特徴的な表現であったことも喚起される。

中有二文章一又奇絶。地鋪二白煙一花蔟レ雪。（「繚綾」巻四・0155）
浮生都是夢。老少亦何殊。（「春暮寄二元九一」巻九・0408）
此生都是夢。前事旋成レ空。（「商山路有レ感」巻二〇・1310）
従道人生都是夢。夢中歓笑亦勝レ愁。（「城上夜宴」巻五四・2469）

とすれば、先の故事の場合も、作者の意識としては、次のような白詩が念頭にあったのではなかろうか[13]。

麒麟作レ脯龍為レ醢。何似二泥中曳レ尾亀一。（「九年十一月二十一日感レ事而作」巻六五・3228）

さらにいま一つ挙げておこう。

性似三嵆康慵二世事一。毎レ逢二劇務一暫徘徊。（259「夏日即事」藤原忠通）

ここに見られる「慵」が白詩に特徴的な語彙であることはよく知られているが、[14] その語と嵆康とを結びつけて頻りに詩を詠じているのも、

嘗聞嵆叔夜。一生在二慵中一。（「詠レ慵」巻六・0260）

阮籍謀レ身拙。嵆康向レ事慵。（「秋斎」巻五五・2533）

張翰一盃酣。嵆康終日懶。（「和下皇甫郎中秋暁同登二天宮閣一言上レ懐」巻六二・2990）

とあるように白詩なのであった。この故事は、吏部尚書山濤が自身の後任に嵆康を推挙したところ、康は自由に生きたい自分を理解できぬ奴と濤を責め、「与二山巨源一絶交書」（『文選』巻四三。文中に慵に通ずる嬾を用いている）をもって絶交を告げたというものである。

このようにして、『無題詩』詩人達の用いている故事を検討してみると、彼らが白詩に用いられている故事を実によく使用していることが知られる。勿論稿者は、詩人達が白詩によってそうした故事を初めて知ったのだ、などと妄言を吐くつもりは毛頭ない。ただ、白詩という作品を通じて、既知（当然未知の場合も）の故事も、改めて表現として生かされるべきありようを示された、ということもあったのではないかと考えるのである。

四　むすびにかえて

『無題詩』の表現が白詩と密接に絡むことは如上のようであり、それは一辺倒とさえ映りかねないが、彼の詩人

達の作には白詩圏外の詩に学んだものも勿論あることは注意されねばならない。『江談抄』（第五・22「文章博士実範長楽寺詩事」）には次のような記事が見えている。(15)

また（匡房卿は）仰った。故文章博士実範殿（の詠まれた）長楽寺（詩会の）詩に、「松柏の山寒くして枝長からず」（『無題詩』巻八・556「秋日長楽寺即事」の第六句）の句があるが、その折の詩序（未見）と詩（後述）を（私、匡房が）成した時、詩序と詩の両方に「白駒」の語を用いたところ、その典拠を（実範殿が）お尋ねになったので、注書きして、『盧照鄰集』に見ゆ、と記したので、主人実範殿は感じ入られたのだったよ。

既に知られているように、文中の語「白駒」は『無題詩』中の次の詩句に関わる。

白駒過レ隙往難レ反。鴻雁随レ陽去也留。有レ注（557「秋日長楽寺即事」大江匡房）

ここにみられる「有レ注」こそ「見二盧照鄰集一云々」と付される内実のものであった(16)わけだが、その典拠とは、次のような対を成している一節を指して言っているのである。

来不レ可レ違。類二鴻雁之随一レ陽。去不レ可レ留、同二白駒之過一レ隙。

（「対二蜀父老問一」『文苑英華』巻三五二・雑文、『幽憂子集』巻六・対問、所収）

瞬時にして歳月の過ぎゆく無常の故事としての「白駒過隙」は、『荘子』（知北遊篇）や『史記』（留侯世家、魏豹彭越伝）などにも見え、あまりにもよく知られているものであるが、(17)実範・匡房の問答の核心は、恐らく一般的知識としてのその片言の解明にあるのではなく、それを越えて、対として立てられている「鴻雁随陽」もふまえた上で交わされていると考えるべきなのである。その事は盧照鄰作の対句構成との対応によってより明確に感受されるであろう。

そしてまた、次のような表現にも、

旅泊夜深山吐レ月。帰程晴遠水連レ雲。（504「宿二周防石室一眺望」釈蓮禅）

秋毫不レ弁平郊樹。老眼猶迷遠岫雲。　（404「東山別業眺望」藤原周光）

「四更山吐レ月。残夜水明楼」（「月」）「霧隠平郊樹。風含広岸波」（「暮寒」）といった杜甫詩が重ねられているのではないかという思いも稿者は捨てきれない。つまり、『無題詩』世界の表現研究はまだとば口にあり、『佳句』『朗詠』所収詩人句や白詩の影響を色濃く受けつつも、今後は更に、それらとは異なる視点から究明されてゆく必要もあるように思われるのである。

[注]

（1）上野理『後拾遺集前後』（笠間書院、一九七六年）川村晃生「和歌と漢詩文」（『中古文学と漢文学Ｉ』汲古書院、一九八六年）拙稿「和歌と漢詩文」（『中央大学国文』33号、一九九〇年三月）や『王朝漢文学表現論考』（和泉書院、二〇〇二年）など参照。この傾向は中世和歌世界にも広く及んでゆく。

（2）太田次男「白詩受容考―『香鑪峯雪撥簾看』について―」（『芸文研究』33号、一九七四年）つまるところ、本稿はこれをより具体的に検証することになる。猶、太田には『〈旧鈔本を中心とする〉白氏文集本文の研究』全三冊（勉誠社、一九九七年）の浩瀚な論著があり、受容の諸論も所収されている。

（3）小島憲之『國風暗黑時代の文學　中（上）』（塙書房、一九七三年）六七九～八〇頁。

（4）以下『無題詩』所収詩を上に、白詩を下に排して記す。『無題詩』所収作品には拙注釈（『本朝無題詩全注釈』全三冊、新典社、一九九二～四年）による作品番号を付した。

（5）既に本稿と同様の立場から綴った拙稿に、「『本朝無題詩』の表現世界」（『王朝漢文学表現論考』和泉書院、二〇〇二年）があり、一部に重複する記述のあることも断わっておきたい。

（6）白詩と『無題詩』については、これまで注5所引拙稿や「王朝漢詩の表現世界―王朝詩と白詩と―」（『王朝漢文学表現論考』）などでも触れているが、本稿での以下の挙例の一端はそれらと重複しないよう幾分心がけた。また、注4所引拙注釈を参照願えれば、更に多くの事例が提示できるはずである。

（7）上段に『無題詩』の詩句、下段には白詩の例を挙げた。猶、詩題のあまりに長いものについては簡略を期し、自注に白詩による旨記してあるような詩句表現については挙例としては避けた事を断わっておきたい。

（8）下三字は「枕上用レ心天未レ曙」（章孝標「秋夜旅情詩」『千載佳句』巻上・閑夜312）「夜長無レ眠（寐）天不レ明」（『白氏文集』巻三・0131「上陽白髪人」『和漢朗詠集』巻上・秋夜233）などとあるのによるだろう。

（9）呈示した匡房・白詩はともに長詩であるので、摘句で引用したことを断わっておきたい。

（10）挙げた三例の他に、実は420「暮春遊二粟田別業一三韻」（惟宗孝言）のように明確に断わるものもある。99詩には断わりがなく、ともすれば句脱と疑われかねず、511 512詩に至っては連続して書写され、十二句一首と見做されかねない情況であったので敢て引用した。

（11）花房英樹『白氏文集の批判的研究』（朋友書店、初版一九六〇年、再版一九七四年）の「総合作品表」「補遺作品」を参看し、原詩に当たった。猶、巻毎の数は次の通りである（漢数字が巻、アラビア数字が三韻律の詩数を示す）。五（2）、六（1）、七（2）、八（6）、九（5）、十（5）、一三（8）、一四（1）、一五（2）、一六（2）、一七（3）、一八（2）、一九（4）、二〇（2）、五一（2）、五二（1）、五三（2）、五四（1）、五五（1）、五七（1）、五八（2）、六四（2）、六五（3）、六六（1）、六八（2）、六九（1）、補遺（2）。

（12）「荘子濮水に釣る。楚王、大夫二人をして往きて先《みちび》かしむ。曰はく、願はくは竟内（国内の意）を以て累《わずら》はさんと。荘子、竿を持し顧みずして曰はく、吾れ聞くならく、楚に神亀有り、死して已に三千歳なり。王、巾笥してこれを廟堂の上に蔵すと。この亀はむしろそれ死して骨を留めて貴ばるることを為さんか、むしろそれ生きて尾を塗中に曳かんかと。二大夫曰はく、むしろ生きて尾を塗中に曳かんと。荘子曰はく、往け、吾れ将に塗中に尾を曳かんとすと」（『荘子』秋水篇）とある。猶「塗」を「泥塗」「泥」とする本文もあり、『芸文類聚』（巻九六・亀）『白氏六帖』巻二九・亀）などにも抄出されている。

（13）挙げた詩は太和九年（八三五）十一月の甘露の変（宰相王涯らが宦官を誅しようとして失敗した事件）の折の作。白居易は独り香山寺に遊んで、人の世の禍福定めなき事を思い、すぐれた才や高位にあればかえって害せられるから、たとえ身は賤しくとも自由に生きられる身が良いと述べている。

(14) 以下のことについては、菅野礼行『平安初期における日本漢詩の比較文学的研究』（大修館書店、一九八八年）六二一～八四頁に詳しい。

(15) 原漢文。以下、川口久雄・奈良正一『江談證注』（勉誠社、一九八四年）の理解と、稿者はやや見解を異にするので説明を補い、口語訳を示すこととする。

(16) 大曾根章介「川口久雄・奈良正一両氏の『江談證注』を読む」（『大曽根章介　日本漢文学論集』第三巻〈汲古書院、一九九九年〉）に指摘されている。

(17) 鈴木修次「『無常』考」（『中国文学と日本文学』東京書籍、一九七八年）など参照。猶、「白駒過隙」の故事は『白氏六帖』（巻一・日）『世俗諺文』（上巻・133）といった和漢の類書にも所収されている。

［後記］

本稿は白居易研究講座第三巻『日本における受容（韻文篇）』（勉誠社、一九九三年）に掲載されたものであるが、若干の加筆を行った。猶、本稿後不十分な注釈だが『本朝無題詩全注釈』全三冊（新典社、一九九二～四年）が成り、注釈書の方に既述の内容も反映されているので参照されたい。

第8章　院政期漢詩と白詩をめぐる劄記

一　『江談抄』から

大江匡房（一〇四一～一一一一）の口述を弟子の藤原実兼（一〇八五～一一一二）が筆録した『江談抄』には、よく知られているように、白居易詩をめぐる多くの言説が見えている。以下少し例を挙げてみよう。[1]

和風暁扇恐二吹尽一。清景夜明須二静看一。

これは、匡房が先般「月前惜二桜花一」と題し送った作に対して、藤原知房（一〇四六～一一一二）から届けられた同題詩の一節（天仁三年〈一一一〇〉春の作）である。匡房が「この句はどうかな」と実兼に問うと、彼は「もしかすると「夜惜二衰紅一把レ燭《（火）》看」（巻一四・0743「惜二牡丹花一二首」其一）という心でしょうか」と白詩を挙げて答え、匡房も「近いね」と応じている。

また、匡房の大宰権帥帰任（康和四年〈一一〇二〉）後、替って現地に赴任したのは黒師こと藤原季仲（一〇四六～一一一九）であったが、彼は長治二年（一一〇五）筑前竈門宮神輿事件の責任を問われて失脚し、常陸国に左遷されてしまう。[2] その流謫の地から実兼に届けられた季仲の詩に次のような一節があった。

遊子三年塵土面。長安万里月花西。

この句について実兼は以下のように論評する。[3] 「左遷の身を遊子と表現するのは不適切で、面という表現もどうかと思いますが、白詩に「遊子塵土顔（塵土游子）」（巻九・0410「出二関路一」。『新撰朗詠集』巻下・行旅602所引）とあるのを真似たものですか、どうでしょう。ですが、下句の月花は「万巻図書天禄上。一条風景月花（華）西」（巻五六・2641「和三劉郎中学士題二集賢閣一」『千載佳句』巻下・集賢閣563）とあるのを学んだものでしょうが、白詩の場合は、月華門の意で、集賢閣がその西にあることを言っている。つまり、季仲殿が用いるような空《ムーン》の月の意味ではなく、この詩はひどく奇異な印象を持ちますね」と。これには匡房も笑うばかりであったという。

　この二つの逸話は、当時の詩人達が、白詩の表現を常日頃よりかなり意識しながら詩作していたことを彷彿させる。猶、前者には、単に表現の類想をみるのみならず、春の都長安で人心を乱し賞美に狂奔させる存在であった牡丹[4]と、平安京の春の錦を織り成し、春の美を独り占めにして、やはり都人にのどかな心を失わせる桜は好一対であると、そんな意識もあったかも知れない。また、後者には白詩表現の規範性を強く印象付けられもしようか。自ら詩作する表現者としては白詩の良き理解者である必要もあったのである。

　この他、実兼は元白詩の個性的な詩語への王朝詩人達の関心についても語っている[5]。延喜十三年の内宴の折、三善清行（八四七～九一八）が「何処春先到」題で「柳眼新結糸類出。梅房欲レ坼玉瑕成」と詠んだ「糸類」（糸の結び目。ここでは柳の芽吹きを表現する）は元稹詩に「春柳黄類」云々とあるのに依るのだと。元稹と唱和した白詩にも「柳眼黄糸類。花房絳蠟珠」[6]（巻五六・2651「和二微之春日投簡陽明洞天五十韻一」）と見えるわけだが、かなり珍しく稀れな表現と言えようか。

　ともあれ、如上のような視点を意識しながら、王朝詩文や仮名散文・和歌等を読み解くことがこれまでも行われ、多くの成果を挙げて来ているわけだが、猶一層読みを深めてゆくことが望まれているように思われる。例えば、院政期の詩集『本朝無題詩』に釈蓮禅（一〇八三?～一一四九～?）が、冬の一日《あるひ》亡き兄の遺族のもとを訪れ、家族を労り悲哀の情を綴った傑作がある[7]。その一節「苔封二石面一弥添レ緑。葉満二林頭一不レ掃レ紅」には、作者の兄（遺族にとっては亡父、亡夫）という大切な存在を失った物淋しさ、虚脱感が揺曳しているのだが、それに楊貴妃を失った玄宗の心情を反映する「西宮南苑多二秋草一。宮葉満レ階紅不レ掃」（巻一二・0596「長恨歌」）を重ねることは、確かに表現者の意図により迫ることになると言って良いであろうか。[8]

二 『中右記部類紙背漢詩』をめぐって

院政期の漢詩に白詩の影響が最も顕著に見られることは既によく知られたことであろう。[9]『本朝無題詩』については嘗て言及したこともあり、[10]ここでは『中右記部類紙背漢詩』[11]中の詩を具体的に採挙げつつ綴ってみたい。初めに冒頭の逸話でも触れた藤原季仲の作品を採挙げてみよう。彼の現存する詩は数首に過ぎないが、それでもいかに白詩に学んでいたかは容易に検証できるのではないかと思う。因みに『日本詩紀拾遺』（後藤昭雄編、吉川弘文館、二〇〇〇年）から拾い出せば次のような句がある。

二三両箇鶯花月。五十一廻鶴髪霜。（「春日遊レ寺〈双輪寺〉」巻九）

別□□□桃浦浪。□□春静柳塘陰。（「春日長楽寺即事」同右）

鸚吻屢飛鶯舌滑。争堪席上老衰身。（「桃花唯勧レ酔」巻一〇）

人間此会応希有。待□絃管交□□。（「羽爵泛レ流来」巻一八）

野桃杏暖雪当レ戸。山躑躅開紅夾レ籬（「山居春」『和漢兼作集』巻三・春部下・360）

順を追って挙げれば、これらの作の背後には次のような白詩の表現類例があるとみて良かろう。

三旬臥度鶯花月。一半春銷風雨天。（巻五四・2462「病中多雨逢二寒食一」）

今年相遇鶯花月。此夜同歓歌酒筵。（巻六六・3309「春夜宴席上戯贈二裴淄州一」）

松湾随レ棹月。桃浦落レ船花。(12)　（巻五六・2664「和二春深二十首一」其十二）

十聴春啼変二鶯舌一。三嫌老醜換二蛾眉一。　（巻六七・3398「追歓偶作」）

間関鶯語花底滑。幽咽泉流氷下難。　（巻一二・603「琵琶引（行）」）

四箇老人三百歳。人間此会亦応レ稀。　（巻七一・3640「尚歯会詩」）

除二却三山五天竺一。人間此会更応レ無。　（巻六八・3498「雪暮偶与二夢得同致仕裴賓客王尚書一飲」）

最憶東坡紅爛熳。野桃山杏水林檎。　（巻一九・1216「西省対レ花憶二忠州東坡新花樹一因寄二題東楼一」）

村杏野桃繁似レ雪。行人不レ酔為レ誰開。　（巻六五・3203「過二永寧一」）

山石榴。一名山躑躅。(一)又名杜鵑花。……山石榴花紅夾レ路。　（巻一二・0593「山石榴寄二元九一」）

新昌小院松当レ戸。履道幽居竹遶レ池。　（巻五三・2386「吾廬」）

謝家別墅最新奇。山展二屏風一花夾レ籬。　（巻六七・3352「奉レ和下思黯自題二南荘一見上示兼呈二夢得一」）


ここでは白詩の例のみにとどめる。猶、元稹・劉禹錫といった所謂白詩圏の詩人達の表現や、それらをもとに形成されてきた本朝の先行詩の類似表現を付記することも決して難しいことではないが、今は省く。事はこうした特徴的な白詩の措辞・語彙表現のみにとどまらないと言うべきであろうか。

長楽寺　　藤原季仲

何因此寺置山幽　　何に因りてか　此の寺　山の幽なるに置かる
捨馬攀黛知有由　　馬を捨て　黛を攀《よ》ぢて　由有ることを知んぬ
東見嵩高千仞勢　　東のかた　嵩高千仞の勢《よそほひ》を見
西望洛水一条流　　西のかた　洛水一条の流れを望む
年光不駐老来涙　　年光駐《とど》まらず　老来の涙

落日沈々将去処　　落日沈々として　将に去らんとする処
凫鐘屢動路悠々　　凫《ふ》鐘　屢《しばしば》動《うなが》すも　路は悠々たり　（巻九）

右の本文は『日本詩紀拾遺』によって挙げたが、近刊の注釈（中村璋八・伊野弘子訳注『中右記部類紙背漢詩集』汲古書院、二〇一一年）はその翻刻にかなり問題のある『平安鎌倉未刊詩集』（図書寮叢刊、一九七二年）を用い、第三句の「嵩高」を「嵩丙」に作る。もともとこの紙背漢詩は浄書された筆写本ではなく、かなり崩れた字体も多く、読みとりにくい部分や明らかに誤写と思われる箇処もあって、校訂には聊か慎重さを要求されるように稿者は思う。[13]「嵩丙●」では平仄も合わないので「嵩高○」が勿論正しい。実は白詩の名句に「嵩山表裏千重雪。洛水高低両顆珠」（巻六五・3182「八月十五日夜同㆓諸客㆒翫㆑月」『千載佳句』巻上・八月十五日夜252『和漢朗詠集』巻上・十五夜243）の対がある。おそらくそれを意識しつつ季仲は、東山を嵩山、鴨川を洛水に見立てて表現しているものと考えられる。また、「一条流」には、例えば「野店東頭花落処。一条流水号㆓羅敷㆒」（巻六五・3205「羅敷水」）「龍門翠黛眉相対。伊水黄金線一条」（巻五六・2699「五鳳楼晩望」）などの白詩句が喚起され、殊に後者は第一句の「攀黛」（山に登る意。黛が山の比喩となるのは表現の一般）というやや奇異な表現とも絡む要素を前句に有している点でも注意されるか。もっともこれらの表現は必ずしも白詩にのみ見られるものではないであろうが――例えば詩中の「年光」「不駐」「老来」「世事」「花下」「沈々」「悠々」などの類も――、白詩でも見馴れた表現・語彙であることは一応押さえておかねばならないのではなかろうか。

当時の詩人達の白詩への思慕は改めて説くまでもないのだが、本書中に明示される句を引けということなら、次の例に如くはあるまい。

楽天麗句心攸慕　　楽天が麗句は　心に慕う攸《ところ》
玄晏虚詞口不陳　　玄晏が虚詞は　口に陳《の》べず　（源時綱「春日遊㆓長楽寺㆒即事」巻九）

この前句には実は磨滅していてかなり読みとりにくいが、次のような注記がある。

　白楽天曰、逢春不遊楽恐為度人。故云。

図書寮叢刊『平安鎌倉未刊詩集』『日本詩紀拾遺』や中村・伊野前掲訳注書のいずれも同文であるが、このままでは文意が通じない。こうした注記のスタイルからすると、本来は「白楽天曰。逢レ春不ニ遊楽一。但恐是癡人。故云」とあるべきで、「春遊」（巻六三・3039）詩末尾二句の引用であったはずである。校訂・訳注に当たってはその程度の目配りは必須のものと思われるが、それはともあれ、王朝漢詩人達が白詩に頗る学んでいるということは、逆にそれによって生じる類型性故に、本朝詩の書写上の誤りや誤読を修正する資としても『白氏文集』は時に有効でありうるということになろう。

　端的な例を挙げてみたい。本書の一部の影印を所収する『平安詩文残篇』（天理図書館善本叢書和書之部第五七巻、八木書店、一九八四年）三〇七頁「春日遊ニ長楽寺一即事」と題する源基綱（一〇四九～一一一六）の作は、

　一尋勝地洛陽東景珊闌思不窮……

と確かに書写されている。これを翻刻した本文は、

　一尋勝地洛陽東　□景珊闌思不窮　（『日本詩紀拾遺』一七八頁）

　一尋勝地洛陽東　景□珊闌思不窮　（図書寮叢刊翻刻。『中右記部類紙背漢詩集』三四七頁）

の二種であるが、気になるのは脱字の位置と「珊闌」（因みに顛倒符号は付いていない）の語彙である。実は白詩に次のような句が見えている。

　笙歌惆悵欲レ為レ別。風景闌珊初過レ春。　（巻五七・2721「別ニ陝州王司馬一」）

　盃盤狼藉宜レ親レ夜。風景闌珊欲レ過春。（巻六六・3259「酬下鄭二司録与ニ李六郎中一寒食相遇同宴見上レ贈。」『千載佳句』巻下・春宴699）

これを案ずるに、基綱は本来「風景闌珊思不レ窮」（闌珊は衰える意。顚倒した語形は通常ありえない）と作ったはずが、書写の過程で字脱のみならず誤写されてしまったのではないかと稿者は考えたいということなのである。

三 「上陽春」異聞

大和三年（八二九）春のこと、白居易は親交のあった令狐楚（七六五〜八三六）が東都（洛陽）留守となって赴任するのを見送る、次のような詩を作している。

翠華黄屋未東巡　　翠華黄屋　未だ東巡せずして
碧落青嵩付大臣　　碧落青嵩　大臣に付す
地称高情多水竹　　地は高情に称《かな》ひて　水竹多く
山宜閑望少風塵　　山は閑望に宜しく　風塵少なし
龍門即擬為遊客　　龍門には即ち擬して　遊客為《た》らんとし
金谷先憑作主人　　金谷には先づ憑《よ》りて　主人と作《な》らんとす
歌酒家々花処々　　歌酒は家々にあり　花も処々にあれば
莫空管領上陽春　　空しく上陽の春を管領すること莫《な》かれ
（巻五六・2648「送二東都留守令狐尚書赴レ任」）

天子様の御車の東都への行幸未だなく、碧く澄む空や青々と聳える嵩山も御留守居役令狐楚大臣様に付託されることとなりました。洛陽の地は水竹多く、気高き大臣様の御心にふさわしい地でございますし、風塵も少なく、嵩山も心ゆったりと眺められる良き処かと存じます。南の名所龍門にお出かけになり遊ばれるのもよろしいでしょうし、あの晋の石崇の金谷園縁《ゆかり》の地を訪れ宴を主催されるのも一興かと存じます。とにかく、洛陽の春といえば歌舞や酒宴はどの家々でも楽しまれておりますし、花ばなも到る処にございまして風情に富む処でございますから、どうかその上陽の春を無駄になさらず満喫なさって下さいますように……というような内容であろうか。この作の尾聯は殊に本朝でも愛唱されたようで、『千載佳句』（巻上・春興42）や『和漢朗詠集』（巻上・春興20）にも採られているのだが、今ここでは、その末句の「上陽春」の解釈をめぐる些事について記してみたい。

近代の代表的な『和漢朗詠集』注釈書の一つである柿村重松著『和漢朗詠集考証』（芸林舎、一九七三年）を披見すると、前掲所引句の「証説」に「上陽は上陽宮にして東都にある宮殿の一なり。管領は領有して我が物とするをいふ。留守として東都に赴かば上陽宮裏の春、即ち東都の春を領して徒に之を過ごすことなかれ」（巻上。二一頁）と見える。即ち「上陽」とは上陽宮、ひいては東都洛陽を指すとするが、首肯すべき見解であろう。(14)

因みに、

驪山雪夜。上陽春朝。　（陳鴻「長恨歌伝」『白氏文集』巻一二・0596付載）

上陽落葉飄二宮樹一。中渡流澌擁二渭橋一。　（巻五七・2785「馬上晩吟」）

清洛暁光鋪二玉簟一。上陽霜葉剪二紅綃一。　（劉禹錫「初冬」『千載佳句』巻上・冬興218『新撰朗詠集』巻上・初冬333）

なども前述の意の範疇で解されようし、次のような本朝の用例もそれらと同一線上にあるものと考えられる。

中殿曙香従レ吹染。上陽春色被二煙陶一。(15)　（都良香「陽春詞」『新撰朗詠集』巻上・春興18）

清涼秋景、空入二旧思一。上陽春色、常在二夢寐一。　（兼明親王「施無畏寺鐘銘」『本朝文粋』巻一二・369）

鶴髪八旬商嶺雪。鶯声百囀上陽春。　（藤原盛方「花綻老人家」『和漢兼作集』巻二・春部中・267）

五夜褰レ霜中殿暁。一生向レ雪上陽秋。　（源師時「明月照二床帳一」『和漢兼作集』巻七・秋部中・680）

白髪新添辺塞雪。紅顔暗老上陽霜。　（大江匡房「月下有二幽情一」『別本和漢兼作集』83）

貴彩不レ慙翁子帰。華顔還咲上陽紅。　（「花木逢二恩賞一」『法性寺関白御集』）

旧友不レ帰東嶺暁。外人還見上陽秋。　（藤原顕長「月下過二親疎一」『和漢兼作集』巻七・秋部中・681『別本和漢兼作集』126）

ところが、冒頭白詩句「上陽春」の『和漢朗詠集』の古注釈(16)には、前述のような場所に関わる意味の指摘は一切されておらず、全く異なる次のような記述が見られるばかりなのである。

上陽者、上春歟。　（書陵部本・東大本『和漢朗詠集私注』）

上陽春者、初春也。　（東北大学本『和漢朗詠註抄』）

陽者、春ノ始ト云心也。　（国会図書館本『和漢朗詠注』）

上陽トハ春ノ名也。春夏ハ陽ノ時ナリ。秋冬ハ陰ノ時也。春ハ陽ノハシメナレハ、上陽トハ云也。　（『和漢朗詠集永済注』）

上陽ト者、春ノ名也。春夏ハ陽ナレハ、春ハ上陽也。秋冬ハ陰ノ時也云々。　（『和漢朗詠集和談鈔』）

これらの記述に依れば「上陽」とは場所を意味するのではなく、時期に関わる語であって、春のはじめの意であるということになる。

先に挙げた柿村重松は「上陽は東都即ち洛陽に上陽宮があるので、洛陽の意味に用ひてある。これを平安時代の文人は誤って正月の義に用ひてゐるのがある」（『和漢新撰朗詠集要解』四頁。目黒書店、一九三一年）とも指摘していた。その「平安時代の文人」の具体例は、彼の名著『本朝文粋註釈』（冨山房、一九二二年初版。稿者は一九七五年新修版再版を用いる）に次のような用例があることを念頭に置き記していたものと推定される。

上陽子日、野遊厭レ老。　（菅原道真「扈二従雲林院一不レ勝二感歎一聊叙レ所レ観詩序」巻九・235）

内宴者、本是上陽之秘遊也。上陽喜気与レ古不レ同。　（菅原文時「同賦三鳥声韻二管絃一詩序」巻一一・340）

ここに見える子日《ねのひ》や内宴と結びついた「上陽」は「上陽は猶ほ孟陽といふが如く正月をいふなり」（『本朝文粋註釈』下冊。一八七頁）と解する他ない用例であろう。猶、管見に依れば他に次のような用例を拾うこともできようか。

俗事随□□夜尽。幽心独対上陽新。　（惟氏「奉㆑和㆓除夜㆒」『経国集』巻一三・171）

不㆓是吹㆑灰案㆑暦疎㆒。浅春暫謝上陽初。　（『菅家文草』巻六・445「同賦㆔春浅帯㆓軽寒㆒」）

一月冬加雖㆑未㆑綻。上陽時至便応㆑開。[17]　（具平親王「歳暮思㆓春花㆒」『類聚句題抄』95）

梅含㆓雞舌香㆒。上陽紅鰓垂。[18]　（大江匡房「参㆓安楽寺㆒詩」『本朝続文粋』巻一）

芳年華月、上陽下旬。張㆓楽懸㆒而奏㆓歌舞㆒、為㆓詩席㆒而供㆓文章㆒。
（同「早春内宴陪㆓安楽寺聖廟㆒同賦㆓春来悦者多㆒詩序」同巻八）

携㆓林松㆒而徘徊、齢伴㆓千年之陰㆒。誠是上陽之佳猷、却㆑老之秘術者也。
（藤原季仲「早春詠㆓子日㆒和歌序」同巻一〇）

これらも「上春〈上陽・上月・端月〉孟春……以上正月」（『文鳳抄』巻一・歳時部早春・正月）と解すべきものである。惟氏「奉㆑和㆓除夜㆒」の注釈（『国風暗黒時代の文学　下Ⅱ』塙書房、一九九五年）で小島憲之博士も「ここは天上の陽気の意。『漢書』（巻二七上・五行志）〈成公十六年正月、雨木氷。劉歆以為、上陽施不㆓下通㆒、下陰施不㆓上達㆒……〉は、その一例。即ち新年の空の陽気、暖気がこの詩の〈上陽〉の意」（三六四〇頁）と注記されている。[19]

　ところで、鎌倉時代に編された『賦光源氏物語詩』（写本の中には正応四年〈一二九一〉付の序文を有するものもある）の「初音」詩は次のように詠まれている。

熙々衆庶楽皆均　　熙々たる衆庶　楽しみ皆均し

歳立帰空霞聳晨　歳立ち帰る空　霞聳ゆる晨《あした》
松契遐年初子日　松は遐年を契る　初子《はつね》の日
草穿残雪上陽春　草は残雪を穿つ　上陽の春
黄鶯軟語馴珠砌　黄鶯の軟語　珠の砌に馴れ
紫麝異香染錦茵　紫麝の異香　錦の茵《しとね》に染《し》む
故妾為尼唯向仏　故妾尼と為り　唯だ仏に向かふのみにして
憑君之外少交親　君に憑《よ》るの外《ほか》　交親少《まれ》なり

初音巻は光源氏三十六歳、正月の六条院のめでたさを物語る内容となっている。詳しくは別稿[20]に譲るとして、注目したいのは勿論第四句に冒頭の白詩句同様に「上陽春」と見えているということである。「初子日」という時期を表わす語との対であることもふまえ、頷聯の意味を綴れば、子日には小松を引いて長寿を祈るのだが、春の初めの正月ということで、草は消え残った雪をうがつように伸び始めている、ということになる。即ち『朗詠』古注釈書の意味を継承していることは明白であろう。

これ迄用例を一瞥してきたように、「上陽」には、上陽宮やその存在する洛陽という地理的場所を指す意と、上春という時期を表わす両意があり、使い分けられていたことが了解されると思うが、ここで後者について若干付記しておきたい。前掲の小島博士も引かれてる『漢書』の例を案ずるに（季節の変化を陰陽の循環で説明することになる）、天の上の陽の気がまだ天の下にまで広がり行渡っていない時期（状態）、それは即ち春先の正月のことだ、という理解に立つものであろう。管見ではその意味での中国側の適例を見出せずにいるが、本朝の例としては如上の惟氏「奉㆑和㆓除夜㆒」詩の例が最も早いようだ。とすれば、数は少ないながらも、平安朝詩文に見える「上陽＝上春・正月」の端緒は平安初期の勅撰漢詩集の時代に発すると考えて良いのだろうか。以下は稿者の臆測になるが、子日や内宴に関わる作に用例が散見することから、生前「儒林之翹楚、文苑之英花」（紀長谷雄「賦三桂生二三五夕一詩序」『本朝文粋』巻八・208）、後に「文道之祖、詩境之主」（慶滋保胤「賽二菅丞相一願文」同上巻一三・400）などと敬仰される菅原道真の作「上陽子日、野遊厭レ老」（「扈二従雲林院一詩序」『菅家文草』巻六・431『本朝文粋』巻一三・400）の一節がよく知られ、継承されたものではないかと思われてならないのである。『朗詠』古注の記述は必ずしも院政期以後の理解をのみ提示しているわけではないと思うのだが、冒頭白詩の用語を道真の用例の意をもって解しているという印象を稿者は拭いきれずにいる。

四　柿の紅葉の周辺――むすびにかえて――

もう三十年近く前のことになるが、院政期の漢詩集を読んでいた頃、紀行唱和詩を成したこともある二人、即ち藤原周光（一〇七九?～一一五八?）と釈蓮禅の双方に、それまでの日本漢詩に殆ど見ることのなかった柿の葉が詠まれていたことに気付いた。それは次の作である。

稲花戸外追風馥　　稲花は　戸外に　風を追ひて馥《かぐは》しく
柿葉墻陰学雨疎　　柿葉は　墻陰に　雨を学びて疎なり
（釈蓮禅「摂州兎原旅宿即事」『本朝無題詩』巻七・481）

竹梢園廃緑猶在　　竹梢　園廃《すた》るるも　緑猶し在り
柿葉窓寒紅半零　　柿葉　窓寒くして　紅半ば零《お》ちたり
（藤原周光「秋日遊二世尊寺一」同巻九・581）

殊に周光の紅葉した柿の葉[21]が強く印象に残ったのは、稿者の郷里の前庭の柿の大木――但し平成十九年の新潟県中越沖地震の為一変したが――を想起したからであろう。子供の頃はその熟した実を楽しんだ後、やや大きめのその葉が黄色や紅色に変わってゆくのをよく眺めていたものだった。柿は身近で生活に密着した存在であったと思うのだが、和歌や漢詩などには古くあまり詠まれていないのはどういうわけなのか。その問いに今稿者は答えることはできないが、彼ら二人が漢詩に詠んだ背景には、白詩に次のような句があったからではなかっただろうか。

桑条初緑即為レ別。柿葉半紅猶未レ帰。（巻一四・0777「寄レ内」）

李家哭泣元家病。柿葉紅時独自来。（巻一九・1252「慈恩寺有レ感」）

[22]和歌の方では（物名として詠まれるのは除く）、周光より少し先輩の院政期の歌人源仲正の詠、

柿の実は残りて葉のみ散りぬるを見て

世の中に嵐の風は吹きながら実をば残せる柿のもみぢ葉（『夫木和歌抄』巻二九・14086）

が早いものだろうか。この後、鎌倉期に次第に見えるようになるものの、詩歌共に恐らくは白詩によって院政期に再発見された素材だったと言っても良いように思うのだが、どうであろう。

柿の紅葉と言えば、『伊勢集』（1番冒頭歌の詞書）や『馬内侍集』（86番歌詞書）にも見え、「かきのもみぢ」「かきのした葉」に和歌を書いて贈ったりしたことも見えている。これについては、柿の落葉は肥大で書写に都合良い（『爾雅翼』）とか、唐の広文博士鄭虔が紙の無いのに困って慈恩寺（前掲白詩1252参照）の柿の紅葉で学書した（『太平広記』巻二〇八・鄭広文）[23]という逸話をふまえたものかという見方もあるようだ。

また、『俊頼髄脳』には藤原惟規歌に絡めて、所謂「紅葉題詩」[24]説話が語られ、『今昔物語集』（巻一〇・震旦呉招孝見二流詩一恋二其主一語第八）にも見えて、いずれも柿の紅葉に男女が詩を書きつけて思いを通わせることになっている。もとは中国説話にあるものであろうが、類話を記す『後二条師通記』（寛治七年正月二十三日条「唐代事言語云……」）や『太平広記』（巻一九八・顧況、盧渥）『古今合璧事類備要』（巻六一）などでは柿の紅葉に書いたとは記していない。猶、この逸話については中国渡来の詩話書との関連の可能性を指摘する見解[25]もあって興味深い

が、本朝説話のように何故柿の紅葉なのかについて、稿者はうまい説明ができず、かと言って、鄭虔と呉招孝説話の合体したものだ、などと安易に決めつけることも憚られる。猶、博雅の士の御指教を仰ぐことができれば幸いである。

［注］

（1）『江談抄』（第四・123 124話）。以下訳出に当たり新日本古典文学大系本（後藤昭雄注、岩波書店、一九九七年）の本文・注の学恩に預った。

（2）戸田芳実「山門強訴と公卿流罪」（『中右記―躍動する院政時代の群像―』そしえて、一九七九年）に詳しい。

（3）実兼評とは異なる、季仲の表現を支持する視点から少し触れているのが拙稿「院政期の漢詩世界序説（五）―匡房から忠通へ―」（『北陸古典研究』28号、二〇一三年十一月）。

（4）石田幹之助「長安の春」（『増訂長安の春』東洋文庫91、平凡社、一九六七年初版）に詳しい。

（5）『江談抄』（第五・６糸類字出二元稹集一事）。

（6）那波本「絳」に作る。異体字としてよくあるパターンでもあるが「絳」が正しい。この一聯は「黄」と「絳」（あか）の色対がポイントでもある。

（7）「冬日向二故右京兆東山之旧宅一視聴所レ催潸然而賦矣」（『本朝無題詩』巻七・463）。

（8）静永健「「黄葉」が「紅葉」にかわるまで」（『漢籍伝来―白楽天の詩歌と日本―』勉誠出版、二〇一〇年）参照。猶、『本朝無題詩全注釈』（全三冊、新典社）は稿者二十代後半から三十代前半にかけての仕事であり、誤りや不備も少なくない。改稿を期したいと思っているところでもある。

（9）太田次男「白詩受容考―『香鑪峯雪撥簾看』について―」（『芸文研究』33号、一九七四年）の指摘が早いものであろう。

（10）拙稿「『本朝無題詩』の表現世界」（『王朝漢文学表現論考』和泉書院、二〇〇二年）「本朝無題詩と白詩」（白居易

研究講座第三巻『日本における受容（韻文篇）』勉誠社、一九九三年。本書第7章所収）では前掲太田論文の驥尾に付き具体例をいくばくか呈示し検証を行った。

（11） この詩集については「専門文人以外の貴族官僚の詩作を多く所収し」「平安後期における詩作の場、詩人層の拡大という漢詩文世界の裾野の広がりを示す」が、「内容は平板で類型的な発想・表現の詩が多く、作品として完成度が高いとは評価しがたい」（後藤昭雄執筆。『日本古典文学大事典』明治書院、一九九八年）と評価される。近時、中村璋八・伊野弘子訳注『中右記部類紙背漢詩集』（汲古書院、二〇一一年）も出版されたが、猶課題も多い。

（12） 拙稿「桃浦」（『王朝漢文学表現論考』和泉書院、二〇〇二年）参照。

（13） 拙稿「院政期の漢詩世界序説（四）―大江匡房とその時代―」（『北陸古典研究』27号、二〇一二年十一月）でもその一端に触れた。

（14） ごく最近の和歌文学大系（佐藤道生校注、明治書院、二〇一一年）や角川ソフィア文庫（三木雅博校注、二〇一三年）も勿論この立場に立つ。

（15） 柳澤良一『新撰朗詠集全注釈 一』（新典社、二〇一一年）一六〇～一頁は行届いた注釈で、「上陽」に洛陽のある県名、上陽宮、正月の意があるとし、以下の兼明親王・源師時の用例も掲げ、各々「清涼（殿）」に対する「上陽（宮）」、「中殿」（通常清涼殿とされるが、良香の句は内宴での作と考えられ、この頃行われていた場の仁寿殿を指すだろう）に対する「上陽（宮）」として場所の対とされているが、稿者もそれに従う。猶、後掲の匡房の作には「上陽人、紅顔暗老白髪新」（「上陽白髪人」『白氏文集』巻三・0131）、顕長の作には「秋夜長……外人不レ見見応レ笑、天宝末年時世粧」（同上）の措辞が背後に喚起され、忠通の作には「翁子」（朱買臣の字。『蒙求』227買妻恥醮の故事で衣錦夜行の成語でも知られる）という人物の対になっていることからやはり「上陽白髪人」を念頭に置いて賦しているものと考えられる。

（16） 黒田彰・伊藤正義・三木雅博編『和漢朗詠集古注釈集成』全三巻四冊（大学堂書店、一九八九～九七年）の翻刻に依る。

（17） 『類聚句題抄全注釈』（和泉書院、二〇一〇年）三二四～五頁参照。

(18) 鰓は腮・顋に同じ。「両朶紅顋花欲レ綻」(巻四・0162「塩商婦」)「蘇家小女名簡々、芙蓉花腮柳葉眼」(巻一二・0604「簡々吟」)などとある白詩をへて道真詩にも受継がれたことは、拙稿「王朝漢詩の表現世界―王朝詩と白詩と―」(『王朝漢文学表現論考』所収)でも触れている。

(19) 『漢書』五行志の記事は『大漢和辞典』の「上陽」の項の「天上にある陽気」の意味の例として記されているが、『角川大字源』(一九九二年)の「上陽」の同じ意味の項には件の白詩「莫三空管二領上陽春一」が例示されている。それは恐らく『朗詠』の古注釈の記事の反映であろう。

(20) 拙稿「『賦光源氏物語詩』を読む(六)―薄雲・槿・未通女・玉鬘・初音―」(『北陸古典研究』29号、二〇一四年十一月)参照。

(21) 猶、現存する平安朝詩では、釈蓮禅・藤原周光の前に「前庭雨冷苔花白。後苑秋深柿葉紅」(藤原季綱「暮秋田家」『和漢兼作集』巻八・秋部下・890)があり、彼らの後の平安朝詩には他に「石池水浅芹根白。山館霜寒柿葉紅」(藤原範季「暮秋於二西郊一呈二所懐一」同上・891)が見えるくらいかも知れない。

(22) 平田喜信・良崎壽著『和歌植物表現辞典』(東京堂出版、一九九四年)による。

(23) 『太平広記』は『尚書故実』(唐・李綽撰)からの引用である。この逸話は後に『新唐書』(巻二〇二・鄭虔伝)『唐才子伝』(巻二・鄭虔)などに継承されている。

(24) これについては資料を博捜された岡本不二明「紅葉題詩故事の成立とその背景について」(『唐宋伝奇戯劇考』汲古書院、二〇一一年)が詳しい。

(25) 柳瀬喜代志「中国文学と平安朝文学―漢籍受容の一、二のかたちをめぐって―」(『日中古典文学論考』汲古書院、一九九九年)参照。

[後記]

本稿は『白居易研究年報』第15号(勉誠出版、二〇一五年三月)に掲載されたものであるが、若干の加筆を行った。

第9章　王朝漢詩の飲酒詠管見

――語彙・故事をめぐる覚書として――

一　上代の飲酒詠

酒は楽・舞と並んで宴には欠くべからざるものであり、杯を傾けては、君徳に酔い、雅趣を賞し、積もる憂いを慰め、世俗を忘れ、宴客の心を通わせる良き媒《なかだち》であると言うことができようか。言うまでもなく、中国詩にはしばしば飲酒の表現が見えるし(1)、陶潜（三六五〜四二七）・李白（七〇一〜六二）・白居易（七七二〜八四六）のように好んで飲酒詩を成した詩人もいるが、ここでは、平安朝の漢詩の世界に絞って、その表現の一端を垣間見てみようと思う。その前に、先立つ上代文学世界――『万葉集』『懐風藻』に限定する――のそれにも聊か触れておかねばなるまい。

『懐風藻』には百二十篇の詩が残るが、そのうち酒乃至はそれに関わる表現を持つ詩は三十七首（他に序などで三篇）あり、その殆どすべては宴に於ける作（或は宴を念頭においてよさそうな作）である。しかも飲酒の表現は宴詩に詠み込まれる一素材の点綴の域に留まって、それが漢詩そのものの主体を成すまでには至っていない。ここでその語彙や表現を拾い出せば次の如くである（カッコ内数字は漢詩の作品番号）。

(1)傾レ盞共陶然　(10)但事酌二春觴一　(13)宴飲遊二山斎一　(15)酒中沈二去輪一　(19)今日良酔レ徳。誰言湛露恩

(20)文酒乍留連　(21)雲罍酌二烟霞一　(28)酌レ醴碧瀾中　(30)文酒事猶新　(37)文酒啓二水浜一　(38)琴酒開二

芳苑一　(50)含レ霞竹葉清　(51)対レ峰傾二菊酒一　(52)広闢琴樽之賞……羽爵騰飛。混二賓主於浮蟻一。……酔レ我以二五千之文一　(54)唯恨盞遅来　(55)置酒引二搢紳一　(59)泛レ爵賞二芳春一　(60)盃酒皆有レ月　(61)竹葉禊庭満　(62)琴樽叶二幽賞一　(63)相顧鳴鹿爵　(65)祖餞百壺。敷二一寸一而酌二賢人之酎一。……觴兮詠兮　(66)霞色泛二鸞觴一　(70)樽五　斉濁盈　(71)傾一斯浮菊酒一　(75)琴樽興未レ已　(77)置酒開二桂賞一　(78)椒花帯レ風散。柏葉含レ月新　(81)流霞酒処泛　(82)宝斝歓二琴書一　(83)満酌自忘レ塵　(84)琴樽宜二此処一。……飽レ徳良為レ酔。伝レ盞莫二遅々一　(86)琴樽促レ膝難　(88)左二右琴樽一。琴樽何日断。酔裏不レ忘レ帰　(90)泛菊丹霞自有レ芳　(94)対レ酒当レ歌。……一曲一盃尺二歓情於此地一。……一酔之飲。伯倫吾師。……樽傾人酔。陶然不レ知二老之将レ至也　(95)清夜琴樽罷　(97)金罍月桂浮　(98)琴樽猶未レ極　(101)適逢文酒会

これらについて付言するならば、語彙・表現において、六朝詩文の表現世界と殆ど合致すると言っても良いであろう。

また、『万葉集』についても、政治・宗教的場や文遊の場で酒を詠む歌が見えている――蓋しこれは上代社会にあってはごく一般的――が、それにつけても注目すべきは、やはり大伴旅人「讃酒歌十三首」（巻三・338〜350）とその系に連なる沈思傾杯的世界を有する作ではなかろうか。殊に前者は酒を和歌詠の中核素材に据えた点において、後世に照らしても極めて特異な和歌作品であると言って良い。それらについて、「酒はようやく公のものから個のものへと移行する。それは酒の普及に伴い、酒が神のものから離れて人のものになっていくことと大きくかかわってくる。そこにはもはや上代歌謡にみられた朗笑のひびきは消え独特の哀感が漂う」(2)と位置付けられたりする――それに強いて諍うわけではないけれど――が、実はそれを可能にしたのは、中国六朝詩に見られる飲酒詠（酒にまつわる故事・逸話も含む）の表現の系譜なのであって、「酒の普及」などというものではなく、詩歌人の表現の思惟に負うものなのではなかっただろうか。端的に言えば、「讃酒歌」において、旅人は漢詩的世界を取込み表現す

ることによって、はじめて酒を「公から個へ」「神のものから人のものへ」移行させることに成功したのであって、その発見（共感）の持つ意味は決して小さくはないであろうと、稿者は忖度するわけなのである。

しかし、それ以後、酒は中古・中世に至っても、決して和歌の素材の中核に据えられることはなかったと言って良いだろう。その事と、以後に展開される本朝漢詩に見える飲酒表現の多さとを比べてみる時、奇異な思いを抱かずにはいられないのは稿者のみではあるまい(3)。

二　勅撰漢詩集の時代の飲酒詠

さて、平安初期の勅撰漢詩集の時代は、嵯峨天皇を中心に文宴が頻りに催されたことはよく知られている。その中に飲酒が詠み込まれているのは言うまでもないが、資料の制約か——残存詩数が少ない——、そう多く詠まれている印象はなく、故事もあまり多岐にわたるという様相は見せていないように思われる。

嵯峨帝は諸詩人中比較的残存詩が多く、「閑酌酔、独棹歌」（「漁歌五首」其四『経国集』巻一四・219）とあって、屈原の故事（「漁父辞」。『蒙求』309屈原沢畔・310漁父江浜）を嗅わせたり、「鱸魚膾、蓴菜羹」（「漁歌五首」其五・220）の酒肴あたりに、張翰の故事（『世説新語』識鑑10話『蒙求』487張翰適意）を仄めかすものもある。また、「粉葩寂々無二人見一。独携二菊酒一攄二情素一」（「九日翫二菊花一篇」『経国集』巻一三・138）あたりには、「延寿時浮王弘酒。空嗟盈把夕陽曛」（源明「九日翫二菊花一篇」同上・139）同様、陶潜——唐代に入って再評価が進んだ——の故事を(4)詠み込むあたりに、本朝詩としては新味が見られるようにも思うのだが、それらは唐代類書（ほぼ初唐以前の表現ということになるか）の一端を援用しているものと言って良かろう。以下に挙げるこの時期の飲酒句は大旨この類に入るものと思われる。

「同茲沾二徳寓一。具酔也融々」（賀陽豊年「三月三日侍宴応詔」『凌雲新集』38）「既酔仍餘舞」（高丘弟越「三月三日侍二宴神泉苑一」同上79）「乍往乍還浮二御盞一。……況復微臣酔二恩巵一」（同「神泉苑賦二落花一篇」同上80）「金罍百味自能醇」（小野岑守「賦二落花一篇」同上56）「人無更少時須惜。年不二常春一酒莫レ空」（小野篁「春光細膩」『和漢朗詠集』巻上・暮春47）「今夕即重陽。月樽唯是更生レ香」（巨勢識人「九日林亭賦得二山亭明月秋一応二太上天皇製一」『経国集』巻一三・146）「時菊盞中浮」（嵯峨帝「重陽節神泉苑同賦二三秋大有レ年」句題は王維の句。『凌雲新集』6）「登レ高欲レ訪費長房。湌レ英閑作湘南客」（滋野善永「翫二菊花一篇」『経国集』巻一三・140）

これらの作は、三月三日宴、それに准ずるとされた九月九日（重陽）宴、更には嵯峨帝の創始した花宴・内宴などにおける作で、儀式としての公宴と絡むことは言うまでもない。

「欲レ酌二春醪一心自寛」（勇山文継「春日左将軍臨況」『文華秀麗集』巻上・15）「酒湛情弥暢」（賀陽豊年「同下元忠初春宴二紀千年池亭一之作上」『凌雲新集』42）「渓厨作二酌濁一。……倶酔晩林虚」（嵯峨帝「良納言秋山閑飲」『経国集』巻一三・143）「唯餘琴酒事。併是竹林風」（伊福部永氏「冬日友人田家被レ酒」同上183）「方惜二暌離一但有レ觴」（巨勢識人「春日餞三野柱史奉レ使存二問渤海客一」『文華秀麗集』巻上・24）

なども、公宴ではないにしろ、私的な詩宴の場の作と見做して良いものであろう。こうした類に比すれば、

寒牖五生花。空厨一罇酒。已迷帝王力。安弁天地久。口分一頃田。門外五株柳。差堪レ助二貧興一。何事貪（更）二富有一。

（淡海福良満「早春田園」『凌雲新集』75）

聞道重陽至。秋中菊酒情（清）。巻レ簾傷二暮節一。把レ盞歎二頽齢一。彭沢黄花味。斉諧赤実馨。非レ無二登望憶一。

唯力不レ堪レ行。（良岑安世「病中九日飲」『経国集』巻一三・145）

などは、集団の宴を離れた作で、独詠の飲酒詩につながる作とみて良いであろうか。が、全体としては、飲食を積

極的に詩に詠み込もうという意識は後世程に強くなく、類書世界を脱しようとする傾向もあまり見られないと言って良さそうである。そうした飲酒詠に少しく変改——語彙・表現・故事の多様化——を加え始める詩人ということになると、やはり島田忠臣（八二八～九二）や菅原道真（八四五～九〇三）を挙げねばならないようである。忠臣や道真は決して真の意味で愛酒家であったわけではないが、その作品にはこれまでの詩人とは異った表現を見出すことが可能のように思われる。

三　島田忠臣から菅原道真へ

道真の飲酒詠が、偉大な詩人と仰ぐ白居易の姿勢に倣おうとする自覚に発していることは、既に坂本太郎の論[5]に述べられているが、その師の忠臣の場合も、恐らくは基本的にはそれと大差はなかったのではないかと思われる。忠臣の飲酒詠において、白居易と関わるという点で、先ず何より挙げておかねばならぬのは、

飲酒卯前及二百鍾一。黄昏主客酔相従。（『田氏家集』巻下・195「毒酔吟呈二座客一」）

ではあるまいか。卯とは時刻で午前六時頃、即ち朝を言う。朝酒すること、その酒を、卯飲・卯酒と言うのだが、飲酒に卯という時刻を絡めて詠むことについては、既に「楽天は甚だ之を愛し、往々詩に詠じてゐる。我国でも楽天の詩が流行した影響からか、卯酒を〈ばうす〉と読んで朝酒のこととしている[6]」と指摘されているように、酔吟先生白居易の次のような詩に出るものであって[7]、それ以前には見えぬものであるようだ。

明日早花応二更好一。心期同酔二卯時盃一。（『白氏文集』巻一七・1055「薔薇正開春酒初熟……」）

麹神寅日合。酒聖卯時歓。（同巻二〇・1347「与諸客空腹飲」）

未レ如卯時酒。神速功力倍。（同巻五一・2223「卯時酒」）

空腹嘗二新酒一。偶成二卯時酔一。　（同巻五二・2271「和嘗新酒」）

卯時偶飲斎時臥。林下高橋橋上亭。　（同巻五八・2842「橋亭卯飲」）

午茶能散レ睡。卯酒善銷レ愁。　（同2879「府西池北新葺水斎」）

耳底斎鐘初過後。心頭卯酒未レ消時。　（同・2895「酔吟」）

臘月九日煖寒客。卯時十分空腹盃。　（同巻六四・3107「藍田劉明府携酎相過与皇甫郎中卯時同飲酔後贈之」）

空腹三盃卯後酒。曲肱一覚酔中眠。　（同巻六八・3507「閑楽」）

卯飲一盃眠一覚。世間何事不二悠々一。　（同巻六九・3568「卯飲」）


本朝詩では、管見によれば忠臣詩に初めてこの表現が用いられたとみてよさそうである。その後の眼に触れたものの一端を挙げれば次の如くである。

野酌卯時桑落酒。山畦甲日稲花風。　（紀斉名「田家秋意」『和漢朗詠集』巻下・田家567）
卯時霞暖樽中桂。子月花寒砌下梅。　（藤原明衡「炉辺閑談」『本朝無題詩』巻五・353）
午時薬餌携二茶竈一。卯刻芳醪酌二桂樽一。　（同「暮秋城南別業即事」同巻六・397）
卯飲囿中桑葉露。西収郭外稲花雲。　（藤原有家「田家」『和漢兼作集』巻七・秋部中・751）
卯飲先催朝冴処。酣歌漸唱暮消程。　（藤原宗光「対レ雪唯斟レ酒」『中右記部類巻七紙背漢詩』）
卯時要レ飲江村霧。亥日成レ群沙岸風。　（藤原周光「賦二漁父一」『本朝無題詩』巻二・85）
卯時訪レ艶唯羞レ酔。秋後変レ粧猶忘レ憂。(8)　（平時宗「酌レ酒対二残菊一」『猪隈関白記紙背詩懐紙』）

『文鳳抄』（巻六・酒）に「卯時露午後煙」などと見えているのも、この語彙が王朝詩人達の興味を誘ったことを物語っていると言って良いであろう。

残念ながら、今のところ道真詩にこの卯時飲酒の語彙を見出すことはできないが、稿者はその代わりとも言うべき例を挙げることが可能ではないかと思っている。

自レ此知二神用一。誰愁レ到二晩陰一。　（『菅家文草』巻五・405「酒」）

これは白居易が、

未レ如卯時酒。神速功力倍。　（『白氏文集』巻五一・2223「卯時酒」）

俗号二鎖憂薬一。神速無二以加一。　（同巻九・0416「勧レ酒寄二元九一」）

不レ似二杜康神用速一。十分一盞便開レ眉。　（同巻五六・2631「鏡換レ盃」『千載佳句』巻下・酒798）

などと詠っていることに依ると思われる。言うまでもなく、酒は酔いまわりが早いというわけだが、この表現は後に

帳飲便知神用速。厳寒忽謝入二郷衣一。　（藤原周光「雪中命飲」『本朝無題詩』巻二・29）

などと詠まれるに至っている。「神速・神用速」とは、神技のように素速い様を言って、[9] その限りにおいては次の如く決して珍しい語彙ではない。

兵貴二神速一。　（『三国志』魏書・郭嘉伝）

横行沙漠外。神速至レ今称。　（杜甫「武衛将軍挽歌」）

総角草書又神速。世上児子徒紛々。　（同「酔歌行」）

功成理定何神速。速在三推レ心置二人腹一。　（『白氏文集』巻三・0125「七徳舞」）

それが、ことに酒に関して用いられている点に注目すれば、道真や周光の用法は白詩句に倣うものであったと考えて良いのではないかと思う。

さて、忠臣や道真——王朝漢詩人中個人としては最も多く飲酒詠を残すだろう——にしても、年中行事や文宴、或は仲間うちの会飲が少くないことは言うまでもない。因みに二人の詩の題中で、飲酒に関わる作の主なものを引

けば次の通りである。

〈忠臣〉

43奉餞紀大夫累出刺レ肥聊因二詩酒一各分二一字一得レ行　45惜レ春命レ飲　46晩春同門会飲翫二庭上残花一　49西掖門下曲飲逢二晩春一翫二残花一　61秋日諸客会飲賦二屏風一物一得レ舟　148三月三日侍二於雅院一賜二侍臣曲水之飲一応製　151夏日竹下命二小飲一　171三日同賦二花時天似レ酔応製　173暮春花下奉レ謝二諸客勧レ酒見レ賀二仲平及第一　174酔中惜レ花　189重陽日登高望二大宮一賜二詞臣菊酒一　195毒酔吟呈二座客一

〈道真〉

43王度読二論語一竟聊命二盃酌一　45晩春同門会飲翫二庭上残花一　62同舎小飲　71九日侍レ宴同賦レ吹二華酒一　108酔中脱レ衣贈二裴大使一叙二一絶一寄以謝レ之　109二十八字謝酔中贈レ衣　126同二諸才子一九月三十日白菊叢辺命レ飲　149相府文亭始読二世説新書一聊命二春酒一同賦三雨洗二杏壇花一　197重陽日府衙小飲　214旅亭歳日招レ客同飲　299水辺試飲　342三月三日同賦二花時天似レ酔　405酒（寛平七年東宮寓直之次有レ令五律詠物二十首中）　435九日侍レ宴同賦三菊花催二晩酔一応製　439陪二第三皇子花亭一勧二春酒一応教

それにしても、集団の飲酒の盛行に隠れているわけでもなかろうが、所謂独酌詠そのものを題とすることは極めて少ない。この傾向は、以後の王朝詩でも殆どかわることのない特徴かと考えられる。題に拘わらなければ、確かに独酌感懐句は拾い出せるが、それを詩の首座に置いて詩作する積極的な詠作――例えば李白や白居易のように――はなかなか見られないようである。[10]その一方で、現存する王朝の飲酒詠が、題詠（句題）の作にかなり豊富に見られる情況はどういうことなのか。それはつまりは、詩作の場、その座にある者として外的な要請として詩人達は飲酒詩を成すことが多かったということで、沸々とわく自らの内的必然性をもってそれを詠う志向に乏しかったと言う他あるまい。その意味では、王朝詩人に真の飲酒詩人はいなかったと言っても過言ではあるまい。[11]

しかし、かと言って、酒の楽しみを彼らが放擲していたわけでは決してない。それは、「亭子院賜飲記」[12]に、当時無双の飲酒家八人（恐らく誰もが杜甫「飲中八仙歌」を想起するであろう）の歓楽を尽くす滑稽な有様が、紀長谷雄の生々とした筆に依って描き出され、また、「競狩記」[13]に見える平好風の快飲に乗じた遊女の懐《ふところ》弄《まさぐ》りと口吮《す》い[14]の戯れぶりにも感受されるであろう。だが、そうした世界は、詩によって表現される世界では一般化されることなく――快楽的な飲酒詠は王朝漢詩では皆無であろう――むしろ俗の説話世界に繋っていくものと認識されていたのかも知れない。王朝詩の殆どは、鬱屈した心情を遣る、即ち忘憂の功を求める類のものが圧倒的で、宴詩にしても修辞としての表現のアヤを求める域を出ないものが多いようである。[15]

四　飲酒語彙・故事覚書

さて、王朝漢詩の飲酒詠の主な語彙や故事について、ここでは忠臣・道真以後から平安末期までを視野に入れながら拾い出し、付言してみることとしたい。

飲酒詠の資料は、多く句題詩に見られる傾向もあるので、一例を挙げて拾い方の目安を示しておけば次のようである（以下の詩の場合、後述の「　」内の語彙・故事などが採集の対象となりうるという意である）。

唯以レ酒為レ家[16]　具平親王

以レ酒為レ家無レ所レ営。時々吟詠助二歓情一。杜康昔構容二人息一。陶令重来寄二我生一。戸牖梨花松葉裏。
郷国藍水玉山程。榜題宜レ号忘憂観。一入長休毀誉声。

（『本朝麗藻』巻下・126）

三・四句には「杜康造酒」「淵明把菊」（『蒙求』221 525）の故事がふまえられ、五句の「梨花」「松葉」にはいずれも酒名が掛けられている。七句には酒を「忘憂」の物とする中国の表現の系譜が意識されている。六句の「藍水」

「玉山」は、杜甫「九日藍田崔氏荘」詩（『千載佳句』巻上・山水326）に見え、藍田の川と山の名称だが（杜甫詩では酒に関係しない）、その地が美玉を産することで知られたことから、「叔夜玉山」（『蒙求』56）の故事に通ずる一面を持つ為であろうか（『文鳳抄』巻六には「藍水ハ酒ナリ」とある）、例えば『中右記部類巻七紙背漢詩』（盃酒部）の詩中には飲酒に関わる語彙として対語に立てられ詠み込まれること少なくない。

ところで、こうした採集は紙幅の関係からも網羅は煩雑なので、用例もかなり絞り込んで挙げざるをえないことを予めお断わりしておきたい。

＊語彙や故事は以下順不同に挙げた。所収語彙や故事は稿者の選択にかかる。紙幅から敢て削ったものも少なくない。

青旗　「青旗酒熟引二春盃一」（藤原周光「山家春意」『本朝無題詩』巻七・450）

「青旗沽レ酒趁二梨花一」（『白氏文集』巻二〇・1364「杭州春望」）「売レ壚高挂小青旗」（元稹「和二楽天重題レ別二東楼一」）とあるように唐土では酒屋を示す旗だが、平安朝の酒屋がそれを用いていたかどうかは未詳。『兼盛集』（書陵部本129）に依れば「京の人の家に市女来り酒売る」などとあって、売り歩かれたことはわかる。

戸　「論レ戸春風還赧レ面。授レ郷臘月欲レ寒レ心」（高階積善「勧レ酔不レ如レ秋」『本朝麗藻』巻下・127）「酔中暖レ露折レ籌識。暦外巻レ風随レ戸催」（『江吏部集』巻中「煖レ寒飲レ酒」）「餘葩養レ眼頻添レ戸。晩蘂寄レ望欲レ入レ郷」（平時兼「酌レ酒対二残菊一」『猪隈関白記紙背詩懐紙』）

酒を飲む量のことで、上戸・下戸などというそれ。唐詩などでは一般的ではないようだが、本朝の平安末期（『中右記部類紙背巻七漢詩』盃酒部）には「論戸・入郷」「添戸・入郷」などと酒郷と対に用いられこと頗る多く、『文鳳抄』（巻六・飲酒部・酒）や『擲金抄』（下・飲食部・酔吟）語彙として拾われている。

酒籌　「折得為レ籌杖漸見」（橘正通「酒従二花裡一酌」『善秀才宅詩合』）「詩家題レ艶彰二篇什一。宴席携レ粧作二酒籌一」（藤原茂明「翫花」『本朝無題詩』巻二・40）「籌迷花影樽前折」（藤原周光「雪中命飲」同上・29）

酒杯の数をかぞえる棒のことで、「花時同酔破二春愁一。酔折二花枝一当二酒籌一」（『白氏文集』巻一四・0710「同二李十一一酔憶二元九一」）などと見え、殊に王朝末期の詩に頻出する。

三遅　「把レ盞無レ嫌斟二十分一。吹レ花乍到唱二三遅一」（『菅家文草』巻一・71「九日侍宴吹二華酒一」）「対レ眉誰覚唱二三遅一」（大江朝綱「停レ盃看二柳色一」『類聚句題抄』194）「三遅閑勧忘憂処」（平時宗「依レ酒銷二寒気一」『猪隈関白記紙背詩懐紙』）

宴席に遅れてくること。遅参すると罰酒が課せられたことは『西宮記』（臨時四・後到）や『江談抄』（第六・67話）にも見えている。

厭々　「戯言凜々愁難レ酔。専酌厭々夜不レ廻」（『菅家文草』巻四・299「水辺試飲」）「不レ期会レ友酔厭々」（惟宗孝言「首夏即事」『本朝無題詩』巻四・246）

「厭々夜飲。不レ酔不レ帰」（『毛詩』小雅「湛露」）の毛伝に「厭々、安也」とあり、くつろぐ様で「不レ如二来飲レ酒。相対酔厭々」（『白氏文集』巻五七・2763「不レ如二来飲レ酒七首」其二）などと詠まれている。

酕醄・淵酔・酔如泥　「豈恨酕醄赧レ面遅」（紀淑光「停レ盃看二柳色一」『類聚句題抄』196）「浅深淵酔花鰓下」（『菅家文草』巻二・126「白菊叢辺命飲」）「忘憂酒徳酔如レ泥」（大江佐国「初冬述懐」『本朝無題詩』巻五・320）

いずれもひどく酔う様に用いられる。上二語は白詩に見えないが、「酕 酕醄酔也」（『宋本広韻』）とあり、次の淵酔は天皇が清涼殿上に召し催す酒宴の意にも用いられ、本朝独自の意味が付加されて用いられるようにもなる。酔いも過ぎると、「窮愁自要二酔如一レ泥」（『白氏文集』巻一六・0922「北楼送三客帰二上都一」）のようになり、更に「宿酲偏誤眼花飛」（『菅家文草』巻五・339「十月二十一日禁中初雪」）と二日酔になるが、これは白詩にも見える語彙。

酒伯・酒仙・酔仙　「酒伯詩朋幾会同」（佐国「長楽寺花下即事」『本朝無題詩』巻三・127）「柳樹勧レ盃伴二酒

仙」（藤原忠通「春日即事」同上巻四・204）　「何処淹留作二酔仙一」（『田氏家集』巻上・40「七年歳旦立春」）
いずれもよく飲酒する人を指して言うが、酒伯は白詩に見えない。

霞
「杯行手酌レ霞」（『菅家文草』巻二・107「月華臨二静夜一」）　「流霞功遠顔桃暖」（菅原雅規「酔レ酒飽□□」『類聚句題抄』273）　「傾レ露枝間閑蘸甲。飲レ霞影底半薫唇」（慶滋保章「酒従二花裡一酌」『善秀才宅詩合』）「卯時霞暖樽中桂」（藤原明衡「炉辺閑談」『本朝無題詩』巻五・353）　「百憂暫忘斟二霞酒一」（藤原敦光「暮秋即事」（同上・304）

流霞酒は仙人の飲むという酒で中国詩にもよく言えるが、本朝では流霞（酒）の語形よりも単に霞として表現されることが圧倒的で、次項の露と対を成すことが多い。第二例のように酔顔を桃花に重ねるパターンは「飲作二桃花一上レ面紅」（「銭湖州以二箬下酒一……」『白氏文集』巻二〇・1341『千載佳句』巻下・酒789）「桃紅皆酔貌」（敦光「初冬述懐百韻」『本朝続文粋』巻一）「流霞酌而移二紅桃之酔一」（実範「殿上花見和歌序」『本朝続文粋』巻一〇）など少なくない。

露
「湛レ露閑尋苔径客。酌レ霞更送柳門人」（菅原庶幾「載レ酒訪二幽人一」『類聚句題抄』145）　「蘭台置酒露濃色」（『江吏部集』巻上「風景一家秋」）　「携レ霞不レ弁春風至。酌レ露還迷暖気驚」（藤原国成「依レ酔忘二天寒一」『類聚句題抄』183）

先の霞と共に露は酒の意で王朝漢詩文の中で頻用され、傾露・露酌・露献などの語も見えている。恐らく「湛々露斯。匪レ陽不レ晞。厭々夜飲。不レ酔不レ帰」（『毛詩』小雅「湛露」）あたりから派生した表現であろう。中国詩にはあまり見えないが、王朝詩には極めて多く、一特徴を成すものと言って良いであろう。

三溠
「九重逢二九日一。玉斝酔二三溠一」（『菅家文草』巻二・173「九月九日侍宴」）　「子猷舟艤三溠緩」（菅原清能「対レ雪唯斟レ酒」『中右記部類巻七紙背漢詩』）　「秋羞二松江一箸一。冬酌二藍水三溠一」（源通親「擬二香山一模二草堂二記一」）

酒名（醴ならば白濁酒）という以外未詳。道真詩に見えるのが最初で、平安末期に多用されている。(17)

青田・玄碧・宜春 「独斟玉盞青田酒」（在良「山家雪深云々」『本朝無題詩』巻二・101） 「青田核之味酌二岸色一」（匡房「縈流叶二勝遊一序」『本朝続文粋』巻八） 「玄碧之酒頻酌。湛露未レ晞」（明衡「松色雪中鮮序」『詩序集』巻下・46） 「宜春頻酌対レ花思」（藤原友房「雪裏勧二盃酒一」『中右記部類巻七紙背漢詩』）

いずれも『初学記』（巻二六・酒）の事対にも挙げられている有名な美酒だが、元白詩には詠まれていない。

若下酒・下若 「酒是下若村之所レ伝。傾甚美」（大江朝綱「晴添草樹光序」『本朝文粋』巻一一・320） 「間対二芳罇一携二若下一」（輔仁親王「秋日林亭即事」『本朝無題詩』巻六・380） 「夜飲未レ闌。下若之酒味濃」（惟宗孝貞「葉飛二水上一紅序」『詩序集』巻下・18）

江南道若渓が酒の名所であることは『初学記』（巻八・江南道）などの類書にも引かれるが、前掲輔仁の自注に「酒名、見二白氏文集一」と記されていることからわかるように、白詩が契機となって本朝でもよく詠まれることになったと思われる。但し、白詩には箬下とあって下若はない。

中山酒・千日酔 「強命二中山一飲莫レ疎」（『田氏家集』巻上・45「惜春命飲」） 「玄石酌如二寒気尽一。玉山傾似二暖気新一」（匡房「冬夜偶吟」『本朝無題詩』巻五・335） 「十分満盞中山酒」（中原広俊「冬夜即事」同上・331）

『博物志』や『捜神記』に見え、『蒙求』（373玄石沈湎）でも知られる。中山の酒家で買った酒で千日間酔臥した劉玄石の故事に因み、「会従二玄石飲一。高臥出二円丘一」（李嶠「酒」）「中山一沈酔。千度日西斜」（『白氏文集』巻五六・2666「和春深二十首」其十四）などと詠まれている。

竹葉酒・予北 「竹葉十分斟尚満」（源英明「停レ杯看二柳色一」『類聚句題抄』195） 「一盃竹清霜後酒」（明衡「初

冬書懐」『本朝無題詩』巻五・316）「甕頭竹葉冬懐少。盃底梨花春意揺」（平時宗「依レ酒銷二寒気一」『猪隈関白記紙背詩懐詩』）

張協「七命」（『文選』巻三五）に「有二荊南烏程予北竹葉一」とあり、「臨レ風竹葉酒。湛レ月桂香浮」（李嶠「酒」）「甕頭竹葉経レ春熟」（「薔薇正開……」『白氏文集』巻一七・1055『千載佳句』巻上・首夏119『和漢朗詠集』巻上・首夏147）などと詠まれる緑色の酒のこと。王朝漢詩の中で酒名としては恐らく最も多く用いられ、和歌でも稀な例だが、「憂へを忘るることなれや竹の葉こそ傾くれ」（『経信集』176「初冬述懐長歌」）「竹の葉に浮べる菊を傾けて我のみ沈む歎きをぞする」（『散木奇歌集』543）などと詠まれる。猶、その産地予北も「詩友交争傾二予北一」（佐国「炉辺言志」『本朝無題詩』巻五・350）「予北応レ無霜冱晩。高陽常有凍開朝」（時宗「依レ酒銷二寒気一」）とある。単に竹と記して酒を意味することも少くなく、それはどうやらわが王朝詩の特徴的な点らしい。

梨花・松葉 「戸牖梨花松葉裏。郷国藍水玉山程」（具平親王「唯以レ酒為レ家」『本朝麗藻』巻下・126）「罍罇羞二松葉之味一」（藤原敦宗「政在レ養レ民序」『本朝続文粋』巻八）「竹葉攀多少。梨花酌浅深」（『菅家文草』巻五・405「酒」）「先趁二梨花一携レ岸思。頻傾二蓮子一洗レ籬心」（平時範「酌レ酒対二残菊一」『中右記部類巻七紙背漢詩』）

前者は白詩（「青旗」参照）にあるが後者はない。「方欣松葉酒」（庾肩吾「贈二周処士一」）は一例。

蒲萄酒・蒲桃・桑落酒 「蒲萄酒美酔開レ眉」（蓮禅「炉辺閑談」『本朝無題詩』巻五・354）「塩声平廻。共酌二蒲桃一」（小野篁「輪台詠」『教訓抄』巻三）「野酌卯時桑落酒」（紀斉名「田家秋意」『和漢朗詠集』巻下・田家567）「香含二晩桂一。醸落二秋桑一」（孝言「酒讃」『本朝続文粋』巻一一）

蒲萄は莆萄・葡萄・蒲桃とも。「葡萄美酒夜光杯」（王翰「涼州詞」）「燕姫酌二蒲萄一」（『白氏文集』巻六七・3333「司徒令公分二守東洛一云々」）とあり、魏文帝は米麹の酒より甘くて酔えると言っている。「銀榼携二桑落一」（同上巻五四・2445「西楼喜レ雪命レ宴」）は陰暦十月頃に桑葉が散る時期に造られるので言い、南北朝の頃から見え（青木正児）、郎士元「寄二李袁州桑落酒一」詩もある。

桂酒　「柴戸樽移多酌レ桂」（菅原文時「載レ酒訪二幽人一」『類聚句題抄』146）　「清酧三杯酙二緑桂一」（明衡「歳暮即事」『本朝無題詩』巻五・340）　「桂酧蘭肴。不レ異二昌泰之昔味一」（朝綱「聖化万年春序」『本朝文粋』巻九・234）　「酣暢一時酌二桂樽一」（敦基「夏日遊二河陽別業一」『本朝無題詩』巻六・419）　「暫為レ忘レ憂斟二桂酒一」（敦光「三月尽日述懐」同上巻四・240）

桂香・桂花を加えた酒。桂樽・桂酒は白詩に見え、桂酧も唐詩にまま見える。緑桂は本朝詩によく見える語彙だが、中国詩には稀れではないかと思う。

蘭　「柴戸人稀緩酌レ蘭」（庶幾「載レ酒訪二幽人一」『新撰朗詠集』巻下・酒446）　「緩酌二芳蘭一花散暁」（藤原為房「雪裏勧二盃酒一」『中右記部類巻七紙背漢詩』）

「蘭英之酒。酌以滌レ口」（枚乗「七発」『文選』巻三四）などとあるに同じだろうが、蘭一字で酒を表わす例が多いのは中国詩とやや異なる傾向かと思われる。

黄醅・緑醑　「消レ憂見説有二黄醅一」（『菅家文草』巻四・299「水辺試飲」）　「梅浮二粉艶一黄醅変。柳混二麴塵一緑醑盈」（明衡「花色映二春酒一」『中右記部類巻七紙背漢詩』）　「黄醅緑醑有レ時斟」（時範「酌レ酒対二残菊一」同上）

黄色の濁酒（醅はモロミ酒）と緑色のこした良い酒のこと。唐代の詩では珍しくない語だが、白詩「黄醅緑醑迎レ冬熟」（『白氏文集』巻六四・3053「戯招二諸客一」『千載佳句』巻上・冬夜228『和漢朗詠集』巻上・炉火362）は殊に良く知られ、王朝詩に比較的用例は多く、白詩の影響下にある。

緑酒・緑蟻・温酎・冷酒　「緑酒猶催醒後盞」（『菅家文草』巻五・354「雨晴対レ月」）　「緑酒数巡詩両韻」（匡房

「八月十五日夜詩」『本朝無題詩』巻三・146）「将下疎二緑蟻一親中青眼上」（藤原博文「停レ杯看二柳色一」『類聚句題抄』197）「送春温酎酌二紅霞一」（明衡「会二飲崇仁坊新亭一」『本朝無題詩』巻六・390）「請看冷酒又寒肴」（『菅家文草』巻六・458「賦二介山古意一」）

緑色の酒（緑醽のこととする説もある）は比較的多く緑桂（「桂酒」参照）もよく用いられる。緑蟻は浮蟻のことで酒中の滓（転じて美酒の意にも）。燗酒や冷酒もまま見える。いずれも白詩に見える語彙。王朝漢詩の酒の語彙もかなり白詩に重なり、既に三で触れた象徴的な語彙から考え予測されるように、大筋では、彼の詩が忠臣・道真以後の飲酒語彙を方向付けたと言って良いかも知れない。

九醞・家醞・醪　「九醞之味。醸而非レ薄」（篤茂「消レ酒雪中天序」『本朝文粋』巻八・212）「勧来家醞唯斟レ露」（敦光「閏三月尽日即事」『本朝無題詩』巻四・244）「尋二訪野村一酔二濁醪一」（佐国「翫二卯花一」同上巻二・43）

醞はかもした酒のことで、九度かもすから九醞と言い、最醇の酒とされる。六朝期の作品にもよく見かける語彙。家醞は家で醸した酒。この語彙は唐詩によく見えるようになり、醪は濁酒で、いずれも白詩によく見える。

羽觴・鸞觴　「遙憶羽觴浪上浮」（『菅家文草』巻六・456「三月三日朱雀院柏梁殿惜二残春一」）「数巡鸞觴。賛二成歓娯之趣一」（朝綱「初冬翫二紅葉一序」『本朝文粋』巻一〇・310）

杯には、盞・爵・卮に金・玉を冠したりするものを中心に実に様々な用語があるが、以下代表的なものを挙げる。雀の形に作られたと言い、翼状の部分を杯に持つもの（飛杯の意をこめる）を羽觴という。曲水宴詩によく見えるのは『荊楚歳時記』の記事と関わるのだろう。既に共に六朝詩に見えているが、元白詩には用いられていない。

紅螺・蓮子　「勧引二紅螺一酒似レ流」（三統理平「祝二蔵外史大夫七十之秋一」『雑言奉和』）「紅螺頻酌雲黄後。緑醑猶携岸白程」（佐国「雪裏勧二盃酒一」『中右記部類巻七紙背漢詩』）「蘸レ甲未レ傾蓮子緑」（大江維時「停

レ盃看二柳色一」『類聚句題抄』192）　「或停二蓮子一兮清談」（源順「今年又有レ春序」『本朝文粋』巻八・221）
アカニシで作った杯と蓮形の底の低い盃。共に白詩に見え、殊に平安末期によく詠まれている。

犀玉・菰蘆・三雅　「犀玉之盃屢巡」（明衡「蔭花調二雅琴一序」『本朝続文粋』巻九）　「傾得菰蘆三数酌」（保胤「漁父」『新撰朗詠集』巻下・水付漁父473）　「手応二三雅一緑腰期」（紀在昌「停レ盃看二柳色一」『類聚句題抄』193）

いずれも元白詩には見えない語。犀玉は犀角の杯。菰蘆は瓢箪（二つに割り器にする。菰は葫にも作る）の粗末な杓のことで「菰蘆杓酌春濃酒」（杜荀鶴「贈二漁家一」『和漢朗詠集』巻下・水514）とあった。三雅は後漢の酒好きで知られる劉表が大・中・小の盃を作り、伯雅・仲雅・季雅と呼んだ故事に因む。

鸚鵡盞　「引レ手暫留鸚鵡翅」（醍醐帝「停レ盃看二柳色一」『類聚句題抄』191）　「翠羽簾前鸚鵡盞」（藤原伊周「斎院相公忌日令レ修二諷誦一」『本朝麗藻』巻下・147）　「鸚盞三杯雪後春」（匡房「冬夜偶吟」『本朝無題詩』巻五・335）

鸚鵡貝（鳥に似るので云う）で作った杯。元白詩には見えないが、「鸚鵡盃中浮二竹葉一」（駱賓王「贈二道士李栄一」『千載佳句』巻下・宴楽729）「鸚鵡盃深四散飛」（方干「陪宴」、同上730）「新豊酒色。清二冷於鸚鵡之盃中一」（公乗億「送三反帰二大梁一賦」『和漢朗詠集』巻下・酒479）などとあって、王朝漢詩の中でもよく用いられる語彙。

榼・缸　「星排宿酒投二銀榼一」（『田氏家集』巻下・171「花時天似レ酔」）　「画榼酔淵眠二岸月一」（輔仁「釣台秋宴」『本朝無題詩』巻二・111）　「長楽寺中酌二酒缸一」（季綱「春日遊二長楽寺一」同上巻八・518）

酒樽と素焼きのかめ。銀榼は白詩にも見えている。

挙白　「手中挙レ白芳君謝」（紀斉名「共因レ酒得レ仙」『類聚句題抄』158）　「挙レ白還迷江氾情」（藤原実仲「花色映二春酒一」『中右記部類巻七紙背漢詩』）　「嗟呼唱レ遅従二何方一。経二梅檐一而挙レ白」（藤原惟成「山晴秋望多

序」『本朝文粋』巻八・228）

杯を挙げて飲酒すること。酒を勧める意。王朝詩（殊に『中右記部類紙背漢詩集』）によく見える語彙だが、元白詩には見えないようだ。

醺甲　「象外風煙醺レ甲諳」（斉名「共因レ酒得レ仙」『類聚句題抄』158）「傾レ露枝間閑醺レ甲」（慶滋保章「酒従二花裡一酌」『善秀才宅詩合』）「更湛二十分一雖レ醺レ甲」（藤原行家「酌レ酒対二残菊一」『中右記部類巻七紙背漢詩』）

指や甲をひたす意。酒のなみなみとつがれた様、或はその酒のことで、平安末期の詩に殊によく見える。「十分醺二甲酌一。瀲灔満二銀盃一」（『白氏文集』巻五三・2338「早飲二湖州酒一寄二崔使君一」）などとあった。

十分・三分　「已酔三分酒」（『菅家文草』巻二・172「晩嵐」）「淡水当レ添酒十分」（「過二大使房一賦二雨後熱一」同上巻二・106）「十分斟レ桂携二犀玉一」（明衡「夏日池台即事」『本朝無題詩』巻六・367）

どれ程の酒量かを示す語。十分（なみなみとある様）が圧倒的に多いのは白詩の在りようと一致する。

忘憂・銷憂　「酒為レ忘レ憂盃有レ数」（『菅家文草』巻一・42「団坐言レ懐」）「莫レ言一盞忘憂物」（高階積善「勧レ酔不レ和レ秋」『本朝麗藻』巻下・127）「百憂暫忘斟二霞酒一」（敦光「暮秋即事」『本朝無題詩』巻五・304）「銷レ憂晩景月眉開」（『菅家文草』巻五・342「花時天似レ酔」）

酒を忘憂物として有名にしたのは、恐らく「汎二此忘憂物一。遠二我遺レ世情一」（陶潜「飲酒詩二十首」）の句であろうか。白詩にも「労将二箸下忘憂物一」（『白氏文集』巻二〇・1341「銭湖州以二箸下酒一李蘇州以二五酘酒一相次寄到」）「俗号二銷愁薬一。神速無二以加一」（同上巻九・0416「勧レ酒寄二元九一」）などと詠まれ、王朝漢詩には最も多く見える語彙の一つであると言って良いであろう。

淵明把菊・漉酒巾　「王弘酒使便留居」（『菅家後集』505「秋晩題二白菊一」）「野亭客到醅初熟。莫レ怪忽々脱二葛巾㆒」（三善清行「陶彭沢」『扶桑集』巻七・18）　「繕叢先慣白衣来。誰人籬下期㆓盈把㆒」（文室如正「対㆑菊待㆓重陽㆒」『類聚句題抄』120）

愛酒家陶潜が友人の王弘に酒を送られた故事（『続晋陽秋』）と、彼が熟した醪を見るや頭上の葛巾を取り漉して飲んだ（『宋書』）という故事（他に『晋書』『南史』や蕭統「陶淵明伝」にも見え類書にも所収）。日本・中国を問わずよく詠まれる故事で、殊に重陽や菊にかかわる詠作の時は前者がよく用いられ、和歌にも詠まれている。(18)

河朔飲　「何必当初河朔飲。池頭今日勧㆓残觴㆒」（橘為義「左右好風来」『本朝麗藻』巻上・48）　「把咲袁家避暑杯」（源経信「泉石夏中寒」『殿上詩合』）　「山陰昔興帰㆓何処㆒。河朔夏遊是幾巡」（匡房「冬夜偶吟」『本朝無題詩』巻五・335）

王朝の夏の賦詩にはしばしば袁紹の河朔の飲酒（『芸文類聚』巻五・伏日『初学記』巻三・夏『白氏六帖』巻一・熱、伏日）が詠まれ、彼らが避暑の飲酒を楽しんだことが知られる。酒を詠むことを和歌はことさら避けるものであるという俊成の所説もあるが、和歌の世界では詞書にもごく稀にしか見えないことは漢詩文と著しい違いである。

叔夜玉山　「瑠璃水畔玉山頽」（『菅家文草』巻四・299「水辺試飲」）　「露染方迷金液酌。風飄還誤玉山頽」（大江以言「酔中対㆓紅葉㆒」『類聚句題抄』323）　「三盞酌㆑氷嵆氏酒」（明衡「月下言志」『本朝無題詩』巻三・182）

嵆康の酔う姿を玉山が崩れると形容する故事（『蒙求』56叔夜玉山）は、白詩にも見え、王朝詩にも例は極めて多い。竹林七賢人は皆酒好きで知られ、「阮校尉憂忘㆓酒鑪㆒」（経信「炉辺言㆑志」『本朝無題詩』巻五・347）は阮籍が良酒を蔵すると聞き歩兵校尉の職を求めた故事、「酔裡放遊似㆓阮咸㆒」（藤原忠通「月下言志」同上巻三・178）は大杯で痛飲した阮咸の故事で、以下の山簡・劉伶の故事もよく詠まれている。

山簡倒載・陳遵投轄　「欲レ知倒載非二陽酔一」（『菅家文草』巻三・214「旅亭歳日招客同飲」）　「逐二晩岸一以倒載矣。人鳴二高陽池之歌一者也」（有信「酌レ酒対二残菊一序」『本朝続文粋』巻一〇）　「不レ用当初投轄人」（保章「酒従二花裏一酌」『善秀才宅詩合』）　「追憶陳遵留レ客術。井中投轄暫忘レ還」（通憲「秋夜即事」『本朝無題詩』巻五・290）

『蒙求』（169 170）では対になっている故事なので併せて載せておく。白詩にも見え、王朝漢詩にもよく用いられた故事である。

劉伶解酲・鄭玄三百　「劉公席絶厳霜及。王氏郷占愛日隣」（以言「寒近二酔人一消」『本朝麗藻』巻下・129）　「酒徳頌之文。因二巴字一而添二風情一」（匡衡「因レ流泛レ酒序」『本朝文粋』巻八・219）　「鄭康成見雪飛影。陳孟公聞風軟声」（大江通直「依レ酔忘二天寒一」『類聚句題抄』180）　「刺史雖二三百杯一莫レ強辞、辺土不二是酔郷一」（保胤「勧酔惜別序」『本朝文粋』巻九・250）

劉伶は妻の禁酒の勧めをものともせず大飲し、「酒徳頌」（『文選』巻四七所収）を作した事でよく知られる。また、学者として名高い鄭玄は、袁紹の設けた餞宴で、三百余杯を飲んだが、容貌・態度が崩れることは全くなかったという。いずれも類書に見え、白詩も詠んでいる。

酔郷　「逆旅酔郷逢」（『菅家文草』巻五・373「葉落庭柯空」）　「酔郷氏之国、四時独誇温和之天」（『江吏部集』巻中「煖レ寒飲レ酒序」）　「論レ戸唯看浮二水面一。入レ郷遙望照二山頭一」（橘宗季「酔レ酒対二明月一」『中右記部類巻七紙背漢詩』）

白詩にも見え、王朝漢詩中に最も多く見える飲酒故事の一つ。唐の王績には「酔郷記」「五斗先生伝」などがあり、劉伶と痛飲できぬのが無念だと豪語したことも知られている。

この他、故事としてまま見えるものに309「屈原沢畔」221「杜康造酒」459「孟嘉落帽」487「張翰適意」280「文君当鑪《（壚）》」365「欒巴噀酒」（以上『蒙求』の標題により示す）「鄭泉酒壺」「劉邦沛酒」などがある。道真以後、飲酒詠の語彙・故事詠は、白詩の影響を受けつつも、より以上に更に多様になって来、類書の世界が飛躍的に生かされてくる傾向が顕著であると言って良いであろう。王朝漢詩の基盤を成す、座の文学とでも呼ぶべき句題詩は、その形式上からも対と典故に拘《こだ》わらざるをえない一面があり、駢儷文と共に、詠作者の志向がその方面に傾かざるをえなかった事もこうした傾向に拍車をかけたのではなかろうか。猶、更に邦人編類書や中世の辞書所収語彙との照応関係など、述べ足りないところもあるが、後日を期することとしたい。

［注］

（1）青木正児『酒中趣』（筑摩書房、一九八四年）『中華飲酒詩選』（同上、一九六四年）などはそうした中国詩に注目した古典的名著であろう。もっとも、事は漢詩のみの問題ではないようで、アブー・ヌワースやオマル・ハイヤームの酒歌などもよく知られるものであるから、詩酒はおよそ一体とも言うべき要素を持っていると考えるのが自然であろうか。猶、日本史上の飲酒文化を記述する和歌森太郎『酒が語る日本史』（河出書房新社、一九七一年。河出文庫、一九八七年）や『「文学」増刊　酒と日本文化』（文学編集部、岩波書店、一九九七年）なども面白い読物の一冊であろう。

（2）中根三枝子「万葉から古今・新古今への流れる中に見える酒歌の位置」（『東洋大学大学院紀要』19巻2号、一九八三年二月）。

（3）その理由の解明については、稿者は残念ながら何の知見も今は持てないが、上條彰次「酒詠論―俊頼・俊成をめぐって―」（『文学』40巻12号、一九七二年十月）は、そうした疑念について論じたすぐれた論考であり、殊に和歌との関わりについてこまかに触れておられるので参照願う他ない。

（4）『続晋陽秋』に見える、王弘に酒を送られた故事。拙稿「菊の賦詩歌の成立覚書」（『王朝漢文学表現論考』和泉書院、二〇〇二年）「和歌と漢詩文―中古・中世の私家集をめぐって―」（『中央大学国文』33号、一九九〇年三月）などで既述したので参照願いたい。

（5）坂本太郎「菅公と酒」（『史学文学』一九六一年四月。後に『歴史随想 菅公と酒』東京大学出版会、一九六四年。中公文庫、一九八二年）に既に明らかな様に、酒は彼にとって詩文に師と仰ぐ白居易に倣おうとする態度に出るものであり、憂愁を払うための手立ての一つに他ならなかった―愁いはそれによって払拭されるようなものではなかったけれど―と言って良かろう。

（6）青木正児『中華飲酒詩選』二二二頁。猶、同人の「白楽天の朝酒の詩」（『青木正児全集』第七巻、春秋社、一九七〇年）も参照。

（7）因みに白詩以後については、『佩文韻府』によれば、宋九嘉・欧陽脩・蘇東坡・楊基・陸游・黄庭堅などの例が記されている。いずれも白居易に倣うものとみてよかろう。

（8）この時宗の詩句は、先行する同句題の大江通国の作「酌レ酒対二残菊一」（寛治元年〈一〇八七〉十一月二日作。『中右記部類巻七紙背漢詩』）に「□時□艶忘憂思。秋後愛レ花勧酔心」とあるのを想起させる。通国の欠字部分は恐らく「卯時訪艶」であろう。時宗はその通国の対偶に学んだものと稿者は考えている。

（9）「昔曹王銅雀之賦。雖二神速一則長齡也」（橘正通「賦繞簷梅正開序」『本朝文粋』巻一〇・289）「倩案二此事一。可レ謂二神速之至一」（『江談抄』第六・55話）は本朝の寸例である。

（10）惟宗孝言「酒讃」（『本朝続文粋』巻一一）なども小品にして形式的な作品という域を出ないと言って良いと思う。

（11）本朝の史伝などに依れば、飲酒は本心を隠す自己韜晦の手立てとして用いられたことが記され、酒好きはその人物に対する批判的な言辞として綴られることが少なくなかった。そうした経緯も、詩人即ち官人達の酒詠に対する個人的な躊躇を生んだということはあったかも知れない。

（12）延喜十一年六月十五日。『紀家集』（巻一四）『本朝文粋』（巻一二・373）『朝野群載』（巻三）所収。後藤昭雄「亭子院に飲を賜ふ記―酒の文学」（『本朝文粋抄 四』第十章、勉成出版、二〇一五年）もある。

(13) 昌泰元年十月二十日。『紀家集』(巻一四)『扶桑略記』(巻二三) 所収。
(14) こうしたあからさまな淫靡的表現は王朝仮名文学には殆ど窺えないが、漢文学の方では、大江朝綱「男女婚姻賦」(『本朝文粋』巻一・15)や羅泰(仮名)「鉄槌伝」(同巻一二・377)などでエロティックな表現世界のあったことは既に知られている。それにしても「口吮い」を漢詩に詠むということになると、後の一休宗純「題二婬坊一」(『狂雲集』)あたりまで見えないようではある。
(15) これをして王朝漢詩の飲酒詠の限界とみるのも一つの見方と思うが、稿者はむしろ「志向」とみたいと思う。
(16) この句題は白居易「憶二微之一傷二仲遠一」(『白氏文集』巻一六・0931) 詩中の句に依る。
(17) 拙稿「菅原道真の菊の詩」(『王朝漢文学表現論考』所収) 参照。
(18) 拙稿「和歌と漢詩文—中古・中世の私家集をめぐって—」(前掲) 参照。

[後記]

本稿は『同志社女子大学　日本語日本文学』第4号(一九九二年十月)に掲載されたものだが、出典明示や表記統一などのため若干補筆した。

第10章　白居易の飲酒詩と平安朝漢詩

一　はじめに

中国の飲酒詩人と言えば、誰しも先ずは陶潜・李白・白居易を想い浮かべよう[1]。就中く、白居易の場合は、明の夏樹芳『酒顛』[2]によると、

唐の太子少傅の白居易、字は楽天。自ら酔吟先生と号した。楽天の詩は凡て二千八百首、飲酒の詩が九百首有る。

（上巻・36・酔吟九百首）

とあって、その残した詩の三分の一弱が飲酒の詩ということになるらしい。この数字がただならないものであることは改めて言うまでもない。居易晩年（開成三年〈八三八〉六十七歳）の「酔吟先生伝」（『白氏文集』巻六一・2953）には「性嗜レ酒耽レ琴淫レ詩、凡酒徒琴侶詩客多与レ之遊」とある。酒のみならず、琴詩もこよなく愛し、「良辰美景……好レ事者相過、必為レ之先払二酒罍一、次開二篋詩一、酒既酣乃自援レ琴操二宮声一」と楽しみ、「歳醸レ酒約数百斛」と自ら醸造しては、好んで「自二適于杯觴諷詠之間一」する様子が窺える。彼は酔ううちに「夢二身世一、雲二富貴一、幕二席天地一、瞬二息百年一、陶々然昏々然、不レ知二老之将一レ至、古所謂得二全於酒一」という境地に至ると言うのである。酒は彼の人生において欠くべからざるものであったから、これまでその飲酒詩に言及した論も少なくなく[3]、ここで稿者が改めて論ずる餘地はないようにさえ思うが、本稿では白詩を挙げながら、平安朝漢詩の世界と対照させる視

点から、聊か漫然たるものになるが記してみたいと思う。

二　勧酒と禁酒

白居易の飲酒詩はあまりにも多く、どの詩を採挙げたものか頗る惑わざるをえないが、本稿では年令の順にまずは見てゆきたい。次の作は比較的若い頃（元和五年〈八一〇〉三十九歳）の作で、親友元稹（当時三十二歳）に酒を勧めたものである（以下、『白氏文集』の引用では、原則として書名を省略し、巻数・作品番号・詩題を掲げることとする）。

勧㆑酒寄㆓元九㆒　（巻九・0416）

薤葉有朝露。槿枝無宿花。　薤葉に朝露有り。槿枝に宿花無し
君今亦如此。促々生有涯。　君も今亦此くの如し　促々として生に涯《かぎり》有り
既不逐禅僧。林下学楞伽。　既に禅僧を逐ひて　林下に楞伽を学ばず
又不随道士。山中煉丹砂。　又道士に随ひて　山中に丹砂を煉《ね》らず
百年夜分半。一歳春無多。　百年も夜は半《なかば》を分ち　一歳も春の多きこと無し
何不飲美酒。胡然自悲嗟。　何ぞ美酒を飲まずして　胡然として自ら悲嗟する
俗号鎖憂薬。神速無以加。　俗に銷憂薬と号す　神速なること以て加ふる無し
一盃駆世慮。両盃反天和。　一盃にして世慮を駆《お》ひ　両盃にして天和に反《かへ》る
三盃即酩酊。或笑或狂歌。　三盃にして即ち酩酊し　或は笑ひ或は狂歌す
陶々復兀々。吾孰知其他。　陶々復た兀々　吾孰《なん》ぞ其の他《ほか》を知らん

況在名利途。平地有風波。　況んや名利の途《みち》に在りては　平地にも風波有るをや
深心蔵陥穽。巧言織網羅。　心を深くして陥穽を蔵し　言を巧みにして網羅を織る
挙目非不見。不酔欲如何。　目を挙げて見ざるに非ず　酔はずして如何《いかん》せんと欲する

この詩の中で彼は次のように述べる。人の命ははかなく、誰もが逃れようもない短い人生を生きている。春の佳節もまた短い。されば限りある時を存分に楽しむべく、美酒を飲み憂さを忘れようではないか[4]。世慮を一掃し、自然の調和に復し、世間を忘れよう。官人世界は陰謀と欺瞞の世界で、どうして酔わずにおられよう、と。

彼は此作に先立つ「感レ時」（巻五・0177。永貞元年〈八〇五〉三十四歳）でも、「人生詎幾何。在レ世猶如レ寄。……唯当下飲二美酒一。終日陶々酔上」と詠んでいるが、これは彼の生涯一貫して変わらぬ姿勢であり、また、「効（傚）二陶潜体一詩十六首」（巻五・0212～0228）の詠でもよく知られるように、彼の敬愛する陶潜の世界（「形影神三首」他）を承け継ぐものであったことは改めて言うまでもない。

白居易は、更に春の花の盛りに友と飲酒することを何よりの喜びとすることも繰返し詠じている（巻一三・0622「答二韋八一」、0623「華陽観桃花時招二李六拾遺一飲」等）。

だが、こうした彼のような姿勢は平安朝詩人にはなかなか窺えない。確かに様々な宮中の儀式に酒は用意されていたし、花下惜春や重陽宴詩等に酒は詠まれているのだが、飲酒の背景に避けられない死への慄《おのの》き、限り有る命への愛惜を感じさせる作は殆ど見えないように思えてならない。「私は白居易の子と同年の生まれで、その子である私は『白氏文集』と共にこの日本にやって来たのだ[5]」とまで白詩に耽溺し、その卯時飲酒を最も早く享受したことでも知られる島田忠臣[6]にしても、友人を誘い飲まずにはいられぬ憂愁を抱えていた気配はないし、その弟子の菅原道真にしたところで、「応レ醒二月下徒沈酔一。擬レ噤二花前独放歌一」（『菅家文草』巻二・94「勧レ吟レ詩寄二紀秀才一」）と、むしろ白詩で詠まれるような沈酔放歌を戒めており、また、「北窓三友」（巻六二・2985）をふまえては「一友弾

琴一友酒、酒与二弾琴一吾不レ知」（「詠二楽天北窓三友詩一」『菅家後集』477）という程であった。勿論作品中に飲酒詩もあるから下戸であったとは言えないまでも、日々好んで飲んでいたとは思えない。概して王朝詩人は宴詩中以外ではあまり酒を詠まない傾向にあるが、その理由は必ずしも判然としない。

道真の「晩冬過二文郎中一翫二庭前早梅一詩序」（『菅家文草』巻一・49）に「日者《このごろ》、朝家に令有りて飲酒を禁ず。令行はれし後、之を犯す者無し[7]。若し故人を追ひ訪ひ、親友を存慰せずんば、更に快く盃酒を飲み、縦《ほしいまま》に詩章を賦すること無からむ」と記す一節がある。これに依れば当時「禁酒令」が出されていたようであり（実は天平宝字二年〈七五六〉より幾度も繰返し出されていた）、『類聚三代格』（巻一九・禁制事）に見える貞観八年（八六六）正月二十三日付太政官符「一禁二制諸司諸院諸家所々之人焼尾荒鎮（注、平安時代の進士及第の祝宴のこと）、又責レ人求レ飲及臨時群飲一事」「一禁下制諸家幷諸人祓除神宴之日諸衛府舎人及放縦之輩求二酒色一費中被物上事」（『三代実録』にも所載）がそれである。これによれば先の禁酒令が有名無実化して、群飲酔乱、凌轢闘乱のもとになっており、祓除や神宴でも飲酒による濫悪が発生し、群盗の惹起にも等しい状態だと述べ、禁酒令の強化が指摘されている。祭礼や医療以外での飲酒は禁じられ、親しい仲間同士休暇に飲酒するにしても、役所に申告し許可を得なければならなかったし、違犯した場合には一年の封禄停止や現職解任、杖刑が課せられることもあった（『続日本紀』天平宝字二年二月十日条詔）。屋敷内はともかく、屋外や巷間で勝手に群飲するような私的飲酒は抑制されていた可能性が高い気がする。従って、白居易のように、例えば、

但遇二詩与レ酒。便忘二寝与レ飡。高声発二一吟一。似レ得二詩中仙一。（巻八・0384「自詠」）

春初携レ手春深散。無三日花間不二酔狂一。（巻一三・0642「酔中留二別楊六兄弟一」）

などと気楽に詠ずることはできなかったのである。

それなら、平安時代に淫酒耽溺はなかったのかと言えば決してそうではないようだ。有名な紀長谷雄「亭子院賜

飲記」(『本朝文粋』巻一二・373。『紀家集』巻一四。『朝野群載』巻三。延喜十一年六月十五日)は宇多法皇——この方は退位後の暇に任せて気儘なことを好んでやる方だった——が当代無双の酒豪八人(藤原仲平、源嗣、藤原兼茂、同俊蔭、同経邦、良岑遠視、藤原伊衡、平希世。杜甫の「飲中八仙歌」を想起する人もおられよう)を召して、沙《すな》に沃《そそ》ぐが如くに飲酒を競わせたことを記す。酩酊の果てに、嘔吐したり、気を失ったり、舌をもつれさせ意味不明の言辞を発したり、呻き苦しんだりする者が続出。乱れなかったのは伊衡一人だったという。上皇主催なればこそのことであったろうか。

いま一つ、これも宇多法皇が行われたもの——前記のものを溯る時のものだが——やはり紀長谷雄「昌泰元年(八九八)次二戊午一十月二十日競レ狩記」(『紀家集』巻一四)なる記録がある。それによると、夜宴が設けられ通《よもす》宵《がら》盃酒・笛歌が行われる中、平好風(皇太后宮職亮)は快飲、酔歌狂舞して、遊女数人が座に入り来るや大いに好色ぶりを発揮し、「昔の少将なるぞ」とか称して彼女達の懐に手を入れては探《まさぐ》り、「吮二其口一《そのくちをすい》」「戯言多端」と、具《つぶさ》に記し難い淫靡な行為に及んだ由である。こうしたことはどうも禁酒令の埒外であった(何分都の中のことではない)と言う外ないようだ。

ところで、前述したように白居易は酒を携え春の花を楽しむことを幾度となく詠じている。[8] その花とはどんなものであったのだろうか。どうでも良いことのようにも思えるが、次のような作が稿者の脳裏を過る。

春風　(巻五五・2608)

春風先発苑中梅　　春風は先づ発《はなひら》かしむ　苑中の梅
桜杏桃梨次第開　　桜杏桃李　次第に開《さ》き
薺花楡莢深村裏　　薺花楡莢　深村の裏《うち》
亦道春風為我来　　亦道《い》ふ　春風は我が為に来ると

これに依れば、梅・桜桃・杏・薺・楡莢の花が春日の推移と共に咲き続くと言う。春の花と言えば長安の人々の酷愛した牡丹なども含まれるはずだが、ともあれ、様々な花が咲いては命を散らしてゆく、その微妙な変化に彼は注目していたに違いない。居易は晩年、詠まれた季節は異なるが、「光陰与二時節一。先感是詩人」（巻六五・3168「新秋喜レ涼」）と時節の変化に敏感であることが詩人の本領であると述べており、それはまた自然の微妙な推移に注目する契機を読み手に喚起させずにはおくまい。従って島田忠臣のような白詩愛読者は「百（白）氏書中収二夏部一。諸家集裏閲二秋詩一。感二傷物色一還成レ癖。此癖無レ方莫二肯治一」（『田氏家集』巻上・4「早秋」。前半二句は『新撰朗詠集』巻上・早秋190に所収）と時節に合わせて詩を読む（そして詠う）生活を送っていた。もっとも、それは彼だけではなく、当時の詩人や歌人にあっても共有できる思いであったのではないかと稿者は臆測している。創作者ともなれば先人の作を意識せずにはいられない。それらに触発されて新たな作品を紡ぎ出してゆくのも当然のことであったであろう。その風物の日々の変化に注目し、先人の作に学びつつ創作する視点は、『古今和歌集』以下の勅撰和歌集が四季の微妙な推移による詠歌の排列をとっていることに繋がっていく一面もあるような気がしてならないのである（飲酒詠に直接関わることではないが敢て記しておきたい）。

三　飲酒詠の表現と語彙をめぐって

白居易は元和十年（八一五）に江州司馬に左遷され、次いで同十三年忠州刺史、長慶二年（八二二）に杭州刺史、宝暦元年（八二五）には蘇州刺史に任じられ、十年程の間（この間に召還され一時都での官も得ているが）主に地方官として生活している。これらの地は風俗や自然の佇《たたずま》いが北方の長安や洛陽とは異なり、彼にとっては新たな詩的感興に目覚める良い機会となった。この長江沿いでの生活詠を収める『白氏文集』巻一六～二〇あたりは、実は平安朝の詩歌人達に最も愛読されたと思われる部分であるが、それのみならず江南の自然――実は日本の自然にも通う――の豊かさを発見、表現していることでも注目される。この期間に、「与二元九一書」（巻二八・1486）「東南行一百韻」（巻一六・0908）「琵琶引幷序」（巻一二・0602～0603）等を作し、盧山の香鑪峯に草堂を構えたり（巻二六・1472「草堂記」、巻一六・0975～0979「香鑪峯下新卜二山居一草堂初成偶題二東壁一（五首）」等）、杭州では自然を楽しみ元稹と詩筒による贈答唱和を重ね、『白氏長慶集』（元稹編）を成すなどしている。その生活の一端を詩句から切りとれば次のようになるだろうか。

江州司馬の生活は閑暇で、酒茶を楽しみ棊をうつ時間もあり（巻一六・0923「北亭招客」）、盧山に入って麋鹿を友としたり（同上・0924「宿二西林寺一早赴二東林満上人之会一因寄二崔二十二員外一」）、琴を伴として酒を家とする[9]ような次第（同上・0931「憶二微之一傷二仲遠一」）。また、故郷（長安）にはない土地の味覚を楽しみ（同上・0934～0935「春末夏初閑二遊江郭一二首」）、「自三従苦学二空門法一。銷尽平生種々心。唯有二詩魔[10]一降未レ得。毎レ逢二風月一一閑吟」（同上・1004「閑吟」）と仏道修行に勤めつつも、詩作にとりつかれる心情を述べ、結局は煩悩から逃れることはできずに、酒狂が詩魔を喚び起こす（巻一七・1064～1065「酔吟二首」）と詠じている。

忠州では初めて茘枝を食して酒肴にもし（巻一八・1131「題二郡中茘枝一詩十八韻兼寄二万州楊八使君一」、1172「茘枝楼対レ酒」）、「閑レ閣只聴朝暮鼓。上レ楼空望往来船。鶯声誘引来二花下一。草色勾留坐二水辺[11]一」（同上・1159「春江」）と閑雅にして、「雖下在二簪裾一従中俗累上。半尋二山水一是閑遊」（巻五八・2860「思レ往喜レ今」）などという自由気儘な日々を送っている。だが、後に「誰人勧二言笑一。何計慰二漂零一。慎勿二琴離レ膝。長須二酒満レ瓶。大都従レ此去。宜レ酔不レ宜レ醒」（巻一九・1246「送二客南遷一」）と回顧しているところをみると、そうした生活は必ずしも意を得たものではなかったのだと知られよう。

一方杭州の時には、「餘杭仍名郡。……甚覚二太守尊一。亦諳二魚酒美一。……間有二賢主人一。而多二好山水一。是行頗為

レ悵。所レ暦良可レ紀。策レ馬度二藍渓一。勝遊従レ此始」（巻八・0335「長慶二年七月自二中書舎人一出守二杭州一路次二藍渓一作」）と大いに魚酒や山水明媚に期待をもって赴いており、「聞レ有レ酒時須二笑楽一。不レ関レ身事莫二思量一」（巻二〇・1358「二月五日花下作」）などと詠じ、自由享楽している様子である。離任の時には「処々回レ頭尽堪レ恋。就中難レ別是湖辺」（巻五三・2355「西湖留別」）と名残りを惜しみ、「自レ別二銭塘山水一後。不二多飲レ酒懶レ吟レ詩」とまで詠み、後年にも「江南名郡数二蘇杭一。境牽二吟詠一真詩国。興入二笙歌一好酔郷」（巻五六・2638「見下殷堯藩侍御憶二江南一詩三十首上詩中多叙二蘇杭一余嘗典二二郡一因継和レ之」）と詠じて、蘇州と共に「詩国」（本朝詩では越前、北陸の地を指して用いられている）と述べていることからもかなりお気に入りの地であったと言ってよかろう。

　さて、次に掲げる詩は、長慶二年、杭州刺史として着任した頃（五十一歳）の作である。

　　銭湖州以二箬下酒一。李蘇州以二五酘酒一。
　相次寄到。無レ因二同飲一。聊詠レ所レ懐。　（巻二〇・1341）

労将箬下忘憂物　　労《ねぎら》ふ　箬下忘憂の物を将《も》って
寄与江城愛酒翁　　江城の酒を愛する翁に寄与されしを
鐺脚三州何処会　　鐺脚の三州　何《いづ》れの所にか会《あ》はん
甕頭一盞幾時同　　甕頭の一盞　幾時《いくとき》にか同じうせん
傾如竹葉盈樽緑　　傾くれば竹葉の如く　樽に盈ちて緑なるに
飲作桃花上面紅　　飲めば桃花と作《な》り　面に上《のぼ》りて紅なり
莫怪殷勤酔相憶　　怪しむ莫れ　殷勤に酔ひて相憶ふことを
曽陪西省与南宮　　曽《かつ》て西省と南宮とに陪《はべ》りしなり

これに依れば、湖州刺史銭徽から箬下酒、蘇州刺史李諒からは五酘酒なる美酒を送られたという。また、彼は他でも崔玄亮から湖州の酒を送られ（巻五三・2338「早飲二湖州酒一寄二崔使君一」）、淮南にいた牛僧孺からも楚醴を送られており（巻六六・3289「奉レ酬二淮南牛相公思黯見レ寄二十四韻一」）、自らも潯陽（江州）の酒（巻一〇・0519「早秋晩望兼呈二韋侍御一」）や杭州の銘酒梨花春などを手にし（巻二〇・1364「杭州春望」）、各地方の酒を楽しんでいることが知られるが、他にも次のような酒名が見える。

桂酒　松花酒（薬酒）　桑落酒　竹葉（青）　蒲萄酒　榴花酒

この他、酒に関する語彙は実に豊富で、その一端を挙げれば次のようなものがあり、他の唐代詩人とは比較にならない程多様に思えるが、流石に「酒癖」「酒魔」の人酔吟先生ならではの感がある。

家醞　薤白酒　麴糵　賢人　賢聖　香醅　香醪　黄菊酒　黄醅　高陽　歳酒　酒海
酒鈎　酒漿　酒聖　酒醅　新酎　神聖　清醑　聖賢　聖酒　濁醪　地黄酒（薬酒）
杜康　白醪　緑醞　緑蟻　緑酒　緑醑　緑醅　緑醪　藍尾酒　巻白波（飲酒の曲）

また、酒器（杯）にも次のような語彙が見えている。

荷葉杯　玉爵　玉杯　金杯　銀盃　銀花　銀觥　紅玉杯　白玉巵　白螺醆　緑觴　緑杯　螺杯　柳花盌　蓮子杯

そして、酒の肴といえば「水陸八珍」（巻二一・0081「軽肥」）というから、本来は数多くの珍味が卓上に処狭しと並べられたことであろうが、今具体的に挙げられているものを聊か拾ってみると次のようになろうか。

園葵（庭の野菜）　魚膾・紅糸鱠縷・鱸魚膾　魚酢（酢漬けの魚）　枯魚（魚の干物）　蓴菜　筍　餻（もち）　桃　洞庭の橘　白鱗（白身の魚）　脯醢（干肉と塩辛）　茘枝

平安朝の漢詩文にもこうした白詩に用いられている語彙――必ずしも白詩のみに限定されるものではないものもあるが――は、例えば次のように見える。(12)猶、煩雑を避け用例は網羅ではなく代表例に留めることとする。

戸牖梨花松葉裏。郷国藍水玉山程[13]。　（具平親王「唯以レ酒為レ家」『本朝麗藻』巻下・126）

竹葉[14]挙多少。梨花酌浅深。　（『菅家文草』巻五・405「酒」）

暫為レ忘レ憂斟二桂酒一。只須三随レ節製二蕉衣一。　（藤原敦光「三月尽日述懐」『本朝無題詩』巻四・240）

野酌卯時桑落酒。山畦甲日稲花風。　（紀斉名「田家秋意」『和漢朗詠集』巻下・田家567）

蒿蕀火温眠炙レ手。蒲萄酒美酔開レ眉。　（蓮禅「炉辺閑談」『本朝無題詩』巻五・354）

酒是下若村之所レ伝、傾甚美。　（大江朝綱「晴添草樹光詩序」『和漢朗詠集』巻下・酒486『本朝文粋』巻二・320）

閑対二芳樽一携二若下一。〈酒名見二文集一〉　（輔仁親王「秋日林亭即事」『本朝無題詩』巻六・380）

勧来家醞[15]唯斟レ露。落尽庭花不レ厭レ風。　（藤原敦光「閏三月尽日即事」同巻四・244）

多粉粧転三溠□。濃艶斜臨九醞清。　（藤原成家「花色映二春酒一」『中右記部類巻七紙背漢詩』）

黄醅緑醑有レ時斟。……先趁二梨花一携レ岸思。頻傾二蓮子一洗レ羈心。　（平時範「酌レ酒対二残菊一」同右）

清醑三杯斟二緑桂一。雅琴数曲撫二幽蘭一。　（藤原明衡「歳暮即事」『本朝無題詩』巻五・340）

抱レ膝舟中酔二濁醪一。此時心与二白雲一高。　（『菅家文草』巻五・363「漁父詞」）

将下踈二緑蟻一親中青眼上。不レ厚二紅螺一薄二翠眉一。　（藤原博文「停レ盃看二柳色一」『類聚句題抄』197）

緑酒猶催醒後盞。珠簾未レ下暁来鉤。　（『菅家文草』巻五・354「雨晴対レ月」）

こうした一方で、実は酒の肴[16]についてはあまり言及するところがない。そもそも日本の古代文学の世界では飲食の場面が具体的に描かれることは殆どなく、従って酒の肴について詳しく記されることも殆どない。白詩の例の橘の実に関連して記しておくなら、『伊勢物語』（六〇段・花橘）に見える次のくだりあたりが挙げられようか。かつての妻が、ある国の役人の妻となっていると聞き、昔男が宇佐に使する途中に立寄る、

「女あるじにかはらけとらせよ。さらずば飲まじ」といひければ、かはらけとりていだしたりけるに、さかななりける橘をとりて、

さつき待つ花橘の香をかげば昔の人の袖の香ぞする。

という有名な場面である。恐らく橘の実以外の酒肴もあったのだろうが記すところない。

ところで、前掲の白詩に立戻って、詩の表現についても少し触れておこう。第六句に見えていた、酡顔を桃花に喩える表現は、平安朝の漢詩表現にも流入して、

煙霞遠近応二同戸一。桃李浅深似二勧盃一。（『菅家文草』巻五・342「賦二花時天似レ酔一」）

桃顔助レ酔斟レ紅後。梅片混レ粧挙レ白程。（藤原家仲「落花浮二酒盃一」『中右記部類巻七紙背漢詩』）

などと受け継がれている。今ここで詳しくは述べないが、白詩の比喩表現は平安朝文学の表現に甚大な影響を与えていることは言い添えておかねばなるまい。他に白詩には鶯（の声）が酒を勧める（巻五四・2465「三月二十八日贈二周判官一」、巻六七・3352「奉レ和三思黯自題二南荘一……」）という面白い表現も見えているが(17)、その影響も、

被レ催二啼鶯一斟レ酒久。好携二遊騎一見レ花頻。（輔仁親王「暮春遊二西山古洞一」『本朝無題詩』巻一〇・765）

と少ないながら見えている。こうした例は他にもあり、平安朝詩人達の白詩への注視は実にこまやかな部分にまで及んでいると稿者は思わざるをえない。

勿論、平安朝の飲酒詩の語彙や飲酒故事などは白詩——重なる部分は確かに多いが——のみによるわけではなく、『文選』や類書と関わる部分もあり、また本朝詩にはその出典がよくわからない語彙も見えている。それは次の「三溠」「四字」の二語(18)である。

九重逢二九日一。玉斝酔二三溠一。（『菅家文草』巻二・173「九月九日侍宴」）

狐叢随レ見発。四字応レ声来。（同巻六・435「九日侍宴同賦三菊花催二晩酔一」）

冬別一樽傾レ露処。春随四字酌レ霞程。（藤原資業「依レ酔忘二天寒一」『類聚句題抄』181）
窓中酌レ酒三溠白。山外望レ煙九転丹。（藤原季綱「初秋偶吟」『本朝無題詩』巻五・301）
琴調二一曲一応レ催レ興。酒酌二三溠一暫忘レ憂。（藤原知房「夏日即事」同巻四・262）
浮レ花咲得三溠酒。翫レ艶賦成六義詩。（藤原茂明「賦二菊花一」同巻二・57）
四字応レ呼餘艶裏。三溠被レ引下流□。（菅原在良「酌レ酒対二残菊一」『中右記部類巻七紙背漢詩』）
子猷船艤三溠緩。孫氏窓寒四字明。（菅原清能「対レ雪唯斟レ酒」同右）

いずれも、飲酒に関わる語彙で、本朝にあっては菅原道真の作が早いと思われるので、その作を継承するものだろうが、博雅の士の御教示が得られれば幸いである。

四　飲酒詩の摘句をめぐって――『千載佳句』『和漢朗詠集』『新撰朗詠集』――

白居易は蘇州を去り、大和元年（八二七）に洛陽に戻り、秘書監に任じられ、以後高級官僚としての道を歩むことになる。翌年には刑部侍郎として長安に住しているが、そこは人が名利を求めて狂奔する現場であり、熾烈な権力闘争が行われ、本稿冒頭所引詩にも見えているように「況在二名利途一。平地有二風波一。深レ心蔵二陥穽一。巧レ言織二網羅一」（「勧レ酒寄二元九一」）などということも決して珍しくない世界であった。彼は[19]病にかこつけ百日の暇《いとま》を請い、政争に巻込まれるのを避けるべく官僚社会から距離をおいて、同三年には太子賓客分司となり、「東都少二名利一」（巻六二一・2984「詠懐」）という洛陽に戻り、履道里に居を構える。閑職ながら高く安定した地位を得て、彼は自足の面持ちであったろうか。だが、五十代後半以後の彼は友人達と頻りに詩を詠み交わしてはいるものの、実は敬愛する友人達――韋処厚・孔戢・銭徽・崔植・皇甫湜・元稹・崔群・崔玄亮ら――の相次ぐ死（大和二～六年）とも向き合わねばならなかった。歳月と運命の容赦ない仕打ちになすすべなく、孤独と感慨に堪え難いものがあり酒杯を重ねるが、更に老いて得た男子阿崔に、期待虚しく三歳程で逝かれてしまった（同五年）ことは彼の心に打撃を与えずにはおかなかったであろう。

しかし、その一面、この時期は白居易という詩人にとっては重要な仕上げの事業を次々と成し遂げえた期間でもあったと稿者は思う。『元白唱和集』（大和三年）『劉白唱和集』（同六年）『白氏文集』（東林寺本六〇巻、同九年。聖善寺本六五巻、開成元年〈八三六〉。南禅院本六七巻、同四年。七〇巻本、会昌二年〈八四二〉。七五巻本、同四年）。『香山寺洛中集』（開成五年）等がその主な成果ということになろう。その後、官吏としては会昌二年刑部尚書をもって致仕するまで勤め上げ、同五年（八四五）には本朝の尚歯会の起源となる「七老会」を履道坊の自邸で主催して、翌六年七十五歳で薨じている。[20]

さて、次の作は大和二年、刑部尚書となり、居を長安に移し、冬頃には病んで百日の暇を請う（先述）ことになるが、恐らくその間の作と思われる。

鏡換レ杯　（巻五六・2631）

欲将珠匣青銅鏡　珠匣の青銅の鏡を将《も》ちて
換取金樽白玉巵　金樽の白玉の巵に換取《か》へんと欲す
鏡裏老来無避暑　鏡裏　老い来りて　避くる処無く
樽前愁至有消時　樽前　愁へ至るも　消ゆる時有り
茶能散悶為功浅　茶は能く悶《もだえ》を散ずるも　功を為すこと浅く
萱縦忘憂得力遅　萱は縦《たと》ひ憂へを忘れしむるも　力を得ること遅し
不似杜康神用速　杜康の神用速《すみや》かなるには似《し》かず

纔分一盞便開眉　纔かに分《わか》つ一盞に　便ち眉を開く(21)

鏡を白玉の酒杯に取換えようというのは、鏡が避けようもなく衰老の身を映し出してしまうから、一方酒樽を前にすれば愁いも消える時があるからだ、と詠む。留め得ぬ老い（と避けられぬ死）への哀嘆は彼の多くの詩に見られるものであり、それを酒によって晴らそうとすることもまた繰返し詠まれてきたものだ。茶は苦悶を発散させる効果少なく、萱草《わすれぐさ》は憂いを忘れるとは言いながら効き目が遅く、酒が極めて速やかに効果を発揮するには到底及ばない。酒はほんのわずか一杯で愁へをとかしてしまうのだ、と言う。

この詩を敢て引用したのは、首聯(22)を除く後の三聯がいずれも平安朝の佳句選に採られているからである。頷・尾聯(23)は『千載佳句』（巻下・酒797 798）、頸聯(24)は『千載佳句』（巻下・酒798の題注に所引）『和漢朗詠集』（巻下・酒483）に見える。実はこの作が所収されている『白氏文集』巻五六やそれ以下の巻の飲酒に言及した作品は平安朝の佳句選によく採られ、王朝人士の口の端にのぼっていたようである。そこで、少し飲酒詠摘句について記しておきたい。

大江維時（八八六～九六三）の撰した『千載佳句』には全一〇八三聯（重複も含む）が所収され、そのうち白居易作は五〇七聯(25)という。『佳句』全体で飲酒に関わる詩句は、稿者の試算では一五六聯程見えているが、そのうち白詩が一〇二聯を占め六五パーセント強にも及ぶ。これを『白氏文集』の巻毎で見ると（猶未詳のものは除く）、巻一二～二〇で合計二十八聯、巻五三～五八で合計四十聯、巻六四～六九で合計二十七聯であり、多い巻を順に挙げると、巻五六（十一聯）、巻五七（九聯）、巻五八・六四（以上八聯）、巻一八・五五（以上五聯）、巻一三・一四・二〇・五四・六五～六七・六九（以上四聯）となる。時期的に見れば、大和元年（八二七）洛陽に戻ってからの作（巻五五～六九）から六十聯採られていることになり、結果的には居易五十六歳以後の中央に在って比較的落着いた生活の中で作られた飲酒詩から摘句されているように思われる。その時期の白居易の飲酒生活の一端を詩句により窺ってみることとしよう。

長安新昌里に居し、花柳好もしき折酒茶も笙歌もあるから飲みに来ないかと友を誘い（巻五六・2649「自題二新昌居止一因招二楊郎中一小飲」）、酒と音楽こそ老いの慰め（同上・2650「南園試二小楽一」）だという。「詠二家醞一十韻」（同上・2673）では自家醸造酒の美味香気酷烈を賛し、酒を「君」と呼んで交遊に身を終えるのだと詠じ、「対レ酒五首」（同上・2676～2680）では人との争いを避け、儚い生涯の小利を求める愚をやめ、神仙になろう。若い時や春の好時節は束の間で、友と逢うて飲むがよい。人を見舞う一方で死を弔うような切ない日々だから琵琶と酒なくしてはいられないなどと言い、良辰に酩酊し飽食と安眠に恵まれ「一酔外何求」[26]とも詠ずる。東都での太子賓客分司としての生活は「居多二暇日一、閑来輒飲、酔後輒吟」ずる酒をテーマにした一篇「勧レ酒十四首」（巻五七・2756～2769）を残している。朝酒に酔いしれては妻から「劉伶」と呼ばれ（巻五八・2842「橋亭卯飲」）、朝寝しては起きぬけに一杯の竹葉酒という自由気儘な生活（同上・2856「日高臥」、巻六八・3507「閑楽」）を愛し、「耽酒狂歌客」（巻五八・2906「履道居三首」其三）と自称して、高位高官や金よりも身の閑にして心の満ち足りた状態こそ貴い（巻六二・2957「出レ府帰二吾廬一」）のだと言う。琴・詩・酒を友として楽しむ（同上・2985「北窓三友」）日々であったようだ。会昌二年（八四二。七十一歳）に刑部尚書を以って致仕した後の作に、「頭白酔昏々。狂歌秋復春。一生耽レ酒客。五度棄レ官人。累世陶元亮。前生劉伯倫。……但得二杯中淥一。俱生二甑上塵一。煩レ君問二生計一。憂レ醒不レ憂レ貧」（巻六九・3587「酔中得二上都親友書一以二予停レ俸多時一憂二問貧乏一偶乗二酒興一詠而報レ之」）とある。末句は「君子憂レ道不レ憂レ貧」（『論語』衛霊公）をふまえ戯れたものであるが、居易にとって酒に酔うことこそがすべてであった。まさに「吾道一以貫レ之哉」（同上・里仁。この場合の「道」は本来忠恕のことだが）よろしく、この末句には耽酒酔郷に在ることを無上のこととして貫き生きたという彼の述懐が込められているような気がしてならない。

　さて、『佳句』以外の佳句選にも触れておこう。藤原公任（九六六～一〇四一）の編した『和漢朗詠集』に飲酒詠は三十八篇見え、うち白詩は十八篇で、480「酒功賛序」（巻六一・2938）、481五言詩（巻一七・1030「酔中対二紅葉一」）

を除く十六聯はすべて『佳句』に既に採られていたもので、その影響の強さの程が明確になる。

また、藤原基俊（一〇五六～一一四二）の『新撰朗詠集』では飲酒詠はかなり減少し、二十四聯程にとどまり、そのうち白詩は僅か四聯（すべて『佳句』所収）と大きく後退し、替って本朝詩人の作が十九聯（『和漢朗詠集』では十五聯）と躍進する傾向が見出せる。だが、これは白詩の飲酒詠が軽視されるようになったことを必ずしも意味しない。例えば『中右記部類巻七紙背漢詩』（巻四六・飲食部上・酒〈付盃酒・盃・酔〉酔郷に一二〇首現存）あたりの用語や表現を見ても白詩の影響を垣間見ることができよう。白詩の飲酒詠は院政期までにはもはや当然のこととして定着し、更に拡がりを求めて本朝詩人達（多い順に、慶滋保胤四聯、大江匡衡三聯など）の作（白詩の影響を受けていることも少なくない）を採挙げていると考えるべきなのではないかと思う。

白詩の飲酒詩句の中で、前掲「鏡換盃」詩の他に、殊に人口に膾炙した作を少し挙げるなら、次の句あたりであろうか[27]。

林間煖レ酒焼二紅葉一。石上題レ詩掃二緑苔一。

（『千載佳句』巻下・詩酒799。『和漢朗詠集』巻上・秋興221。『白氏文集』巻一四・0715「送二王十八帰レ山寄二題仙遊寺一」）

生計抛来詩是業。家園忘却酒為レ郷。

不レ酔黔中争去得。磨囲山月正蒼々。

（『千載佳句』巻下・詩酒800、送別912。『和漢朗詠集』巻下・酒482、巻上・月254。『白氏文集』巻一八・1142「送三蕭処士遊二黔南一」）

琴詩酒友皆抛レ我。雪月花時最憶レ君。

（『千載佳句』巻下・憶友423。『和漢朗詠集』巻下・交遊733。『白氏文集』巻五五・2565「寄二殷協律一」）

五　飲酒詠の基調

白居易の精神は基本的には儒学によってかたちづくられていようが、それに道教（老荘）・仏教の思想を取込み、各々の足らざるところを補完しつつ、自らの心の均衡《バランス》、平安を獲得しているように思う。飲酒――酔中狂歌と言った方が良いか――はそれと密接に結びついて、彼の生を支える機能を果たしているように思われる。そして、それによってこそ長い官僚生活を生きぬくことができたのだと言って良かろう。こうした飲酒詠のありようは平安朝詩人達には殆ど見られないものである。白詩の語彙や表現（故事引用や比喩の手法）を積極的に摂り入れるが、それは修辞としての効果を学ぶという範疇に留まるのではないかと稿者は考える。

これまで飲酒詠をめぐり白詩と平安朝漢詩の世界に視点を当て記してきたが、最後に、日中の飲酒詠の基調について簡略に触れておきたいと思う。

周知のように中国では早く『詩経』に、例えば、

耿々不ㇾ寝。如ㇾ有二隠憂一。微二我無一ㇾ酒。以敖以遊。＊憂いあり眠れぬが酒で忘れて遊ぼうぞ。（邶風「柏舟」）

我有二旨酒一。嘉賓式燕以敖。……我有二旨酒一。以燕二楽嘉賓之心一。＊うまき酒あり、宴遊しよう。（小雅「鹿鳴」）

爾酒既旨。爾殽既阜。……死喪無ㇾ日。無二幾相見一。楽二酒今夕一。君子維宴。＊人の命ははかなく、せめて酒で楽しもう。（小雅「頍弁」）

魯侯戾止。在ㇾ泮飲ㇾ酒。既飲二旨酒一。永錫ㇾ難ㇾ老。＊酒は長寿のもと。（大雅「泮水」）

などとあって、後世詠まれる飲酒詠のパターンが已に見えている。その後、史上最初の詩人とも言うべき魏武帝（曹操。一五五～二二〇）の有名な作「短歌行」（『文選』巻二七）にも、

対レ酒当レ歌。人生幾何。譬如二朝露一。去日苦多。慨当二以慷一。憂思難レ忘。何以解レ憂。唯有二杜康一。

＊人の命には限りがあり、時はまたたく間に過ぎてゆき、憂いは消えず、払うにはただ酒あるのみ。

と詠まれ、以後飲酒詠の基調となる。陶潜にしろ白居易にしろこうした表現の系譜の中に在ると言って良かろう。

一方、本朝ではどうか。酒は早く神事とも関わり、神からの賜り物とされ(28)、同時に人々に楽しまれたことは想像に難くない。例えば、

天皇《すめらみこと》、大田田根子を以て、大神《おほみわのかみ》を祭らしむ。是の日に、活日《いくひ》自ら神酒《みわ》を挙げて、天皇に献《たてまつ》る。仍りて歌《うたよみ》して曰はく、

此の神酒《みき》は我が神酒ならず倭成す大物主の醸《か》みし神酒幾久幾久　（『日本書紀』(29)巻五・崇神天皇八年十二月）

御祖息長帯日売命《みおやおきながたらしひめのみこと》、待酒を醸みて献りたまひき。爾《ここ》に其の御祖の御歌に曰《の》りたまはく、

この御酒《みき》は我が御酒ならず酒《くし》の司《かみ》常世に坐《いま》す石《いは》立たす少名御神の神寿《かむほ》き寿き狂ほし豊寿き寿き廻《もと》ほし献《まつ》り来し御酒ぞあさず食《を》せささ

とうたひたまひき。如此《かく》歌ひて大御酒を献りたまひき。爾に建内宿祢命《たけしうちのすくねのみこと》、御子の為に答へまつりて歌ひて曰はく、

この御酒を醸みけむ人はその鼓臼《つづみうす》に立てて歌ひつつ醸みけれかも舞ひつつ醸みけれかもこの御酒の御酒のあやにうた楽しささ　（『古事記』(30)中巻・酒楽の歌）

とうたひき。此《こ》は酒楽《さかくら》の歌なり。

などと見えている。勿論『万葉集』(31)にもしばしば詠まれている。

大宰帥大伴卿の大弐丹比県守卿の民部卿に遷任するに贈れる歌一首。

君がため醸みし待酒安の野に独りや飲まむ友無しにして　（巻四・555）

大伴坂上郎女の歌一首。

酒坏《さかづき》に梅の花浮《う》け思ふどち飲みての後は散りぬともよし

和《こた》へたる歌一首。

官《つかさ》にも許し給へり今夜のみ飲まむ酒かも散りこすなゆめ

右、酒は官の禁制して偁《い》はく、「京中の閭里《さと》に集宴することを得ざれ。ただ親々《はらから》一二《ひとりふたり》の飲楽は聴許《ゆる》す」といへり。これによりて和ふる人この発句をつくれり。

（巻八・1656 1657）

梯立《はしたち》の熊来《くまき》酒屋に真罵《まぬ》らる奴《やつこ》わし誘《さす》ひ立て率《ゐ》て来なましを真罵らる奴わし

（巻一六・2879）

などはその一端で、友と飲めぬ淋しさ、当時禁酒令(32)が出ていたこと、そしてこの頃には酒屋もあったことが知られよう。また、『万葉集』中の傑作と言えば、大伴旅人「讃酒歌十三首」（巻三・338～350）を忘れてはなるまい。長くなるので引用はしないが、この頃は和歌でも、漢詩（『懐風藻』）でも「酒」は詠まれるべくして詠まれていた。平安時代に入っても漢詩文の世界では飲酒詠は多く見られるが、和歌世界では全く事情が異なる。平安朝の和歌では殆ど「酒」は好んで詠まれるものではなかった。『万葉集』の後、再び「酒」の和歌に出会うのは、院政期の源経信（和漢兼作の人。一〇一六～九七）・俊頼（歌人。一〇五五～一一二八）父子の作あたりからということになりそうだ。但し、直接「酒」の語そのものは用いず、次のような中国故事をふまえた優雅な用語ではある。

情《なさけ》多かる人々の遠路《とほぢ》の里にまどゐして憂へ忘るることなれや竹の葉をこそ傾くれ

（『経信集』176「初冬述懐長歌」より抄出）

竹の葉に浮べる菊を傾けて我のみ沈む歎きをぞする

（『散木奇歌集』543）

きよみきの聖（ひじり）を誰も傾ぶけてしひをつみえぬ人はあらじな

（同右1376）

この間の断絶は一体何故だろうか。まさか先で述べた禁酒令や仏教で言う五戒（在家仏教信者の守るべき五つの戒め）の一つに不飲酒戒があったから、酒害の戒め（『大智度論』巻一三）も説かれていたから、というのが理由になるとは正直思えない。あの藤原俊成（一一一四〜一二〇四）のように、飲酒は雅ではなく俗であった（『古来風体抄』）からと言い切って良いものかどうか、稿者は猶考えあぐねるばかりなのである。

[注]

（1）早く青木正児『中華飲酒詩選』（筑摩書房、一九六四年）でもこの三人を中心にしながら選詩していることはよく知られているだろう。

（2）青木正児『酒中趣』（筑摩書房、一九八四年）所収の青木訳による。

（3）以下必ずしも網羅を期するものではないが、管見の範囲で若干挙げておきたい。堤留吉『白楽天研究』（前篇第五章第六節「飲酒」。春秋社、一九六九年）、青木正児「白楽天の朝酒の詩」（『青木正児全集』第七巻、春秋社、一九七〇年）、今井清「白楽天の詩に見える酒」（『人文』26号、京都大学、一九八二年）、平野顕照「白居易の「卯酒」詩再考」（『文芸論叢』40号、一九九三年）、丹羽博之「白楽天の卯酒の詩と平安朝漢詩」（『大手前女子大学論集』30号、一九九七年）、西岡淳「唐宋の詩人と酒―白居易と蘇東坡―」（『愛媛大学法文学部論集』〈人文科学編〉3号、一九九七年）、前川幸雄「白居易「酔」詩初探」（『上越教育大学国語研究』13号、一九九九年）「白居易「酒」詩初探―『唐詩類苑』収録作品による」（『福井大学教育地域科学部紀要』第Ⅰ部・人文科学〈国語学・国文学・中国文学編〉50号、一九九九年）、下定雅弘『白楽天の愉悦』（後編、三の一飲食。勉誠出版、二〇〇六年）、中本愛「白居易の酒の描写に見られる充足感の詠出」（『白居易研究年報』9号、勉誠出版、二〇〇八年）、丸山茂「楽天の酒（上）（下）」（『白居易研究年報』10・11号、勉誠出版、二〇〇九〜一〇年）などがあるだろうか。

（4）沓掛良彦『讃酒詩話』（岩波書店、一九九八年）の「詩酒合一」小序に「このうつろうものとしての人間の悲哀、吉川幸次郎博士の言葉を借りれば、「推移の悲哀」こそは、古来詩人たちがことさらに強く感じて、好んでその詩題としてきたところであった。詩人はその悲哀に耐えるべく、あるいは酒楽によってその悲哀を押しとどめるべく、酒を飲む。そこから生まれるのが酒の詩にほかならない」（一〇〇頁）と指摘されている。

（5）「応下是戊申年有レ子。付二於文集一海東来上」（『田氏家集』巻中・127「吟二白舎人詩一」）とあるによる。

（6）拙稿「王朝漢詩の飲酒詠管見―その語彙・故事をめぐる覚書として―」（『同志社女子大学 日本語日本文学』4号、一九九二年。本書第9章所収）参照。

（7）道真は「禁酒令」を犯す者はいないと記すが、官符が繰返し出されているところからすると、どれ程実効あったものか極めて疑わしい。

（8）春花を賞せんと思うが故に、白居易は「春来不レ著レ家」（巻五八・2813「恨二去年一」）「花時仍愛レ出」（巻一一・0539「東城尋レ春」）等、家にじっとしてはおれぬと詠む。本朝でもそれを受けて、「大底詩情多誘引、毎年春月不レ居レ家」（『菅家文草』巻六・433「詩友会飲同賦三鶯声誘引来二花下一」。猶、本句題は白詩による）とあり、「花時不レ居レ家」の句題（『類聚句題抄』302・大江以言作）となり、「花時不レ居レ家者、好客常事也」（『明衡往来』）「尋レ花日々不レ居レ家」（中原広俊「暮春遊二双輪寺一」『本朝無題詩』巻九・642）などと展開してゆくことになる。

（9）この一句「唯以レ酒為レ家」は句題（『本朝麗藻』巻下・126、『新撰朗詠集』巻下・酒448所収、後中書王具平親王作、後掲）となっている。

（10）本朝の「詩魔」の用例としては、「苦情唯客夢。閑境併二詩魔一」（『菅家文草』巻四・270「秋雨」）が早い。新間一美「白居易の詩人意識と菅家文草・古今序―詩魔・詩仙・和歌ノ仙―」（『平安朝文学と漢詩文』和泉書院、二〇〇三年）参照。この後更に「其猶不レ降者。独詩魔而已」（源順「沙門敬公集序」『本朝文粋』巻八・202）とあり、院政期詩人の藤原敦光「対レ月言レ志」（『本朝無題詩』巻三・186）、季綱「春日遊二長楽寺一」（同上巻八・518）、忠通「秋三首（其三）」（同上巻五・274）などの詩句にも用いられている。

（11）前半二句は『千載佳句』（巻上・閑居453）や『新撰朗詠集』（巻下・閑居576）に所収されると共に『江談抄』（巻四・5）にも採挙げられ、嵯峨天皇と小野篁二人の『白氏文集』伝来に絡む逸話として語られて、文学の故事としては一番の佳話とされている。後半二句は『句題和歌』（大江千里集）『菅家文草』（巻六・433）に句題とされ、『千載佳句』（巻下・春遊853）『和漢朗詠集』（巻上・鶯67）に摘句されて、『源氏物語』（竹河）『土御門院御集』『拾玉集』『拾遺愚草』（員外雑上）「梅枝」（謡曲）など、広くその影響が見受けられる。

(12) 既に拙稿（前掲注6参照）で触れているところもある。

(13) 本詩句中に見える「藍水」「玉山」（叔夜玉山の故事）は「藍水応レ無二氷冴思一、玉山唯有二雪消情一」（藤原国成「依レ酔忘二天寒一」『類聚句題抄』183）ともあり、後世の本朝詩では対語として頻見するものとなる。猶、藍水と酒の関わりは稿者には未詳。但し、単なる対語としては『千載佳句』（巻上・山水326杜甫詩句）に見える。

(14) 『菅家文草』等諸本では「攀」に作るが、「挙」の誤りと稿者は考え改めた。

(15) 「家醞」は自家醸造酒の意で白詩で多用される（巻五六・2673「詠二家醞一十韻」等参照）。本朝では用例少ないが、それは自家製の酒を作る者など殆どいなかったことによるか。ここは単にその家に取置いてある酒というくらいの意であろう。猶、前後に挙げられている酒名・酒・杯等に用いられているものが、白詩で云うものと同じであるとは限らない。むしろ、雅称として好んで用いたものということではないかと稿者は考えている。

(16) 青木正児『酒中趣』に詳しい。

(17) 白居易は他でも「声々勧レ酔応レ須レ酔。一歳唯残半日春」（巻六四・3131「三月晦日晩聞二鳥声一」『千載佳句』巻上・三月尽114）「厭聴秋猿催下レ涙。喜聞春鳥勧二提壺一」（巻一六・0926「早春聞二提壺鳥一因題二隣家一」）などと、鳥が酔いを勧めたり、酒壺を提《ひさ》げよと勧めるのだと表現している。

(18) 『菅家文草』諸本「三」に作るは誤り。（献酬の礼に用いる）玉の盃。盃の美称。「金卮浮二水翠一、玉斝挹二泉珠一」（王融「遊仙詩」）「霑二玉斝之餘瀝一」（劉峻「広絶交論」『文選』巻五五）「金觶徒可レ汎。玉斝意誰同」（駱賓王「秋菊」）「翠幕珠幃敞二月営一、金罍玉斝泛二蘭英一」（上官昭容「駕二幸新豊温泉宮一献二詩三首一」）などとあるを知るべし。

(19) 白詩には病を詠む詩がよく見える。最近の小髙修司『唐代文人疾病攷』（知泉書館、二〇一六年）が、先行研究をふまえつつ論じているので参照されたい。

(20) その影響を簡潔にまとめ広く浸透した様子は、後藤昭雄「尚歯会と書と絵」（『白居易研究年報』17号、二〇一六年）など参照。白居易の尚歯会は、宋代に所謂洛陽耆英会として継承されるが、我が国の方が逸速く繰返し行われていることは注目すべきことである。

(21) 那波本（陽明文庫蔵）の本文による。但し、古態を伝える『千載佳句』（巻下・酒798）では「十」に作る。白詩では他にも「両鬢千茎新似レ雪。十分一盞欲レ如レ泥」（巻一七・1065「酔吟二首（其二）」）「莫レ道非レ人身不レ煖。十分一盞煖二於人一」（巻五六・2709「戯答二皇甫監一」）。下句は『句題和歌』（大江千里集）の句題に選ばれている）と見え、なみなみとつがれた酒一杯の意。

(22) 首聯が全く影響しなかったということを意味するわけではない。「珠匣」「青銅鏡」「金樽」「白玉巵」の語例の一端に「紅顔照得杯持レ満。珠匣装成鏡拭レ塵」（藤原国成「花樹遶二池岸一」『教家摘句』）「青銅鏡外紅顔膩。緑綺衾辺絳帳重」（源為憲「隔レ水望二花色一」『類聚句題抄』214）「玉盞影浮濃淡思。金樽粧瀉浅深情」（藤原盛義「花色映二春酒一」『中右記部類巻七紙背漢詩』）「白玉杯中斟二緑醑一。紅羅帳底展二青茵一」（藤原実範「花樹遶二池岸一」『教家摘句』。「杯」は「巵（卮）」に同じ）などがある。

(23) 酒が人をすみやかに酔わせることを「神用速」と表現するのは白詩の用法。この句の他にも「勧レ酒寄二元九一」（一九二頁。第十四句参照）「卯時酒」（巻五一・2223）に見えているが、それを受けて本朝でも「自レ此知二神用一。誰愁レ到二晩陰一」（『菅家文草』巻五・405「酒」）「帳飲便知二神用速一。厳寒忽謝入二郷衣一」（藤原周光「雪中命レ飲」『本朝無題詩』巻二・29）などと用いる。猶、拙稿（前掲注6所引）参照。

(24) 茶も心中の悶えを消すものの、酒程の効果は少ないという表現は「午茶散レ悶功猶少。宿醸破レ愁酔半酣」（藤原周光「夏日禅房言志」『本朝無題詩』巻一〇・764）などと継承される。

(25) とりあえず、今は巻末の後人記載の数字に従っておく。猶、これを訂した、金子彦二郎『〈増補〉平安時代文学と白氏文集―句題和歌・千載佳句研究篇―』（藝林舎、一九七七年）によると、実際は五三五首（「首」は私に云う「聯」に同じ）だとしている。

(26) 『類聚句題抄』（143）にこの一句を句題とする後中書王（具平親王）の七言一聯が見えている。

(27) これらの詩句の影響については、柿村重松『和漢朗詠集考證』（藝林舎、一九七三年）や『白氏文集』三、四冊（新釈漢文大系99・100、明治書院、一九八八年、一九九〇年）を参照されたい。

(28) 中国の故事では初めて酒を造った人を杜康とし（『蒙求』221杜康造酒等諸書に見える）、詩文にもよく詠込まれているが、本朝では少彦名命《すくなひこなのみこと》を造酒の神としている（『釈日本紀』巻二四）。

(29) 本文の訓みは岩波文庫本（坂本太郎・家永三郎・井上光貞・大野晋校注、一九九四年）に従った。

(30) 『古事記・上代歌謡』（小学館、日本古典文学全集1、一九七三年）の訓みによる。

(31) 本文の訓みは講談社文庫本（中西進校注・訳、一九七八〜八三年）を用いた。

(32) 禁酒令については道真の詩序を引用した所で触れたが、因みに『続日本紀』（天平宝字二年二月二十日条）を引用すれば「頃者《このころ》、民間《ひとびと》宴集《うたげつどひ》して動《やや》もすれば違愆《たがひあやま》つこと有り。或《ある》は同悪相聚《あつま》りて、濫りに聖化を非《そし》り、或は酔乱して節無く、便ち闘争を致す。理《ことわり》に拠りて論《あげつら》ふに甚だ道理に乖《そむ》けり。今より已後、王公已下、供祭・療患を除く以外《ほか》は、酒を飲むこと得ざれ、その朋友・寮属、内外の親情、暇景に至りて相追ひ訪ふべき者《ひと》は、先づ官司に申して、然る後に集ふことを聴《ゆる》せ。如《も》し犯すこと有らば、五位已上は一年の封禄を停《とど》めむ。六位已下は見任《げんにむ》を解かむ。已外は決杖八十。冀《ねがは》くは、将《もち》て風俗《くにぶり》を淳《すなほ》にして、能く人の善を成し、礼を未識《みしき》に習ひて、乱を未然に防《ふせ》かむことを」（青木和夫・稲岡耕二・笹山晴生・白藤禮幸校注、新日本古典文学大系14、岩波書店、一九九二年）とある。

［後記］

本稿は『白居易研究年報』第18号（勉誠出版、二〇一七年十二月）に掲載されたものであるが、わずかに補筆した。また、第9章の拙文とも若干重なる部分のあることも断わっておきたい。

第11章　漢詩とその背景

——北東アジア史の一齣から——

一　嵯峨天皇から菅原道真へ

天慶五年（九四二）五月十七日のことである。朱雀天皇（九二三～五二）は宮中において、「蕃客のたはぶれ」即ち外国人来朝の儀に擬した催しを行われた[1]。来朝の大使役は兼明親王（九一四～八七）、天皇役は成明親王（後の村上天皇。九二六～六七）がつとめられ、それ以外の諸々の役割も人を定めて行われたが、その理由はと言えば、「為㆑催㆓詩興㆒也」[2]にあったと記されている。

詩興を催す蕃客応接と言えば、例えば古く『懐風藻』には長屋王邸（作宝楼）[3]における新羅使応接詩群も残されてはいるが、平安初期の勅撰三集時代以降の実質を鑑みる時、それは先ず渤海使節を念頭においたものであったことは疑いを入れまい。

今そうした歴史の一齣を顧みようとするなら、弘仁十三年（八二二）正月、豊楽殿御前で行われた渤海使節による打毬実演とその楽舞は最も印象的な一徴拠に挙げられるべきであろうか。異国の物珍しい演技に嵯峨天皇は瞠目すべき感興を禁じえなかったようである。

早春観㆓打毬㆒〈使㆔渤海客奏㆓此楽㆒〉　　嵯峨天皇

芳春烟景早朝晴　　芳春の烟景　早朝晴る

使客乗輿出前庭　　使客輿に乗じて　前庭に出づ
廻杖飛空疑初月　　廻杖は空に飛びて　初月かと疑ひ
奔毬転地似流星　　奔毬は地に転《まろ》びて　流星の似《ごと》し
左擬右承当門競　　左擬右承す　当門の競
分行群踏虬雷声　　分行群踏す　虬雷の声
大呼伐鼓催籌急　　大いに呼びて鼓を伐《う》ち　籌《ちう》を催すこと急なるも
観者猶嫌都易成　　観る者は猶し嫌《いと》ふ　都《すべ》て成り易きことを

（『経国集』巻一一[4]・89）

このスピード感溢れるプレーの描写と共に歓声のどよめきが聞こえ来るかと思われる臨場感は、決して蔡孚や韓愈の打毬詠に劣るものではあるまいし、要を得た簡潔な語彙の選択によるダイナミックなインパクトは、むしろ武平一・沈佺期・張建封・楊巨源・魚玄機らの打毬詩に勝るとも劣らぬ活気を呈しているのではないかとさえ稿者などには思われてならない。

ともあれ、嵯峨朝以後、渤海使節との応接詩はかなり残ってはいるものの、個人としてまとまったものを今日に伝えているという点では、やはり菅原道真（八四五〜九〇三）を挙げておかねばなるまい。その所謂鴻臚贈答詩[5]は大使裴頲らとの贈答の成果として見えるもの（但し来朝使節側の作品が殆ど現存しないのは遺憾である）で、例えば次のような作がある。

詶二裴大使留別之什一〈次韻〉

交情不謝北溟深　　交情は北溟の深きにも謝せず
別恨還如在陸沈　　別恨は還て陸に在りて沈むが如し
夜半誰欺顔上玉　　夜半　誰か欺く　顔上の玉

旬餘自断契中金　　旬餘　自づからに断つ　契中の金
高看鶴出新雲路　　高く看ん　鶴の新たなる雲路に出づることを
遠妬花開旧翰林　　遠く妬まん　花の旧《ふる》き翰林に開かんことを
珍重帰郷相憶処　　珍重す　帰郷　相憶ふ処
一篇長句惣丹心　　一篇の長句は惣《すべ》て丹心
（『菅家文草』巻二・112）

一首は、北海の深さに劣らぬ我等が交情なれば、尽きせぬものは離別の恨み。夜半の涙は玉の如く、この旬餘に結ばれし断ち難き絆よ。この後、願わくは、君の空高く羽撃《はばた》き栄達せんことを。また、故国の文苑の弥栄《いやさか》を羨むばかり。さらば御身大切に、君の帰国を思えばこそ、一篇の長句に込めしわが真心ぞ、という程の意。優れた数多くの詠の中から、他ならぬ道真その人の一首として敢てこの一首を選んだ林鵞峰（『本朝一人一首』巻四・172）は、「公再び渤海の裴大使に遇ひ鴻臚の館伴と為り、贈答数回。彼甚だ之を歎賞す。公頗る喜色を動かす、と。故に今其の数篇中に於いて、此の一首を載す。以て初学の者を使《し》て公の文章外国を動かすことを知らしむる而已《のみ》」[6]と記している。だが、この道真と裴頲の邂逅挿話は、実はその子淳茂（?～九二六）の世代にも受継がれることとなり、後世次の如き二代に渉る奇遇佳話としてよく知られることとなったのである。

元慶年中、渤海文籍監裴頲来朝。菅丞相仮為二礼部侍郎一、接二遇鴻臚館一、贈二酬数篇一事、見二国史及菅集一。其後、延喜年中、渤海裴璆来朝。菅淳茂相見賦レ詩。其一聯曰、裴文籍後聞レ君久、菅礼部孤見レ我新。璆吟レ之垂レ涙。淳茂者丞相子也、璆者頲子也。異域二代、両家邂逅、可レ謂二奇遇一也。
（『史館茗話』43話）[7]

しかし、この日・渤による詩文修好の佳興も遺憾ながらその後長くは続かなかった。延喜十九年に最後の渤海使節（裴璆ら）が来朝して七年の後、契丹の侵攻により渤海国が滅亡したのは延長四年（九二六）のことであった。[8]従って、冒頭の蕃客の戯れは、前述した如き往時の盛事への郷愁とも言うべきものが背景に存したと言っても過言ではあるまい。

二　海彼からのまなざし――朝鮮半島と日本――

承和九年（八四二）、大宰大弐藤原衛の上奏した四条の起請文の一節に次のような記事が見えている。

新羅朝貢、其来尚矣。而起レ自二聖武皇帝之代一、迄二于聖朝《(仁明)》一、不レ用二旧例一、常懐二姧心一、苞茅不レ貢。寄二事商賈一、窺二国消息一。方今民窮食乏、若有二不虞一、何用防レ夨。望請、新羅国人、一切禁断、不レ入二境内一。報曰、徳沢洎レ遠、外蕃帰レ化、専禁二入境一、事似二不仁一。宜下比二于流来一、充レ粮放還上。商賈之輩、飛帆来着。所レ賷之物、任二聴民間令一レ得二廻々一。了速放却。

（『続日本後紀』承和九年八月十五日条）

この時期の朝鮮半島の新羅は、その権力の中枢において政治的混迷情況が続いていたようである。承和五年に金明・利弘の乱が起こったものの、金陽・金祐徴・張弓福らの活躍によりこれを討つことに成功し、翌年一応祐徴の即位にこぎつけてはいた。承和七年、弓福は日本に使節を派遣し方物を献じようとし、つまりは日本との関係を重んじ修復しようという姿勢であったが、翌八年――これは『千載佳句』所収詩人金雲卿が唐より帰国した年でもある――、日本側はこれを弓福の私交として、使者の李忠・揚《(楊)》円らを放還せしめた。その後程なく弓福が閻長《(丈)》に謀殺され、弓福の副将李昌珍が乱を起こすに至り、承和九年正月に李忠・揚《(楊)》円は再び博多に戻って来ざるをえぬ仕儀となった[9]。勿論こうした新羅国内の騒擾のみが全てではないかも知れぬが、先の条に依れば、本朝では新羅に対する強い不審感或は危機感に、交易に対する興味・欲求といった相矛盾する思惑が交錯していたとみることができよう。そんな中で、新羅人の日本への帰化が禁止されることとなったのであった。それは即ち、これ迄の新羅外交が大きく転換したことを意味し、更に以後の貞観・寛平年間に惹起続発する新羅絡みの事件をへて、我が国の彼の国に対する敵視・賊視は著しく増大することになったと考えられるのである[10]。

こうした日本と朝鮮半島の関係は、九三六年に高麗が後三国の分裂を統一した後も、基本的には久しく変わることはなかった。本朝の貴族達は、高麗に対する警戒心を払拭できぬまま、また彼の国は我が国に劣るという優越意識も捨てきれずにいた。恐らく『本朝麗藻』[11]（巻下・餞送部141 142）に見える次の作などは、そうした対外的な矜持の程を垣間見せてくれているように思われる。

代㆓迓（迂）陵島人㆒感㆓皇恩㆒詩　　源　為憲

遠来殊俗感皇恩　　遠来の殊俗さへ皇恩に感ず
彼不能言我代言　　彼は言ふこと能はざれば　我代はりて言はん
一葦先摧身殆没　　一葦先づ摧けて　身殆《ほとほ》としく没《しづ》まんとするも
孤蓬暗転命纔存　　孤蓬暗に転《めぐ》りて　命纔かに存《ながら》へつ
故郷有母秋風涙　　故郷《くに》に母有り　秋風の涙
旅館無人暮雨魂　　旅館《やど》に人無し　暮雨の魂
豈慮紫泥許帰去　　豈に慮《おも》ひきや　紫泥の帰り去ることを許したまはんとは
望雲遥指旧家園　　雲を望みて　遥かに指さす旧家《ふるさと》の園

高麗蕃徒之中、有㆓新羅迓陵島人折（忻）競恱（悦）之者㆒。其文不㆑優、頗知㆓詩篇㆒。臨㆑別之日、予与㆓一篇㆒。

藤原有国

我尋京洛辞雲去　　我は京洛を尋ねんとして　雲を辞して去らんとし
君赴高麗棹浪帰　　君は高麗に赴かんとして　浪に棹《さをさ》し帰らんとす

後会難期何歳月　後会期し難し　何《いづ》れの歳月《としつき》ぞ
秋風宜使雁書飛　秋風宜しく雁書をして飛ばしむべし

この作については既に指摘されているように、長保六年（寛弘元年〈一〇〇四〉）三月の因幡国からの言上を併せ考えると、于陵島人（今日の鬱陵島。その于山国は新羅・高麗の支配を受けた）十一人が難破漂流して来たことに関わる賦詩とみて良かろう。仔細は不明だが、当時の手続きの流れとして一応次のようなことが考えられよう。先ず現地の因幡国司（当時の守は藤原惟憲、介は藤原兼茂）は中央に漂着を報告すると共に、当該者を保護し取調べを行う。その後安置した食糧を給し、中央での決裁許可を待って送還した（公文書を携えた護送使が送り届けた）と思われる。[12]

ところで、彼らの送還は漂流地から直接だったのか、それとも一旦大宰府に送られてから後のことであったろうか。双方共に可能性はあるのだが、敢て臆測を逞しくするなら、次のようなことは考えられないだろうか。前掲二首の詠みぶりからすると、二人が共に「迂陵島人」らに面対したかのような印象を受けずにはいられない――勿論それを二人の作為と判断することも確かに可能であるが――こと、また、有国詩に依れば、彼はわざわざ第一句で己の大宰大弐時代（長徳二年〈九九六〉～長保三年〈一〇〇一〉）のことを想起して詠んでいると思われることを顧慮すれば、因幡から都に移され、更に送還の為に大宰府に送られたという可能性は無いのであろうか。当時有国は参議従二位勘解由長官〈伊与権守〉として在京し、為憲も当時の職業は不明（五位のまま無官であったか）ながら都に居た可能性が高いと考えるからである。

それにしても、その頃の朝鮮半島もまた極めて不安定な情況下にあった。高麗顕宗十年（寛仁二年〈一〇一八〉）、彼らの故郷于山国は東北の女真に寇されて農事を廃する事態も生じていた上、高麗本土も契丹軍の侵攻に曝され、年の暮れから翌年にかけて、敵兵は京城に迫る勢いであった。日本でも刀伊（女真）の賊徒五十餘艘が壱岐島に襲来して人民を掠奪、更に筑前を侵し（『日本紀略』寛仁三年四月十七日条）、緊張が走るが、その四月末、辛くも盛り返した高麗より鄭子良が日本に派遣されて来る。高麗軍が海賊船八艘（刀伊の船）を捕獲したところ、船中に多くの日本男女（恐らく前掲の壱岐島の民を中心とする人達であったであろう）が捕縛されているのが発見され、それを送還する使命を帯びていたのであった（『高麗史』巻四。『高麗史節要』巻三）。恐らくこうした高麗の姿勢——日本が前述のように漂流民を送致していることもあったであろうが、北方の契丹（女真）に侵攻されていた為に南方の日本とは友好関係を保ちたかったのではあるまいか——は日本側にも微妙な姿勢の変化を齎すこととなったようである。

異国人無㆓事疑㆒者、不㆑経㆓言上㆒、給㆑粮可㆓還却㆒之由、格文側所㆑覚也、近代尚経㆓言上㆒。如㆑此解文已無㆓疑殆㆒、給㆑粮還遣尤宜。（『小右記』長元四年〈一〇三一〉二月十九日条）

これは漂流民の送還については、逐一中央に言上する必要はなく、糧を給して帰らせて良いということであり、高麗との平穏な関係を保ち得ているという日本側の認識を示したものと言えようか(13)。

三　聖世矜恃——日本と宋——

さて、『本朝麗藻』（巻下・帝徳部99 100）には、先の二首と全く同じ作者に依って詠まれた次のような作品も見えている(14)。

仲秋釈奠。聴㆑講㆓古文孝経㆒、同賦㆓天下和平㆒。　源　為憲

明王孝治好君臨　天下和平感徳音

明王孝もて治め　好《ことんな》く君臨したまへば
天下和平にして　徳音に感じけり

草遍従風南面化　　草は遍く風に従ふ　南面の化
葵遥向日左言心　　葵は遥かに日に向かふ　左言の心
山抛熢燧秋雲暗　　山は熢燧を抛ちて　秋雲暗く
海罷波濤暁月深　　海は波濤を罷《しりぞ》けて　暁月深し
請問来賓殊俗意　　請ふ問へ　来賓殊俗が意《こころ》を
茫々天外遠相尋　　茫々たる天外より　遠く相尋ねたり

　近日大宋温州洪州等人頻以帰化。故有㆓此興㆒。

仲秋釈奠。賦㆓万国咸寧㆒。　　藤原有国

万国咸寧仰聖君　　万国　咸《ことごと》く寧《やす》くして　聖君を仰ぐ
便知王徳及飛沈　　便ち知んぬ　王徳の飛沈に及べることを
苞茅鎮入朝天貢　　苞茅《はうばう》　鎮《とこしな》へに入る　天に朝する貢《みつぎもの》
葵藿斜抽向日心　　葵藿《きくわく》　斜めに抽《ぬき》んず　日に向かふ心
桟遠都無雲鎖色　　桟《かけはし》は遠きも　都《すべ》て雲の鎖《とざ》す色無く
航忙豈有浪驚音　　航《ふなぢ》は忙しきも　豈に浪の驚かす音有らんや
中華弥遇堂々化　　中華　弥《いよいよ》　遇ふ　堂々の化
想像遐方各献琛　　想像《おもひや》る　遐《か》方《はう》より　各《おのおの》　琛《たから》を　献《たてまつ》らんことを

この二首の詩は釈奠において、各々『古文孝経』と『周易』（上経「乾」。猶、『尚書』周官にも見える）の講筵の後に作られたものだが、詠み込まれたテーマが共通しているのが興味深い。即ち、「明王」「聖君」であられるわが天皇の恩徳が広く遠く及んで、それに帰服する者が海彼からも頻りにやって来る旨を高らかに讃えている点である。付注や詩中の語から察するに、当時の宋王朝を意識したものと考えられ、それに劣らぬ優越感を誇示しようとしているものと受け留められよう。

唐王朝滅亡（九〇七年）後、五代十国の興亡推移の中から、宋太祖が天下統一を遂げたのは太平興国四年（九七九）のことであったが、その北方では契丹（遼）が高麗を服従させた後、二十万とも言われる大軍を以て南侵を進めようとしていた[15]。宋は澶州で対峙し、外交努力の結果、所謂澶淵の盟（一〇〇四年。宋が大きく譲歩した）に依り辛うじて和平にこぎつけることができた。前掲詩はその頃の作。恐らく日本でも、唐の滅亡とその後の諸国の興亡や契丹の圧迫は情報として伝えられており、北東アジアの政治状況に無関心ではいられなかったはずである。日本は新羅・渤海滅亡後は、高麗とも、また中国諸王朝とも国交を結ぶことはなかった。その理由は、既にみてきたような海彼の国の置かれた不安定な国情がわが国に何らかの影響を与えかねない、その可能性を極力回避しようとしたことに依るとも一応言えるであろうが、一方で、国交と交易（経済活動）が一体的な意味合いを持っていた時代から、十世紀末以降は大きな変化を遂げて、海賈（貿易商人）達の自由にして旺盛な活動が見られる、いわば経済活動の成熟化がそれを殊更に必要としなくなった、その結果が齎した状況であったとも言えないだろうか。

四　悲運の僧――雪村友梅をめぐって――

一条朝頃の海商の往来と文事との関わりの一端については別に記したこともあるが[16]、彼等は極めて進取の気概に富む者達であったものの、当然のことながら直接文事に足跡を残すことは殆どなかった。だが、その船に乗って海を渡った求道の僧達の中には、貴重な行跡を後世に伝える者が少なからずいる[17]。寂照（？〜一〇三四）や成尋（一

○一一～八一）は就中後世によく知られた入宋僧であり、前者は丁謂（九六六～一〇三七）・楊億（九七四～一〇二〇）といった宋の西崑派の詩人達と親交を持っていたことが知られるし、後者には『参天台五臺山記』なる感動的体験の記録が残されている。(18)彼らの旅が今日とは比較にならない困難を伴うものであったことは改めて記すまでもあるまいが、その彼らより遥か後、恐らく彼ら以上に過酷な運命に直面せねばならなかった一人の僧がいた。

今日の新潟県長岡市の西方、信濃川を渡り国道八号線沿いに行くと白鳥町があるが、その地出身で、十二、三歳の頃に鎌倉に上り、一山一寧（一二四七～一三一七）のまだ元より渡来し三、四年めの頃に侍童となった者がいた。雪村友梅(19)（一二九〇～一三四六）こそその人である。

当時の鎌倉幕府は文永・弘安の元寇（一二七四、八一年）を何とか凌いだものの、元は更なる遠征を諦めていたわけではなかった。彼の生まれた頃も新たな征伐の準備は着々と進行していた。ところが、幸いにもフビライの死（一二九四年）により当面の危機は回避されることとなる。もっとも、日本に帰服を求める点については次の成宗になっても変わることなく、一山自身が日本の商船に便乗して来朝（正安元年〈一二九九〉）したのも実はその命を受けた使者としてのものであった。

ともあれ、雪村は一山膝下での研鑽が認められ、十八歳で元に渡ることとなり、寧波（明州）をへて湖州の道場山（参禅した叔平は一山と同門）に身を寄せた。が、程なく起ったのが明州における焚掠事件（一三〇七年）に端を発する元の官憲による日本人の捕縛であった。彼も師の叔平の庇護の甲斐なく、斬首は免れたものの霅川《とうせん》の獄に繋がれる身となってしまう。以後、泰定三年（一三二六）の大赦に遇うまで、更に長安・成都と幽囚十七年の歳月を送ることとなるのである。

次の作は獄中の作（一三一三年。以下は『岷峨集』所収詩による）。

皇慶二年二月初七在㆓霅禁中㆒、朗㆘誦無学禅師遇㆓兵劫㆒伽陀㆖。因㆓折句㆒拝和以見㆑意焉。

且喜人空法亦空　且喜《しやき》す　人も空にして法も亦空なることを
大千任是一樊籠　大千《だいせん》は　是《こ》の一樊籠に任《まか》す
罪忘心滅三禅楽　罪忘れ　心滅す　三禅の楽《らく》
誰道提婆在獄中　誰か道《い》はん　提婆《だいば》獄中に在りと
（四首のうちの其二）

今は見事なまでに、人も仏法もあらゆる存在が空に等しいものと感得されてならない。この世に在っては、人は煩悩に繋がれるものというが、それはまるで囚繋されし今の己の身にも等しいと言うべきか、なればそれに身を任せてみることとしよう。それでこそ悪業を忘れ無念無想の境に至り、最上の快楽を楽しめるというもの。提婆達多は仏弟子となって熱心に修行に打込んだものの、結局聖果なく逆に悪念を生じ、釈尊の殺害さえ企てるに至った者だが、そんな転向した極悪人の提婆達多に己はなりはしないし、そんな人がこの獄中に居るなどと言う者は誰もおるまい、と詠む。これまでの彼にとって（身体的修行もそれなりに重ねたであろうが、どちらかと言えば）思惟する中にこそ禅はあったであろうし、彼程の才学の持ち主であれば、それを自らに許したであろうか。渡元直後の順調さを思えば、この様な現実的苦難をナマに体験することになろうとは、恐らく予期できぬものであったに相違ない。しかし、彼に襲いかかった現実は、彼の道心を真の意味で確固たるものに変えて行った。

又和
百城烟水一枝筇　百城の烟水　一枝の筇《つゑ》
触目無非是幻空　目に触れしものの　是れ幻空に非ずといふこと無し
童子曽（会か）参無厭足　童子　会《ことごと》く参じて　厭《あ》き足《た》ること無し
鑊湯炉炭起清風　鑊湯《くわくたう》炉炭より　清風起《た》たん

この作は冒頭句に感取されるように、湖州雪川の獄より長安に流謫されゆく途次の作である。大運河を北上しながら、幾つもの町を通り過ぎてゆく。その川沿いの町々は時にモヤに籠められ、その合い間に消えたかと思えばまたうっすらと立現われるというのだろう。旅囚の船中からの景は、目に触れるものすべてが「幻空」と思惟され、法身無象の意が感得されるというのであろうか。善財童子は求道の菩薩として名高く、その遍歴は修行者の範ともされるが、彼の置かれている情況はその童子の辛苦にも重ねられようか。恐らく、童子がそうであったように、彼もまた、煮え湯も炉の火も清風と感得されるような禅境に至りうることを確信している。それを目指し、求め行く覚悟が表現されているように思われるのだ。

偶作十首（其一）

函谷関西放逐僧　函谷関の西に　放逐されし僧
黄皮痩裏骨稜層　黄皮にして痩せたる裏《うち》に　骨稜層《たか》し
有時宴坐幽巌石　時有りて宴坐す　幽巌石
只欠空生作友朋　只だ欠くは　空生を友朋《とも》と作《な》すのみ

函谷関の西に放逐された僧とは、勿論長安流謫の身の雪村自身である。その疲れ果て痩せ細った体に、皮膚を突き破るかの如く角張った骨も高くあらわだ。時をえて岩場に安禅（「宴坐」は「晏坐」と同意）するものの、ただ解空第一と称される須菩提を友とする境地にまでは未だ至らず、と感悟されるばかりである、という程の意。

以上のように、彼は己の現実的辛苦を禅修行と位置付け実践しているものと思われる。その希有な体験が、帰朝（元徳二年〈一三二九〉）後、果たしてどのように彼の禅僧としての生き方に作用していったものか、興味ある問題だが、今の稿者にはそれを論ずる術もない。だが、ただ苛烈な運命に対峙し続けて、これを克服した凛たる人間の姿に強い感動を禁じえないのはきっと稿者のみではあるまい。

五　むすびに

詩は勿論詩人という個人の心の中《うち》に生ずる思いを詠み上げたものであるに違いない。が、その感興は、或は必ずしもその詩人固有のものとは限らないのかも知れない。詩の歴史の背景に目を向ける時、詩人もまたその時代の「空気」の中に確実に生きており、彼らはまさに（多くの同時代の人々を代表する）証言者でもありえよう。海彼の国との良好な修好関係への懐古郷愁、捕促し難い危機感と他国に対する細《ささ》やかな優越感に揺れる意識。それは今日猶も変わらぬこの地域の景色のようであるが、後世のわが国の人々は、酷薄な運命に対峙し、克服しえた強烈な個性の存在を果たして今日の歴史の中にも見出しうるであろうか……稿を終えるに当たり、そんな思いを新たにしている。

【注】

（1）『古今著聞集』（巻三・公事第四・17天慶五年蕃客の戯れの例に依りて順徳院賭弓をまねぶ事〈角川文庫本〉）参照。

（2）『日本紀略』（天慶五年五月十七日条）参照。

（3）渤海と日本の関係についての研究は、その草分け的存在の鳥山喜一以来、近時の上田雄（『渤海使の研究』明石書店、二〇〇二年。巻末に研究参考文献一覧あり）に至るまで七十年程の歴史がある。詩文をよく採挙げているという点では上田著書が良い案内となるだろう。

（4）注釈については小島憲之『國風暗黑時代の文學　下Ⅰ』（塙書房、一九九一年。三〇三一～四〇頁。猶、この詩の後には滋野貞主の奉和詩も見えている）参照。小島注は大田南畝『半日閑話』（巻四・打毬）にも言及しているが、彼書には嵯峨天皇の作他、蔡孚「打毬篇」や韓愈、羅寅所の「打毬」詩が引用され、小島注は殊に韓愈と蔡孚の作に注目されているようである。

（5）元慶七年（八八三）作の序文は『菅家文草』（巻七・555）に見え、道真の初度贈答酬唱詩十首は同上書巻二（104～113）に所収。また、寛平七年来朝時の再度贈答酬唱詩七首は同上書巻五（419～425）に所収。

（6）小島憲之校注『本朝一人一首』（岩波書店、一九九四年）の訓みによる。

（7）この佳話はもともと『江談抄』（第四・71）の記述に依り、『史館茗話』をへて『本朝蒙求』（巻中・26裴菅奇遇）『大日本史』（巻九四・列伝二一）などにも見える（拙編著『史館茗話』新典社、一九九七年）。猶、この時の菅原淳茂の詠詩は『扶桑集』（巻七・64）に所収されている。

（8）猶、渤海の旧臣裴璆は契丹の建てた東丹国の遣日使として延長七年（九二九）十二月にやってくるが、翌年現地の丹後より放還されている。『扶桑集』（巻七・62 63）にはその時存問使をつとめた藤原雅量の詠二首が関連詩として残っている。

（9）以上は『三国史記』（巻一〇・新羅本紀十・僖康王三年～巻一一・新羅本紀十一・文聖王四年）『朝鮮史』（第三編第一巻。朝鮮総督府、一九三三年。一九八六年に東大出版会から覆刻された）等を参照。

（10）九世紀から十二世紀にかけての日朝関係については、山内晋次「朝鮮半島漂流民の送還をめぐって」（『奈良平安期の日本とアジア』吉川弘文館、二〇〇三年）に詳しい。

（11）猶、柳澤良一「『本朝麗藻』を読む―海外交渉史の視点から―」（『金沢大学国語国文』第17号、一九九二年一月）に詳しいので参照されたい。

（12）「左大臣就レ陣給。申二所宛文一〈左大弁被レ候、史忠国〉被レ定二（中略）因幡国言上于陵嶋人十一人事等一。定文在レ別」（『権記』寛弘元年三月七日）とあり、中央政府において決裁が行われていたことも知られる。

（13）このあたりのことの詳細は注10所引の山内晋次の著書（第一部第三章）に詳しい。猶、日本から高麗への渡航者がよく見えるようになるのも十一世紀後半からであると指摘されている。

（14）既に佐藤道生（「『擲金抄』の撰者」『和漢比較文学叢書第十三巻新古今集と漢文学』汲古書院、一九九二年。「『擲金抄』解題」『平安後期日本漢文学の研究』〈笠間書院、二〇〇三年〉所収）が指摘しているように、現存本の『本朝麗藻』の詩題と詩の本文は相互に入替わっていることは明らかであるので改めた。

(15) この時期以降の情況把握については、主に中村栄孝『日鮮関係史の研究　上』(吉川弘文館、一九六五年)や木宮泰彦『日華文化交流史』(冨山房、一九五五年)を参照した。

(16) 拙稿「王朝漢詩と海彼—東アジアの漢詩をめぐる臆説—」(『文学・語学』185号、二〇〇六年六月。本書第12章所収)参照。

(17) 中国の文人達との関わりを知る資料を収集していることでよく知られるのは伊藤松『鄰交徴書』(国書刊行会、一九七五年)か。平安前期のこうした例については、例えば佐伯有清『円仁』(吉川弘文館、一九八九年)『円珍』(吉川弘文館、一九九〇年)『悲運の遣唐僧〈円載の数奇な生涯〉』(吉川弘文館、一九九九年)など参照。

(18) つい近年の成果に限れば、伊井春樹『成尋の入宋とその生涯』(吉川弘文館、一九九六年)、藤善真澄『参天台五臺山記の研究』(〈関西大学東西学術研究所研究叢刊二十六〉関西大学出版部、二〇〇六年)、森公章『成尋と参天台五臺山記の研究』(吉川弘文館、二〇一三年)などがある。

(19) その伝と詩文は玉村竹二編『五山文学新集　第三巻』(東京大学出版会、一九六九年)に所収される。今谷明『元朝・中国渡航記』(宝島社、一九九四年)『中世奇人列伝』(草思社、二〇〇一年)は入手容易な良い案内書である。

[後記]

本稿は『国文学研究』第151集(早稲田大学国文学会、二〇〇七年三月)に掲載されたものである。

第12章　王朝漢詩と海彼

――東アジアの漢詩をめぐる臆説――

一　はじめに

『和漢比較文学』(34号、二〇〇五年二月)が前年十一月に開催された大会シンポジウム「東アジアの中の白楽天」を特集していて実に興味深いものがあった。殊に稿者は李奎報(一一六九～一二四一。ほぼ藤原定家と同時代)の白詩受容について説く金卿東氏に改めて注目させられた。金氏と言えば「韓国における白居易」(『白居易研究講座第五巻・白詩受容を繞る諸問題』勉誠社、一九九四年)に鮮烈な印象を受けた方々も少なくないはず。その論によれば、白詩は新羅時代(六六八～九三五)に伝来した(但しその影響の具体的な作品による論証はないようだ)が、流行は高麗時代(九一八～一三九二)前期、遅くとも十二世紀末から十三世紀には広く流布していた、と李仁老(一一五二～一二二〇)・李奎報・李斉賢(一二八八～一三六七)・林惟正等の作に言及しつつ論じておられた。今回は白居易に和韻した奎報詩九首を中心に据え、その詩が文人の社交の場に機能していること、晩年の境遇への詩人としての共感、文人としての矜持の高揚が窺われること等を指摘されている。稿者などは改めてそれに平安朝詩の展開を重ね合わせて考えたくなる(1)、と同時に、当時の高麗は実は白詩以上に蘇東坡詩への傾斜著しい時期(2)でもあったから、本朝の中世以降の蘇黄詩流行とも対照させたい衝動にも駆られた。が、今の稿者は彼地の詩人にも暗く十分な用意もないので、奎報に先立つ新羅漢詩の一端に触れることからこの稿を始めたい。

二　崔致遠をめぐって

新羅詩人を採挙げるなら彼地の漢詩文の開祖ともされる崔致遠[3]（八五七～?。菅原道真と同時代）に先ず触れねばなるまい。遺憾ながらその現存詩は恐らく百首にも満たない[4]が、彼の詩の摘句が大江維時（八八八～九六三）撰『千載佳句』に九聯も見え[5]、しかも「画角声中朝暮浪、青山影裏古今人」（巻上・山水332「登二慈和山一」[6]）以外の八聯が本朝にのみ伝わるものであったことは大いに注意されるべきである。それらはいずれも在唐時代の作かと稿者も推定するが、致遠は十二歳（八六八年）で入唐して在唐十六年（八七三年）とされるから、白居易没（八四六年）後とは言えその詩の流行未だ盛んなる頃（皮日休らの活躍あり）であったはずである。また、彼はやはり『佳句』に二十聯（撰句数で第五位）採られる杜荀鶴（八四六～九〇四）や十聯採られる羅隠（八三三～九〇九）とも交遊があり、次のような作も知られている。

贈二溧《漣》水崔少府一　　杜荀鶴

庭戸蕭条燕雀喧。日高窓下枕レ書眠。
祇聞留レ客教レ沽レ酒。未レ省逢レ人説二料銭一。
洞口礼レ星披二鶴氅一。渓頭吟レ月上二漁船一。
九華山叟心相許。不レ計二官卑《資》一贈二一篇一。
（『全唐詩』巻六九二）

此の作については、白詩に多少とも親しむ者なら直ちに第二・五句目の措辞に目がゆき、「白頭老監枕レ書眠」（『白氏文集』巻五五・2529「秘省後庁」）「人被二鶴氅一立徘徊」（同巻六六・3294「酬二令公雪中見レ贈訝レ不下与二夢得一同相訪上」『千載佳句』巻上・雪293『和漢朗詠集』巻上・雪376）といった類似表現を想起するに違いない。また、白詩によく用いられる語彙（「日高」「沽酒」「料銭」など）にも目を引かれようか。かくして白詩を「淫言媟語」と論難した杜牧の子でさえも白詩圏の表現を用いる詩人の一人に他ならなかったわけだが、残念ながら現存の崔詩を披見する限り、やはり白詩の影響をよみとることは困難と言わざるをえない。が、更に気になることもないではない。韋旭昇氏が指摘するように、致遠は、淮南節度使高駢に登庸され眷顧を受ける。ところが、彼については次のような記事が知られるのである。

唐白文公《（居易）》自勒二文集一成二五十巻後集二十巻一。皆写本。寄二蔵廬山東林寺一、又蔵二龍門香山寺一。高駢鎮二淮南一、寄二語江西廉史一、取二東林集一而有レ之。香山集経レ乱亦不二復存一。其後履道宅為二普明僧院一。後唐明宗子秦王従栄又写本。寘院之経蔵、今本是也。後人亦補二東林寺所蔵一。皆篇目次第非レ真。与二今呉蜀摹版一無レ異。

（宋・敏求『春明退朝録』巻下、並びに『皇朝類苑』巻六二・風俗雑誌・唐白文公集、参照）

この『白氏文集』の伝本に関わる記事に依れば、高駢は東林寺本『白氏文集』を入手していたことになるわけなのだが……。以上のような情況証拠はともあれ、今稿者の言えることは、「寓興」「古意」（『東文選』巻四所収）等の当時の社会の現実と対峙する五律、「秋夜雨中」（同、巻一九）の旅途望郷の五絶他七律にもわずかに佳篇が見えるということくらいであろうか。

春暁偶書

叵レ耐東流水不レ回。只催レ詩景悩レ人来。
含レ情朝雨細復細。弄レ艶好花開未レ開。
乱世風光無二主者一。浮生名利転悠哉。
思量可レ恨劉伶婦。強勧二夫郎一踈二酒盃一。

（『東文選』巻一二所収）

此の作は『全唐詩補編』に採られていない（恐らく帰国後の作と見做されたためか）が、高麗人の好んで用いる表現（頷聯）が見られると評されている[7]。

ところで、稿者が気にしているのは、大江維時が崔致遠（実は他の新羅詩人の金雲卿・金立之・金可紀らの『佳句』所収詩人についても全く同じことなのだが）の作を何時《いつ》どのようにして入手したかということなのだ。九世紀後半以後の日本と新羅の関係は、新羅海賊の横行や軍事的緊張もあって必ずしも良好とは言えない情況にあったが、人の往来はあったものと認められる。従って朝鮮半島からの詩文の直接の渡来も皆無とは言い切れないだろうが、先述したように崔詩が在唐中の作と忖度されるなら唐渡来と考えるべきであろうか。三木雅博は『千載佳句』編纂の背景の一書に顧陶撰『唐詩類選』（八五六年成立）を臆測しているが[8]、こと崔詩に関して言えば、更により『佳句』[9]撰進に近い時期に齎来された詩集も念頭におかなければならなくなるだろう。即ち、『千載佳句』は直近の中国詩の世界をも取り込んだ摘句集であったことに改めて思いを致すべきではないかと思われる。そして、それらは恐らく海賈などの将来したものと思量することも許されようか。やや後の事になるが、

先年宋人貨物之中有二叢竹綾一。仍尋二商船一所二求得一也。古集一両局（巻）、周四郎所レ志也。未レ及二披露一。避暑之次、可レ枉二花轅一也。製作之体太以骨張也。不レ混二凡流一。

（『雲州消息』下末）

などと見えていることも一例として思い合わせられよう（猶「周四郎」が何人を指すか未詳）。

三　宋と本朝

さて、そうした渡来商人で文事に関わる人物の一人に、

咸平五年（一〇〇二）建州海賈周世昌遭レ風飄至二日本一。凡七年得レ還、与二其国人滕木吉一至。上皆召見之。世昌以二其国人唱和詩一来上。詞甚雕刻膚浅無レ所レ取。其風俗云、婦人皆被髪、一衣用二二三縑一。又陳二所レ記州名年号一。上令下滕

木吉以二所持木弓矢一挽射レ矢、矢不レ能レ遠。詰二其故一、国中不レ習二戦闘一。賜二木吉時装銭一、遣レ還。

（『宋史』巻四九一・日本国伝）

と見える周世昌（周を羌・姜などに作るものもある）がいる。(10)『全宋詩』（巻一一三。典拠は清・陸心源『宋詩紀事補遺』〈巻五〉所引で、それは伊藤松『鄰交徴書』〈初編巻之二〉所引となっている。但しそれは伊藤の誤解）は「画鼓雷奔天不レ雨、綵旗雲聳地生レ風」の一聯を世昌の作として収録するが、実は誤り。かの句は藤原為時「覲謁之後以レ詩贈二太宋客羌（ママ）世昌一」詩（『本朝麗藻』巻下・131）の頸聯であるから、『全宋詩』からは削除されるべきである。ともあれ、こうした商賈の果たした役割は非常に大きく、永観元年（九八三）には奝然（?～一〇一六）が、長保五年（一〇〇三）には寂照（大江定基）が彼らの便で渡宋したこともよく知られている。

永延年間（九八七～八九）に鎮西に頭陀していた源信（九四二～一〇一七）は屢《しばしば》博多に入港する海賈に注目し、その一人朱仁聡と邂逅して自著『往生要集』や師の良源「観音讃」・慶滋保胤「十六想観詩」『日本往生伝』（『日本往生極楽記』のこと）・源為憲「法華経賦」を宋の仏教界に送った。その後更に正暦三年（九九二）には『因明論疏四相違略注釈』を揚仁紹に託し、長保三年（一〇〇一）には『義断纂要注釈』を唐僧斉隠を通して海彼に渡す。そしてその斉隠こそ「杭州銭塘西湖水心寺沙門」（「延暦寺首厳楞院源信僧都伝」）であり、『本朝麗藻』（巻下・62～64所収の源為憲・藤原公任・源孝道の七律詩）以下に詠まれる水心寺詠の機縁になる詩(11)（或は絵も含むかも知れぬ）を齎した者に相違あるまい。この水心寺については、嘗て「水心保寧寺在二南屛山前湖中一。今曰二放生池一」（『西湖志』巻一〇・寺院一）「水心保寧寺。天福中建。旧曰二水心寺一。大中祥府初賜二今額一。旧有二思白堂一。白楽天旧遊（下略）」（『咸淳臨安志』）などの記事を挙げ、白居易旧遊の地と指摘したことがある。(12)前述の本朝詩の原拠ではありえないと思うが、その水心寺詠を追えば、

杭州一百五日水心亭留題　張詠（九四六～一〇一五）

湖辺三月百花紅。湖上遊人処々通。

莫レ怪此渠来便去。都縁三心地似二虚実一。　（『全宋詩』巻五一）

題二水心寺壁一　王操（十世紀後半の江南の人）

分飛二南渡一春風晩。却返二家林一旧業空。

無限離情似二楊柳一。万条垂向楚江東。

（『全宋詩』巻五八。宋佚名『歴代吟譜』所引）

などの詠も見出される。また、釈智円（九七六～一〇二二。藤原道長の生涯とほぼ重なる）の「曩歳来二潮陽一。相二逢水心亭一」（「送三惟鳳師帰二四明一」『全宋詩』巻一二九）と詠む自注に「楽天水心亭、今水心寺是也」とも見える(13)からには当時相当に著名な地であったと思われる。猶、智円は銭塘の人で、杭州孤山瑪瑙院の学僧であり、同じく孤山に住んだ林和靖（林逋。九六七～一〇二八）とも親交を結んでおり、かなりの詩を今日に伝えて、「詩魔」（『全宋詩』巻一三七）「読二白楽天集一」（同上巻一三九。その末句には「所三以長慶集。于レ今満二朝野一」と詠まれている）他白詩への傾倒を窺いうる詠詩が少なくない。当時白詩を思慕した名高い詩人に王禹偁（九五四～一〇〇一）がいるが、実は彼のみならず（当時の群小詩人も含めて）、『全宋詩』を流覧すれば白詩との関わりを示す詠詩は少なくないことが知られよう。即ち宋代も依然として白詩趣味は続いていることを改めて強調しておきたい(14)。殊に林逋や智円のような江南杭州近圏の詩人達にはより親しみ深いものがあった（白詩の江南詠がその地方の美を再認識させる契機となった）ように稿者には思われてならないのである。

四　むすびに

贈二日本僧一　王礪（十一世紀初頃の人）

滄波泛二瓶錫一。歳月到三天朝一。郷信日辺断。帰程海面遥。
秋泉吟裏落。霜葉定中飄。為レ愛二華風好一。扶桑夢自消。
（『全宋詩』巻五四。宋・王欽臣『王氏談録』所引）

此の詩に詠まれる日本僧が果して誰なのか稿者は未だ分明にできないが、ここでは宋でも高く評価された渡宋僧寂照のことに少し触れておくことにしたい。彼は在宋三十二年にして杭州で遷化（一〇三四年）しているが、宋での彼のことが黄鑑『楊文公談苑』（楊文公は楊億のこと。『皇朝類苑』巻四三・仙釈僧道・日本僧、成尋『参天台五臺山記』等に引用さる）に珍しく詳説されている。以下にその要略を補足しつつ記してみたい[15]。

楊億（九七四～一〇二一）は知銀台通進司の職に在った景徳元年（一〇〇四年。原「三年」を改訂）、寂照の入貢に遭遇。寂照は時の真宗に召見され、会話はできないながらも筆記に依り応接。自分は寂照という寺僧三千の天台山延暦寺僧であること、日本の今上天皇（一条）は二十五歳で大臣以下十六、七人の公卿と百餘人の群僚がこれに仕えていること、毎年春秋に官吏登庸試（賦或は詩を課す）が行なわれ三、四十人が合格すること、神道を信奉して祠廟も多く、伊勢に大神宮、山城に賀茂明神のあること、また、書物には『史記』『漢書』『文選』、五経の書、『論語』『孝経』『爾雅』『酔郷日月』（皇甫松撰）『御覧』『玉篇』『蔣魴歌(韻)』『老子』『列子』『神仙伝』『朝野僉載』『白氏六帖』『初学記』『文館詞林』『坤元録』（李泰撰）等他、『日本紀』『秘府略』等の国書や釈氏論及び疏・抄・伝・集の類も多く存すと記す。書物の遺り取りと言えば、先の天暦七年（九五三）に中国天台山の徳韶が天台経典の書写送付を日本と高麗に求めたことがあり、天台座主延昌は答えて日延に経典を持渡させているので、必ずしも仏典も本朝側の移入一辺倒であったわけではない。中には『往生要集』の如く国清寺に届けられるや人々が随喜帰依し男女五百人が出家、源信の名号を唱えて礼拝し、その影像を乞うに至り、巨勢広貴をして画かしめて送ったということなどもあった（「延暦寺首厳楞院源信僧都伝」）が、こうした中国側の本朝に対する積極的且つ肯定的評価が聞こえて来ることは稀れである。寂照が手にしていた藤原道長・源従英（俊賢とされる）・野人若愚らの王羲之風書簡が「中土の書を能くする者も亦及ぶこと鮮《すくな》く、紙墨最も精なり」（本書九五頁参照）などと驚き認められているのも興味深い。寂照は召見後天台山に遊び、更に丁謂（九六六～一〇三七）に山水奇勝を勧められて蘇州に逗留し彼の世話になる。また、優れた学問僧であった寂照だからこの地方に多くの帰依者もできたと言う。彼が東遊に出る折には楊億も詩を贈り、彼は旅先から楊に書簡を寄せたりしているので、丁謂・楊億との親交は浅からぬものがあったと言って誤たないであろう。

ところで、楊億・丁謂と言えば、劉筠・銭惟演・李宗諤らと共に後世西昆派と呼ばれる詩人として名高く、主に李商隠詩に学んで晩唐風の詩風を継承し、対偶・典拠を用いた措辞と妍麗な詩風は一世を風靡したことで知られている。例えば、

秋日有レ懐二郷園一　　楊億

長安久客逢二揺落一。不二独悲レ秋更憶レ郷。
潘岳二毛行欲レ変。淵明三径已応レ荒。
書裁二尺素一鴻難レ託。夢繞二重湖一蝶自狂。
遊宦十年帰未レ得。塵纓却悔濯二滄浪一。

（『全宋詩』巻一一七・楊億三）

などの作に接する時、存外わが王朝漢詩に近い印象を受けずにはいられない。今日の中国詩史上の評価は別にして、当時の両国の詩の表現はかなり近似した部分もあったとみて良いのではないかと思われてならないのである。(16)

【注】

（1）平安朝詩の場合も同様のことが言えよう。猶、本朝詩に顕著な句題詩への著しい傾斜やそれに関わる独自の展開は朝鮮にはない。また、本朝に比べると彼地の当該時期の漢詩資料の残存はかなり少なく、多くが失われてしまってい

るのは惜しんであまりある。

（2）蘇東坡が白詩等を「元軽白俗」と評したとして、その立場から白詩を否定しこれと対立する詩人として彼を把握するのは正しい認識ではない（例えば、堤留吉『白楽天研究』〈春秋社、一九六九年〉二〇五、三二八～九頁参照）。

（3）韋旭昇「中国における新羅詩人」（早稲田大学古代文学比較文学研究所編『交錯する古代』勉誠出版、二〇〇四年）に詳しい。猶、韋氏著『中国古典文学と朝鮮』（豊福健二監修、柴田清継・野崎充彦訳、研文出版、一九九九年）も好著である。

（4）漢詩に関してのみ言えば、『桂苑筆耕』（九州大学教育研究プログラム・研究拠点形成プロジェクト〈研究代表者・浜田耕策〉の成果による本文データ稿〈二〇〇三年三月〉がある）所収分（巻一七、二〇に計六〇首）は『全唐詩補編　上』（全唐詩補逸巻之一九〈付録巻・友邦・新羅国・崔致遠〉に収録。『東文選』他分（合計二二首）は『全唐詩補編　下』（全唐詩続拾巻三六・崔致遠）に所収するが、『補編』未収のものも存するのはどうしたことか（唐地での作ではなく帰国後の作とみたか）。

（5）金子彦二郎『増補平安時代文学と白氏文集―句題和歌・千載佳句研究篇―』（藝林舎、一九七七年復刻版）に依る。この九聯は『全唐詩逸』（巻中・崔致遠）にも所収。崔詩は撰句数順で言えば羅隠に次ぐ十五位で盧綸と並び、軽視できぬ存在と言える。

（6）この詩題については、「登二潤州慈和寺上方一」（『東文選』巻一二）「登二潤州慈和寺一」（『箕雅』巻七、『大東詩選』巻一）などと少し異同がある。猶、句については「崔文昌侯致遠、入唐登第、以二文章一著名。題二潤州慈和寺一、有二画角声中朝暮浪、青山影裏古今人之句一。後雞林價客、入唐購レ詩、有下以二此句一書示者上」（徐居正撰〈一四七四年〉『東人詩話』巻上）という逸話が残されている。

（7）「崔文昌詩、含レ情朝雨細復細、弄レ艶閑花開未レ開。高麗人好用二是語一。如二呉学士麟詩、院々古非レ古、僧々知不レ知。朱文節寒碧楼詩、水光澄々鏡非レ鏡、山気靄々煙非レ煙。李文順春日詩、幽花浥レ露落未レ落、軽燕受レ風斜復斜。僧益荘洛山寺詩、大聖住無レ住、普門封不レ封。畢竟定非二佳語一」（『東人詩話』巻上）とある。

（8）「中国晩唐期の唐代詩受容と平安中期の佳句撰―顧陶撰『唐詩類選』と『千載佳句』『和漢朗詠集』―」（『国語と国

文学』二〇〇五年五月。『平安朝漢文学鉤沈』〈和泉書院、二〇一七年〉所収）。

(9) 金子彦二郎（注5所引著書五二六頁）は延長三～七年（九二五～九）頃の撰と臆測。稿者は『日観集』を編した頃の天慶年間（九三八～四七）と考えても一向に差支えないと思う。

(10) 世昌が本朝の漢詩を宋に齎したのである。猶、一条朝の海外交流に触れる論に、柳澤良一「『本朝麗藻』を読む―海外交渉史の視点から―」（『金沢大学国語国文』第17号、一九九二年二月）がある。

(11) 大曾根章介「寛弘期の詩人と白詩」（『白居易研究講座第三巻・日本における受容（韻文篇）』勉誠社、一九九三年。『大曽根章介 日本漢文学論集』第一巻〈汲古書院、一九九八年〉所収）参照。

(12) 拙著『本朝無題詩全注釈三』巻九・668「水心寺詩」（新典社、一九九四年）参照。

(13) 但し、『白氏文集』（巻六二・2987「裴侍中晋公以二集賢林亭即事詩二十六韻一（下略）」）の「前有二水心亭一、動蕩架二漣漪一」とある句を指すとすれば、智円の誤解。それは裴度の洛陽集賢坊に在った林亭（平津池）中の亭名である。

(14) 当時の群小詩人（もっともこれは今日からの評価に過ぎないが）にとっては、例えば「順熟合レ依二元白体一、清新堪レ擬二鄭韓吟一」（田錫〈九四〇～一〇〇四〉「覧二韓渥鄭谷詩一呈二太素一」『全宋詩』巻四一）「仁宗朝有二数達官一、以レ詩知レ名。常慕二白楽天体一。故其語多得二於容易一」（『皇朝類苑』巻六五・語嘲一三）などとあるように、白詩圏の詩は学ぶべき対象であったとみて良かろう。殊に晁迥（九五一～一〇三四。『全宋詩』巻五五）には「擬二白楽天一詩」以下題中に白楽天と明示して詠む詩が十六首（一部は摘句）もあり、「暗香浮動」の佳句で知られる林逋にも「詩狂」「詩魔」「詩筒〈楽天早与二微之一常以二竹筒一貯レ詩往還〉」（『全宋詩』巻一〇五）などの作があることを挙げておきたい。猶、白詩の宋代の詩への影響を窺う資料として参考になる澤崎久和「宋詩自注所引の白居易関係資料」（『白居易詩研究』研文出版、二〇一三年）もまとめられている。

(15) 以下の記述については、藤善真澄「成尋と楊文公談苑」（『関西大学東西学術研究所創立三十周年記念論文集』一九八一年）「不帰の客」（『日中文化交流叢書10　人物』大修館書店、一九九六年）『参天台五臺山記の研究』（関西大学出版部、二〇〇六年）、田中健夫『訳注日本史料善隣国宝記・続善隣国宝記』（集英社、一九九五年）等参照。

(16) 小西甚一『日本文藝史Ⅲ』（講談社、一九八六年）は『本朝無題詩』の詩を採挙げ、漢詩の平俗化と晩唐風の詩風を指摘している。

【後記】

本稿は『文学・語学』第185号・創立50週年記念号（全国大学国語国文学会、二〇〇六年六月）に掲載されたものであるが、若干加筆した。猶、文中で触れた崔致遠については、近年中国でも、党銀平校注『桂苑筆耕集校注』（上・下、北京中華書局、二〇〇七年）や方暁偉『崔致遠思想和作品研究』（揚州・廣陵書社、二〇〇七年）などが相次いで出版され、日本でも、浜田耕策編『古代東アジアの知識人　崔致遠の人と作品』（九州大学韓国研究センター叢書2、九州大学出版会、二〇一三年十二月）の成果が刊行されており、静永健「新羅文人崔致遠と唐末節度使高駢の前半生」も所収されている。

第13章　筧〈かけひ〉の見える風景

——漢詩と和歌と——

一　はじめに

源経信（一〇一六～九七）に次のような漢詩がある。

遊長楽寺　　長楽寺に遊ぶ
縁底暮春臨眺賖　　底《なに》に縁《よ》りてか　暮春　臨眺賖《はる》けき
閑遊出寺日将斜　　閑遊し　寺を出づるに　日は将に斜めならんとす
竹梘纔灑渓心水　　竹梘《たけひ》は　纔《わづ》かに渓心の水を灑《そそ》き
松偃被韜嶺面花　　松偃《しようゑん》は　嶺面の花にぞ韜《つつ》まるる
逸客攀巌初躡履　　逸客は　巌《いはほ》を攀《よ》ぢんと　初めて履《くつ》を躡《は》き
禅僧養竈忽煎茶　　禅僧は　竈《かまど》を養《まも》りて　忽かに茶を煎《に》たり
願望華洛求名処　　華洛求名の処を顧み望めば
不過翁々一片霞　　翁々たる一片の霞あるに過ぎず
（『本朝無題詩』巻八・526）

（試訳）暮春の時節には何故にかくも遠く見わたせるのだろう。のんびりと遊んで寺を出たのは日も傾きかける頃だった。このあたりでは、竹の樋がわずかながらに渓谷の水を引入れ注いでおり、枝を広げた松も時節から峯の桜に包まれるという風情である。脱俗の士（の私共）は岩山を登るということで、初めから履《くつ》などはいてやって来たわけだが、住持の僧は竈の火を消さずにいて、あわただしくも茶などを入れて下さり、お蔭様で一息つくことができたのでした。さても、この地から、名利を求め人々の齷齪する都の方を眺め渡しますと、そこには青白い一片の春霞がたなびいているばかりでしたよ。

本詩の尾聯に、稿者などは、大江正言（?～一〇二一）の「長楽寺にて、故郷の霞といふ心をよみ侍りける」という詞書を有する歌、(1)

山高み都の春を見渡せばただひとむらの霞なりけり　（『後拾遺和歌集』巻一・春上・38）

が想い合わされてならないのだが、それはさておき、今は第三句に注目してみたい。実はこの山寺眺望詩の当該句には次のような自注が見えている。

山家之習也。穿二竹節一、引二水脈一、(2)謂二之懸梭一。蓋斯竹梭在二斯処一。故云也。
（山家の習ひなり。竹の節を穿ち、水脈を引き、之を懸梭《かけひ》と謂ふ。蓋し、斯の竹梭《たけひ》斯の処に在り。故に云ふなり）

これが詩句中の「竹梭」に付されたものであることは明らかで、今日言うところの筧（かけひ）を指すことになる。「竹樋」「懸樋」でないのは、後世のように「樋」字の用法が当時はまだ一般的ではなかった為かも知れないが、(3)それにしても「梭」（機織で横糸を通す管を入れる道具）を用いる点にもなかなかに興味深いものがある。水の流れを糸に譬え、さながら糸を通すがごとくに水を導く道具なのだという含意でもあるのだろうか。ともあれ、「山家の習ひ」とあるから、当時の山家にはよく見受けられる景物であったかと思われるのだが、文学作品に描かれるものとしては、本詩は多分早い方に属するのではあるまいか。これについて更に注目されるのは、和歌にも次のように見えていることである。

長楽寺に住み侍りける比、人の何事かと言ひて侍りければつかはしける

上東門院中將

①思ひやれとふ人もなき山里のかけひの水の心ぼそさを

（『後拾遺和歌集』巻一七・雑三・1041）

先の漢詩（経信晩年の作か）もこの和歌も作時は不明ながら、共に長楽寺に関わり、「かけひ」に注目している点で注意される。上東門院中將は従三位左京大夫藤原道雅（九九二～一〇五四）を父とし、正五位下山城守藤原宣孝（？～一〇〇一）の女を母とし、侍読・東宮学士・文章博士をもつとめた正四位下左中弁藤原義忠（一〇〇四？～一〇四一。『本朝麗藻』詩人）の室となった人物であり、恐らく経信より若干若いか、殆ど同年代の者ではないかと臆測される。(4)

二　平安朝和歌の「かけひ」

さて、和歌について言えば、前掲の上東門院中將の作以後、「かけひ」詠は次第に散見されるようになってゆくようである。その詠まれ方の一端を伺うためにも、先ず『新古今和歌集』時代頃までの作をいくらか拾い挙げてみると、おおよそ次のようになるだろうか。(5)

男の絶えだえになりける頃いかがと問ひたる人の返事によめる

高階章行朝臣（女）

②思ひやれかけひの水の絶えだえになりゆくほどの心細さを

（『詞花和歌集』258、『後葉和歌集』391）

暁

③山里のかけひの水のせはしさになほ有明の月ぞ宿れる

（『六条修理大夫集』261、『堀河百首』1285・雑廿首・暁）

百首歌中に駒迎をよめる

④走り井のかけひの霧はたなびけどのどかにすぐる望月の駒

（『散木奇歌集』467、『堀河百首』776・駒迎、『夫木和歌抄』巻一三・5327）

⑤氷して水口遠しその日より筧にかけし水は絶えにき　（『堀河百首』1005・隆源・凍）

⑥逢坂のかけひの水に流るるは音羽の山のもみぢなりけり

（『永久百首』362兼昌・落葉、『夫木和歌抄』巻三三・15737）

⑦谷深み跡だに見えぬ山寺はかけひの水のゆくにてぞ知る　（『永久百首』555顕仲・寺）

右兵衛督家成卿東山にて山家初雪といふ事をよみしに

⑧小夜ふけてかけひの水のとまりしに心はえてきけさの初雪　（『顕輔集』139）

山家初冬といへる心をよめる　藤原孝善

⑨いつの間にかけひの水のこほるらむさこそ嵐の音のかはらめ　（『千載和歌集』395）

一品聡子内親王仁和寺に住み侍りける冬ごろかけひの氷を三の親王のもとにおくられて侍りければつかはしける　輔仁親王

⑩山里のかけひの水のこほれるは音きくよりもさびしかりけり

返し　聡子内親王

⑪山里のさびしき宿のすみかにもかけひの水のとくるをぞ待つ　（『千載和歌集』1103、1104）

ありあけ

⑫山里のかけひの水にかげ見えて心細きは有明の月　（『待賢門院堀河集』31）

羇旅

⑬走り井のかけひの水の涼しさにこえもやられず（ぬ）逢坂の関　（『清輔集』330、『久安百首』996、『夫木和歌抄』15744）

媒変約恋

⑭もらさんとかけひの水のうけうけて何のふしゆゑとどこほるらん　（『林葉和歌集』761）

同じ頃新三位公保のもとへ左中将公光の朝臣訪れたりとききて

⑮かなしさは木の葉のみかは山里のかけひの水の流れをもとへ　（『林下集』254）

賀茂の方にささきと申す里に冬深く侍りけるに隆信などまで来て山家恋と云事をよみけるに

⑯かけひにも君がつららや結ぶらん心細くもたえぬなるかな　（『山家集』609）

百首歌（秋二十三首中より）

⑰山里の竹のかけひのほそ水に心して散れ峯のもみぢ葉　（『拾玉集』360）

（冬八首中より）

⑱なれのみぞたえず音すと思ひつるかけひの水もこほりしにけり　（同右、367）

建久八年百首題（鶯五首中より）

⑲鶯の谷より出づるはかぜにやかけひの氷とけはじむらん　（同右、4473）

後度百首（春歌中より）

⑳山里は籬の小田の苗代にかけひの水をまかせてぞみる　（『壬二集』115）

初学百首養和元年四月（冬十首中より）

㉑つららゐるかけひの水は絶えぬれどをしむに年のとまらざるらん　（『拾遺愚草』60）

（『拾遺愚草員外歌』188）

㉒伝ひ来しかけひの清水つららゐて袖にぞいづる冬の月

（冬廿首中より）

上東門院中將の歌（①）や経信の漢詩で、「かけひ」は山里・山家（歌詩共に長楽寺を指すから山寺も含まれる）の風俗として詠まれていることから、その後の和歌でも「山里」と繋る表現（③⑦⑩⑪⑫⑮⑰⑳）をとることが多く、これは更に時代を下っても変わらない傾向と考えて良いようである。「逢坂」の「かけひ」（⑥⑬）もその延長上にあるものとみて良いだろう。ともあれ、ここで稿者の先ず注目したいのは、和歌の表現の世界で（経信の漢詩には見られない）「かけひ」のイメージが形作られ展開しているという点であろうか。

②歌は①歌と殆ど重なる（従って影響下にあると考えられる）作で、初句のみならず「かけひの水」「心細さ」の言葉そのものもオーバーラップする上、いずれも人の訪れのなさ（乏しさ）を嘆く叙情を基調とする点で共通する。

先の「心細さ」は「さびしさ」（⑩⑪）「かなしさ」（⑮）ともなり、「かけひ」の流れは「絶えだえ」（②）「とどこほる」（⑭）から「絶ゆ」（⑤㉑）「とまる」（⑧）などと詠まれる。

㉓たえずとふかけひの水のなさけこそおとづれながらさびしかりけれ

（『続古今和歌集』1695前大納言為家、『洞院百首』1618）

この歌では、絶えず訪れるものと言えば「かけひ」の水音くらいのもの。されば一入さびしさを暮らせる媒にしかなりえない、という心情が込められていよう。猶、「訪れ」は後に更に「たより」とも詠まれてゆくことになる。(6)

③歌の「せはしさに」は前掲㉓歌の「たえずとふ」同様の意にもとれるが、「かけひ」の勢いある流れを指すこともなり、「走り井のかけひ」（④⑬）などのイメージとも重なる。その水の迸りは、後の和歌ではそう多く詠まれることにはならなかったようである。

耳を傾け聴く「かけひ」の水音も「氷る」（⑤⑨⑩⑱）と音を失い、春の解凍（⑪⑲）が待たれるということになるが、その水が凍ることや「つらら」（⑯㉑㉒）にも歌人達の関心が及んでいるのは興味深い。恐らく中国古典漢詩でもこのような詠み方は殆どなされていないのではあるまいか。

三　禅林の漢詩詠

ここで本朝の漢詩に話題を移したい。管見では、経信以後しばらく筧を詠む漢詩には恵まれず（勿論残存資料が少ないということもあろう）、南北朝に入る頃になって漸く幾首か拾い出せるようだ。[7]

修筧　　　　　　修《なが》き筧（筧を修す）
数竿通節抱山岩[8]　　数竿　節を通して　山岩を抱き
吐碧呑清日夜談　　碧を吐き　清を呑み　日夜談《かた》る
却咲道人機事懶　　却て咲《わら》ふ　道人の機事に懶《ものう》く
不教明月担頭担　　明月をして担頭《かづけもの》を担《お》はしめざることを

（雪村友梅〈一二九〇～一三四六〉『宝覚真空禅師録』乾）

この地には幾本もの筧がめぐり置かれて、さながら山寺を抱えるようであり、美しいみどりの水を導き、澄んだ清水を伝え通して、その水音は日夜人の語らいのようにも聞こえくる。それは俗事のはかりごとに疎く気も進まずにいるわれらを笑い、筧の水に影をさしかける明月に何のねぎらいもできぬのかというようでもある。例えば前掲為家歌（㉓）の四句目までを、筧の水の絶えず語らうように流れる様とみて、それでも本物の人の訪れではないから語らう相手にもできず、やはり心寂しさはどうしようもないと嘆ずる歌とみれば、本詩との懸隔は明らかであろ

う。筧の水は確かに、

　心清浄故有二情清浄一　　覚懐法師
　にごりなきもとの心に任せてぞかけひの水の清きをも知る
　　　　（『続千載和歌集』959）

などと和歌にも詠まれているから、清浄さという点で先の詩と共通する面も勿論あるわけだが、それを機心ある者の語らいとして、また禅道の人と対峙するものとして詠まれることは、この頃の管見の和歌の世界にはなかなか見えてこないもののようだ。

　筧水　　　　筧の水
竹能連続水能通　　竹能《か》くも連続し　水能くも通ふ
百尺徒誇穿井工　　百尺　徒らに誇る　穿井の工《たくみ》なることを
転注潺潺無昼夜　　転た注ぐこと潺々として　昼夜無し
朝宗心在一竿中　　朝宗の心は一竿の中に在り
　　（九淵龍賝〈?～一四七四〉『九淵遺稿』）

竹の筧はかくもよく連なり水を通すもの。井戸掘ならば百尺もの深さを巧みに掘ってその技術の功を誇ることになろうが、百尺の筧はこともなげに、益々水流を存分に提供してくれて、しかも昼夜を厭わぬ。すべての河水の海に集まるが如き妙徳備わる心とは、即ちこの筧の一竿の中に在ると言うべきである。猶、この詩には、

右門徒短尺、九鼎詩曰、三四、一夜二三升浅溜、厨人免二得汲腰酸一、洛中諸刹、以レ詩鳴者、皆詠二九鼎此詩一、不二亦幽麗一哉。

という、九鼎竺重の句に言及する注が付されているが、それは希世霊彦（一四〇三～八八）の次の連作の後半の第二句とも関わっているようだ[9]。

　筧水（永享七年〈一四三五〉）　　筧の水

曲折連筒水亦労
従今春圃在閑棹
不知剪尽幾竿竹
源在山中高（亦）又高

曲折する連筒　水亦《また》労し
今より　春圃に閑棹有り
知らず　幾ばくの竿竹をか剪《か》り尽くせる
源は山中に在って　高く又高し

引水涓涓竹作溝
汲腰已省僕奴憂
源頭不尽須帰海
莫道筒中是細流

水を引きて涓々たり　竹もて溝と作す
汲腰已に省く　僕奴の憂へ
源頭尽きず　須く海に帰すべし
道ふ莫れ　筒中は是れ細流なりと

（『村庵藁』巻上）

曲がりくねり連ねられた筧が水流を導くものとして見える。田畑に水をくれるのはもとより難儀なものだが、この筧あるに依り仕事が楽になったはず。一体どれ程の竹を切り出したものかわからぬが、水源は山中の高きに在ってそこから引かれている。竹を穿って溝となし細い水流を引く。こうして奴僕らの水汲みの難儀もなくなった。水の源は尽きることなく、流れ来っては終に海に帰ってゆくわけだから（その流れが集まり海となるのであるから）、一本の筧の中の流れが細々としたものに過ぎぬなどとはとても言えぬであろう。

和歌にも田畑に見える筧は詠まれていた⑳が、右の詩のように水汲みの辛さと結びつけて詠む和歌は、この頃のものには見えないようだ。

ところで、和歌に詠まれていた凍る「かけひ」の漢詩もいくらか拾える。

凍筧
山房引水遠連筒

凍れる筧
山房に水を引くに　遠くより筒を連ぬ

雪後涓涓凝不通　雪の後は涓々たりて　凝りて通ぜず
氷底今無疏鑿手　氷底　今に無し　疏鑿《そさく》の手《すべ》
禹功未到一竿中　禹功未だ到らず　一竿の中
（天隠龍沢〈一四二三～一五〇〇〉『黙雲藁』）

山房では遠くから筧を連ねて水を引いているのだが、雪が降り続き積った後ともなると、その細々とした流れも凍《い》てついてしまうのだ。こうなってしまっては切り開いて通そうにも術《すべ》はない。治水の功をもって聞こえる夏の名君禹王の力とて、さすがにこの筧一竿の中までは及ばぬものであるらしい。

身近な生活の中で欠かせぬのは水であり、それを導いてくれるのは筧であるから、

山の家の氷
かけひにはつららゐにけり山人のあさげ夕げの水いかがする
（『実国集』32）

などとも詠まれているわけだが、先の詩もこれに通ずる点があるとみて良いだろう。

この他にも筧に言及する詩はなくもないが、まずは極めて少ないものと言えようか。[10]これらの漢詩詠の素材として採挙げられるに至った背景（恐らくは詩会での作か）は必ずしも明らかとは言えないが、恐らく和歌世界で詠まれる対象として（少ないとは言え）、定着していたことも一因に在るとみてほぼ誤たないと想われる。

四　むすびに――宋詩の世界から――

さて、最後に中国古典詩の世界についても聊か触れておきたい。と言っても唐宋の全詩を披見したわけではなく猶寥々たる範囲に留まると言うべきかも知れないが、筧を前掲本朝詩のように詩題とする作はまだ管見には入っていない。また筧を詠む詩も決して多いとは言えないようだ。いや、極めて稀と言う方がより適切かもしれない。因

みに禅林で親しまれた詩人の一人黄庭堅（一〇四五～一一〇五）の作に求むれば、

筧水煙際鳴。万籟入二秋木一。（「宿二観山一」。『全宋詩』[11] 巻一〇〇八）

瀹茗赤銅椀。筧泉蒼煙竿。（「丁巳宿二宝石寺一」同右）

清如三接レ筧通二春溜一。快似三揮レ刀斫二怒雷一。（「吏部蘇尚書右選胡侍郎皆和二鄙句一次二韻道謝一」同右、巻一〇一三）

などとあって、山居や山寺と結びついている点本朝と同様である。その周辺の景物の一つとして筧（の水音やモヤの中のそれ）が詠まれ、清らかな流れを通すものというイメージも共通するとみて良いだろう。

また、南宋の四大家の一人に挙げられる陸游（一一二五～一二〇九）の作に粗々これを拾えば例えば次のような作が管見に入る。

巌倚二団団桂一。筒分二細々泉一。（「慈雲院東閣小憩」『全宋詩』巻二一五八）

竹筧引レ泉滋二薬壟一。風爐篝火試二茶杯一。（「遊二法雲寺一観三彝老新葺二小園一」同巻二一七〇）

地爐枯葉夜煨レ芋。竹筧寒泉晨灌レ蔬。（「閉戸二首」其一、同巻二一八四）

緑窓静対千梢竹。翠竇新疏一脈泉。（「閑中富貴二首」其一、同右）

渓煙漠漠弈棋軒。寛水潺潺種薬園。（「退居」同巻二一九四）

山果満レ筐猿食足。右泉通レ筧薬苗肥。（「斎中雑興二首」其一、同巻二二〇一）

桔槔灌レ蔬固已非。竹筧澆レ花宜レ見レ譏。（「冬晴行二園中一二首」其二、同巻二二二六）

もとより彼には九千首を越える厖大な詩篇が今日に残されているわけであるから、其中の僅々十首程に見える筧が、詩人の中で特別な意味を持つものであったとは考えにくい。それは山に沿う寺院や田園生活ではありふれた景物の一つに過ぎず、その存在そのものに集中して何らかの観想をめぐらすというような痕跡も殆ど窺われないように思われる。さりとて、前掲の五山詩僧達が、黄山谷や陸游らの筧を詠む詩を全く知らなかったなどと言うつもりも勿論ない。和歌世界で聊かなりと詠まれていた素材が宋詩の世界にも見出された時、むしろ彼らは一層の親近さを覚えたかも知れない、などと思いを回らせてみたくなるのである。

【注】

（1）この歌は他に『能因法師集』（25〜27）に、大江嘉言「渡りつる水の流れを尋ぬれば霞める程や都なるらん」、能因「よそにてぞ霞たなびく故郷の都の春は見るべかりける」の二首と共に所収されており、川村晃生（「能因と大江氏歌人たち」『摂関期和歌史の研究』三弥井書店、一九九一年）は長楽寺という東山の山里から「都を再発見し再認識することによって」「新たな表現や詠みぶり」を彼らは形成して行ったものかと指摘している。また、前掲三首は寛弘四年（一〇〇七）頃の作かとも推定される（「新風への道―後拾遺歌人の場をめぐって―」同上書所収）が、高重久美は寛弘六年頃と考えている（『和歌六人党とその時代』〈一「六人党」の世界、第二章能因、三「能因と東山」〉和泉書院、二〇〇五年）。また、正言歌の「見渡せば」に注目した好論に近藤みゆき「見渡せば」と「眺望」詩」（『古代後期和歌文学の研究』風間書房、二〇〇五年）のあることも付記しておきたい。猶、拙稿「院政期の漢詩世界序説（二）―漢詩と和歌と―」（『北陸古典研究』26号、二〇一一年十一月）参照。

（2）猶、『白氏文集』（巻六二・2999「六十六」）にも「看レ山倚二高石一。引レ水穿二深竹一」とあるが、これも筧のことだろうと思われる。

（3）「樋」字は『王仁昫刊謬補欠切韻』（唐写本）や『宋本広韻』（芸文印書館版）などには見出せないようで（周祖謨編『唐五代韻書集存』〈台湾学生書局〉も参看）、『集韻』（世界書局版）になって「樋。施東切。音通。木名」と見える。『和漢三才図絵』（巻一五・芸才）では『集韻』を受けながらも「倭字」として「樋〈木名也而倭以為二水竇(俗)之祢一、取二通水之義一〉」と本朝の意義にも言及する。猶、院政期の古字書である「観智院本類聚名義抄」には「樋。谷通字。ヒ」とあるので、この頃既に使用されていた徴証はあるとみて良いだろう。猶、岡本保孝（『倭字攷』）は「樋《トヒ》。東鑑ニ一アリ。戸筧《トヒ》ノ義也ト。和訓栞ニアリ」とも記している。ところで、「かけひ」は「筧」と記すのが今日では一般的であろう。この字は既に『切韻』『広韻』に見え、共に「以レ竹通レ水」と字義を記す。本朝の古字書にも「筧。公殄反。芊（芋）。通レ水」（『天治本新撰字鏡』）「筧。吉演メ（反切）。以レ竿通レ水」（『観智院本類聚名義抄』）と記されるものの、二書に和訓は見えない。『康熙字典』でも採挙げて記すように、用例としては白居易「銭塘湖石記」（『白氏文集』巻五九・2918）に「銭塘湖、一名上湖。周廻三十里。北有二石函一、南有レ筧。凡放レ水漑レ田、毎レ減二一寸一、可レ漑二十五餘頃一。毎二一復時一、可レ漑二五十餘頃一。（中略）其石函南筧并諸小筧闥、非レ澆レ田時、並須レ封二築塞一。数令二巡検一、小有二漏泄一、罪責所レ由。即無二盗洩之弊一矣。又若水霖雨三日已上、即往々堤決、須レ所レ由三巡守預為二之防一。其筧之南旧有二欠岸一。若水暴漲、即於二欠岸一洩レ之。又不レ減、兼於二石函南筧一洩レ之、防二堤潰一也。（下略）」などと見えている。これによれば、この文字は平安朝文人達の知識の範疇に入っていた蓋然性も高いのだが、一般的に使われていたものであったかどうかは必ずしも明らかではないようだ。

（4）川村（注1所引論考「新風への道」）は高岳相如の「初冬於二長楽寺一同賦二落葉（葉落）山中路一詩序」（『本朝文粋』巻一〇・318）を挙げ、長楽寺が既に詩壇の人々の風趣の場として重要な場となっていて、それが能因らの和歌の場としても生かされたという見方をされる。猶、上東門院中將のことも含め高重久美「能因と東山」（注1所引論考所収）も参照されたい。

（5）以下の和歌掲出に当たっては『新編国歌大観』（角川書店）に依る（但し仮名表記は一部漢字に改めたところもある）。和歌以外の仮名文の「かけひ」の例としては、「今、日野山の奥に跡をかくして後、東に三尺あまりの庇をさして柴折りくぶるよすがとす。南に竹の簀子を敷き……（中略）その所のさまをいはば、南に懸樋あり。岩を立てて水を溜めたり。林、軒近ければ爪木を拾ふに乏しからず」（『方丈記』）あたりが早い一例に挙げられようか。

（6）例えば「おとづるるかけひの水のたよりにも身を任せぬは此世なりけり」（藤原為氏）「うけがたき世にもすみかの有りけりとかけひの水のたよりをぞとふ」（寂西。以上『弘長百首』639、644）。

（7）以下の引用詩の本文はすべて『五山文学新集』（玉村竹二編、東京大学出版会、一九六七〜七七年）に依っているが、詩の解釈については全くの私見であり、先覚の御批正をお願いしたいと思う。

（8）このままでは一韻到底叶わない（「談」「担」は下平声覃韻であるが、「岩」は咸韻）。恐らく音の近い「龕」（仏塔の意。「山龕」で山寺を指す）のつもりではないかと稿者は臆測している。猶、結句の用字にも疑義（衍字あるか）あり、熟さない臆測訳に留まることを断っておきたい。

（9）「竹筧㆓升水㆒」詩（『翰林葫蘆集』巻四）もこれをふまえるものか。

（10）五山文学作品を粗読する間の管見に入った他の作に「題㆓通玄庵㆒」（『空華集』）「凍覓」（『驢雪藁』）などがある。

（11）以下の宋代詩の引用本文はすべて近年完結した『全宋詩』（北京大学出版社、一九九一～八）に依っている。

［後記］

本稿は『同志社女子大学　日本語日本文学』第17号（二〇〇五年六月）に掲載されたものである。

第14章　日本文学と中国古典漢詩をめぐる断章

一　はじめに

日中二国の文学作品を読んでいると、類似する場面設定と思われる作を時折見かけることがある。そこで、その表現のありようを対照させてみると、彼我の違い、表現の抱える内実といったものが、より一層際立って鮮明に立ち上がってくるような思いに拘《とら》われてしまうことがある。稿者は平安朝を中心とする和漢比較文学という狭い古典の世界に身を置き、ささやかな研究を行っているものにすぎない。従って近代の文学については全く不案内だが、恐らく先に述べた点については、古典のみにとどまる問題ではないのではなかろうか。以下の内容については、あるいは個人的な妄想に過ぎないという謗りを受けるかもしれないが、先ずは話題提供から始めたいと思う。

二　近代の詩歌から――若山牧水・高村光太郎と漢詩の表現――

たとえば、若山牧水（一八八五〜一九二八）に、教科書などにもよくとられる短歌で、

白鳥《しらとり》は哀しからずや空の青海のあをにも染まず漂ふ　（『別離』明治四十三年〈一九一〇〉）

という有名な作がある。稿者はこれを口ずさむたびに、対置したくなる、これまた有名な杜甫の次の漢詩が想起さ

れてならない。

江碧鳥逾白　江は碧にして　鳥いよいよ白く
山青花欲然　山は青くして　花燃《も》えんと欲す
今春看又過　今春　みすみすまた過ぐ
何日是帰年　何れの日にか　これ帰年ならん
（杜甫「絶句」『唐詩選』所収）

共に旅の途次、あおい水面に浮かぶ一羽の白い鳥に焦点を当てているものだが、読者の受ける印象はかなり異なるのではないかと思われる。杜甫の作が広大な自然の中に確固たる存在を占め、強くその存在を主張する白い鳥を詠むのに対し、牧水の作は「哀しからずや」と呼びかけて感情移入をかぶせる、つまり作者の感傷的な心象を託すものとなっていると言えよう。もし表現のベクトルというものがあるとすれば、杜甫のそれは鳥から発せられて作者（杜甫）に迫ってくるものであり、牧水のそれは、作者から鳥に向かって発せられているように見えながら、実は作者自身の心のうちに向かっているようにも思われるのである。また、この二者の違いを端的に漢字一字の対比で示すなら、杜甫の「独」に対して、牧水の「孤」と言っても良いのかもしれない。勿論これを安易に各々中国的・日本的などと決めつけてしまうこともできないであろう。

ところで、先の若山牧水の作は実は一連の「安房の渚の詠」群に見えるものなのだが、彼が事実として安房根本に滞在したのは、明治四十年十二月下旬から翌年の一月上旬ということになっているようである。するとこの作が『新声』（初出。明治四十年十二月）に載ることはありえないのではないかということで、研究者の考えではそれ以前に訪れた時の作か、ということになっているようである。だが、稿者は以下のような思いに突き動かされるのだ。牧水なら『唐詩選』にも採られている前掲の杜甫の詩を目にしたことはあったであろう。そのまま読み過ごすこともあったであろうが、ある時忽然とインスピレーションが湧き、杜詩の「鳥逾白」に彼は孤独を（表現する手立てを）発見したのではないか、と。つまり、彼のこの歌の表現は、杜詩の表現を意図的にとらえ直したところに生まれたのではないかと思われてならないということなのである。とすれば、安房に出向いたか否かは問題とはならないであろう。詩歌の表現は必ずしも作者の生《なま》の現実体験のみに縛《しば》られるものではなかったはずだと思うからである[1]。

妄言ついでにもう一つ、近代の詩についても触れておきたい。これまた教科書に採られるような有名な作、高村光太郎（一八八三～一九五六）の「道程」である。

僕の前に道はない
僕の後に道は出来る
ああ自然よ
父よ
僕を一人立ちにさせた広大な父よ
僕から目を離さないで守ることをせよ
常に父の気魄を僕に充たせよ
この遠い道程のため
この遠い道程のため

（『道程』大正三年〈一九一四〉十月刊）

よく知られているように、この作品の初出時（『美の廃墟』大正三年三月）は全一〇二行にも及ぶ大長編だった。それを後に最後の七行を独立させて補綴し前述のようになったとされている。この作品を読むたびに稿者は陳子昂（六六一～七〇二）の所謂「登㆓幽州楼台㆒」（もともとは題を持たないが後世の一般題として示す）と題する有名な作を喚起せずにはおれない。

前不見古人　　前に古人を見ず

後不見来者　　後ろに来る者を見ず
念天地之悠々　　天地の悠々たるを念ひ
独愴然而涕下　　独り愴然として涕下る
（盧蔵用「陳子昂別伝」(2)『文苑英華』巻七九二）

六九六年秋、三十六歳の陳子昂(3)は武威大将軍建安王武攸宜に従い、営州の契丹討伐に参謀役として従軍し、河北の漁陽（北京郊外）に在った。敗色濃い中、大将軍の用兵を諫めたことで不興を買い、ついに軍曹に降格され、失意のうちに作ったのが『唐詩選』にも採られて有名な「薊丘覧古」(4)であるという。彼の友人の盧蔵用によると、その作をなした頃（六九七年）前掲の詩も作られた由である。(5)この詩句には、道途に在って厳しくも激しい彼個人の「孤」独と絶望の心情が詠いこめられているのではないか、そう思うのは稿者だけであろうか。陳子昂はかつて高宗の時に重んじられ右衛冑曹となり、政事の御下問に預かるなどして、しばしば直言するも、結局は容れられることはなかった。また、先の契丹討伐に赴く一、二年前には逆党に与《くみ》したかどで投獄されるという屈辱も経験しており、政事への挫折感や知友にも恵まれなかったことから、孤独感を深めつつあったと思われる。その果てに先の慟哭の一詩があるわけである。因みに、この詩の後の彼について付記すれば、父の死による帰郷、そして服喪の後には当地の県令の奸計にはまり、全財産を奪われ、捕縛拘禁されて憂憤のうちに没してしまうということになる。まさに不遇な悲嘆すべき人生の結末故にこそ、一層先の詩句は彼の人生を象徴するように思われて、一入読む者の胸に迫るものがあると言ったら言い過ぎであろうか。

一方、高村光太郎は長男として父光雲（一八五二～一九三四。近代彫刻芸術界の巨匠）の膝下に在ったが、当時の家族制度の桎梏から逃れるべく、明治四十年家督を弟に譲り、自らの生くべき道を「独」り見定め始める。東京美術学校（彫刻科）卒業後は欧米に留学し、帰朝したのは明治四十二年（一九〇九）のこと。翌年には大逆事件、韓国併合があった。さらに時代は辛亥革命（明治四十四年。列強の中国支配に日本も参加）、明治天皇崩御（同四十五年）をへて、護憲運動の高まり（大正二年）や第一次大戦参戦（同三年）、というように展開する。まさに内外騒擾の時代に在りながら、彼は理想主義的情熱を抱えた『道程』を刊行する。先の詩には、未来に向け新しい自己を確立しようとする充ち溢れる気魄が感取されると思うが、陳子昂の作とは何と対極にあることだろうと思われてならない。

ところで、先に陳子昂の詩句に彼の孤独と絶望を見ると稿者は述べたが、実はこの詩には別の理解の仕方もある。即ち、第一句目は、戦国時代の古跡の荒涼とした景を前に詠み、二句目はこの大地の支配を契丹から奪回できぬ唐の現実、そして以下は、その果たしえぬ大義故に激しく慟哭するという詩人像を見出すことも可能ではないかということである。つまり、この作は私情ではなく、詩人としての公憤を詠むものなのではないかということなのだ。盧蔵用「別伝」の文脈からそう解することも可能なら（或いはこちらが本意かもしれない）、稿者の先ほどの見解とはかなり懸隔があると言わねばなるまい。だが、この詩句は名句として抜き書きされ、喧伝され、引用されなどして、独立して解されるようになる過程で、先に述べた孤独と絶望というイメージが一般的になって行ったのではないかとも思う。ともあれ、稿者は、この二作を並べるたびに、陳子昂の孤独と絶望の場面が、光太郎によって、見事なまでに決然たる独立心、勇気と希望の場面に詠み替えられた、という感嘆を禁じ得ないのである。

三　菅原道真の漢詩から

さて、「補完」という主題《テーマ》を与えられていながら少し脇道にそれてしまったかも知れないので、ここで平安朝の漢詩を採り挙げ、その点に少し触れておきたいと思う。その詩的完成度という点でこの時代の漢詩の到達点であると同時に、また後世に甚大な影響を与えたという点では出発点でもある菅原道真の漢詩の中から次の一首に注目してみたい。次の作は彼の讃岐守在任中（仁和四年〈八八八〉）のものである。

江上晩秋

不敢閑居任意愁
勧身江畔立清秋
山銜落日分陰駐
水趁凋年一種流
鷗鳥従将天性狎
鱸魚妄被土風羞
銷憂自有平沙歩
王粲何煩独上楼

敢えて閑居して　意に任せて愁へず
身を江畔に勧めて　清らかな秋に立つ
山は落日を銜《ふく》みて　分陰駐《とど》まり
水《かは》は凋年を趁《お》ひて　一種流る
鷗鳥は　天性に従将《よ》りて狎《な》れ
鱸魚は　妄りに土風を羞《すす》めらる
憂へを銷さんとするに　自らに平沙の歩み有り
王粲何ぞ煩はさん　独り楼に上ることを

仲宣云。暇日聊以銷レ憂。

（『菅家文草』巻四・266）

（拙訳）心静かに家に居て、心のままにたそがれゆく秋の悲しみにくれようとも思わず、この身を川辺に運んで澄んだ秋の気の中に立つ。山は夕陽を含み、わずかな時の歩みも止まるかと見えながら、川は暮れゆく年を追うように、一様に流れ去ってゆく。鷗は天に与えられた性質のままに機心《たくらみ》無き私に慣れ、あの鱸魚ならぬこの地の珍味などのもてなしを受ける。かくて我が心の憂いを消さんとするなら、（この地には）おのずと川辺の砂上の散歩という手があるわけで、あの魏の王粲のように一体どうしてわざわざ一人で高楼に上る必要などあろうか（いやない）。

この詩にもし簡単な注を付すなら以下のようになるだろうか。江上秋風や閑居の詠は白居易の詩にもまま見え、「任意」「江畔」「清秋」以下詩中に用いられる語彙の殆どは白詩とも共通し、漢詩として特別な表現と言うほどのものは無いといって良かろうが、恐らく第三句には「山銜二落日一渓光動。岸転二廻風一檻影浮」[6]（王魯復「水楼」『千載佳句』巻下・水楼596）、第四句には「窮陰殺節。急景凋年」（鮑照「舞鶴賦」『文選』巻一四）「急景凋年急二於水一。念レ之攬レ衣中夜起」（「和二自勧一二首」其二『白氏文集』巻五二・2267）などといった類似表現が容易に喚起されることだろう。そして、頸聯には、既に川口久雄博士（日本古典文学大系本『菅家文草』当該詩注）が指摘されているように、『列子』[7]（黄帝）や「張翰適意」[8]（『蒙求』487）の故事が踏まえられていることは間違いない。

『列子』によると、海辺に住む鷗好きな人がいて、毎朝浜に出ては一緒に遊んでおり、慣れ親しみ寄ってくる鷗は何百羽もいた。すると、彼の父親がペットにしたいから捕まえてくれと言う。そこで翌日彼が海辺に出てみると、鷗は空に舞い上がり、下りてくることはなかった、と。つまり、企みなき無心の人たるべきことを説くもので、それは道真の国守としての姿勢に重ねられるものと考えられ、従って「鷗鳥」には彼に馴れ親しむ讃岐の国の庶人の姿を見出すことも可能であろうか。

また、張翰は呉の出身で、宮仕えのため都洛陽で暮らしていたが、秋風立つ頃になって、故郷の鱸魚の膾《なます》が恋しくなり、やもたてもたまらず職を辞して帰郷した。そして、人生は心のままに楽しむのが一番で、何も遥か故郷を離れて名誉や地位を求めるまでもない、と言うのである。ところでこの詩では、道真は讃岐産の味覚を薦められて満更でもなさそうである。つまり、彼は張翰のように「故里の味が恋しい」と言ってすぐ帰る必要はない（実際は、役務に忠勤する彼のことだから帰れる身の上でないことは十分承知のはずだ）と結果としては言っているわけである。故事を逆手に利用して己の気持ちを強調し表現しているということになろうか。そもそも漢詩における故事の利用は、本来的に作者の思惟・心情を膨らませて強調し、読み手にインパクトを与えつつ理解を促そうとする、表現の補完を担う手法であると言っても差し支えないものだろう。それはともあれ、頸聯ではそこそこ自足する作者の姿が彷彿するようにも思われる。従って、尾聯のように、憂愁を晴らすには川辺の砂上の散策があるのだから、王粲のようにわざわざ一人高楼に登る煩いもないと結ばれることになり、表現の論理も一応一貫していると言える。

四 「登楼賦」をめぐって

ところで、末尾に見える「登楼賦」のことである。この作は『文選』（巻一一）(9)にも収められる有名なものであり、その概要を記せば以下のような内容である。

この城楼に登って四望し、私はしばし暇《いとま》を得て憂いを忘れようと思った。楼の周辺は広く、澄んだ水路に臨み、曲折する川の長い洲浜に近く、広い丘陵を背に沼沢の肥沃な流れに臨み、北は范蠡の故地へと続き、西は楚昭王の墳墓に接する。花や実は野を覆い、黍稷《きび》も畑に満ち、この地は本当に美しいが、わが故郷ではないから、どうしてしばらくも留まりおれようか。

世の乱れに遭って彷徨《さまよ》い、いつしか十二年の歳月を超えて今日に至り、故郷への思いは募るばかりで、一体誰がこの憂いに耐えられよう。楼の欄干にもたれて遥かに望み、北風に向かって襟元を開く。平原を見はるかすも、荊山の高嶺に遮られるのは悔しいことだ。街道はくねくねと長く遠く伸び、川は渉るにも広く深く、故郷と隔てられた悲しみに、涙の落つるもとどめえない。

その昔、孔子は陳にいた時、「故郷に帰りたい」と嘆き、鍾儀は晋に捕われの身ながら故郷楚の音楽を奏でたし、楚で栄達した荘舃《そうせき》も故国越の歌を口ずさんだという。誰しもみな故郷への思いは同じで、出世しようがしまいが違いはないのだ。

歳月いよいよ過ぎゆくも、黄河が澄み太平の世となるのは何時《いつ》のことか。願わくは、王道のひたすら清平の御世となり、大道の下に我が力を尽くさんことを。いたずらにぶら下がるだけの匏瓜《うり》となることを恐れ、浚渫《さら》われた井戸でありながら使われない、そんな自分であることをひどく気にかけたりするのだ。

ゆっくりと歩き彷徨えば、太陽もいつしか沈みかかり、風は物寂しく一斉に吹き起こる。空は黒々として色失《いろう》せ、獣たちは俄かにあたりを見回し仲間を求め、鳥たちも鳴き交わしては住処《すみか》へと翼を打って飛び立つ。原野には人影もなく、旅人は休むことなくゆく。

心傷ましきうちに感慨湧き起こり、わが胸にこみ上げるこの憂愁《うれい》。夜半になっても眠れず、心傷めて安らかならず、寝返りを重ねるばかりなのであった。

道真の詩の表現に似ているところも見えるが、末尾の通り、要するに望郷の思いと不遇感に発する王粲の憂愁は晴らせたくとも晴らせなかったということになる。実は白居易にもこの故事を意識したと思しき表現がある。それは一門（従祖弟）の白敏中が節度副使となって邠寧に到り、懐郷の情を詠んだ作に答えたもの（『白氏文集』巻六八・3430「見下敏中初到二邠寧一秋日登二城楼一詩上詩中頗多二郷思一因以寄和」）で、その五律の尾聯に、

望郷心若苦　　郷を望んで心もし苦しければ
不用数登楼　　しばしば楼に登ることを用ゐざれ

と詠まれる。「登楼」がつまり望郷の思いをかきたて募らせてしまう行為でもあることは自明のことであったと言って良かろう(10)。

五　むすびに

さて、道真は尾聯でいうように、果たして本当に憂愁を払いえたのだろうか。この「江上晩秋」の直前に作られた265「聞二早雁一寄二文進士一」では「唯煩旅客夢難レ成」と落魄の身を嘆き、直後の267「九日偶吟」では「今日低レ頭

思二昔日一。紫宸殿下賜二恩盃一」と宮中の重陽の宴に預かっていた日々を想起し、268「別二文進士一」では「不レ得二随レ君去一。傷レ情欲二奈何一」と帰洛の思いに耐えかね、269「寄二白菊一四十韻」では望郷の思いや孤独のうちに「暮景愁難レ散」などと吐露している。道真の讃州客居詩にはこうした詠が多いことからすれば、やはり彼の憂愁は晴らし難いものであったと言えよう。とすれば、王粲のように高楼に登る必要はないと言いつつも、心晴れやらぬ思いは王粲同様であったと言って良い。その意味で、彼が敢て王粲「登楼賦」のことを持ち出したのは、聊か屈折した物言いということになるのかも知れないが、道真の本心の共感がそこ（望郷と不遇感）にあったからに他ならないであろう。

【注】

（1）因みに古文世界の有名な例を挙げれば次の通り。能因（九八八〜?）の「都をば霞とともに立ちしかど秋風ぞ吹く白河の関」はよく知られた名歌である。この歌の成立をめぐっては、奥州に下向せず都にいながら作ったのを作者は残念に思い、久しく人目を避け、日焼けして、さも奥州へ旅したふりして披露に及んだとする説話（『袋草紙』『十訓抄』『古今著聞集』など）もある。また、源順は「楊貴妃帰唐帝思、李夫人去漢皇情」（『和漢朗詠集』巻上・八月十五日夜250。『江談抄』第四・37話。『宝物集』巻一）の句を数年も前に作りおいて、八月十五夜の雨の日を待ち、六条宮具平親王邸で披露したと伝えられる。勿論こうした逸話が事実であったという保証はないが、作品の成立する微妙な機微とでもいうべきものまでは否定できないように思われるのである。

（2）この「別伝」については、小川環樹編『唐代の詩人—その伝記—』（大修館書店、一九七五年）に、筧久美子の注がある。

（3）陳子昂についての論は少なくないが、早いところで鈴木修次「陳子昂論」（『唐代詩人論』上巻。鳳出版、一九七三年。一九七九年に講談社学術文庫にも所収）があり、近年では高木重俊「陳子昂論」（『初唐文学論』研文出版、二〇〇五年）などがある。

（4）『陳子昂集』での題は「薊丘覧古贈二盧居士蔵用一七首（幷序）」。『唐詩選』に採られた作は其二「燕昭王」と題する詩である。

（5）「属契丹以二営州一叛。建安郡王攸宜親総二戎律一、台閣英妙、皆置在二軍麾一。時勅子昂参二謀帷幕一。軍次二漁陽一。前軍王孝傑等相次陥没、三軍震慴。子昂進レ諫（中略）以二子昂素是書生一、謝而不レ納。子昂体弱多レ疾。感激忠義、常欲三奪レ身以答二国士一。自以官在二近侍一、又参二預軍謀一、不レ可三見レ危而惜二身苟容一。他日又進レ諫。言甚切至。建安謝絶之、乃署以二軍曹一。子昂知レ不レ合。因箝黙下レ列、但兼二掌書記一而已。因登二薊北楼一、感二昔楽生燕昭之事一、賦レ詩数首。乃泫然流涕而歌曰、前不レ見二古人一、後不レ見二来者一、念二天地之悠々一、独愴然而涕下。詩人莫レ不レ知也」と「別伝」に見える。

（6）猶、白詩にも「好レ看落日斜銜処」（『千載佳句』巻上・月257『白氏文集』巻一五・0834「高亭」）という句はある。さて、この類型で、「日」を「月」に換えた「竹霧暁籠銜レ峰月」（『白氏文集』「庾楼暁望」巻一六・0911）『千載佳句』巻上・春暁79『和漢朗詠集』巻上・霧341）「曙月銜レ山出定遅」（王魯復「贈二僧惟勧一」『千載佳句』巻下・贈僧1060）などという表現もあり、本朝の残存詩ではこちらの影響の方が表現としては多い傾向にある。

（7）「列子曰。海上之人好レ鷗者。毎旦之二海上一、従二鷗鳥一遊。鷗鳥之至者、百数而不レ止。其父曰、吾聞鷗鳥皆従レ汝好、取来吾玩レ之。明日之レ海、鷗鳥舞而不レ下」（『芸文類聚』巻九二・鷗）と引かれるほか、『世説新語』（言語篇45話所引『荘子』。但し現存本『荘子』には見えない）にも見える。猶、蛇足だが、『呂氏春秋』（精諭篇）では、同じ話柄ながら対象となるのは「鷗鳥」ではなく「蜻」ということになっている。

（8）「張季鷹辟二斉王東曹掾一在レ洛。見二秋風起一、因思二呉中菰菜蓴羹鱸魚膾一曰、人生貴レ得レ適レ意爾、何能羈二宦数千里一以要二名爵一。遂命レ駕便帰。俄而斉王敗、時人皆謂為レ見レ機」（『世説新語』識鑑篇10話）とあるほか、『芸文類聚』（巻三・秋）にも引かれ、白詩にも「秋風一筋鱸魚鱠。張翰揺レ頭喚不レ廻」（『白氏文集』巻六五・3225「寄二楊六侍郎一」『新撰朗詠集』巻上・秋興203）と詠まれて、本朝でもよく知られて用いられた故事である。

（9）「登楼賦」の本文は以下の通り（『和刻本文選』汲古書院、一九七四年刊による）。「登二茲楼一以四望兮、聊暇日以銷レ憂。覧二斯宇之所一レ処兮、実顕敞而寡レ仇。挟二清漳之通浦一兮、倚二曲沮之長洲一。背二墳衍之広陸一兮、臨二皐隰之沃流一。

北弥二陶牧一、西接二昭丘一。華実蔽レ野、黍稷盈レ時。雖二信美一而非二吾土一兮、曽何足二以少留一。遭二紛濁一而遷逝兮、漫踰レ紀以迄レ今、情眷々而懐レ帰兮、孰憂思之可レ任。憑二軒檻一以遥望兮、向二北風一而開レ襟。平原遠而極レ目兮、蔽二荊山之高岑一。路逶迤而脩迥兮、川既漾而済深。悲二旧郷之壅隔一兮、涕横墜而弗レ禁。昔尼父之在レ陳兮、有二帰歟之嘆音一。鍾儀幽而楚奏兮、荘舃顕而越吟。人情同二於懐一レ土兮、豈窮達而異レ心。惟二日月之逾邁一兮、俟二河清一其未レ極。冀王道之一平兮、仮二高衢一而騁レ力。懼二匏瓜之徒懸一兮、畏二井渫之莫一レ食。歩棲遅以徙倚兮、白日忽其将レ匿。風蕭瑟而並興兮、天惨々而無レ色。獣狂顧以求レ群兮、鳥相鳴而挙レ翼。原野閴其無レ人兮、征夫行而未レ息。心悽愴以感発兮、意忉怛而憯惻。循二階除一而下降兮、気交二憤於胸臆一。夜参半而不レ寐兮、悵盤桓以反側」。

（10）　因みに、高処に登り故郷（の方角）を眺望し思念（故郷を偲ぶ）する作を思いつくままに挙げると、例えば古くは「陟岵」（『毛詩』魏風）や謝朓（斉）「臨高台行」、唐に入って盧僎「南楼望」、王昌齢「従軍行七首其一」、崔顥「黄鶴楼」、李白「登二金陵鳳凰台一」、柳宗元「登二柳州峨山一」など少なくない。多くは望めども故郷は遠く（或いは雲や山などの遮るものがあり）望みえないのがパターン。この類は、本朝にも「躋二翠嶺一而西顧。家郷悉没二煙樹之深一」（橘在列「山寒花不レ坼詩序」『和漢朗詠集』巻下・眺望625）「山高み都の春を見渡せばただひとむらの霞なりけり」（大江正言「長楽寺にて故郷の霞の心をよみ侍りける」『後拾遺和歌集』巻一・春上38）「顧二望華洛求名処一。不レ過二翁々一片霞一」（源経信「遊二長楽寺一」『本朝無題詩』巻八・526）などと見える表現となって受け継がれていると言って良いであろう。猶、平安朝人にとって都は故郷にほかならず、たとえば前掲本朝詩歌三作は連関する作であることは言うまでもあるまい。近藤みゆき「「見渡せば」と「眺望」詩」（『古代後期和歌文学の研究』風間書房、二〇〇五年）なども参照されたい。

【後記】

本稿は平成二十二年度全国大学国語国文学会夏期大会シンポジウム・テーマ「日本文学における補完の関係」（於同志社女子大学）にパネラーとして参加させて頂き、発表した内容を文章化したもので、『文学・語学』第198号（二〇一〇年十一月）に掲載されたものである。

索　引

人名索引

〈凡例〉
・近代以前（現代は除く）の人名を頭文字の読み（日本名は訓、中国名は音を基本とする）の五十音順に排列し、同訓・同音の場合は画数の少ないもの、または部首の順を先とする。同字は一処にまとめた。

あ

安倍興行　61 62 64 74
安倍清行　74
安倍貞行　74
安倍宗行　61〜63 73 74
安倍安仁　63 74
安倍吉人　13 15
阿崔（白居易男）　203
秋篠安人　14
朝野鹿取　9〜11
朝原道永　18
飛鳥部奈止麿　19
新井白石　101

い

伊藤松　229 234
伊福部永氏　18 171
韋応物　79 129
韋康　42
韋処厚　202
韋端　42 67
韋誕　42 67
惟氏　161 162
勇山（安野）文継　9〜11 13 15 171
石上宅嗣　17 107
一休宗純　190
一山一寧　224
一笑（小杉一笑）　46
一条天皇　91 93 236
殷尭藩　120 198

う

于鵠　116
宇多天皇（上皇・法皇）　68 72 195

え

詠（百済僧）　7
弈秋　50 51
延昌　236
袁宏　130
袁紹　114 186 187
閻長　218

お

小野石子　2
小野篁　18 74 171 181 211
小野道風　77〜83 85 94 95 98 102 108 109
小野年永　9
小野永見　5〜9
小野岑守　7〜9 11 20 70 171
王維　171
王筠　128
王禹偁　235
王涯　150
王翰　181
王羲之（王右軍）　80 95 96 111 236
王巾　122
王欽臣　236
王弘　170 185 186 189
王孝廉　9
王粲　260 262〜264
王昌齢　266
王昭君　27
王仁昫　109 119 252
王績　187
王操　235
王大夫　30
王度　32〜35
王褒　124
王融　212
王礪　235
王魯復　261 265
欧陽脩　189
淡海福良満　5 6 8 171
淡海三船　18 122
大江朝綱　78〜82 84 98 102 103 105 108 109 111 113 114 116 118 120 124 126 130 178 180 182 183 190 200
大江維時　84 131 183 204 231 233
大江佐国　134 135 146 178 181 183
大江正言　242 252 266
大江匡衡　91 187 206
大江匡房　91 138 140 142 148 150 152 153 159 161 166 180 182 184 186

大江通国　74 189
大江通直　187
大江以言　98 186 187 211
大江嘉言　252
大田南畝　227
大田田根子　208
大伴親王(淳和天皇)　11
大伴氏上　5 8
大伴坂上郎女　209
大伴旅人　169 208 209
大物主　208
岡本保孝　252
荻生徂徠　42
温庭筠　125

か

何遜　114
何仲宣　129
花山法皇(天皇)　90 93
夏樹芳　191
賀祢公雄津麻呂　18
賀美能(神野)親王(嵯峨天皇)　7
賀陽豊年　5〜8 18 19 170 171
嘉因　94
娥皇　27

郭嘉　174
郭璞　36 115 121 126
覚懐　248
笠仲守　18
兼明親王　56 85 97 101 108 127 159 166 215
上毛野穎人　8〜10 20
河島皇子　122
官子内親王　77
桓武天皇　2 5 8 11
寛建　94
漢高祖(劉邦)　62 188
管仲　62
韓渥　239
韓愈　66 216 227

き

希世霊彦　248
紀在昌　184
紀末守　9
紀斉名　108 173 181 184 185 200
紀貫之　83
紀時文　83
紀淑光　178
紀長谷雄　31 94 111 116 119 121 163 176 194 195

魏武帝(曹操)　207
魏文帝(曹丕)　114 181
九淵龍睬　248
九鼎竺重　248
汲黯　56
牛僧孺　199
許渾　111 126
許詢(玄度)　92 100
許由　115 117 118
魚玄機　216
羌(姜)世昌(周世昌)　233 234
堯　27 93 117 118
金雲卿　218 233
金可紀　233
金明　218
金祐徵　218
金陽　218
金立之　233

く

空海　8 13 122
百済永継　19 20
百済僧詠　7
屈原　170 188
黒川道祐　95

桑原腹赤　9〜11 14
桑原広田麿　9 10 20
桑原宮作　5 8

け

嵆康(叔夜)　98 147 177 186 212
顕昭　132
元稹　69 92 126 129 153 155 177 192 197 202
元成宗　224
阮咸　186
阮籍　186
源信　234 236

こ

小杉一笑　46
巨勢金岡　30
巨勢識人　9 11 18 171
巨勢広貴　236
巨勢正純　18
瓠巴　66
壺公　116
顧況　164
顧陶　233
呉漢　39
呉招孝　164 165

呉祐 27
公乗億 87 184
公孫述 39
孔子 14 66 124 262
孔戡 202
孔稚珪 116 123 132
孔融 42
句(勾)践 120
江総 66 70
侯圭 50 51
侯覇 38
姮娥 36 37
皇侃 33
皇甫松 236
皇甫湜 202
高駢 232
高野天皇 17
皎然 27
黄鑑 95 236
黄庭堅(山谷) 189 251
惟宗孝貞 180
惟宗孝言 124 150 178 181 189

さ

左思 36 55 98
佐伯長継 9 10
佐久間洞巌 101
佐藤義清(西行) 76
嵯峨天皇(賀美能親王) 1〜3 6〜16 18 66 67 104 105 111 116 134 170 171 211 215 227
崔群 202
崔玄亮 199 202
崔顥 266
崔植 202
崔致遠(文昌) 231〜233 238 240
崔知賢 79
崔儦 122 123 132
蔡琰 67
蔡孚 216 227
蔡邕 67
坂上今雄 9 18
坂上今継 8 9 18 20
楽浪河内 7
聡子内親王 244
山簡 186
山濤 147

し

子貢 66
司空曙 79
司馬相如 14 98
滋野貞主 9〜11 15 111 131 227
滋野安成 65 74
滋野善永 123 171
滋野良幹 65 67 74
島田忠臣 42 44 45 129 134 172〜176 183 193 196
謝安 130
謝朓 122 266
寂照(大江定基) 95 223 234 236 237
寂西 253
朱熹 79
朱仁聡 234
朱買臣 166
周顒 117 123
周公 33
周四郎 233
周世昌 233 234
周文王 33
戎昱 107
叔平 224
荀淑 19
淳和天皇(大伴親王) 8 9 11 18
順徳院 227
女英 27
徐居正 238
徐陵 122
章孝標 104 150
彰子(中宮) 90
蔣詡 119 120
蕭子良 117
蕭統 120
鍾儀 262
上官昭容 212
上東門院中將 243 246 253
成尋 223 236
鄭虔(→ていけん) 164
鄭玄 33 116 181 187
鄭谷(→ていこく) 239
鄭子良(→ていしりょう) 221
鄭泉(→ていせん) 188
鄭当時(→ていとうじ) 56
白鳥(長岑)高名 18
岑文本 66
沈佺期 216
沈約 124 128
辛徳源 123
晋簡文帝 100
秦始皇(帝) 62
秦彭 38

仁貞（真） 9

す

朱雀天皇 215
崇神天皇 208
菅野惟肖 74
菅野名明 31
菅野真道 5 6 10
菅原淳茂 217 228
菅原在良 180 202
菅原清公 7～11 15
菅原清人 7～9 10
菅原清能 179 202
菅原是善 45 46 48 74
菅原資忠 93
菅原輔正 87～89 91 92
菅原文時 80 83 91 160 182
菅原雅規 179
菅原道真 23～25 29 30 32 34 35 37 39～55 57 61～65 67 68 70 73 74 79 84 94 105 111 112 118 122 129～131 134 160 163 172～176 180 183 188 193 194 202 211 215～217 228 231 259 261 263 264
菅原庶幾 179 182
少名御神（少彦名命） 208 214

輔仁親王（三宮） 141 142 145 180 184 200 201 244

せ

西王母 36
斉隠 234
石崇 158
雪村友梅 224 226 247 266
銭惟演 237
銭徽 198 202

そ

楚於陵妻 65
楚昭王 262
蘇東坡 189 230 238
宋九嘉 189
宋真宗 95
宋太祖 223
宋太宗 94
荘舄 262
曹植 6 19 117
曹操（魏武帝） 207
曹丕（魏文帝） 114 181
聡子内親王 244
孫子 105

た

丹（多治）比県守 208
多治比今麿 14
多治比清貞 9 69 107
太公望呂尚 82 120
醍醐天皇 72 80 84 85 94 184
平時兼 177
平時範 181 182 200
平時宗 173 178 181 189
平正範 50 51
平希世 195
平好風 176 195
高岳相如 253
高丘弟越 5 7 19 171
高丘比良麿 7
高階章行 243
高階積善 177 185
高橋文室麻呂 10
高村光雲 258
高村光太郎 255 257～259
卓文君 188
建内宿祢命 208
橘安万子 9
橘在列 266
橘嘉智子 9
橘公緒 56
橘為義 186
橘広相 48 94
橘正通 177 189
橘宗季 187
橘良基 42

ち

智円 235 239
中宮彰子 90
晁迥 239
奝然 94 234
張謂 107
張詠 234
張華 116
張堪 38 39 42
張翰 170 188 261 265
張弓福 218
張協 181
張建封 216
張衡 98
張芝（伯英） 67
張読 125
張方 108
張良（子房） 81 82 104 105
趙翼 144

陳鴻　159
陳後主　70
陳遵　187
陳子昂　257〜259　264
陳蕃　6　19

て

丁謂　95　224　237
丁蘭　92　100
程暁　114
鄭虔　164　165　167
鄭谷　239
鄭子良　221
鄭玄（→じょうげん）　33　116　181　187
鄭泉　188
鄭当時　56
翟公　54
照平親王　101
天隠龍沢　250
田錫　239

と

杜康　174　176　188　213
杜荀鶴　184　231
杜甫　27　117　149　174　176　177　195　212　255　256
杜牧　27　232
東晋簡文帝　100
唐僖宗　55
唐彦謙　129
唐高宗　258
陶潜（淵明）　6　8　57　107　116　120　127　168　170　176　185　186　191　193　205　208
董其昌　96
滕木吉　233　234
徳韶　236
常道兄守　18
伴成益　18
伴三宗　8
具平親王　91　93　101　108　161　176　181　200　211　213　264

な

中臣大島　122
中原広俊　135　137〜139　180　211
仲雄王　8　11
仲科善雄　7〜10　20
長岑（白鳥）高名　18
長屋王　215

に

錦部彦公　9　10
日延　236

の

能因　252　253　264

は

裴璆　217　228
裴頲　216　217
枚乗　107　182
白居易（楽天）　27　36　55　87　89　92　99　102　113　123　126　129　130　133〜137　143　150　152　156〜158　168　172　174　175　189〜196　202〜205　207　208　211　212　230〜232　234　239　260　263
白敏中　263
林鵞峰　94　101　217
林娑婆　5　7
林梅洞　101
春原五百枝　14
范岫　97　122　124　132
范冉（史雲）　53　56
范蠡　119　120　132　262
班固　51　55
樊顗　39
潘岳　45　62　64　98

ひ

皮日休　231
姫大伴氏　9
広根諸勝　18
敏求　232

ふ

フビライ　224
布瑠高庭　17
武平一　216
武攸宜　258
藤原顕仲　244
藤原顕長　160　166
藤原明衡　173　179〜186　200
藤原篤茂　118　183
藤原敦光　108　124　139　141　142　179　182　183　185　200　211
藤原敦宗　181
藤原敦基　182
藤原有家　173
藤原有国　219　220　222
藤原有信　187
藤原在衡　99

藤原家仲 201
藤原宇合 18
藤原小黒麿 8
藤原緒嗣 7 11 12 14 21
藤原乙牟漏 2 18
藤原葛野麿 8 12 21
藤原兼茂(一条朝) 220
藤原兼茂(宇多朝) 195
藤原公任 103 205 234
藤原公光 245
藤原公保 245
藤原国成 179 212 213
藤原伊尹 84 88
藤原伊周 84 184
藤原伊衡 195
藤原是雄 9 10
藤原惟成 93 184
藤原惟規 164
藤原惟憲 220
藤原定信 77 78
藤原貞嗣 14
藤原実兼 152 153 165
藤原実仲 184
藤原実範 148 179 213
藤原実頼 83 84
藤原茂明 140 141 177 202
藤原俊成 186 210
藤原彰子 90
藤原季綱 167 184 202 211
藤原季仲 152～156 161 165
藤原菅根 74
藤原佐理 82～85 94 95 97
藤原資業 202
藤原関雄 8 18 21
藤原園人 1 2 12 21
藤原孝善 244
藤原三守 9 12 14 18
藤原忠通 76 77 133 137 139 143 166 179 186 211
藤原為家 246
藤原為氏 253
藤原為時 91～93 100 234
藤原為房 182
藤原周光 137～141 149 163 164 167 173 174 177 213
藤原常嗣 13
藤原経邦 195
藤原定家 133 134 230
藤原俊蔭 195
藤原友房 180
藤原知房 152 202
藤原仲平 195
藤原成家 200
藤原宣孝 243
藤原範季 167
藤原博文 183 200
藤原冬嗣 7～15 19～21
藤原真夏 10 21
藤原雅量 228
藤原衛 218
藤原美都子 9
藤原通憲(信西) 137 138 187
藤原道雄 5 8
藤原道隆 84
藤原道長 90 91 95 235 236
藤原道雅 243
藤原宗光 173
藤原基経 44 45 47
藤原基俊 206
藤原盛方 159
藤原盛義 213
藤原師輔 84
藤原師尹 84
藤原師時 159
藤原薬子 5 9 12
藤原行家 185
藤原行成 77 82 85～95 97 99 100
藤原善時 84
藤原義孝 85
藤原義忠 243
文室如正 186
文室綿麿 14

へ

平五月 9
平城天皇 2 5～7 16
米芾 97

ほ

方干 123 184
鮑叔 62
鮑照 261
朴昂 124
細井広沢 96 101

ま

松尾芭蕉 46

み

三統理平 74 183
三善清行 153 186
御祖息長帯日売命 208
南淵永河 9 18

南淵弘貞　15 18
源明　170
源嗣　195
源兼昌　244
源伊陟　97
源伊頼　97
源順　30 33 84 91 184 211 264
源従英　95 236
源孝道　234
源高明　84
源為憲　63
源経信　84 91〜93 99 100 213 219〜221 234 128 139 186 209 241 243 246 247 266
源時綱　156
源俊賢　95 236
源俊頼　209
源仲正　164
源則忠　120
源英明　70 180
源通親　179
源道済　91
源満仲　84
源基綱　157 158
源師時　159 166
源師房　85
源保光　85 86 88
宮原村継　9 10 20
都良香　55 65 94 123 159 166

む

村上天皇(成明親王)　80 130 215
紫式部　91

も

孟嘉　188
孟浩然　122

や

矢田部名実　74
野人若愚　95 96 236
安野(勇山)文継　9〜11 13 15 171
山田古嗣　18
山田御方　7
和家麿　19

ゆ

庾肩吾　181
庾信　37 122
庾仲雍　121

よ

姚揆　121
揚円　218
揚仁紹　234
揚雄　14 98
陽貨　124
楊穎士　120
楊億　95 224 236 237
楊基　189
楊貴妃　154
楊巨源　107 111 216
楊泰師　18
良岑遠視　195
良岑安世　8 9 11 12 14 19 20 171
善淵愛成　52 56
慶滋保章　179 185 187
慶滋保胤　80 93 94 98 108 163 184 187 206 234

ら

羅寅所　227
羅隠　231 238
羅泰　190
駱賓王　184 212
欒巴　188

り

利弘　218
李煜　111
李頎　116
李嶠　41 70 108 126 180 181
李奎報　230
李広　83
李山甫　123
李斯　62
李綽　167
李周翰　62 122
李昌珍　218
李商隠　27 105 237
李紳　107
李仁老　230
李斉賢　230
李善　51 62 74 116 117
李宗諤　237
李泰　236
李忠　218
李白　27 105 143 168 175 191 266
李諒　198
陸機　116
陸心源　234

陸游 189 251
柳宗元 266
隆源 244
劉筠 237
劉禹錫 36 104 129 155 159
劉希夷 19
劉玄石 180
劉孝標 130
劉峻 212
劉松 114
劉惔 100
劉長卿 117
劉表 184
劉邦（漢高祖） 62 188
劉良 55
劉伶 186 187 205
良源 234
梁簡文帝 71 107 122
梁武帝 129
林惟正 230
林和靖（林逋） 235 239

れ

令狐楚 158
列子 261
蓮禅 143 148 153 163 167 181 200

ろ

呂延済 74
呂向 36
呂尚（太公望） 82 120
盧渥 164
盧克柔 120
盧思道 123
盧照鄰 56 79 148
盧僎 266
盧蔵用 258 259
郎士元 182

わ

和気仲世 18
和気真綱 13 18
若山牧水 255 256

書名・詩題索引

〈凡例〉

・読みかたの五十音順で排列。

・平安朝の主な詩文集と白氏文集については詩文題による検索もできるように配慮し、作品番号（時に巻数も）と題名（長いものは一部省略）を掲げた。

あ

顕輔集 244
東鑑（吾妻鏡） 252
新井白石全集 101

い

猗覚寮雑記 108
異称日本伝 101
伊勢集 164
伊勢物語 200
逸士伝 117
猪隈関白記紙背詩懐紙
依酒銷寒気・時宗 178 181
酌酒対残菊・時兼 177
酌酒対残菊・時宗 173
因明論疏四相違略注釈 234

う

馬内侍集 164
雲州消息（明衡往来） 211 233

え

永嘉記 41
永嘉郡記 41
詠歌大概 133

永久百首　244
淮南子　36
遠碧軒随筆　95

お

王氏談録　236
応劭風俗通　27
往生要集　234　236
王仁昫刊謬補欠切韻（→切韻）
79　98　109　119　252
甌北詩話　144
大江千里集（句題和歌）　211　213
大鏡　19　84

か

懐風藻　7　122　168　209　215
河海抄　16
兼盛集　177
楽府詩集　70
唐物語　117
観鷲百譚　96　101
菅家後集　23〜25　32　40
473九日後朝同賦秋思　112
477詠楽天北窓三友詩　194
505秋晩題白菊　185
菅家文草　17　23
〜25　32　40〜42　44　57　61　72　73　163　212　228　261
（巻一）
5賦得詠青　25　41
11翫梅花　112
14仲春釈奠礼畢王公会都堂…　28
18会安秀才餞舍兄防州　61
23仲春釈奠聴講論語　29
28仲春釈奠聴講孝経…　29
35寄巨先生乞画図　29
36山陰亭冬夜待月　35
41仲春釈奠聴講毛詩…　29
42団坐言懐　185
43王度読論語竟聊命盃酌　32　175
44花下餞諸同門出外吏…　37
45晩春同門会飲…　175
46過尾州滋司馬文亭…　64
49晩冬過文郎中…　194
50奉和王大夫賀対策及第…　30
62同舍小飲　175
67早春陪右丞相東斎…　70
68書斎雨日独対梅花　57
69謁河州藤員外刺史…　48
70賦紅蘭受露　32
71九日侍宴同賦吹華酒　175　178
（巻二）
81仲春釈奠聴講孝経　32
94勧吟詩寄紀秀才　193
104〜113初度鴻臚贈答酬唱詩　228
106過大使房賦雨後熱　185
107月華臨静夜　179
108酔中脱衣…　175
109二十八字謝酔中贈衣　175
112訓裴大使留別之什　217
116水中月　37
117夢阿満　42　45
119余近叙詩情怨…　37
122夏日偶興　130
126同諸才子九月三十日…　175　178
127典儀礼畢簡藤進士　44
129〜138賀諸進士及第　47
140傷藤進士呈東閤諸執事　44
141去冬過平右軍池亭…　50
149相府文亭始読世説新書…　175
153残菊　58
157踈竹　41
163片雲　58
168樵夫　58
170晴砂　118
171水鷗　58
172晩嵐　185
173九月九日侍宴　179　201
（巻三）

197 重陽日府衙小飲 175
210 客舎冬夜 59
214 旅亭歳日招客同飲 175 187
216 正月二十日有感 59
219 行春詞 63
221 路遇白頭翁 42
232 衙後勧諸僚友共遊南山 105
242 賦得春之徳風 59
（巻四）
254 対鏡 32
258 題南山亡名処士壁 123
261 読家書有所歎 64
262 丙午之歳… 59
265 聞早雁寄文進士 263
266 江上晩秋 260 263
267 九日偶吟 263
268 別文進士 264
269 寄白菊四十韻 56 264
270 秋雨 211
292 苦日長 31
298 八月十五夜思旧有感 60
299 水辺試飲 175 178 182 186
325 依病閑居聊述所懐 52
327 書懐奉呈諸詩友 39
（巻五）
339 十月二十一日禁中初雪 178
342 三月三日同賦花時天似酔 175 185 201
354 雨晴対月 37 60 182 200
357 左金吾相公於宣風坊… 39
363 漁父詞 200
365 催粧 70
366 御製題梅花賜臣等 68
373 葉落庭柯空 187
401 風中琴 60
405 酒 174 175 181 200 213
419〜425 再度鴻臚贈答酬唱詩 228
（巻六）
431 扈従雲林院詩序 160 163
433 詩友会飲同賦鶯声… 79 211
435 賦菊花催晩酔 175 201
439 陪第三皇子花亭… 175
445 同賦春浅帯軽寒 161
449 賦秋思入寒松 31
452 賦殿前梅花 72
456 三月三日侍朱雀院… 111 112 183
458 賦介山古意 183
（巻七）
516 未旦求衣賦 55
555 鴻臚贈答詩序 228
韓詩外伝 100
顔氏家訓 62

咸淳臨安志 234
漢書 38 54 56 62 105 161 162 167 236
官職秘鈔 20
寛平御記 56
翰林葫蘆集 254
干禄字書 27 109

き

箕雅 238
戯鴻堂法帖 96
義断纂要注釈 234
宜都山川記 119
紀家集 80 189 190 195
久安百首 245
九淵遺稿 248
狂雲集 190
教訓抄 181
玉篇 236
清輔集 245
清水寺縁起 20
御覧（修文殿御覧） 236

く

空華集 254
公卿補任 8 19 21 101
公事根源 16

句題和歌（大江千里集） 211 213
口遊 91
口伝抄 108
蔵人補任 80

け

桂苑筆耕 238 240
経国集 3 6 11 13 15 17 18
（巻一）
4小山賦・豊年 6
（巻一〇）
66三月三日…・宅嗣 107
71贈南山智上人・三船 122
（巻一一）
89早春観打毬・嵯峨帝 216
114賦桃・娑婆 7
（巻一三）
138九日翫菊花・嵯峨帝 170
139九日翫菊花・源明 170
140翫菊花篇・善永 171
143良納言秋山閑飲・嵯峨帝 171
145病中九日飲・安世 171
146九日林亭賦得山亭…識人 171
171奉和除夜・惟氏 161
183冬日友人田家被酒・永氏 171
（巻一四）
213奉和太上天皇…善永 123
219漁歌五首其四・嵯峨帝 170
220漁歌五首其五・嵯峨帝 170
荊州記 119 121
荊楚歳時記 183
芸文類聚 36 37 54 56 66 67 71 107 114 116 130 132 150 186 265
外記補任 7 20
源氏物語 211
元白唱和集 203

こ

広韻（宋本） 178 252 253
康熙字典 253
孝経 28 29 47 222 236
侯圭賦集 55
香山寺洛中集 203
高士伝 117
広州記 108
行成詩稿 86 99
江談抄 80 85 98 108 111 148 152 165 178 189 211 228 264
弘長百首 253
皇朝類苑 95 232 236 239
（弘法）大師御行状集記 21
弘法大師行化記 21
高麗史 221
高麗史節要 221
江吏部集
（巻上）
風景一家秋 179
（巻中）
述懐古調詩 105
煖寒飲酒 177 187
（巻下）
四月一日見三月尽日… 111
後漢書 27 36 38 56
五経通義 37
玉篇（→ギョクヘン） 236
古今合璧事類備要 164
古今著聞集 227 264
古今篆隷文体 117
古今和歌集 196
古事記 208
後拾遺和歌集 242 243 266
後二条師通記 164
後葉和歌集 243
古文孝経（→孝経） 222
古来風体抄 210
権記 95 228
坤元録 108 236
今昔物語集 164

さ

蔡琰別伝 67
西宮記 20 21 178
西湖志 234
左氏伝(春秋左氏伝) 28 29 62
実国集 250
山家集 245
三国志 174
三国史記 228
三代実録 21 28 40 42 73 74 194
参天台五臺山記 95 224 236
三宝絵詞 91 101
散木奇歌集 181 209 244

し

爾雅 236
爾雅翼 164
詞花和歌集 243
史館茗話 101 217 228
史記 19 56 62 105 117 120 148 236
詩経(→毛詩) 207
詩集伝 79
詩序集(下)
18葉飛水上紅序 180
46松色雪中鮮序 180
十訓抄 264
詩轍 143
司馬彪続漢書 53
釈氏要覧 100
釈日本紀 214
拾遺愚草 211 245
拾遺愚草員外歌 246
集韻 252
周易 28 29 222
拾玉集 211 245
周景式廬山記 31
周処風土記 32
酒顛 191
春秋左氏伝(→左氏伝) 28 29 62
春明退朝録 232
尚書 7 19 28 29 73 222
尚書故実 167
蔣魴歌(韻) 236
小右記 221
性霊集
(巻三)
14勅賜屛風書了即献… 66
(巻四)
17贈伴按察平章事… 105
(巻六)
21書劉希夷集献納表 8
45奉為桓武皇帝講太上… 66
48右将軍良納言為開府… 20
初学記 27 32 37 41 53 66 107 114 127 130 145 180 186 236
続漢書(司馬彪) 53
職原鈔 20
続古今和歌集 246
続晋陽秋 130 186 189
続千載和歌集 248
続日本紀 7 19 69 194 214
続日本後紀 11 21 22 218
書史会要 101
汝南先賢伝 19
新古今和歌集 243
晋書 100 130 186
新声 256
新撰字鏡(天治本) 253
神仙伝 116 236
新撰万葉集 67
新撰朗詠集 114 119 128 202 206
(巻上)
18陽春詞・良香 159
178新撰万葉集 67
190早秋・忠臣 196
203寄楊六侍郎・白居易 265
333初冬・劉禹錫 159

（巻下）
446 載酒訪幽人・庶幾　182
448 唯以酒為家・具平　211
473 漁父・保胤　184
479 八月十五日夜…白居易　70 128
509 尋太一王山人…朴昂　124
514 重題四首其二・白居易　123
576 春江・白居易　211
577 書斎独居・朝綱　124
580 池亭・兼明　56
602 出関路・白居易　153
676 春去・白居易　105
新唐書　167

す

酔郷日月　236
隋書　123

せ

説苑　74
政事要略　16
青蓮集　143 144
世説新語　19 130 170 265
世俗諺文　91 117 151
切韻（王仁昫刊謬補欠切韻・裴務斉正字本刊謬補欠切韻）

79 98 109 119 252 253
山海経　126
先賢行状　19
千載佳句　113 114 119 131 134 137 142 149 202 204～206 218 231 233
（巻上）
42 令狐尚書赴…白居易　159
44 天津橋北馬上作・白居易　107
79 庾楼暁望・白居易　265
110 閑居春尽・白居易　112
111 快活・白居易　112
114 三月晦日聞鳥…白居易　212
119 薔薇正開春…白居易　138 181
130 江楼夕望招客・白居易　87
133 苦熱題恒寂…白居易　69
139 池上逐涼・白居易　113
156 早秋幽居言志・許渾　126
186 長恨歌・白居易　140
218 洛中初冬…劉禹錫　159
228 戯招諸客・白居易　182
245 三月三日・白居易　138
252 八月十五日夜…白居易　156
257 高亭・白居易　265
285 上陽白髪人・白居易　140
290 雪中即事…白居易　108
293 酬令公雪中…白居易　231

294 雪中餞劉蘇州…白居易　108
295 雪夜喜李郎中…白居易　139
312 秋夜旅情・章孝標　150
326 藍田崔氏荘・杜甫　177 211
345 宿雲際寺・温庭筠　125
423 寄殷協律・白居易　206
453 春江・白居易　211
469 答崔十八詩・白居易　137
532 春去・白居易　105
（巻下）
563 題集賢閣・白居易　153
566 香爐峯下新卜…白居易　141
569 題于家公主旧宅・白居易　139
596 晩池泛舟…王魯復　261
656 菊花・元稹　69
672 華陽観桃花時…白居易　112
677 惜桃花・白居易　112
699 寒食夜・白居易　157
729 題道士李栄・駱賓王　184
730 陪宴・方干　184
789 銭湖州以箬下…白居易　179
797 鏡換盃・白居易　204
798 鏡換盃・白居易　174 204 213
799 題仙遊寺・白居易　206
800 送蕭処士遊…白居易　206
808 将至東都先寄…白居易　140

824 酔吟・白居易 112
853 春江・白居易 211
874 登西楼憶行簡・白居易 139
912 送蕭処士遊…白居易 206
979 題新澗亭・白居易 114 137
983 尋太一王山人…朴昂 124
992 香爐峯下新卜…白居易 123
1027 題碧山寺塔・章孝標 104
1060 題憎惟勤・王魯復 265
1074 幽情・元稹 126
千載和歌集 244
善秀才宅詩合 177 179 185 187
全宋詩 234～237 239 251 254
全唐詩 231
全唐詩逸 238
全唐詩補編 232 238
全唐文 55

そ

雑言奉和 131 183
僧綱補任 21
宋史 55 95 234
荘子 93 146 148 150 265
宋詩紀事補遺 234
宋書 186
捜神記 67 180

滄浪詩話 143
曽我物語 42
楚辞 120
村庵藁 249

た

待賢門院堀河集 244
大師御行状集記 21
大智度論 210
大東詩選 238
大唐内典録 100
大日本史 228
太平御覧 123 132
太平広記 164 167
竹取物語 129

ち

千里集（→句題和歌） 211 213
中阿含経 100
中右記部類紙背漢詩 154 185
中右記部類巻七紙背漢詩 177 206
花色映春酒・明衡 182
花色映春酒・実仲 184
花色映春酒・成家 200
花色映春酒・盛義 213
酌酒対残菊・在良 202

酌酒対残菊・時範 181 182 200
酌酒対残菊・通国 189
酌酒対残菊・行家 185
酔酒対明月・宗季 187
雪裏勧盃酒・佐国 183
雪裏勧盃酒・為房 182
雪裏勧盃酒・友房 180
対雪唯斟酒・清能 179 202
対雪唯斟酒・宗光 173
落花浮酒盃・家仲 201
中右記部類巻九紙背漢詩
春日遊寺・季仲 154
春日遊長楽寺即事・季仲 154
春日遊長楽寺即事・時綱 156
春日遊長楽寺即事・基綱 157
長楽寺・季仲 155
中右記部類巻十紙背漢詩
桃花唯勧酔・季仲 154
中右記部類巻十八紙背漢詩
羽爵泛流来・季仲 154
張衡霊憲 37
朝鮮史 228
朝野群載 74 189 195
朝野僉載 236
陳子昂集 265

つ

土御門院御集　211
経信集　181　209

て

擲金抄　177
田氏家集　17　42　44
（巻上）
4早秋　196
40七年歳旦立春　179
43奉餞紀大夫累出刺肥…　175
45惜春命飲　175　180
46晩春同門会飲翫庭上残花　175
47題橘才子所居池亭　108
49西掖門下曲飲…　175
61秋日諸客会飲…　175
（巻中）
122和藤進士秋日過関門…　44
123和藤進士客中遇雪見寄　44
127吟白舍人詩　211
（巻下）
147拝官之後謝労問者　116
148三月三日侍於雅院…　175
151夏日竹下命小飲　175
171三日同賦花時天似酔　175　184
173暮春花下奉謝…　175
174酔中惜花　175
177餞鎮西安明府鎮東藤府君…　42
189重陽日登高望大宮…　175
195毒酔吟呈座客　172　175
殿上詩合　186
天長格抄　16

と

唐韻（唐写本）　98
洞院百首　246
唐会要　66
唐才子伝　167
唐詩選　256　258　265
東寺長者補任　21
唐詩類選　233
東人詩話　238
道程　257　259
東文選　232　238
都氏文集　65
俊頼髄脳　164

な

内宴記　16
南留別志　42
南史　186

に

日観集　239
入唐求法巡礼行記　18
日本逸史　16　21
日本往生伝（日本往生極楽記）　234
日本紀略　5　13　21　72　74　78　82　98　99　221　227
日本後紀　5～7　16　17　19　21
日本詩紀　26　31　57～61　72
日本書紀（日本紀）　208　236

ね

年中行事秘抄　16

の

能因法師集　252
教家摘句　213

は

梅村載筆　101
佩文韻府　189
裴務斉正字本刊謬補欠切韻（→切韻）　98
白氏詩巻　77　87
白氏長慶集　197
白氏文集

122 133 144 157 180 192 193 196 203 204 211 213 232

（巻一）
0013 月夜登閣避暑詩 130
0041 燕詩示劉叟 139
（巻二）
0070 続古詩十首其六 64
0081 軽肥 199
0084 買花 116
0089 贈友詩五首其五 100
0091 寓意詩五首其二 56
0105 答四皓廟詩 117
0122 青塚 27
（巻三）
0125 七徳舞 174
0131 上陽白髪人 138 140 150 166
0135 司天台 130
0137 昆明春水満 137
0141 五絃弾 67
（巻四）
0145 驪宮高 114
0146 百錬鏡 138
0152 牡丹芳 142
0155 繚綾 146
0156 売炭翁 69
0161 陵園妾 70
0162 塩商婦 137 167

（巻五）
0177 感時 193
0194 松声 114
0212～0228 效陶潜体詩 193
（巻六）
0256 自吟拙什因有所懐 112
0260 詠慵 147
（巻七）
0316 昔与微之在朝日同蓄… 45
（巻八）
0335 長慶二年七月自中書舎人… 198
0344 過紫霞蘭若 126
0353 初下漢江舟中作… 63
0370 翫新庭樹因詠所懐 114
0379 洛中偶作 111
0384 自詠 194
（巻九）
0408 春暮寄元九 146
0410 出関路 153
0416 勧酒寄元九 174 185 192 202 213
0433 別楊穎士盧克柔… 120
（巻一〇）
0447 朱陳村詩 63
0485 雨夜有念 63
0519 早秋晩望兼呈韋侍御… 64 199
（巻一一）
0539 東城尋春 211
0543 花下対酒二首其一 136
（巻一二）
0584 酔後走筆… 142
0593 山石榴寄元九 155
0596 長恨歌 107 140 154 159
0597 婦人苦 61
0600 隔浦蓮 63
0602 0603 琵琶引幷序 197
0603 琵琶引（行） 136 155
0604 簡簡吟 167
（巻一三）
0622 答韋八 193
0623 華陽観桃花時… 112 193
0638 戯題新栽薔薇 69
0642 酔中留別楊六兄弟 194
（巻一四）
0710 同李十一酔憶元九 178
0715 送王十八帰山… 206
0724 八月十五日夜禁中独直… 70 128
0729 詠懐 141
0743 惜牡丹花二首其一 152
0748 夜惜禁中桃花… 112
0776 病中哭金鑾子 46
0777 寄内 164
0804 和夢遊春詩一百韻 122

（巻一五）
0823 靖安北街贈李二十 107
0824 重傷小女子 55
0834 高亭 265
0845 贈楊秘書巨源 107
0852 苦熱題恒寂師禅室 69
0865 韓公堆寄元九 114
0889 題李山人 119
0901 強酒 136
0908 東南行一百韻 197
（巻一六）
0911 庾楼暁望 265
0915 代春贈 127
0922 北楼送客帰上都 136 178
0923 北亭招客 197
0924 宿西林寺早赴… 197
0925 遊宝称寺 126
0926 早春聞提壺鳥… 109 212
0931 憶微之傷仲遠 190 197
0934 0935 春末夏初閑遊江郭二首 197
0948 送客之湖南 126
0958 除夜 129
0975 香鑪峯下新卜山居…其一 141
0975～0979 香鑪峯下…五首 197
0976 重題 116 124
0977 重題 123 136
0982 臨水坐 136
0983 山居 122
0999 登西楼憶行簡 139
1004 閑吟 197
（巻一七）
1022 春去 105
1030 酔中対紅葉 205
1055 薔薇正開春酒… 138 172 181
1064 酔吟二首其一 112
1064 1065 酔吟二首 197
1065 酔吟二首其二 197 213
（巻一八）
1120 種桃杏 143
1125 感桜桃花因招飲客 143
1131 題郡中茘枝詩十八韻… 197
1142 送蕭処士遊黔南 128 206
1159 春江 197
1168 三月三日 138
1172 茘枝楼対酒 197
（巻一九）
1216 西省対花憶忠州… 155
1246 送客南遷 197
1252 慈恩寺有感 164
1284 晩庭逐涼 123
1287 聞夜砧 138
（巻二〇）
1310 商山路有感 47 146
1341 銭湖州以箬下酒… 145 179 185 198
1342 花楼望雪命宴賦詩 87
1347 与諸客空腹飲 172
1358 二月五日花下作 198
1361 西湖晩帰廻望孤山寺… 141
1364 杭州春望 177 199
1367 東楼南望八韻 120
1374 江楼夕望招客 87
1391 見李蘇州示男阿武詩… 36
1402 湖上招客送春汎舟 145
（巻二一）
1422 賦賦 55
（巻二六）
1472 草堂記 197
（巻二八）
1486 与元九書 197
（巻五一）
2194 郡斎旬暇命宴… 145
2196 郡中西園 141
2215 和微之聴妻弾別鶴操… 41
2218 和微之四月一日作 71
2223 卯時酒 172 174 213
（巻五二）
2251 和送劉道士遊天台 139
2267 和自勧二首其二 261

2270 和朝回与王錬師遊南山下 121
2271 和嘗新酒 173
2278 問秋光 127
2284 偶作二首其二 113
2289 日長 113
2290 三月三十日作 111
（巻五三）
2322 雪中即事寄微之 108
2338 早飲湖州酒寄崔使君 185 199
2355 西湖留別 198
2372 臥疾 141
2386 吾廬 155
2390 早春晩帰 136
（巻五四）
2441 揀貢橘書情 62
2445 西楼喜雪命宴 182
2462 病中多雨逢寒食 154
2464 蘇州柳 144
2465 三月二十八日贈周判官 201
2468 奉送三兄 107
2469 城上夜宴 146
（巻五五）
2527 初授秘監幷賜金紫… 116
2529 秘省後庁 231
2533 秋斎 147
2565 寄殷協律 206

2597 春詞 70
2606 題崔常侍済源荘 120
2608 春風 195
（巻五六）
2619 対琴待月 120
2631 鏡換盃 174 203
2638 見殷堯藩侍御憶江南詩… 198
2641 和劉郎中学士題集賢閣 153
2643 病仮中龐少尹携魚酒相過 140
2648 送東都留守令狐尚書赴任 158
2649 自題新昌居止… 205
2650 南園試小楽 205
2651 和微之春日投簡… 153
2659 和春深二十首其七 70
2664 和春深二十首其十二 155
2666 和春深二十首其十四 180
2673 詠家醞十韻 205 212
2674 池鶴二首其一 41
2676～2680 対酒五首 205
2684 快活 112 120
2699 五鳳楼晩望 156
2709 戯答皇甫監 213
（巻五七）
2721 別陝州王司馬 157
2722 将至東都先寄令狐留守 140
2742 答崔十八 137

2752 送滕庶子致仕帰婺州 136
2756～2769 勧酒十四首 205
2763 不如来飲酒七首其一 178
2785 馬上晩吟 159
2788 福先寺雪中餞劉蘇州 108
2790 雪夜喜李郎中見訪… 139
2799 過元家履信宅 136
（巻五八）
2813 恨去年 211
2842 橋亭卯飲 173 205
2856 日高臥 205
2860 思往喜今 197
2867 夜宴惜別 136
2875 天津橋 107
2879 府西池北新葺水斎… 173
2895 酔吟 173
2906 履道居三首其三 205
（巻五九）
2918 銭塘湖石記 253
（巻六一）
2938 酒功賛序 205
2953 酔吟先生伝 191
（巻六二）
2957 出府帰吾廬 205
2984 詠懐 202
2985 北窓三友 193 205

2987 裴侍中晋公以集賢… 69 239
2990 和皇甫郎中秋晩同登… 147
2999 六十六 252
(巻六三)
3012 和裴侍中南園静興見示 104
3036 何処堪避暑 130
3039 春遊 157
3040 題天竺南院… 126
(巻六四)
3053 戯招諸客 182
3071 裴常侍以題薔薇架… 142
3073 酬李二十侍郎 137
3098 同諸客題于家公主旧宅 139
3107 藍田劉明府携酎相過… 173
3130 早服雲母散 126
3131 三月晦日晩聞鳥声 212
3137 菩提寺上方晩眺 130
3139 楊柳枝詞八首其二 107
(巻六五)
3168 新秋喜涼 196
3182 八月十五日夜同諸客翫月 156
3203 過永寧 155
3205 羅敷水 156
3215 種柳三詠其二 107
3225 寄楊六侍郎 265
3228 九年十一月二十一日… 147
(巻六六)
3259 酬鄭二司録与李六郎中… 157
3261 残春詠懐贈楊慕巣侍郎 110
3262 閑居春尽 112
3264 池上逐涼二首其一 113
3289 奉酬淮南牛相公… 199
3294 酬令公雪中見贈… 231
3309 春夜宴席上戯贈裴淄州 154
(巻六七)
3333 司徒令公分守東洛… 62 181
3342 洛下雪中… 141
3352 奉和思黯自題南荘… 155 201
3359 又和令公新開… 127
3398 追歓偶作 155
(巻六八)
3412 病中五絶其二 140
3430 見敏中初到邠寧… 263
3443 残春晩起伴客笑談 140
3445 春晩詠懐贈皇甫朗之 135
3498 雪暮偶与夢得同致仕… 155
3507 閑楽 173 205
(巻六九)
3568 卯飲 173
3583 夏日与閑禅師林下避暑 113
3584 題新澗亭… 114 137
3587 酔中得上都親友書… 205
(巻七一)
3624 不与老為期 111
3640 尚歯会詩 155
3647 和李相公留守… 136
3663 禽中十二章其三 63
白氏六帖 41 42 51 56 66 74 79 108 114 120 150 151 186 236
博物志 180
半日閑話 227

ひ

美の廃墟 257
秘府略 236
百廿詠詩注 41 108 131
屛風土代 77〜79 81〜83 97 98 102 103 109 130

ふ

風土記(周処) 32
袋草紙 264
扶桑隠逸伝 101
扶桑集 31 228
(巻七)
17 旧隠詠懐…良香 123
18 陶彭沢・清行 186
24 訪鄭処士山居・朝綱 116

25山中自述・朝綱 115
26山中感懐・朝綱 119
62逐東丹裴大使公…雅量 228
63重和東丹裴大使…雅量 228
64初逢渤海裴大使…淳茂 228
扶桑略記 94 190
賦光源氏物語詩 161
夫木和歌抄 164 244 245
文苑英華 50 116 131 148 258
文華秀麗集 3 5 6 8〜12 14 15 17 18
(巻上)
15春日左将軍臨況・文継 171
20左兵衛佐藤原是雄…嵯峨帝 10
24春日餞野柱史…識人 171
(巻中)
42史記講竟…嵯峨帝 105
85哭賓和尚・嵯峨帝 111
(巻下)
127奉和翫春雪・貞主 111
文館詞林 236
文鏡秘府論 19 122
文体明弁 143
文鳳抄 79 108 123 161 173 177

へ

別本和漢兼作集
83月下有幽情・匡房 159
126月下過親疎・顕長 160
別離 255

ほ

宝覚真空禅師録 247
方丈記 253
宝物集 264
法性寺関白御集
花不逢恩賞 160
堀河百首 244
本朝一人一首 19 94 217 228
本朝皇胤紹運録 19
本朝儒宗伝 18
本朝世紀 77
本朝続文粋
(巻一)
参安楽寺詩・匡房 161
初冬述懐百韻・敦光 179
(巻八)
春来悦者多詩序・匡房 161
滎流叶勝遊詩序・匡房 180
政在養民詩序・敦宗 181
(巻九)
藤花調雅琴詩序・明衡 184
(巻一〇)
酌酒対残菊詩序・有信 187
早春詠子日和歌序・季仲 161
殿上花見和歌序・実範 179
(巻一一)
酒讃・孝言 181 189
本朝無題詩 133〜135 137 142 144 145 147〜150 153 154 239
(巻二)
29雪中命飲・周光 174 177 213
40翫花・茂明 177
43翫卯花・佐国 183
49賦薔薇・敦光 142
57賦菊花・茂明 202
62賦残菊・匡房 142
84遊河陽賦漁父・通憲 137
85賦漁父・周光 173
87見売物女・忠通 77
99詠画障冬処々・忠通 143
101山家雪深…在良 180
107人家有来客…周光 137
111釣台秋宴・輔仁 184
(巻三)
127長楽寺花下即事・佐国 178
128雲林院花下言志・佐国 146
141八月十五夜翫月・不明 138
146八月十五夜詩・匡房 183

158 月下言志・匡房　138
178 月下言志・忠通　186
182 月下言志・明衡　186
186 対月言志・敦光　211
（巻四）
196 春日独居詠・佐国　134
204 春日即事・忠通　179
240 三月尽日述懐・敦光　182　200
244 閏三月尽日即事・敦光　183　200
246 首夏即事・孝言　178
254 早夏言志・広俊　138
255 早夏言志・敦光　108
259 夏日即事・忠通　147
262 夏日即事・知房　202
（巻五）
274 秋三首其三・忠通　211
275 秋三首其一・周光　137
278 秋日即事・通憲　138
284 秋日言志・周光　138
287 九日即事・経信　139
290 秋夜即事・通憲　187
296 秋夜閑詠・敦光　139
301 初秋偶吟・季綱　202
304 暮秋即事・敦光　179　185
316 初冬書懐・明衡　181
320 初冬述懐・佐国　178
326 冬二首其二・周光　139
329 冬日即事・忠通（？）　139
331 冬夜即事・広俊　139　180
334 冬夜言志・茂明　140
335 冬夜偶吟・匡房　140　180　184　186
340 歳暮即事・明衡　182　200
345 歳暮言志・茂明　140
347 炉辺言志・経信　186
350 炉辺言志・佐国　181
353 炉辺閑談・明衡　173　179
354 炉辺閑談・蓮禅　181　200
356 閑居述懐・周光　140
（巻六）
367 夏日池台即事・明衡　185
372 秋日池亭即事・輔仁　141
380 秋日林亭即事・輔仁　145　180　200
389 西院亭即事・敦光　141
390 会飲崇仁坊新亭・明衡　183
397 暮秋城南別業即事・明衡　173
404 東山別業眺望・周光　141
406 夏日桂別業即事・敦光　141
419 夏日遊河陽別業・敦基　182
420 暮春遊粟田別業・孝言　150
（巻七）
444 夏日山家即事・周光　141
450 山家春意・周光　177
463 冬日向故右京兆…蓮禅　153　165
464 過雍州旧宅・広俊　135
468 暮秋遊覧大井河・輔仁　142
481 摂州兎原旅宿即事・蓮禅　163
511
512 過備前藤戸浦有興・蓮禅　143
（巻八）
518 春日遊長楽寺・季綱　184　211
526 遊長楽寺・経信　241　266
556 秋日長楽寺即事・実範　148
557 秋日長楽寺即事・匡房　148
（巻九）
581 秋日遊世尊寺・周光　163
598 秋日禅林寺即事・忠通　137
642 暮春遊双輪寺・広俊　211
（巻一〇）
764 夏日禅房言志・周光　213
765 暮春遊西山西洞・輔仁　201
本朝蒙求　228
本朝文粋
（巻一）
15 男女婚姻賦・朝綱　190
22 山家秋歌八首其一・長谷雄　116
26 山家秋歌八首其五・長谷雄　121
28 山家秋歌八首其七・長谷雄　111
（巻二）
64 応補文章生并得業生…　21　22

（巻六）
151為小野道風申…文時 80
168中美濃加賀等…為憲 63
（巻八）
202沙門敬公集序・順 211
208桂生三五夕詩序・長谷雄 163
212消酒雪中天詩序・篤茂 183
219因流泛酒詩序・匡衡 187
221今年又有春詩序・順 184
228山晴秋望多詩序・惟茂 185
（巻九）
234聖化万年春詩序・朝綱 182
235扈従雲林院…詩序・道真 160
250勧酔惜別詩序・保胤 187
259陪右親衛源将軍初読論語詩序・順 33
（巻一〇）
287秋思入寒松詩序・長谷雄 31 116
289繞簷梅正開詩序・正通 189
310初冬翫紅葉詩序・朝綱 183
314葉下風枝疎詩序・順 30
318落葉山中路詩序・相如 253
（巻一一）
320晴添草樹光詩序・朝綱 180 200
340鳥声韻管絃詩序・文時 160
（巻一二）
369施無畏寺鐘銘・兼明 159
373亭子院賜飲記・長谷雄 189 195
377鉄槌伝・羅泰 190
（巻一四）
412陽成院四十九日御願文・朝綱 126
429為在原氏亡息…朝綱 126
本朝麗藻 86 93 228 243
（巻上）
48左右好風来・為義 186
（巻下）
62〜64銭塘湖水心寺詩 234
77秋夜対月憶…為憲 93
99仲秋釈奠聴講…為憲 221
100仲秋釈奠賦万国…有国 222
122未飽風月思・則忠 120
126唯以酒為家・具平 176 181 200 211
127勧酔不如秋・積善 177 185
129寒近酔人消・以言 187
131観謁之後以詩…為時 234
141代迃（迂）陵島人…為憲 219
142高麗蕃徒之…有国 219
147斎院相公忌日…伊周 184
152去年春中書大王…為時 93

ま
毎月抄 133
万葉集 7 107 168 169 208 209
万葉集時代難事 132

み
御堂関白記 95
壬二集 245
岷峨集 224〜226

め
明衡往来（雲州消息） 211 233
明文抄 56

も
蒙求
56叔夜玉山 177 186
89范冉生塵 56
145蔣詡三逕 120
168李広成蹊 83
221杜康造酒 176 188 213
227買妻恥醮 166
235秦彭攀轅 38
236侯覇臥轍 38
274范蠡泛湖 120

280 文君当鑪 188
309 屈原沢畔 170 188
310 漁父江浜 170
320 伯英草聖 67
365 欒巴噀酒 188
373 玄石沈湎 180
415 丁蘭刻木 100
459 孟嘉落帽 188
487 張翰適意 170 188 261
497 張堪折轅 38
525 淵明把菊 176
526 真長望月 100
527 子房取履 82 105
蒙求和歌 117 118
毛詩（詩経） 28 29 34 79 178 179 207 266
孟子 51
黙雲藁 250
文選 98 105 116 118 122 131 201 236
（巻一）
両都賦序・班固 51
東京賦・張衡 93
（巻四）
南都賦・張衡 98
三都賦序・左思 55
蜀都賦・左思 98
（巻五）
呉都賦・左思 36 98
（巻八）
上林賦・司馬相如 98
（巻一〇）
西征賦・潘岳 62
（巻一一）
登楼賦・王粲 262 265
（巻一四）
舞鶴賦・鮑照 261
（巻一八）
琴賦・嵆康 98
笙賦・潘岳 64 98
（巻二〇）
金谷集作詩・潘岳 45
（巻二一）
遊仙詩七首・郭璞 115 121
（巻二七）
短歌行・魏武帝 207
晩登三山還望京邑・謝朓 122
（巻三四）
七発・枚乗 182
（巻三五）
七命・張協 181
（巻四三）
北山移文・孔稚珪 116 123
与山巨源絶交書・嵆康 147
（巻四五）
帰去来辞・陶潜 127
（巻四七）
酒徳頌・劉伶 187
（巻四八）
劇秦美新・揚雄 98
（巻五一）
四子講徳論・王褒 124
（巻五三）
弁亡論上・陸機 116
（巻五五）
広絶交論・劉峻 212
（巻五九）
頭陀寺碑文・王巾 122
文選集注（唐鈔本） 98
文徳実録 8 16

ゆ

庾仲雍荊州記（→荊州記） 121
幽憂子集 148

よ

楊文公談苑 95 96 236

ら

礼記 28 29 33 34 66 114

礼記注 116

り

李嶠百廿詠詩注 41 108 131
吏部(王)記 21
劉希夷集 19
劉向別録 27
劉白唱和集 203
凌雲新集 1 3 5〜13 16〜18
1詠桃花・平城帝 7
6重陽節神泉苑…嵯峨帝 171
8秋日皇太弟池亭…嵯峨帝 104
11河陽駅経宿…嵯峨帝 17
12江亭暁興・嵯峨帝 17
13春日遊猟日暮…嵯峨帝 17
16和左衛督朝嘉通…嵯峨帝 67
23贈賓和尚・嵯峨帝 116
38三月三日侍宴応詔・豊年 7 171
42同元忠初春宴…豊年 171
46逸人詞・豊年 6
47高士吟・豊年 6
56賦落花篇・岑守 171
61奉和聖製春女怨・岑守 70
73田家・永見 6
74遊寺・永見 6
75早春田園・福良満 6 8 171
76言志・福良満 8
77被讒別豊後…福良満 8
79三日侍宴神泉苑・弟越 7 171
80落花篇・弟越 7 171
87和菅祭酒…清貞 69 107
88伏枕吟・宮作 8
梁書 124
令集解 19
呂氏春秋 36 265
林下集 245
鄰交徴書 229 234
林葉和歌集 245

る

類聚句題抄
48風遅花気濃・保胤 108
75菊残秋意留・斉名 108
82 83秋思入寒松・長谷雄・道真 31
95歳暮思春花・具平 161
120対菊待重陽・如正 186
143一酔外何求・具平 213
145載酒訪幽人・庶幾 179
146載酒訪幽人・文時 182
158只因酒得仙・斉名 185
180依酒忘天寒・通直 187
181依酒忘天寒・資業 202
183依酒忘天寒・国成 179 212
191停盃看柳色・醍醐帝 184
192停盃看柳色・維時 184
193停盃看柳色・在昌 184
194停盃看柳色・朝綱 178
195停盃看柳色・英明 180
196停盃看柳色・淑光 178
197停盃看柳色・博文 183 200
200床下見魚游・篤茂 118
212山明望松雪・名明 31
214隔水望花色・為憲 213
273酔酒飽□□・雅規 179
302花時不居家・以言 211
323酔中対紅葉・以言 186
324秋菊有佳色・英明 70
類聚国史 16 17 21 22 74
類聚三代格 12 194
類聚符宣抄 20 65
類聚名義抄 27 33 109 252 253
類林 123

れ

霊憲(張衡) 37
歴代吟譜 235
列子 66 236 261 265

列女伝　65
列仙伝　120　132

ろ

朗詠抄(書陵部本)　117　126
老子　236
六条修理大夫集　244
廬山記(周景式)　31
盧照鄰集　148
驢雪藁　254
論語　28　29　32〜35　42　111　124　205　236

わ

和漢兼作集
(巻二)
267花綻老人家・盛方　159
(巻三)
360山居春・季仲　154
(巻七)
680明月照床帳・師時　159
681月下過親疎・顕長　160
751田家・有家　173
(巻八)
890暮秋田家・季綱　167
891暮秋於西郊呈所懐・範季　167
和漢三才図絵　252
和漢朗詠集　114　119　128　131　134　142　149　160　162　163　167　202　205　206
(巻上)
20送令狐尚書…白居易　159
47春光細賦・篁　171
67春江・白居易　211
90尋春花・朝綱　107
129惜残春・朝綱　98　111
147薔薇正開…白居易　138　181
150江楼夕望招客・白居易　87
159池上逐涼・白居易　113
161苦熱題恒寂…白居易　69
182早秋幽居…許渾　126
192驪宮高・白居易　114
221題仙遊寺・白居易　206
233上陽白髪人・白居易　140　150　233
234長恨歌・白居易　140
240長安八月十五夜賦・公乗億　87
243八月十五日夜…白居易　156
250対雨恋月・順　264
256夜月似秋霜・兼明　127
267菊花・元稹　69
334宿雲際寺・温庭筠　125
341庾楼暁望・白居易　265
349擣衣詩・具平　108
362戯招諸客・白居易　182
375雪中即事…白居易　108
376酬令公雪中…白居易　231
(巻下)
433禁庭植竹・兼明　108
438春日山居・朝綱　97　103
458秋山閑望・長谷雄　119
459山中感懐・朝綱　119
479送友人賦・公乗億　184
482送蕭処士遊…白居易　206
483鏡換盃・白居易　204
486晴添草樹光序・朝綱　200
501登西楼憶行簡・白居易　139
508春日山居・朝綱　97　103
514贈漁家・杜荀鶴　184
540幽栖・元稹　126
550山中自述・朝綱　117
567田家秋意・斉名　173　181　200
583竹生島作・良香　55
597弘誓深如海・以言　98
604閑賦・張読　126
625山寒花未坼序・在列　266
666牡丹芳・白居易　142
711催粧序・道真　70
733寄殷協律・白居易　206
755酔吟・白居易　112
794送僧帰山・朝綱　126

和漢朗詠集永済注 108 118 126 160
和漢朗詠集仮名注 118
（和漢朗詠集）口伝抄 108
和漢朗詠集私注 108 160
和漢朗詠集和談鈔 160
和漢朗詠注（国会図書館本） 160
和漢朗詠註抄 160
和訓栞 252
倭字攷 252
倭注切韻 79

あとがき

本書は、先の『王朝漢文学表現論考』（和泉書院、二〇〇二年）につぐ、著者の二冊目の論文集ということになる。前著から十数年の歳月を経て一冊と成すに当たり、まとまりのない片々たる十四篇の拙い論しかないとは、誠に忸怩たる思いであるが、これもまた自らの能力の無さという他あるまい。もっとも、自分は元来何かを体系立てて構想、研究する志向に乏しく、これまでの歳月を振返ってみても、折々に関心のあることを気儘に書き綴ってきたというに過ぎない。それも、書いてきたことと言えば、当時（詩が作られた平安時代）に在っては多く当たり前のことであって、たまたま今のこの時代に在っては（学問や教養の体系がすっかり変ってしまっているため）忘れ去られていた一端に、言及しているだけで、個々の指摘を統合して何か特別の論理を構築しているわけではないことを改めて思う。従って研究者のものというより、趣味人の論という方が相応しいのではないかと昨今は思ったりしている。

さて、本書に収めた文の中には、相互に重複する記述を有する部分もある。改稿し、再構成して一新した論に仕立て上げるなどという道もあったであろうが、遺憾ながら、現在の著者にその時間的余裕も体力・気力も残されているとは思えず、若干の加筆や訂正を行う程度に留めざるをえなかった。実は、還暦を迎える前頃（学内の役職から退く頃になる）から旧稿・旧著に少しずつ手を入れ始めてはいた。読み返すうちに、時折顔から火を吹きかねない程の気恥ずかしい誤り、記述が目につき（実は自分は全く校正が苦手なのだが、それればかりではない）、切ない思いにとらわれることが少なからずあって、「書き散らして、恥じ愈《いよいよ》多し」とは己のことだと思い知らされた次第であった。本書についてもまた同じものになり果てるのでは……という危惧もないではないが、幾許《いくばく》かは後の方々に役立つ部分もあって欲しいという、細《ささ》やかな思いと願いを込め、『王朝漢詩叢攷』などという書名の下にまとめることとした。

末尾に、今ここに逐一御名前を掲げることはしないが、これ迄の研究生活で多くの先生方の謦咳に接する機会の得られたこと、また同世代や若い研究者の方々にしばしば啓発され今日に至ることができたことに、改めて衷心より御礼申し上げたく思う。それなくして研究の世界に自分が留まることはなかったと思うが、一方で自分の怠慢から多くの御示教を十分に生かせなかった憾みも残る。ここに改めて、感謝と共にお詫び申し上げる次第である。

また、本書の校正を進めていたこの春二月に、母毫子《ふでこ》が八十九歳で他界した。平成十九年七月の中越沖地震で郷家は倒壊。再建はしたものの老齢の為、父直次《なおじ》（平成二十八年一月九十歳で逝去）と共に横浜市内の介護施設に移らざるをえなかった。そんな母にも子として何の孝養も尽くしえなかったことを悔いざるをえないが、ここに拙い本書を亡き母に捧げたく思う。

令和元年五月一日

山城書庵にて　本間洋一

花開有レ節春空過。夏去老来専二病臥一。向後幾許天所レ容。欲レ完二人事一愜レ心些三。（「偶成〈用二去声箇韻一〉」）

■著者紹介

本間　洋一（ほんま　よういち）

一九五二年、新潟県生。一九七五年、早稲田大学教育学部国語国文学科卒業。一九八一年、中央大学大学院文学研究科国文学専攻博士後期課程中退。博士（文学）。同志社女子大学名誉教授。

〈専攻〉日本漢文学・和漢比較文学・書道文化史・書表現

〈主要編著書〉

『凌雲集索引』（平成三年、和泉書院）

『本朝無題詩全注釈』注釈篇三冊（平成四～六年、新典社）

『類題古詩　本文と索引』（平成七年、新典社）

『史館茗話』（平成九年、新典社）

『文鳳抄』歌論歌学集成別巻二（平成十三年、三弥井書店）

『王朝漢文学表現論考』（平成十四年、和泉書院）

『本朝蒙求の基礎的研究』（平成十八年、和泉書院）

『類聚句題抄全注釈』（平成二十二年、和泉書院）

『墨筆帖』（平成三十年、和泉書院）

『桑華蒙求の基礎的研究』（平成三十年、和泉書院）

研究叢書514

王朝漢詩叢攷

二〇一九年八月八日初版第一刷発行

（検印省略）

著　者　本　間　洋　一

発行者　廣　橋　研　三

印刷所　亜　細　亜　印　刷

製本所　渋　谷　文　泉　閣

発行所　有限会社　和　泉　書　院

大阪市天王寺区上之宮町七－六

〒五四三－〇〇三七

電　話　〇六－六七七一－一四六七

振　替　〇〇九七〇－八－一五〇四三

ISBN978-4-7576-0915-0　C3395

研究叢書

堀景山伝考	高橋俊和著	481	一八〇〇〇円
中世楽書の基礎的研究	神田邦彦著	482	一〇〇〇〇円
テキストにおける語彙的結束性の計量的研究	山崎誠著	483	八五〇〇円
節用集と近世出版	佐藤貴裕著	484	八〇〇〇円
近世初期『万葉集』の研究 北村季吟と藤原惺窩の受容と継承	大石真由香著	485	一一〇〇〇円
小沢蘆庵自筆 六帖詠藻 本文と研究	蘆庵文庫研究会編	486	二六〇〇〇円
古代地名の国語学的研究	蜂矢真郷著	487	一〇五〇〇円
歌のおこない 萬葉集と古代の韻文	影山尚之著	488	九〇〇〇円
軍記物語の窓 第五集	関西軍記物語研究会編	489	一二〇〇〇円
平安朝漢文学鉤沈	三木雅博著	490	一二五〇〇円

（定価は表示価格＋税）

研究叢書

491	古代文学言語の研究	糸井通浩著	一三〇〇〇円
492	「語り」言説の研究	糸井通浩著	一二〇〇〇円
493	源氏物語古注釈書の研究 『河海抄』を中心とした中世源氏学の諸相	松本大著	一一〇〇〇円
494	源氏物語論考 古筆・古注・表記	田坂憲二著	九〇〇〇円
495	近世初期俳諧の表記に関する研究	田中巳榮子著	一〇〇〇〇円
496	後嵯峨院時代の物語の研究 『石清水物語』『苔の衣』	関本真乃著	六五〇〇円
497	中世の戦乱と文学	松林靖明著	一三〇〇〇円
498	言語文化の中世	藤田保幸編	一〇〇〇〇円
499	形式語研究の現在	藤田保幸・山崎誠編	一三〇〇〇円
500	桑華蒙求の基礎的研究	本間洋一編著	一二五〇〇円

（定価は表示価格＋税）

研究叢書

番号	書名	著者	定価
501	『発心集』と中世文学 主体とことば	山本　一 著	九〇〇〇円
502	日本鉱物文化語彙攷	吉野　政治 著	一一〇〇〇円
503	ゴンザ資料の日本語学的研究	駒走　昭二 著	一〇〇〇〇円
504	平安朝の歳時と文学	北山　円正 著	九五〇〇円
505	笈の小文の研究 評釈と資料	大安　隆・小林　孔・松本節子・馬岡裕子 著	一三〇〇〇円
506	『三玉挑事抄』注釈	岩坪　健 編著	一五〇〇〇円
507	仮名貞観政要梵舜本の翻刻と研究	加藤　浩司 編著	一二五〇〇円
508	転換する日本語文法	吉田　永弘 著	八〇〇〇円
509	二合仮名の研究	尾山　慎 著	一三〇〇〇円
510	古代語の疑問表現と感動表現の研究	近藤　要司 著	一三〇〇〇円

（定価は表示価格＋税）